TU
IO
LEI

LIBRI DI SUE WATSON

SUE WATSON

TU
IO
LEI

Tradotto da Sofia Cambiaghi

bookouture

L'edizione originale è stata pubblicata nel 2024 con il titolo "You, Me, Her" da Storyfire Ltd. che opera come Bookouture.

Edizione italiana pubblicata da Bookouture, 2025
Prima edizione Aprile 2025

Un'edizione di Storyfire Ltd.
Carmelite House
50 Victoria Embankment
London EC4Y 0DZ

www.bookouture.com

Il rappresentante legale nel SEE è Hachette Ireland
8 Castlecourt Centre
Dublin 15 D15 XTP3
Irlanda
(e-mail: info@hbgi.ie)

ISBN: 978-1-83618-769-1
eBook ISBN: 978-1-83618-768-4

Dedicato a Louise Bagley, che è sempre al mio fianco e riesce sempre a farmi ridere!

PROLOGO

Mi siedo a bordo piscina e immergo le dita dei piedi nell'acqua fredda. Punge come aghi infilzati nella pelle, mi toglie il respiro e mi ricorda che di lei non ci si può mai fidare. Dopo un'estate rovente, ormai l'autunno si insinua lentamente in ogni angolo del giardino, e io osservo la brezza sorvolare frenetica la superficie della piscina, mentre ricordo quella prima notte nella nostra meravigliosa casa nuova. Le cose erano così diverse allora: ce ne stavamo seduti sotto un infuocato sole arancione a fare progetti davanti a un calice di vino ghiacciato, con i cuori colmi di speranza e la tacita promessa di un lieto fine.

Ma nulla è mai davvero come sembra, e le nubi temporalesche possono addensarsi in fretta. Un'estate fatta di vino ghiacciato e sole splendente può diventare così buia e fredda da farci tremare, perfino nella calura. Se solo avessi saputo cosa si celasse dietro la porta della nostra bellissima casa nuova, non sarei mai venuta qui. Ma, d'altronde, non possiamo mai sapere cosa ci riserva il futuro e la vita può cambiare in una manciata di secondi, durante un viaggio in auto, sulla spiaggia o dentro la nostra stessa dimora.

Mi avvolgo nell'accappatoio mentre rientro in casa, dove tiro tutte le tende e chiudo a chiave ogni porta.

1

È tutto così perfetto: la sera è tiepida, il vino è freddo, il sole del tramonto si scioglie lentamente nel mare. Mio marito, Tom, ha preparato una cena squisita e siamo seduti sul patio della nostra nuova casa affacciata sul mare della Cornovaglia.

«Ai nuovi inizi.» dice lui, sollevando il calice verso di me. Riconosco il barlume di eccitazione nei suoi occhi mentre si sporge sul tavolo per stringermi la mano.

È l'inizio di giugno e la promessa dell'estate si dispiega davanti a noi, un luccicante tappeto di sabbia e sole, la nostra famigliola finalmente riunita.

Sorrido e sorseggio il vino. *Meglio di così è impossibile.*

«Ti sei superato.» dico. «Questa casa è perfetta. Hai lavorato davvero sodo, Tom. Riuscivo già a vederne il potenziale quando l'abbiamo comprata, ma non avrei mai immaginato che in soli otto mesi l'avresti resa così diversa.»

Sorride raggiante, contento che io sia felice.

«Già, è stata dura, soprattutto con te e Sam a Manchester, ma ci siamo quasi.»

«Ci siamo quasi? È perfetta.»

«Secondo me ci serve una cucina nuova...» Si appoggia allo

schienale della sedia, voltandosi indietro per guardare dentro casa attraverso la gigantesca vetrata.

«La cucina va *bene*, Tom. Questa mi piace.» Seguo il suo sguardo: i vecchi proprietari avevano buon gusto e io non ho nulla da ridire sulla credenza color crema e l'isola con piano di lavoro in legno marrone dorato.

«Non la trovi un po' démodé?» chiede.

Sorrido a questa domanda. «No, Mr. Perfettino, *non* la trovo démodé. Non sei mai soddisfatto, vero?» ridacchio. «Va bene, non sarà una scintillante cucina futurista all'ultimo grido, ma è carina e perfettamente funzionante. *E* non avrà più di dieci anni, sarebbe un crimine smantellarla e sostituirla.»

«Posso mostrarti alcuni progetti che ho creato?»

«Tom,» dico in tono tranquillo, «hai passato quasi un anno intero qui a buttare giù muri e... Fermiamoci solo un attimo e godiamocela. Non ci serve altro, va tutto bene. Ho aspettato così tanto per questo, solo per questo.» sussurro, guardandomi intorno sulla splendida terrazza, gli occhi posati su Tom, mio marito, l'amore della mia vita.

Questo pomeriggio, dopo mesi di lontananza, ho affrontato il viaggio di sei ore in auto da Manchester fino alla nostra casa dei sogni in Cornovaglia. Sam, il nostro bimbo di quattro anni, era come me. Ha dormito per gran parte del tempo, ma si è svegliato quando ci siamo fermati, gridando «Papà!» non appena ha visto Tom che ci aspettava con ansia sulla porta di casa. Ho notato il sollievo sul volto di Tom quando ha visto l'auto avvicinarsi e poi, quando ho accostato, si è avvicinato, ha aperto la portiera e con delicatezza ha preso Sam in braccio.

«Benvenuti a casa.» ha detto, tenendo nostro figlio con un braccio e allungando l'altro verso di me mentre scendevo dalla macchina. Eravamo entrambi sollevati di essere di nuovo insieme dopo tanti lunghissimi mesi, e siamo rimasti lì fermi stretti in un abbraccio per un po'.

«Non vedo l'ora di dare meglio un'occhiata in giro domani.»

dico adesso. Ho visto le cinque incantevoli camere da letto, la cucina che si affaccia su un enorme patio e il salotto sui toni del verde che mi aveva mostrato su FaceTime. È stato frustrante rimanere bloccata a Manchester per vendere l'appartamento mentre Tom vagava per i negozi di mobili in Cornovaglia, ma ha fatto un ottimo lavoro.

«Voglio solo che questo posto sia perfetto.» mi dice. «Non voglio che tu rimpianga mai di aver lasciato Manchester.»

«Non succederà. È stata anche mia la decisione di trasferirci qui, amore mio. Anche se forse mi ci vorrà un po' di tempo per abituarmi; non mi sembra vero.» Poi, di colpo, mi ricordo perché siamo qui, come siamo riusciti a permetterci una casa così splendida. L'abbiamo acquistata con l'eredità di mio padre.

«Però è una sensazione dolceamara; se potessi scegliere, preferirei che mio papà fosse ancora con noi.» dico.

«Anche io.» risponde lui, stringendomi di nuovo la mano. «Ho pensato molto a lui da quando sono qui.»

«Sono passati quattro anni dalla sua scomparsa, ma sembra che sia accaduto ieri.» Sento le lacrime pizzicarmi gli occhi e mi sforzo di sorridere. «Non devo rovinare questo momento.»

«Tesoro, era tuo padre, ti è *concesso* piangere.»

«Lo so, è solo che mi sento tanto in colpa. Tutti i soldi che ha lasciato. È bello, ma mi rende triste. Girovagava per quella gigantesca vecchia casa su al nord, rattoppandola, rifiutandosi di accendere il riscaldamento, e noi adesso siamo qui...» Non riesco a terminare la frase. Il senso di colpa mi strozza.

«Non mi sarei mai sognata di poter vivere in un luogo simile.» dico dopo un momento, indicando il giardino. Sono entusiasta del meraviglioso prato verde su cui Sam potrà giocare, e sarà meraviglioso vedere quello stesso giardino prendere vita. Ma un po' di amarezza rimane e non posso fare a meno di paragonare tutto questo alla vita modesta di mio papà nella nostra vecchia casa di famiglia. Al momento della sua morte, il valore della casa era aumentato vertiginosamente e, con qualche buon investimento, l'eredità ci è fruttata più soldi di quanti avrei mai immaginato. Siamo passati molto rapidamente dal nostro piccolo appartamento cittadino di Manchester a questa casa imbiancata su una scogliera della Cornovaglia, e il tutto mentre ancora stiamo cercando di accettare la sua morte.

Mio marito mi sta guardando fisso in volto, allarmato.

«Non preoccuparti, sono felice e sono certa che mi piacerà stare qui, è solo che... faccio fatica a conciliare quello che abbiamo noi con la vita che ha vissuto mio papà.»

Tom annuisce con vigore. «Mi sento come te. Vorrei tanto che fosse qui a godersi tutto questo insieme a noi. Insomma, guarda qua.»

Entrambi osserviamo il patio tutt'intorno, la pavimentazione in pietra indiana, la balaustra in vetro senza giunture che si affaccia sulla spiaggia. Tom ha scelto i materiali migliori, ha esaminato con minuzia le brochure, ha studiato la complessità della tappezzeria, le tonalità dei diversi colori di vernice e delle pavimentazioni in pietra. Questo posto rende onore a lui, al suo talento.

«Per essere un uomo che lavora nel settore finanziario, hai senza dubbio l'occhio da arredatore.» dico con ammirazione.

«Il giorno in cui l'abbiamo vista, ti ho detto subito che l'avrei trasformata nella nostra casa dei sogni. Ti ho promesso che sarebbe stata perfetta e non sono sceso a compromessi su niente.» risponde lui con un sorriso.

Ricambio il sorriso, ma mi chiedo, e non per la prima volta, se possiamo davvero *permetterci* il meglio. Gran parte dell'eredità l'abbiamo usata per questa casa, e io guadagno molto poco come giornalista freelance, solo qualche saltuario articolo commissionato qua e là.

«Non avrei mai pensato di vivere in un posto come questo, figuriamoci esserne il *proprietario*.» dice lui, mentre accende le candele sul tavolo. «Ecco, ho ravvivato l'atmosfera.» aggiunge con un sorriso.

Non l'ho mai visto così felice, e so che anch'io posso essere felice qui, ho solo bisogno di tempo.

«Sono entusiasta del giardino per Sam, finalmente ha un posto dove giocare.» aggiungo io, ripensando al minuscolo appartamento che abbiamo appena lasciato: niente giardino, solo un parchetto a diversi isolati di distanza. «Ti fa bene stare qui.» dico, osservando il suo atteggiamento rilassato, la leggera abbronzatura e il fisico più asciutto.

«Sì, amo stare qui. Vorrei solo che lo amassi anche tu.»

«È così.» rispondo. Come potrei non amare questo posto? Tom ha lavorato sodo su ogni minimo dettaglio: le pareti della camera da letto che vanno dal verde acqua al celeste chiaro, le delicate sfumature sui toni del blu e il velluto verde intenso dei divani in salotto. Dalle eleganti pareti nella stanza padronale ricoperte di nostre fotografie alle nuvole dipinte a mano sul soffitto della cameretta di nostro figlio, questa casa è stato un atto d'amore per Tom. «Non sapevo avessi un simile talento per il design d'interni. La casa sembra così unica... È davvero *raffinata*, sei sicuro di non aver chiesto nemmeno un aiutino?»

«Tutta opera mia. Sono contento che ti piaccia. Sono felice che tu sia felice.» dice stringendomi la mano.

Mi sforzo di sorridere, ma nonostante questo posto sia stupendo, mi ci vorrà del tempo per abituarmi a vivere così vicino al mare. Avrò sempre problemi con il mio passato, ma Tom è determinato a far funzionare tutto e questo mi dà conforto. È il suo modo di dimostrare amore: Tom non mi compra regali costosi né fa gesti eclatanti, no, lui ripara le tubature e porta fuori i bidoni della spazzatura. E adesso, con questa nostra nuova ricchezza, sta costruendo la casa dei nostri sogni per me.

Rimaniamo seduti in silenzio per un po', entrambi assorti nei nostri pensieri nascosti, visibili solo a noi stessi.

«Abbiamo fatto la cosa giusta, vero, Tom?» gli chiedo,

sapendo che verrà in mio aiuto, perché nei momenti di insicurezza mio marito è sempre presente con parole rassicuranti.

Fa un bel respiro; lui sa come funziona. «Rachel, tu *sai* che abbiamo fatto la cosa giusta. Stai facendo esattamente ciò che tuo padre avrebbe voluto. Ti ha detto: "Va' avanti, smettila di vivere nel passato, crea nuovi ricordi e costruisciti una nuova vita".»

«Lo so, ma vivere vicino al mare... È *questo* che intendeva?»

«Sì, ne sono certo, e ti prometto che farò tutto ciò che è in mio potere per rendere te e Sam felici qui. Non vedevo l'ora che la mia famiglia tornasse a casa. Dopo tutto quello che hai passato, ti meriti un po' di felicità, Rachel.»

«Come avrei fatto senza di te?» sussurro. «Mi hai aiutata a cancellare i brutti ricordi.»

«Non potremo mai *cancellarli*, Rachel, bisogna solo lasciarli ancorati al passato in modo che non possano influire sul presente. Non si può mai cancellare ciò che è successo.»

Sposta la sedia accanto alla mia per poter stringere il suo braccio intorno a me, ed entrambi guardiamo l'orizzonte. «È tutto nostro, tutto nostro.» dice, quasi in un sussurro.

«Già, grazie a mio papà e... a te, ovviamente.»

«Sì, alla tua, Roger.» Alza il calice al cielo. «Il mio papà acquisito. Mi manca ogni giorno.»

«Alla nostra, e al solo fatto di essere qui.» Ricaccio tutto il dolore nel passato mentre sollevo il calice con una mano e avvicino l'altra a Tom. Le nostre dita si sfiorano e io mi sento protetta. Mi è mancato, il mio porto sicuro. Sono quasi a casa... solo che non mi sembra, non ancora.

Riporto lo sguardo all'orizzonte per bere alla luce di questo tramonto. Dovrei rilassarmi, godermi il momento e smetterla di preoccuparmi. Ripeto il mio mantra silenzioso per placare i pensieri che si affollano nella mia testa: *Non succederà nulla di brutto.*

«Rachel, non devi sentirti in colpa perché stai vivendo la tua vita,» dice lui con dolcezza, «quindi smettila di punirti per una cosa di cui non hai colpa, di cui *nessuno* ha colpa.»

Faccio un respiro profondo e cerco di vedere la situazione da un'altra prospettiva. «Hai ragione, non esiste la *troppa* felicità, e io devo perdonarmi e accoglierne un po', di quella felicità. Il fatto che sia tutto perfetto non significa che qualcosa di orribile sia dietro l'angolo ad aspettarmi. Giusto?»

«Esattamente. Questo è il tuo momento, devi lasciarti tutto alle spalle adesso.»

«Sì, questo è il nostro lieto fine.» Facciamo tintinnare i bicchieri e, nel mentre, qualcosa dietro di lui cattura la mia attenzione.

«Guarda, si vedono le nuvole che passano davanti al sole.» dico mentre osservo le ombre attraversare il vetro e posarsi sull'enorme distesa bianca che è il muro della cucina.

«Cosa? Ma non ci sono nuvole.» dice lui voltandosi per guardare la parete, la voce allarmata.

Alzo lo sguardo al cielo e Tom ha ragione: è limpido. Allora perché delle ombre si muovono sul muro?

Mi si rizzano i peli della nuca. «Tom, c'è qualcuno in cucina?»

2

«Ehilà, c'è nessuno?» Siamo seduti all'esterno e la voce viene dall'*interno*. È la voce di una donna e l'intimità implicita suggerisce che è una nostra conoscenza. Ma non è una voce che riconosco.

Tom si alza di scatto, facendo quasi cadere il piatto dal tavolo, ma lo rimette a posto e si volta dall'altra parte, verso la cucina.

«Ehilà?» ripete la voce, un lieve fremito di esitazione ora ne avvolge la dolcezza.

«Ehilà? Chi è?» domanda mio marito. Mi guarda e alza le spalle mentre si incammina verso la porta a libro in vetro che separa la cucina dal patio. Ma prima ancora che l'abbia raggiunta, appare la donna. Sorride, ma io mi sento molto a disagio. Questa sconosciuta si è appena introdotta in casa nostra senza permesso?

«Ehi.» dice a Tom, che sembra sorpreso quanto me.

Io e la donna rimaniamo lì a fissarci a vicenda.

«Oh, adesso ho capito,» dice, turbata, guardando prima me e poi Tom, «tu sei Mrs Frazer! Non avevo idea che fossi qui.»

«Ci hai spaventati entrando in questo modo; abbiamo un campanello, Chloe,» dice Tom senza sorridere.

La donna sembra a disagio. «Scusate, ho le chiavi che mi hai dato tu.» dice stringendo il mazzo in una mano, «Non sapevo che foste... qui.»

Tom mi rivolge un'occhiata. «Chloe,» dice, «lei è Rachel, mia moglie.»

«Ciao...» inizio a dire mentre lei si riprende in fretta e attraversa il patio diretta verso di me, le braccia aperte. È più giovane di me, forse sulla trentina. Ha i capelli biondi di media lunghezza e dei lineamenti delicati; è di una bellezza fragile.

«*Rachel*! Quindi tu sei *Mrs* Frazer?» dice mentre mi abbraccia. Io continuo a non avere idea di chi sia questa Chloe.

«Oddio, penserai che io sia una persona *orribile* a entrare in casa tua in questo modo, ma volevo solo lasciare queste.» Apre la sua grossa borsa ed estrae diversi fogli di carta gialla. «Non pensavo ti fossi già trasferita qui, tuo marito ha detto che non saresti arrivata prima della prossima settimana. Ti ho portato queste.» Si volta verso Tom, che prende il mucchio di fogli gialli.

«Fatture.» dice rivolto a me. «Chloe lavora per l'agenzia immobiliare da cui abbiamo comprato la casa.»

«Chloe, Chloe Mason.» Fa un piccolo passo indietro per osservarmi.

«Oh, capisco, è per questo che hai le chiavi?» Ora ha senso.

«Rachel, sei altrettanto bella, se non di più, in *carne e ossa*.» commenta.

«In *carne e ossa*?» Sorrido con aria interrogativa.

«Sì, ho visto diverse tue foto sparse per casa.»

«Odio farmi fotografare. Tom scatta foto in continuazione...»

«Beh, posso capire il perché. Sei *stupenda*. Adoro la tua foto con quel vestito rosso. Sembri una diva del cinema.»

«Be', sei molto gentile, ma io non credo. Non sono nemmeno

sicura di ricordare un vestito rosso.» rispondo, un po' a disagio di fronte alla sua osservazione stranamente intima.

«Credimi, sei meravigliosa. Il rosso è senza dubbio il tuo colore.» dice con entusiasmo.

«Grazie.» rispondo mentre cerco di ricordare il vestito, l'occasione. Non riesco a capire se è sincera o se si sta sforzando di essere affabile a tutti i costi.

«Chloe è stata davvero gentile, mi ha lasciato entrare in casa a prendere le misure prima della firma del contratto.» dice Tom, interrompendo il silenzio. «Che probabilmente è illegale, vero?» le chiede con un mezzo sorriso.

Lei ridacchia. «Tutte le cose migliori lo sono!»

«Be', te ne sono grato. Lo siamo entrambi.» dice avvicinandosi a me e facendo scivolare un braccio intorno alla mia vita.

«Non ti abbiamo nemmeno offerto da bere.» dico.

Chloe si appoggia la mano aperta sul petto in segno di scusa. «Grazie, Rachel, ma non posso proprio imbucarmi alla vostra serata romantica. Non vi ruberò un minuto di più.» Indica i piatti vuoti sulla tavola mentre non accenna minimamente ad andarsene.

Se ne sta lì in piedi, sorridendo a entrambi, e dopo alcuni imbarazzanti secondi dico «In quanto nostra agente immobiliare, hai tutto il diritto di fermarti per un brindisi.»

Guardo Tom mentre gli passo davanti per andare in cucina a prendere un altro calice. Mi aspetto che mi sostenga, che le chieda di restare, che la rassicuri del fatto che non sta interrompendo nulla ed è la benvenuta, ma lui non lo fa. Si limita a starsene lì in piedi come se fosse ignaro della conversazione.

«Tom.» dico, guardandolo con occhi sgranati.

Tutto a un tratto sembra capire cosa sto cercando di comunicargli e alza le spalle con indifferenza. È esausto e lo sono anch'io, ma non possiamo essere scortesi. Tom si sforza di rivolgerle un altro mezzo sorriso mentre raccoglie i nostri due piatti vuoti dalla tavola e prende una sedia per lei.

«Abbiamo aperto una bottiglia di bianco. Va bene?» chiedo, sollevando la bottiglia.

«È perfetto, grazie.»

«Comunque, adoro la tua maglietta.» dice. «Che bella tonalità di rosa, ti sta davvero bene. Dove l'hai presa?»

«L'ho comprata in vacanza qualche anno fa, a Santorini. È bella e leggera per una serata calda come questa.»

«Oh, quanto mi piacerebbe andare a Santorini, non ci sono mai stata. Andate via quest'estate?»

Scuoto la testa. «No, vogliamo passarla qui. E poi, abbiamo già speso abbastanza soldi per trasferirci. Non possiamo permetterci una vacanza. Tu?»

«Speravo di andare in Italia, ma la vacanza è saltata.»

«Oh, mi dispiace. Cos'è successo?»

«Il mio ragazzo mi ha mollata.»

«No, mi dispiace tanto.»

«Pensavo fosse quello giusto. Pensavo che ci saremmo sposati, che avremmo avuto dei bambini, capisci?»

Vedo il brillio delle lacrime; sembra così vulnerabile e tutto a un tratto mi viene voglia di abbracciarla. «Quando è successo? Da quanto stavate insieme?» chiedo, poi mi blocco nel rendermi conto che la sto bombardando di domande, forse l'ultima cosa di cui ha bisogno. «Scusa, faccio troppe domande. Deformazione professionale, purtroppo. Sono stata addestrata a fare domande.»

«Sei una *spia*?» chiede lei in tutta serietà.

«No, sono una giornalista. Sono sempre alla ricerca di una storia!» Sorrido come per scusarmi.

«Oh, wow! Molto interessante. Non mi dà fastidio, puoi chiedermi quello che vuoi. Siamo stati insieme quasi un anno e la settimana scorsa mi ha lasciata.» Si ferma e io penso che stia per piangere, ma riesce a trattenere le lacrime. «Non è solo la persona a mancarti, ma i progetti che avevate fatto, dico bene?» Mi guarda come un bambino guarderebbe un adulto, e io vedo tutto il suo dolore. «Per non parlare dei biglietti dei concerti che avevamo comprato e la vacanza in Italia che ho dovuto cancellare perdendo il deposito.»

«Oh, no. Questo è mettere il dito nella piaga.»

«Già, così imparo a volergli fare una sorpresa regalandogli una vacanza. Alla fine, è stato lui a fare una sorpresa ancora più grande a me.»

«E senza preavviso?»

«No, nessun preavviso. Un attimo prima era tutto meraviglioso e quello dopo, all'improvviso, ha deciso che tra noi non funzionava più.»

Tutto a un tratto sorride, solleva il calice e, facendolo tintinnare contro il mio, dice «Alle vacanze da single!»

Le faccio eco e lancio un'occhiata a Tom, che è accasciato su una sedia, all'apparenza indifferente alla nostra conversazione. Credo stia educatamente aspettando che se ne vada, ma a me un po' dispiace per lei. Ricordo la mia ultima rottura con il fidanzato di diversi anni fa e la solitudine era la cosa peggiore.

«Stavamo giusto per mangiare il dolce, ti va di unirti a noi?» chiedo.

«Oh, neanche per *sogno*. È la vostra prima notte insieme qui, giusto?»

«È la prima di tante. Resta ancora un po'. Non è nulla di sofisticato, ho solo improvvisato una macedonia di frutta.» Mi alzo in piedi e mi incammino verso la cucina.

«Va bene, ne sei proprio sicura?» dice ad alta voce alle mie spalle.

«Tu sta' seduta, Rachel, ci penso io» dice Tom, che mi ha già superata e scompare all'interno della casa.

«Tom, non dimenticare la panna.» urlo mentre mi risiedo, ma non sentendo risposta lancio un'occhiata a Chloe e mi rialzo. «Scusa, anche ammesso che mi abbia sentita, non riuscirà a trovarla in frigo. Torno tra un attimo.»

Sorride comprensiva, ovviamente riconosce la trita e ritrita teoria femminile secondo cui gli uomini non sono in grado di fare nulla in casa, mentre io mi maledico da sola per essere scaduta in un tale cliché. Non è nemmeno vero: Tom è perfettamente capace di muoversi in cucina, anzi, è un cuoco migliore di me. L'unico motivo per cui devo aiutarlo è che ieri, in preda al panico, ho imbottito il frigorifero con un'enorme quantità di cibo ordinato online. Chiunque, a parte me, avrebbe bisogno di un GPS per trovare la panna e una ciotola di macedonia in quella montagna di yogurt/formaggio/burro che ho creato.

«Uomini.» dice, alzando gli occhi al cielo.

È più forte di me: imito il gesto, avvertendo il bisogno di legare con questa donna. Ho lasciato tutte le mie amiche a Manchester e già mi mancano.

«Panna.» mi dico mentre entro in cucina. Sto cercando di richiamare alla memoria in quale punto del frigo potrei averla infilata esattamente. È bello avere degli ospiti, anche quando è uno solo. Mi piace interpretare il ruolo della "padrona di casa" che mette insieme un po' di ingredienti per creare un dolce, fa conversazione e mette in tavola piatti in più. Una volta servito il dolce, metterò un po' di musica. Mi è mancato intrattenere i nostri amici e mi immagino come sarebbe invitarli a cena qui. Questa casa è perfetta per ricevere ospiti e potrebbe essere un piccolo test per le cene estive che organizzeremo quando ci saremo fatti dei nuovi amici. Magari anche Chloe si unirà a noi?

Tom dovrebbe prendere la macedonia, ma sembra assorto a fissare il frigorifero aperto con aria assente. Sorrido tra me e me; forse la battutina sessista che ho fatto a Chloe in fondo era vera e questo compito è *davvero* troppo difficile per lui?

«Cosa stai facendo, amore?» chiedo.

Non risponde.

«Stai bene?» Gli appoggio una mano sulla schiena.

«Cosa? Ah, ehm, scusa. Sì, sto bene. Stavo solo cercando di ricordare cosa sono venuto a prendere.»

Ridacchio. «Allora siamo in due col cervello annebbiato.»

Sorrido e gli passo davanti con delicatezza, allungando la mano nel frigo per prendere la ciotola di macedonia. «Chloe sembra simpatica.» sussurro.

«Non vedevo l'ora di passare una serata con *te*.» risponde lui senza distogliere lo sguardo dal fondo del frigorifero.

«Lo so, anch'io, ma mi sono sentita in dovere di chiederle di restare... Sembra triste.»

«Speriamo non resti qui troppo a lungo.» replica lui a voce un po' troppo alta.

«Shhh, Tom, ti *sentirà*.»

«Posso dare una mano?» grida Chloe dall'esterno.

«No, grazie.» rispondo in tono allegro, ignorando il broncio di mio marito.

«Ha decisamente un pessimo tempismo.» sta borbottando.

«Certo, non è dei migliori... ma...»

«Sa bene che è la tua prima sera qui; non avrebbe dovuto presentarsi senza avvisare.»

«Non credo l'abbia fatto; ha detto che pensava che io arrivassi la prossima settimana, e in effetti avrebbe dovuto essere così. Forse sperava di trovarti da solo?» insinuo. Sto scherzando, ma sono anche sul chi va là. È venuta a lasciare le fatture, ma mi chiedo se effettivamente sperasse di vedere Tom e non me.

«Non mi fido di lei,» dice Tom, «e neanche tu dovresti.»

«Perché?»

Non risponde. Si limita a starsene in piedi davanti a me, scuotendo la testa.

Questo comportamento mi turba leggermente. «Non capisco, perché non ti fidi di lei?»

«Non mi fido e basta. Non devi dirle *niente*.» aggiunge mentre cerca di passarmi davanti.

«Tom,» sibilo, «dimmi perché.»

«Perché è pericolosa.»

3

«Cosa vuol dire che è *pericolosa?*» sussurro, ma Tom continua ad allontanarsi, torna sul patio, lasciandomi confusa e preoccupata in cucina.

Di cosa diavolo stava parlando? Do una sbirciata a Chloe fuori sul patio, rilassata sulla sua sedia, la luce soffusa della candela sul tavolo che scalda la sua pelle pallida, una leggera brezza che le fa svolazzare l'orlo del vestito. *Pericolosa?* È stata lasciata dal suo fidanzato la settimana scorsa, sembra perennemente sul punto di piangere e indossa un abito color rosa pastello a fantasia floreale. Io non vedo alcun pericolo.

Trovo la panna, prendo tre cucchiai e torno fuori.

«Vado un attimo in bagno.» dice Tom appena metto piede sul patio. Il mio cuore sprofonda quando ci lascia sole; non ho paura, ma adesso mi sento un po' paranoica.

Non dirle niente. Cosa diavolo intendeva?

Mi sento a disagio e sono certa che Chloe l'abbia percepito, perché si sforza troppo di rianimare la nostra precedente conversazione.

«Dov'è Sam?» chiede.

«Dorme.» rispondo. Dopo che Tom l'ha definita pericolosa e

mi ha raccomandato di non dirle nulla, sono assillata da pensieri negativi.

«Allora, ti piace il lavoro che ha fatto tuo marito con la casa?» domanda mentre spingo verso di lei la caraffa che è sul tavolo, esortandola a servirsi.

«Sì, a malapena la riconosco.» Sento che siamo su un terreno leggermente più sicuro adesso, e le verso un bicchiere di vino con un debole sorriso. «Insomma, non è un imprenditore edile o che altro.» dico nel tentativo di mantenere una conversazione leggera mentre mi sembra di essere incapace di spiccicare parola, incerta su cosa *non* dovrei dire.

«No, lo so, è un banchiere.» dice lei in tono monocorde. «L'ho conosciuto quando lavorava alla UKB.»

«Ah, la UK Bank?» Alzo lo sguardo proprio quando Tom riaffiora dalla porta del patio. «Non sapevo che voi due foste colleghi.» *Perché Tom non me ne ha mai fatto parola prima d'ora?*

«Non ci definirei proprio *colleghi*.» Chloe sembra a disagio adesso; deve aver dato per scontato che lo sapessi. «Tom era un pezzo grosso e io solo un galoppino.»

«Spero di non averti dato l'idea di essere il classico pezzo grosso.» dice Tom.

«No, al contrario.» risponde in fretta lei, poi si rivolge a me. «Facevo sempre una gran confusione con le cifre dei prestiti asset-based, ma Tom era sempre così paziente.»

Tom sorride. «Già, me lo *ricordo*. I tuoi calcoli matematici erano sempre un groviglio da sbrogliare.»

«Il mio superiore perdeva sempre le staffe, ma Tom no. Tu eri così paziente con me.» dice lei, guardandolo.

«Non mi manca quel posto.» dice lui senza incrociare il suo sguardo. «Andarmene da lì è stata la cosa migliore che abbia mai fatto».

«È stata una decisione difficile andarsene.» spiego a Chloe.

«Ho perso il lavoro poco dopo che te ne sei andato.» continua lei. «Sono ancora arrabbiata per quello.»

«Ma adesso hai un bel lavoro all'agenzia immobiliare, no?» chiedo, sento la necessità di offrirle un po' di conforto... e di cambiare argomento.

Chloe fa spallucce e lancia un'occhiata a Tom. «Lavori adesso?»

Lui annuisce. «Sì, me la sono cavata. Ho avuto tempo per sistemare la casa e presto mi cimenterò in un'attività di consulenza.»

«Sì», mormoro, ancora stupita che non mi abbia mai accennato il fatto di aver conosciuto la nostra agente immobiliare in una sua vita precedente.

«Adoro la combinazione di colori.» dice lei cambiando argomento, mossa molto perspicace da parte sua. È evidente che abbia percepito la riluttanza di Tom a parlare del suo allontanamento dalla banca.

«Anch'io, è tutta opera di Tom. Io non ho nessun merito.»

«Grazie, Rachel, ma stai sottovalutando il tuo ruolo nello scegliere le decorazioni via FaceTime.» Sorride prendendomi la mano.

«Siete troppo carini.» dice Chloe con ammirazione.

«Si può essere carini superati i quaranta?» chiedo, sentendomi arrossire.

«Ci risiamo, ecco che ti sminuisci.» dice Tom, accarezzandomi la mano con fare rassicurante.

«Credo che in realtà stesse parlando di te, Tom.» scherza Chloe, ed entrambe ridiamo. È divertente e io non posso fare a meno di prenderla in simpatia.

«Il dolce.» dico versando qualche cucchiaiata di frutta in una scodella e porgendogliela, prima di fare lo stesso con Tom.

«Quindi entrambi eravate abituati a vivere in città. Pensate di riuscire a essere felici qui?» domanda lei.

«Assolutamente, amo questo posto.» Tom fa presto a

lasciarsi prendere dall'entusiasmo. «Mi piaceva questa zona già quando lavoravo qui, anche se ci venivo solo per poche settimane, mi ci sono davvero affezionato.»

«Già, Tom l'ha sempre desiderato. Dopo aver passato un po' di tempo qui a lavorare, tornava a casa a Manchester e si lamentava della qualità dell'aria e del traffico rumoroso.»

«Io vivo qui da tutta la vita. Non riesco a immaginarmi da nessun'altra parte.» dice Chloe, terminando la frutta e mettendo da parte la scodella.

Non le offro il caffè come farei di solito, perché so che Tom è stanco e sarebbe bello passare un po' di tempo insieme da soli dopo essere stati lontani così a lungo. Ma a Chloe sembra piacere la nostra compagnia e inizia a raccontarmi dei negozi qui vicino, dei ristoranti buoni, delle trappole per turisti da evitare. È un pozzo di scienza e mi sarebbe utile in quanto giornalista nuova nella zona, e poi, è una piacevole compagnia, nonostante ciò che Tom ha detto di lei.

Chloe non abusa della nostra ospitalità e accenna ad andarsene. «Grazie mille, ragazzi. Vi lascio a godervi il vostro ricongiungimento romantico. Il dolce era delizioso, Rachel, e la casa è splendida. So che sarete entrambi felici qui.» dice.

«Mi dispiace, è stata una lunga giornata, nessuno di noi due è di grande compagnia stasera.» dico mentre la accompagniamo alla porta.

«Non dire stupidaggini, siete stati gentilissimi a invitarmi per il dolce. Mi sembra quasi di essermi imbucata. Vi chiedo ancora scusa per essermi presentata qui senza avvisare.»

Ci congediamo e, dopo averla salutata con un gesto della mano, io e Tom rientriamo in casa, abbracciati.

«Perché non mi hai detto che tu e Chloe eravate colleghi?» domando.

«Non ce n'è motivo, è piuttosto irrilevante. E non eravamo colleghi, per puro caso lavoravamo nella stessa azienda.»

«Sì, ma tu eri paziente con lei quando faceva una gran

confusione con le cifre dei prestiti asset-based.» lo prendo in giro.

Tom alza gli occhi al cielo. «Mmm, *in realtà* non me lo ricordo. Non mi ricordo di *lei*.»

«Ma ti ricordi che è pericolosa?»

«Sì, solo qualche voce sul fatto che creava problemi alla gente, metteva scompiglio, raccontava bugie. Ho sentito dire che è andata letteralmente fuori di testa quando l'hanno cacciata via.»

«Davvero? Perché è stata licenziata?»

«Ha avuto qualche problema con un tizio al lavoro, non conosco esattamente i dettagli.»

«Oh, cielo.»

«È una di quelle persone che ti abbindolano, vogliono conoscere gli affari di tutti e raccontano bugie.»

«No. Davvero?» rispondo sedendomi al tavolo, dove i piatti di frutta vuoti stanno attirando le vespe. Ci ronzano tutt'intorno, desiderose di posarsi sui piatti appiccicosi e sul bricco di panna dolce. Mi sforzo di ignorarle.

«Be', ci sono cascata. Sembra divertente e simpatica e...»

«Come tutti gli psicopatici, è così che ti fanno abboccare.» Agita con rabbia un braccio per scacciare una vespa pigra.

Rido della sua affermazione. «Tom, Chloe non è una psicopatica. Non ho visto nessuna malizia in lei, solo gentilezza e affettuosità. Credo che tu abbia passato troppo tempo da solo. Forse ricorderai che l'anno scorso ho scritto un articolo per una rivista intitolato "Dieci modi per riconoscere uno psicopatico" e ti assicuro che, da quello che ho visto stasera, Chloe non corrisponde al profilo.»

Tom fa un mezzo sorriso. «Lo è, te lo dico io.»

«Smettila di fare il drammatico!» Adesso sto ridendo. «Non puoi etichettare come psicopatica una persona che conosci appena.»

«Ti dico che è *pazza*!». Fa ruotare un dito vicino alla tempia, ma ormai ride di sé stesso mentre si avvolge la mano in un tovagliolo.

«Cosa stai facendo...?» chiedo, quando all'improvviso il suo pugno si abbatte su una povera vespa ignara. Il forte colpo sul tavolo mi fa sobbalzare.

«Santo cielo, Tom.» sbotto, i nervi ormai a fior di pelle. «L'unico psicopatico qui sei tu. Non dovevi *ucciderla*.» Storco la bocca alla vista dell'insetto schiacciato sul tavolo.

«L'alternativa era farsi pungere. Sei mai stata punta da una vespa?» borbotta, alzandosi in piedi e usando il tovagliolo per raccogliere l'insetto morto.

«Sì, e non mi ha uccisa.» dico disgustata mentre lui avvolge il tovagliolo come un sudario intorno al corpo schiacciato.

Osservare questa scena mi fa rabbrividire, ma resisto all'impulso di aggiungere altro mentre Tom entra in cucina con il tovagliolo. Proprio mentre scompare, arriva un messaggio sul suo telefono, e io con aria distratta lancio un'occhiata per vedere chi gli ha scritto. Mi si rivolta lo stomaco: sullo schermo c'è il nome di Chloe.

4

Sento la mia bocca seccarsi mentre prendo in mano il cellulare. Guardo ma non riesco a vedere le parole, solo Tom può aprire il messaggio.

«Era il mio telefono?» chiede disinvolto mentre ritorna sul patio, asciugandosi le mani con uno strofinaccio.

Poso il telefono, sentendomi un po' in colpa per aver sbirciato. Non mi piacerebbe se lui controllasse il mio cellulare. «Sì, pare che Chloe ti abbia scritto.»

«Chloe? Se n'è appena andata, cosa vuole?» borbotta, raccogliendo il resto dei piatti e portandoli in casa senza nemmeno dare uno sguardo al telefono.

«Non vuoi vedere?» domando. Io sì, ma è evidente che Tom non abbia alcuna fretta di scoprirlo. Lo sento caricare la lavastoviglie prima di tornare fuori.

Finalmente prende il cellulare dal tavolo e se lo porta davanti al viso per sbloccarlo.

«Sono sorpresa che tu abbia salvato il numero di una donna pericolosa.» commento per scherzo.

«È la nostra agente immobiliare, per questo ho il suo numero.» risponde con aria distratta. Poi i suoi occhi si staccano dallo schermo e si posano su di me. Sorride lentamente, in modo quasi provocante. «Sei gelosa, Rachel?»

«Devo esserlo?»

«Be', sono un bel ragazzo, sono rimasto qui tutto solo e sono una calamita per le donne.» Mi fa l'occhiolino prima di tornare al suo cellulare. «Per tua fortuna, Chloe non è il mio tipo, ma ho il suo numero salvato perché è la nostra agente immobiliare.»

«*Era* la nostra agente immobiliare. Quanta assistenza post-vendita ti sta dedicando?» Scherzo, ma penso anche che scrivergli un messaggio pochi minuti dopo essersene andata e tenersi le nostre chiavi di casa sia qualcosa di più di una semplice "assistenza post-vendita".

Tom sta guardando il cellulare. «Chloe dice "Tua moglie è incantevole".» legge con un'espressione confusa in volto.

«Perché avrebbe dovuto scriverti un messaggio per dirtelo?» La mia mente sta iniziando a inventare tutta una serie di motivi per cui l'avrebbe fatto, e nessuno di questi è convincente.

«Dio solo sa perché.» risponde lui con indifferenza.

«Fammi vedere.» Allungo una mano per prendergli il telefono.

«Non mi credi?» Se lo tiene stretto al petto, sulla difensiva.

«Sì, ma *certo*.» mento. «Voglio solo vedere se c'è una faccina o un qualche tipo di contesto che mi manca.»

Lentamente, Tom mi porge il cellulare e io mi faccio forza per ciò che vedrò. Ma è esattamente come ha detto lui: nessuna faccina, nessun bacio, solo "Tua moglie è incantevole".

«Te l'ho detto che è pazza.»

«Hai detto *pericolosa*, adesso è anche pazza?»

Tom sembra irritato. «Quel messaggio non è abbastanza per te? È la prova che è una piantagrane. Diffonde pettegolezzi.»

«In che modo quel messaggio potrebbe creare problemi?»

«Guardaci: tu sei gelosa e paranoica, e io sono sulla difensiva.» Tiene le mani alzate in aria.

«Non sono gelosa e...»

«Stiamo discutendo, Rachel. È esattamente quello che lei vuole che facciamo.»

«Perché?»

«Perché è quello che *fa*!» Nella sua voce una nota di irritazione.

«Stasera si è introdotta qui dentro, allora perché le hai dato le chiavi di casa nostra se non ti fidi di lei?» chiedo. Le sue parole non corrispondono alle sue azioni.

«Ho dato le chiavi all'agenzia immobiliare e lei lavora lì. Ne hanno una copia per far entrare il costruttore o il notaio quando io non ci sono.»

«Ma i lavori di costruzione sono finiti... Non dobbiamo più farli entrare in casa, no?»

Tom sospira. «Non volevo dire nulla, volevo che fosse una sorpresa, ma ho chiesto a un imprenditore edile della zona di farmi un preventivo per una nuova cucina.»

Il cuore mi sprofonda nel petto. «Perché? Tom, te l'ho detto, non ci *serve* una nuova cucina, e non possiamo permettercela.»

«Volevo farti una sorpresa.»

«Be', mi dispiace, ma non sarebbe stata una sorpresa, sarebbe stata una preoccupazione. Non possiamo permettercela.»

«Mi dispiace, hai ragione, mi sono lasciato trasportare. Mi è piaciuto tantissimo rinnovare questa casa, ma l'unica parte che non ho cambiato è la cucina.»

«Possiamo solo prenderci una pausa, vedere come va il tuo lavoro, vedere quanti incarichi da freelance ricevo io?»

«Io lavoro per le banche, eppure sei tu quella più brava con i soldi. L'ironia non mi sfugge.» dice con un sorriso.

«Voglio far funzionare le cose qui, ma è chiaro che trasferirsi è stato un enorme cambiamento e io sono ancora nervosa all'idea di vivere vicino al mare.»

«Ma certo, e ti sono grato per esserti trasferita qui per me. Non me lo sono dimenticato, ma non te l'avrei nemmeno proposto se non pensassi che potremmo essere felici. Se solo tu riuscissi a lasciar andare il passato, tanto per il tuo bene quanto per quello mio e di Sam.» dice con dolcezza.

«Non ci riesco.» borbotto a labbra strette. «Ho paura.»

Tom sospira e, appoggiando il braccio sulle mie spalle, si avvicina, il suo respiro sul mio viso. È una sensazione irrazionale, ma penso all'acqua che avviluppa il mio volto, risucchiandomi.

«Cos'è che ti spaventa, Rachel?» chiede sottovoce.

Mi limito a fissare il tavolo, la bocca serrata, incapace di reagire.

Quando finalmente rispondo, la mia voce è bassa e quieta, quasi un borbottio. «Sai *esattamente* cosa mi spaventa.»

Nonostante le paure che ancora mi vorticano in testa, ce ne andiamo a letto, dove ci stringiamo l'uno all'altra nella notte, e io mi sforzo di dimenticare.

La mattina dopo, mi sveglio nella nostra meravigliosa camera da letto, il sole splende e io mi sento positiva e pronta ad affrontare il mondo. È un mondo molto diverso da quello che ci siamo lasciati alle spalle nel nostro angusto appartamento di Manchester, e amo la nostra enorme casa nuova. È luminosa e ariosa, le pareti sono appena verniciate e il gigantesco letto che abbiamo comprato per la camera padronale sembra l'apice del lusso. Ma aprire gli occhi e vedere Tom sdraiato accanto a me è la parte migliore dell'essere qui.

«'Giorno.» dice con voce roca, aprendo gli occhi. «È bello averti a casa.»

«Casa.» gli faccio eco. Ancora non la sento come casa mia, ma sono sicura che presto lo sarà.

Odiavo l'idea di vivere vicino al mare: sono terrorizzata dall'acqua. Non so nuotare, perciò non è la scelta più ovvia. Ma so quanto Tom lo desideri, e lo devo anche a Sam, per consentirgli di vivere una vita all'aria aperta lontano dallo sporco della città. Non devo lasciare che il passato mi impedisca di abbracciare questo meraviglioso futuro ma, a dire il vero, non riesco a evitarlo. E ieri, quando la mia migliore amica Rosa mi ha chiamata mentre caricavo le ultime cose in auto, ho capito. Stavo lasciando la mia città natale e avrei dato qualsiasi cosa per rimanere nella fredda e umida Manchester. Era casa mia, e invece adesso devo rendere casa mia questo posto.

Scendo dal letto, bacio sulla testa un Tom assonnato e attraverso il corridoio verso la stanza a tema dinosauri di Sam. È la sua prima mattina alla scuola dell'infanzia e io non sono mai stata così nervosa.

«Dov'è papà?» sono le sue prime parole.

Avverto un po' di ansia dopo mesi di separazione. «È qui, tesoro, si sta alzando. Ti ricordi quando ti ho detto che papà era qui a rendere speciale la nostra casa? Ecco, adesso noi siamo qui *con* lui, e questa mattina inizi l'asilo. Sei un bimbo grande adesso.»

Scorgo un barlume di incertezza sul suo volto: non ha idea di cosa sia l'asilo. È un figlio unico che ha passato i primi otto mesi di vita in lockdown; perciò, mi chiedo con preoccupazione come se la caverà in mezzo a bambini che non conosce.

Poco dopo, mentre tutti e tre insieme facciamo colazione, dico sottovoce a Tom «Stiamo facendo la cosa giusta mandandolo a scuola oggi?»

Per la gioia di Sam, stiamo facendo colazione con pane tostato e marmellata su una scatola di cartone come tavolo improvvisato. Insieme ad alcuni altri mobili, stiamo aspettando che arrivi il vero tavolo della cucina, e le stoviglie disponibili sono limitate dal momento che ci sono ancora tantissimi scatoloni da svuotare dopo il trasloco.

«Potremmo aspettare qualche settimana, lasciarlo ambientare... Sembra troppo piccolo.» continuo.

«Lo so, amore, ma tra una settimana, tra un mese, non sarà

mai facile. Ha bisogno di stare con gli altri bambini. Gli farà bene. Preparalo per andare a scuola.» insiste Tom in tono tranquillo.

Sam alza lo sguardo. «Cos'è la *scuola*?» chiede, nonostante sia da settimane ormai che gli spieghiamo e rispieghiamo il concetto di asilo e scuola.

«Te l'ho detto, tesoro, è un posto con tanti amici e persone gentili che ti insegnano tante cose. Ricorda che prima c'è l'asilo, poi la scuola per quando sarai un bimbo ancora più grande.» dico mentre gli accarezzo i capelli, faticando a immaginare questo piccoletto che esce di casa, figuriamoci andare a scuola. Vorrei avvolgerlo nelle mie braccia, tenerlo con me per sempre. «Ma oggi papà ti porterà all'asilo. È molto divertente: conoscerai tantissimi amici nuovi e giocherai e...»

«Asissilo?» balbetta la parola. È adorabile. «Viene anche papà?»

Lancio un'occhiata a Tom, che subito lo rassicura. «Sì, certo, ma non credo che mi vorrai lì. Starai con i tuoi nuovi amici e tu sei troppo forte per rimanere attaccato al papà, ometto.» aggiunge con un sorriso affettuoso.

Il labbro inferiore di Sam trema, così intervengo. «Ma io e papà verremo *entrambi* a prenderti più tardi, quando avrai finito di giocare con i tuoi nuovi amici.»

Questo sembra calmarlo abbastanza da tornare al suo pane tostato, ma adesso lo sta mangiucchiando con sospetto, e non di gusto come suo solito.

«Allora forza, campione,» lo incita Tom, «andiamo all'asilo!»

Insieme, ci alziamo da tavola e ci dirigiamo all'ingresso.

«Non ci metterò molto.» dice Tom mentre gli porgo una giacchetta leggera per Sam. «Non gli serve il giubbotto. È *giugno*, Rachel.» La sua fronte è corrugata per il dubbio.

«L'aria di mare può essere fredda.» ribatto. Non ho intenzione di discutere con Tom; voglio che Sam lo indossi. «Siamo in Cornovaglia, non in Florida. Sam lo sente il freddo.» Gli sto ancora porgendo la giacchetta.

Tom la prende, sospira e si arrotola il giubbotto sotto il braccio. «Quando torno ti faccio fare il tour completo.» dice.

«Fantastico! Non vedo l'ora di vedere il giardino. Magari vado a farmi un giro lì adesso.»

«*Non* andare nel giardino *murato*.» dice lui con fermezza.

«Perché?» Sono curiosa.

Tom si limita a scuotere lentamente la testa.

Non riesco a decifrare l'espressione sul suo volto; mi sta prendendo in giro? Siamo stati lontani così a lungo che mi sembra di doverlo conoscere da capo.

«Il giardino murato è una sorpresa, voglio essere io a mostrartelo.»

«Che cosa ne hai fatto?» Mi porto una mano alla fronte per fare ombra agli occhi, mi volto per guardare fuori dalla finestra e mi si riempie il cuore. Intravedo quella che sembra essere una porta ad arco nel muro.

«Ti ho detto che è una sorpresa.»

Ieri sera, al tramonto, non ho notato la porta ad arco, ed essendo stati occupati a mettere Sam a letto e intrattenere Chloe, non mi sono nemmeno avventurata in giardino.

«Ce l'hai messa tu quella porta?» Indico la volta, appena costruita ma all'apparenza antica e perfettamente integrata in quel meraviglioso vecchio muro, come se fosse sempre stata lì.

Sorride lentamente senza guardarmi.

Da quel che ricordo, l'interno del giardino murato era solo una landa desolata; muoio dalla voglia di scoprire cosa ha fatto Tom là dentro. Mi ha mandato foto di tutte le parti della casa una volta finite, ma mai del giardino.

«Pensavo che non avessi nemmeno iniziato a lavorare al giardino murato.» dico.

Tom si stringe nelle spalle, i suoi occhi colmi di divertimento.

«Perché fai tanto il misterioso?» Non riesco a togliermi il sorriso dalla faccia.

«Te l'ho detto, è una sorpresa.»

«È una *sorpresa*, mamma.» ripete a pappagallo Sam con la stessa voce, ed entrambi gli sorridiamo istintivamente.

«Andiamo, campione, o faremo tardi.» dice Tom, prendendo Sam per mano mentre si incamminano verso la porta.

«È un giardino segreto?» chiedo con fare bambinesco per il divertimento di Tom.

«Sii paziente, torno presto.» risponde piano lui, come se stesse parlando a Sam. Sa bene che da piccola il mio libro preferito era *Il Giardino Segreto*, e non mi stupirebbe se il giardino che ha contribuito a progettare lo ricordasse.

«Di' ciao alla mamma.» Tom si rivolge a Sam, e mi si annoda lo stomaco.

Fin dal giorno in cui è nato, è sempre e solo stato con me o con Tom, entrambi siamo stati impegnato con il lavoro, ma mai contemporaneamente. Oggi è il primo giorno in cui Sam non sarà con nessuno dei due. Mi dico che l'asilo gli farà bene, ma mentre se ne vanno mi sento come lacerata. Mi sforzo di trattenere le lacrime che mi pizzicano gli occhi, ma il mio sorriso si trasforma in una smorfia. Voglio disperatamente andare con loro, accompagnare Sam e stare con lui finché mi è permesso. Ma non posso... Non devo trasmettere la mia ansia a Sam, ed è meglio che io rimanga a casa il primo giorno. È la cosa giusta da fare e, come ha detto Tom, all'asilo potrei essere turbata e agitarmi, e questo sconvolgerebbe Sam. Riesco a malapena a trattenere le lacrime mentre mi inginocchio sulla soglia per baciare la guancia paffuta del mio bambino.

«Ciao, piccolo, divertiti.» dico fingendo vivacità mentre gli faccio il solletico.

Sam ridacchia. «Ancora, mamma, fammi il solletico.»

Andiamo avanti così per qualche secondo finché Tom dice

«Andiamo adesso, Sam. I bambini grandi non si fanno fare il solletico dalla loro mamma.»

«Tom, ha *quattro* anni!» esclamo, sentendomi leggermente punta sul vivo.

Non risponde, e forse è meglio così. I miei livelli di ansia sono alle stelle e, se provocata, potrei piangere davanti a Sam proprio mentre stanno uscendo, e questo non è previsto dai manuali per genitori.

Li guardo camminare lungo il vialetto diretti all'asilo, la manina di Sam in quella di Tom. Hanno la stessa corporatura slanciata, la stessa andatura e, mentre scompaiono nella luce del sole della tarda primavera, il mio stomaco si contorce dalla paura.

5

Con Sam e Tom in cammino verso l'asilo, la casa è silenziosa e io sono costretta ad aprire la grande porta a vetri che conduce al patio e uscire fuori. Penso a mio papà adesso e a come sia solo grazie ai suoi soldi che viviamo in un posto così bello e che nostro figlio avrà una vita migliore. Spero solo di poter vivere anch'io una vita migliore qui, e di riuscire a lasciarmi alle spalle i miei demoni, come avrebbe voluto mio papà.

Ricordo a me stessa che qualsiasi cosa accada, *abbiamo* fatto la cosa giusta per noi trasferendoci qui da quell'angusto appartamento su al nord. Stavamo risparmiando per comprarne uno più grande, ma poi, appena prima dell'arrivo del Covid, ho scoperto di essere incinta di Sam. Piombata all'improvviso nel lockdown, ero spaventata e incinta, preoccupata per il bambino e per mio papà, che viveva da solo. Avevo immaginato di andare agli appuntamenti per le ecografie mano nella mano con Tom e già vedevo i miei amici organizzare un baby shower. Ma quello che avrebbe dovuto essere un momento felice, ci riservava invece soltanto isolamento e preoccupazione. Poi mio padre si è ammalato di Covid ed è stato trasportato d'urgenza in ospedale quando ero all'ottavo mese.

È stato uno dei periodi peggiori della mia vita: non potevo vedere mio papà, andavo alle visite di controllo prenatale da sola, nessuno ha organizzato una festa per il nascituro. Abbiamo rispettato le regole, rimanendo nella nostra bolla, da bravi cittadini che hanno a cuore la propria vita e quella degli altri. Ho partorito in ospedale senza mio marito e mio padre è morto senza la sua famiglia intorno, solo con un'infermiera a tenergli la mano. Non ha potuto stare con sua figlia, non ha mai potuto conoscere il suo nipotino appena nato, e io non ho potuto offrirgli un funerale.

Scendo i gradini fino al giardino e passeggio sul prato, adocchiando il giardino murato poco più in là. La casa era stata originariamente costruita su tre piani e l'architetto l'ha perfezionata disponendo la nostra camera da letto al piano terra, la cucina e la zona giorno al piano intermedio e altre stanze da letto all'ultimo piano. Ciò significa che possiamo uscire dalla nostra stanza direttamente in un giardinetto, che porta al giardino murato. Significa anche che possiamo entrare nella stanza dal giardino, motivo per cui mi sono assicurata di chiudere a chiave dall'interno questa mattina. Quindi perché adesso è aperta?

Cammino con cautela verso la porta semiaperta. Non c'è modo di entrare in giardino se non dalla casa, o forse scavalcando il muro? Mi guardo intorno: le mura sono alte, nessuno riuscirebbe a entrare senza essere notato. Giusto?

Esitante, apro un po' di più la porta. «Ehilà?» chiamo, sapendo che se qualcuno dovesse rispondere, con ogni probabilità sverrei per lo shock. Mi addentro nella stanza, rendendomi conto tutto a un tratto di quanto siamo vulnerabili a dormire al piano terra. Vago per la camera con maggiore sicurezza adesso, aprendo gli armadi, controllando nel bagno en suite e guardando attentamente dietro il vetro satinato, dentro la doccia. Nulla. Ritorno nella stanza, dove le foto sopra la testiera del nostro letto mi calmano: momenti felici, solo noi due, e poi altri momenti felici, solo noi tre. Vedo quella a cui doveva riferirsi

Chloe, di me con indosso un vistoso abito rosso: è stata scattata a una serata dedicata ai premi giornalistici. Avevo vinto il premio come miglior esordiente della mia regione ed ero euforica, nella foto ho gli occhi che mi brillano. Chloe ha ragione: quell'abito rosso mi stava bene. Avevo circa venticinque anni e la vita non mi aveva ancora toccata. Non mi ero mai resa conto di quanto fossi attraente allora. *Non ce ne accorgiamo mai, vero?*

Guardo la foto del mio bambino con indosso dei sandali blu di plastica, in piedi sulla spiaggia, il viso rivolto al sole, il sorriso smagliante. Afferro la scatola sopra l'armadio, dove l'ho messa ieri, il mio carico prezioso portato da Manchester. Mi siedo sul letto e lentamente la apro. Infilandoci una mano, lascio scivolare le dita sui sandali, sulla lucida plastica blu, fredda al tatto. Li scaldo con amore nelle mie mani, ricordando quanto era piccolo il mio bambino. Nella scatola giace piegata anche una maglietta a righe, insieme a qualche foto e a un cagnolino peloso che da piccolo stringeva e mordicchiava sempre. La mia scatola dei ricordi... Come passa veloce il tempo.

Dopo qualche minuto, rimetto tutto nella scatola, la riappoggio sopra l'armadio e mi volto per andarmene. Ma con mia grande sorpresa, la portafinestra ora è chiusa. Sono convinta di averla lasciata aperta, pensando che se qualcuno fosse entrato in casa, sarei dovuta scappare in fretta. *Che sia stato il vento?* mi dico, sapendo bene che oggi non c'è vento, nemmeno il più piccolo soffio. Provo questo impulso di andarmene, di lasciare la stanza e uscire all'esterno; perciò, cammino in fretta verso la porta e la apro. Mentre lo faccio, lancio un'occhiata alla vecchia me sul muro, il vestito rosso, gli occhi scintillanti, e mi chiedo se quello non fosse il meglio che potessi avere.

Esco di nuovo in giardino, assicurandomi di chiudere la porta a vetri, e per un istante mi chiedo quando Chloe abbia visto quella mia foto, e perché era nella mia camera da letto.

Sono stanca, sono stata lontana da mio marito per mesi e, essendomi trasferita in una nuova casa, è normale che mi senta un po' insicura. Chloe potrebbe aver usato il bagno en suite mentre era qui per far entrare il costruttore; potrebbe perfino aver varcato la portafinestra per andare in giardino. È una camera da letto al piano terra: ci sono molti più motivi innocenti per entrarci che se fosse a un piano rialzato, così scaccio i pensieri dalla mia testa, ci tornerò su un altro giorno. Per adesso, ho altre cose da fare, come vedere cosa ha fatto Tom nel giardino murato. Fremo per l'impazienza.

È stato il giardino murato a rubarmi il cuore quando abbiamo visto l'immobile per la prima volta quasi un anno fa. Nella mia mente, ho immaginato di trasformare quella terra incolta in un prato verde brillante per Sam in cui correre, nascondersi negli angolini e nelle fessure del muro. Ricordo chiaramente quel giorno: Tom e io ci siamo scambiati un solo sguardo e dal suo viso ho capito che era quella giusta.

«Questa casa *deve* essere nostra.» ha detto lui durante il viaggio di ritorno al nord.

Io non ero entusiasta quanto lui: la casa costava quasi un milione di sterline e non volevo dilapidare *tutta* la mia eredità per questo. Mio papà aveva lavorato sodo tutta la vita e, man mano che invecchiava, se ne stava tutto solo in un'enorme casa vecchia con l'umidità alle pareti e le perdite dalle tubature solo per avere qualcosa da lasciare a me. Non mi sarei mai aspettata che quella casa valesse così tanto, ma comprendeva molto terreno e, con qualche investimento, ha superato il milione. A causa di alcuni problemi con l'omologazione del testamento, ci è voluto molto tempo prima che i soldi finissero sul mio contro corrente e, finché non sono arrivati, io non mi sono sentita pronta a fare progetti. Temevo che le spese notarili e la tassa di successione si mangiassero tutta l'eredità, e solo quando ho potuto vedere l'importo nero su bianco mi sono sentita pronta a spenderlo.

Così, una volta saputo esattamente quanto avevamo a disposizione, ho venduto la casa di mio papà, ho messo in vendita l'appartamento e ho comprato questa casa. Ci sono voluti degli anni, ma almeno ho avuto il tempo di abituarmi all'idea di una nuova vita in un nuovo posto. Tom è molto più temerario di me e, mentre lui stappava lo champagne e faceva progetti, io mi sentivo male ed ero nervosa. È solo che avevo un brutto presentimento, ma non riuscivo a capire perché. Poi, una settimana dopo, Tom ha perso il lavoro in banca. Sapevo che avrei dovuto fidarmi del mio istinto, ma mi ero lasciata trascinare e volevo la stessa cosa che voleva Tom: una nuova vita con aria fresca e un giardino per Sam.

A Tom è stato solo detto che la banca stava facendo dei tagli al personale e il suo ruolo era ormai superfluo. Pare che sia successa una cosa simile anche a Chloe, ma lei è stata licenziata. *Chissà perché?*

Tom è fuori da tempo e io temo che possa essere stato trattenuto perché Sam non voleva essere lasciato solo. Perciò gli scrivo.

Sam sta bene? Ne hai ancora per molto?

Nei pochi minuti che ci mette a rispondermi, la mia immaginazione corre. Passo dal preoccuparmi per l'ansia da separazione di Sam a qualcosa di gran lunga peggiore. Penso sempre alle catastrofi, soprattutto quando si tratta della sicurezza delle persone che amo. E Sam è il mio cuore. Il trillo improvviso del cellulare mi fa sobbalzare e mi precipito ad aprire il messaggio di Tom.

Sta bene, torno presto.

Tipico di Tom, non è di molte parole. Muoio dalla voglia di sapere ogni minimo dettaglio sull'arrivo del mio bambino alla scuola dell'infanzia per la primissima volta. Voglio sapere cosa ha detto, come gli è sembrato, se ha fatto amicizia con gli altri bambini.

È stato Tom a scegliere l'asilo, dal momento che era già qua e ha potuto visitare il posto, conoscere gli insegnanti, esaminare la struttura. Ma domani porterò io Sam. Me la caverò, *voglio* esserci per lui, e ho bisogno di vedere con i miei occhi. Poi lo saluterò con la mano sapendo che sta bene; ma starà davvero bene? Sarò mai capace di rilassarmi e tornare a essere una brava madre?

Cercando di distrarmi, mi volto per ammirare la facciata esterna bianca e ristrutturata della nostra casa. Casa nostra. È bellissima, e io sono molto fortunata. Questo posto, questa casa, questo giardino potrebbero *salvarmi*. È del tutto possibile che io riesca a essere felice e al sicuro qui, e che riesca finalmente a lasciarmi tutto alle spalle. *Non succederà nulla di brutto.*

Me ne sto in piedi vicino al muro e inspiro l'inebriante profumo delle rose antiche: intenso, dolce, quasi stucchevole. Chiudo gli occhi e cerco di vedere al di là della mia paura del cambiamento, del mio senso di perdita. Sam potrà finalmente giocare all'aria aperta, correre, fare rumore e invitare tutti i suoi amichetti. Potremmo organizzare le sue feste di compleanno nel giardino murato, divertirci facendo chiassosi giochi di gruppo e splendidi picnic disordinati, e tutto questo dietro quel muro solido e sicuro. Sarà magico, e io non vedo l'ora di vedere che cosa ha realizzato Tom.

Le mura del giardino sono troppo alte per riuscire a guardare oltre, ma provo a immaginare cosa ci sia dietro. Sono tentata di sfondare la porta ed entrare di corsa, ma ho promesso a Tom che avrei aspettato e, come una bambina impaziente di fronte a un regalo di compleanno impacchettato, sposto il peso su una gamba, poi sull'altra, desiderando ardentemente che mio marito torni e apra la porta.

Tom ci sta mettendo una vita e io sto perdendo il mio autocontrollo. Non ci sarebbe niente di male a dare una sbirciatina, giusto? Ma proprio mentre allungo una mano per afferrare la maniglia della porta, sento la sua voce e faccio un balzo indietro, sorpresa.

«*Rachel!*» Il suo avvertimento è scherzoso «Non *osare* entrare lì dentro senza di me.» Scuote la testa, ma sorride mentre attraversa il prato diretto verso di me.

«Mi stavi osservando, Tom?» chiedo in tono spiritoso.

Si dipinge sul viso una finta espressione imbronciata, proprio come quella di Sam quando combina qualche monelleria.

«E va bene, stavo solo per sbirciare oltre la porta. Ci hai messo *secoli*, non potevo aspettare un minuto di più.»

Mi sta ancora guardando come un insegnante severo.

«Comunque, come sta Sam? Non ha pianto, vero?»

«No, stava *bene*.»

Mi sposta da un lato con delicatezza e si avvicina all'entrata, fermandosi di fronte alla porta, le braccia conserte, sorvegliando l'ingresso nel mio giardino.

«Fammi vedere!» lo imploro per gioco.

«Non so se ti meriti di vederlo, avevi promesso di non guardare.»

«Non ho effettivamente *aperto* la porta.» Sorrido raggiante, divertita da questo botta e risposta.

Tom scoppia a ridere e mi afferra per la vita, attirandomi a sé, le sue braccia mi avvolgono, i suoi baci caldi e bramosi, proprio come ieri sera. Mi sciolgo sul suo petto, la camicia bianca di lino fredda contro il mio viso e il mio collo. Ci siamo mancati. Lo voglio, ma allo stesso tempo non posso più rimandare questo momento, così mi allontano con delicatezza. «Posso guardare adesso?»

Tom alza gli occhi al cielo e con dolorosa lentezza inizia ad aprire la porta, poi si ferma. «Ricordi com'era prima?»

«Sì.» rispondo impaziente.

«Ecco, quando abbiamo sgomberato il terreno, rimosso tutti gli arbusti morenti e tutti gli altri detriti, c'era qualcosa sotto.»

«Cosa?»

«Qualcosa di molto speciale.»

Non riesco nemmeno a immaginare quali meravigliosi tesori fossero nascosti qui, e voglio vederli con i miei occhi. Penso a una piccola area giochi per bambini, ghirlande luminose, bellissime piante e piccole nicchie per i giochi da giardino. Avevo anche suggerito di prendere un trenino per Sam, o un trattore, e una scacchiera, una *gigantesca* scacchiera... Riesco a malapena a trattenermi.

Finalmente, Tom apre la porta con una spinta.

In piedi dietro di lui, trattengo il respiro mentre la porta si spalanca. Non riesco a vedere nessuna pianta, nessuna ortensia blu o rosa bianca, i miei fiori preferiti, cosa che Tom sa bene. Mentre attraversiamo la porta ad arco, sembra tutto incredibilmente piatto e non riesco a capire cosa sto guardando. Non riesco bene a distinguerlo, nemmeno addentrandomi sempre di più nello spazio illuminato dal sole. Non vedo nulla del mio giardino segreto, niente alberi, niente prato ondeggiante con al centro la statua in pietra di una bambina, niente salite e discese, luci e ombre, cantucci in cui nascondersi, angolini in cui leggere, né posti caldi in cui i gatti possono sonnecchiare.

Me ne sto in piedi all'ingresso, scioccata alla vista di quello che sembra uno spazio vuoto davanti a me. Le mura sono state intonacate all'interno, lisce e bianche, e qualche pezzo di arredo da giardino pseudoartistico è sparso qua e là: ombrelloni di un intenso color rosa fenicottero contro il nero dei lettini da spiaggia, il tutto in uno stile rétro anni Trenta. Nel bel mezzo c'è un enorme rettangolo blu scuro.

Non riesco a parlare. Il mio bellissimo e tanto desiderato giardino segreto è stato raso al suolo.

Dopodiché, Tom preme un interruttore sulla parete e l'enorme rettangolo inizia a muoversi. Lentamente, scivola sul terreno e rivela ciò che sta sotto, a poco a poco. La delusione mi pugnala al petto non appena mi rendo conto, con orrore, di cosa sto guardando.

Ciò che adesso riempie il meraviglioso spazio verde che mi ero immaginata, il giardino segreto dei miei sogni, è l'unica cosa con cui non potrei mai vivere. Un'enorme, luccicante, *spaventosa* piscina.

6

«È sempre stata qui,» sta dicendo Tom, «sotto tutta quella spazzatura. Le fondamenta di una piscina, riesci a crederci?»

Le lacrime mi riempiono gli occhi mentre fisso quella che, per me, sembra una tomba colma d'acqua. Riesco a malapena a comprendere ciò che sto guardando.

Il passato mi piomba addosso in un attimo e mi travolge come un'onda. *Un flash di schizzi frenetici, le urla di un bambino.*

«Mi è sembrato di trovare un tesoro sepolto.» dice, osservandola come se ne fosse innamorato.

Io non riesco a parlare. Di certo Tom saprà quanto questo sia angosciante per me, no?

Ma lui è così affascinato, così ammaliato dalle piastrelle turchesi, dalla copertura all'avanguardia; ora mi sta mostrando le luci della piscina, che illuminano le piastrelle che, a loro volta, illuminano l'acqua.

«Solo premendo un interruttore...» Tom parla, parla, ignaro dei miei sentimenti, ignaro della mia paura. Dà semplicemente per scontato che io la adori tanto quanto lui. È come se non mi vedesse nemmeno.

Alla fine, distoglie lo sguardo dall'azzurro brillante per guardare me, e la sua espressione svanisce.

«Perché, Tom?» mi sento dire. «Perché?»

Sembra non sentirmi nemmeno. Si china, ipnotizzato, e immerge la mano nella piscina, facendola ruotare. L'acqua adesso lambisce i bordi, si lecca le labbra, in attesa, in attesa. Perché mai mio marito *farebbe* una cosa del genere?

Non riesco a sopportare di stare qui con lui.

Come una bambina spaventata, scappo via, attraverso l'arcata, sbattendo la porta alle mie spalle. Mi faccio strada nel giardino e per tutto il tempo Tom grida «Rachel, fermati!» Sta urlando ancora più forte adesso, i suoi passi rimbombano rapidi dietro di me mentre corre per raggiungermi.

Corro su per le scale che conducono al patio e sto per entrare frettolosamente in cucina attraverso la porta a vetri aperta quando lui mi raggiunge.

«Rachel, qual è il problema?» Mi afferra per un braccio e io mi volto a guardarlo, il suo viso è il ritratto del dolore e della confusione.

Mi appoggio all'isola della cucina, ansimante, incapace di formulare le parole, senza fiato per la corsa e per il bruciore al petto.

Solo dopo qualche minuto riesco a dire qualcosa. «Perché mi hai... *fatto* questo?» chiedo, il mio viso è ora inondato di lacrime. «Pensavo fosse un giardino, un bellissimo giardino in cui Sam avrebbe potuto giocare, che tutti noi avremmo potuto goderci... e tu l'hai *rovinato*. L'hai trasformato in qualcosa di *orribile*.»

«Tesoro, mi dispiace tanto, ho commesso un terribile errore. Non avevo idea che ti avrebbe sconvolta così tanto.» Sembra sinceramente incredulo.

«Ma senza dubbio *sapevi* che mi avrebbe sconvolta, no?»

Tom scuote la testa. «Sono un idiota, un *idiota*. Pensavo di poterti aiutare a superare le tue paure. Pensavo che se avessi avuto questa splendida piscina nel tuo giardino segreto, avresti potuto imparare a convivere con ciò che è successo, vedere Sam nuotare, sapere che è al sicuro.»

Lo fisso a lungo, tentando disperatamente di trovare le parole giuste. «Ho rinunciato alla vita che conoscevo, dove mi sentivo sicura, e sono venuta qui per te. Farò fatica, eppure ci sto provando con tutta me stessa. Ma quello... quello... Tom, hai riempito il giardino con una *piscina*?» dico incredula. «Cos'è, una specie di scherzo malato?»

Tom arrossisce di rabbia, o imbarazzo, o non so cosa. «Senti, so che non sai nuotare, ma... Davvero, pensavo che se l'avessi resa bella, se avessi scelto qualcosa di elegante, gli ombrelloni rosa, i lettini neri...» Fa una pausa, poi si ricorda di qualcosa. «e non dimentichiamo il mosaico di un turchese brillante dentro la piscina... Se guardi attentamente riesci a vedere le nostre iniziali, TRS: io, te e Sam...» La sua voce si affievolisce, sa che è inutile cercare di convincermi.

«Gesù!» è tutto quello che riesco a dire.

Tom fa un respiro. «Capisco che ciò che provi tu possa sembrare incomprensibile per me, ma è il contrario... Ho pensato... Ho *davvero* pensato di poter trasformare la tua paura in qualcosa di diverso, in qualcosa di bello.»

Scuoto la testa per lo stupore.

Lui si avvicina, mi avvolge nelle sue braccia. Sta cercando di farmi sentire meglio, ma i suoi tentativi di calmarmi servono solo a riaccendere il mio risentimento, facendomi venire voglia di liberarmi dal suo abbraccio. Lo allontano con tanta forza che per poco non lo faccio cadere a terra. L'espressione sul suo viso è di puro dolore e paura, e subito mi odio. Come ho potuto fare questo all'uomo che amo?

«Mi dispiace tantissimo, ho sbagliato, ho sbagliato tutto.» Sembra addolorato, il che mi fa sentire ancora peggio.

Si mantiene a distanza adesso, la testa bassa, le braccia lungo i fianchi come una bambola di pezza. Mi rendo conto, in questo preciso momento, che il mio dolore è contagioso, ferisce le persone che amo quasi quanto ferisce me. Rimaniamo entrambi in silenzio a lungo, io appoggiata all'isola della cucina, Tom in piedi contro il frigorifero, come due pugili esausti ma ancora sul ring, entrambi riluttanti all'idea di un secondo round.

«So che non sai nuotare, ma pensavo che potessimo...»

«No, *non* so nuotare,» ribatto, cercando ancora disperatamente di tenere il coperchio sulla pentola a pressione che è il mio petto, «quindi perché mettere una piscina nel mio giardino?»

Tom mi guarda come se non mi conoscesse, o non mi volesse conoscere. «Perché non si tratta soltanto di *te*.» mormora. «Che mi dici di Sam?»

«Esattamente. Nemmeno lui sa nuotare, e se si avvicinasse a quella piscina...» Non riesco nemmeno a finire la frase.

«E *perché* non sa nuotare?» dice lui in tono dolce. «Perché *tu* non glielo lasci fare.»

«Lo farò, ho solo bisogno di tempo.» dico, consapevole che Tom ha ragione; sto ostacolando mio figlio, frenandolo con le mie paure. Non sono stata capace di smettere di sorvegliarlo fin dal giorno in cui è nato.

«Hai pensato di andare da uno psicologo?» domanda Tom.

Lascio andare un profondo sospiro. *Non ricominciamo con questa storia.* «Te l'ho detto, è inutile. So bene perché mi sento così, e l'ultima cosa che voglio fare è rivivere tutto ancora e ancora a ripetizione per permettere a qualcun altro di analizzarlo. Lo analizzo da sola ogni singola ora di ogni singolo giorno, Tom.»

«Parli anche nel sonno. Ti perseguita, Rachel, e continuerà a farlo sempre finché non chiederai aiuto.» dice. «Ingenuamente ho pensato, dal momento che rifiuti qualsiasi tipo di supporto dall'esterno, di poterti aiutare io stesso costruendo la piscina.»

Questo mi addolcisce. «So che le tue intenzioni sono buone, amore. Tu vedi il mio dolore e cerchi sempre di rimediare, ma certe cose, semplicemente, non si possono aggiustare.»

«Credo solo che affrontare le tue paure faccia a faccia possa aiutarti.» dice lui, con tenerezza, allungando una mano e toccandomi la guancia.

«Forse hai ragione, ma quando alla fine deciderò di affrontare le mie paure, dovrò farlo a modo mio, in uno spazio sicuro.»

«È esattamente quello che sto cercando di dire: questa è casa tua e qui puoi imparare a nuotare. Sam può godersi l'acqua e noi possiamo stare tutti insieme in quello spazio sicuro insieme a te. Ma se davvero credi di non potercela fare, la farò demolire. Possiamo cementarla, Rachel, dimmi solo cosa vuoi fare, okay?»

Accetto di pensarci su, ma nel profondo non riesco a immaginare un tempo in cui mi sentirò abbastanza forte da entrare in acqua. Per quanto riguarda Sam, non posso trattenerlo, né tantomeno dovrei, è solo che non sono ancora pronta.

«Devo mandare delle mail.» dico. «Mi è venuta qualche idea per degli articoli che potrei scrivere.»

«Okay.» dice Tom lentamente. Credo che entrambi sappiamo che sto mentendo, che voglio solo passare un po' di tempo da sola. Ho la testa piena di pensieri: come posso dormire con quell'affare in giardino, a pochi passi da mio figlio? Come posso anche solo conviverci mentre sono sveglia? Vivrò nella costante preoccupazione che Sam o qualcun altro posso caderci dentro.

All'improvviso mi rendo conto di non aver visto alcuna fattura per la piscina; è probabile che sia stata pagata dal mio conto corrente, con i soldi di papà.

«Prima di andare, c'è un'altra cosa.» dico. «Quanto è costata?»

«La piscina?» chiede lui, sta chiaramente temporeggiando.

«La piscina.» ripeto, il mio cuore batte forte adesso. Non oso neanche immaginare quanto possa costare una piscina. Ma dubito fortemente che la cifra rientrasse nel nostro budget.

«Ho ottenuto un buon prezzo, mi sono affidato alla gente del posto...»

Attendo, fissandolo, con la bocca secca.

«Quanto, Tom?»

«Circa sessantamila.»

«No. No. Non hai davvero speso tutti quei soldi?»

«L'ho fatta costruire per aiutarti.» Arrossisce. «E accrescerà il valore della proprietà, è un buon investimento.» insiste, cercando disperatamente di giustificare questa ingente somma di denaro.

Me ne sto lì appoggiata al bancone della cucina, riluttante a guardarlo, incapace di comprendere.

«Continui a dirmi che i soldi sono di *entrambi*, ma non è così, vero?» aggiunge, rassegnato.

«So che mio papà li ha lasciati a me, ma per quanto mi riguarda appartengono a tutti e due. Il problema qui è che quei soldi non sono infiniti. Abbiamo speso quasi tutta l'eredità per questa casa.»

«Da quando sono arrivati questi soldi sei cambiata, sei diventata una maniaca del controllo, e sta intaccando il nostro matrimonio.» sbotta.

«Sono d'accordo, i soldi hanno cambiato le dinamiche tra di noi, ma questo perché abbiamo prospettive diverse. Io voglio risparmiare: tu adesso fai consulenze e non hai uno stipendio, e per il momento i miei articoli rendono molto poco, in più sto iniziando tutto da zero, in un posto nuovo con persone nuove. Non posso più scrivere per il mio vecchio editore perché è un giornale di Manchester, con notizie di Manchester.»

«Quindi adesso è colpa mia, perché non ho un lavoro e tu hai rinunciato a tutto per venire qui?»

Vorrei dire di sì, ma non sarebbe giusto.

«Tom, non sono arrabbiata perché non abbiamo delle entrate fisse. Sono arrabbiata perché stiamo spendendo quei pochi soldi che ci restano dopo l'acquisto della casa. E tu continui a prendere decisioni importanti che si ripercuotono su di *me*, sia emotivamente che economicamente. Hai distrutto il nostro giardino e l'hai rimpiazzato con una cosa che non possiamo permetterci e che io nemmeno voglio...» La voce mi trema per l'emozione.

«Qualcosa che *tu* non vuoi? È per questo, Rachel?» La sua voce è calma ma segnata dal dolore e dal risentimento.

«Non sono arrabbiata perché non la *voglio*, sono arrabbiata perché ne sono terrorizzata, cazzo!» grido. «*E* perché tu hai speso tutti i nostri soldi per averla!»

«I *tuoi* soldi, sono i *tuoi* soldi. Le clausole nel testamento di tuo padre erano molto chiare: ha detto che il mio nome non poteva figurare sul conto corrente. Hai idea di come questo mi faccia sentire?»

«Mi dispiace che abbia fatto scrivere così. Odio il fatto che sia stato così specifico nell'affidare a me il controllo esclusivo dei soldi, ma era confuso. Lascia perdere le formalità, sono i *nostri* soldi.»

«Non posso lasciar perdere. Mi serve il tuo permesso, la tua firma, per fare qualsiasi cosa! Non posso nemmeno comprarti un regalo di compleanno, né dei fiori o dei cioccolatini per farti una sorpresa, né pagare la cena, perché serve la tua firma. E sinceramente, non mi interessa dei soldi, quello che davvero mi ferisce è che a quanto pare tuo padre mi odiava.»

«Oh, Tom, non essere sciocco. Hai una carta di credito, puoi usare quella.»

«Ma tu vieni comunque a sapere tutto quello che spendo, e ogni grande acquisto deve essere approvato da te.»

«Non l'ho voluto io, è stata una clausola di mio papà. La cambierei se potessi, ma non posso.»

«È solo che fa male,» dice, «ed è umiliante.»

«Lo so, amore. Era solo un po' confuso negli ultimi mesi. Ma diceva sempre che tu eri il figlio che non aveva mai avuto.»

«Già, be', a quanto pare non è così. Non si fidava di me, e nemmeno tu!»

7

Io e Tom ci ritiriamo in parti separate della casa per il resto della giornata, entrambi chiusi nel nostro rancore e senso di ingiustizia. È solo quando guardo l'orologio e mi rendo conto che è quasi ora di andare a prendere Sam che esco dal mio ufficio e vado a cercarlo. È seduto sul patio a scrollare il telefono, e gli chiedo se viene con me a prendere Sam.

«Sì, certo.» risponde. Sembra silenzioso, ferito, ma lo sono anch'io, e mi rifiuto di consolarlo. E poi, ho ancora qualche domanda.

«Tom, dove hai preso i soldi per pagare la piscina?» chiedo.

Ha un'aria sconfitta.

«Non c'è niente sull'estratto conto mensile, nessuna fattura?»

Ha gli occhi lucidi. «Non l'ho ancora pagata...»

«Mi prendi in giro, vero?»

Scuote la testa.

«Quindi come faremo a pagarla? Ti ho detto settimane fa che i soldi di mio padre stavano finendo, perché sei andato avanti con il progetto?»

«Pensavo ce ne fossero abbastanza per pagarla.»

«Sì, abbiamo ancora qualcosa in banca, ma quei soldi ci servono per mangiare e pagare le bollette. Non lo capisci, Tom?» Non riesco a credere che siamo arrivati a tanto. Solo fino a pochi mesi fa avevo intenzione di donare una parte dei soldi in beneficenza per i bambini e adesso non ci rimane più nulla.

«Va benissimo comprare una casa come investimento, ma spenderci ogni singolo centesimo che abbiamo, quando nessuno dei due ha un lavoro, è una follia. Non riesco a credere che ci siamo cacciati in questa situazione.»

Non risponde, e come potrebbe? Sa bene che ho ragione. È stato avventato, inebriato dalle somme di denaro in banca, ma li ha spesi come se ne avessimo di più.

So perfettamente che adesso dobbiamo affrettarci per andare a prendere Sam all'asilo in tempo, e questo non è il momento di portare avanti questa conversazione.

Camminiamo in silenzio verso l'asilo, entrambi arrabbiati, entrambi convinti delle nostre ragioni, come di solito fanno tutti. Arrivati a scuola, al momento di prelevare Sam parliamo con gli altri genitori annuendo e sorridendo, tenendo nascosti i nostri problemi. Il mio entusiasmo all'idea di fare nuove amicizie in questa nuova vita è, per il momento, sospeso. Trovo difficile non pensare all'enorme quantità di denaro che dobbiamo ancora pagare per quella gigantesca vasca d'acqua nel nostro giardino.

«Ti sei divertito al tuo nuovo asilo?» chiedo a Sam mentre camminiamo verso casa, io e Tom al suo fianco, ciascuno da un lato, tenendolo per mano.

Sam annuisce. Sembra stia bene, ma non dice granché. Speravo che stare con gli altri bambini lo stimolasse un po', ma mentre i suoi compagni sono usciti dalla classe urlando a squarciagola, nostro figlio ha camminato tutto composto verso di noi e ha atteso pazientemente che gli infilassi il giubbotto.

«È stato bravissimo. È molto silenzioso, vero?» commenta la maestra prima che ce ne andiamo.

«È sempre stato così. Probabilmente sarà più studioso che chiassoso.» dico, sentendomi come se mi stessi scusando per l'ottimo comportamento di mio figlio.

Quanto vorrei vederlo strillare e fare confusione e avere un motivo per dirgli di calmarsi e fare il bravo, ma purtroppo mio figlio è perfetto. Troppo perfetto. Mi domando se questo non sia l'effetto del lockdown. Per i primi diciotto mesi della sua vita ha vissuto chiuso in un appartamento, interagendo soltanto con i suoi genitori.

Sulla via del ritorno ci fermiamo a prendere un gelato e, quando arriviamo a casa, il clima tra me e Tom è un po' più disteso. Così, quando Tom mi prende in disparte mentre entriamo in casa e mi chiede sottovoce «Possiamo fare vedere la piscina a Sam?», annuisco riluttante. Lui è chiaramente entusiasta e io mi rendo conto che, per quanto odi questa situazione e sia paralizzata dalla paura, devo stare al gioco per il bene di Sam.

«Abbiamo una *sorpresa* per te.» dice Tom, sorridendomi con aria cospirativa mentre prende Sam per mano e ci fa strada. Guida nostro figlio all'esterno, lungo il giardino e verso la porta ad arco nel muro, dove si ferma un istante. Sam lo guarda, attendendo pazientemente la sua sorpresa, ma Tom fa finta di non riuscire ad aprire la porta. Non posso fare a meno di sorridere mentre si dimena armeggiando con la maniglia, poi spalanca la porta inscenando una pantomima a beneficio di nostro figlio, che ridacchia della performance da commediante di suo padre. Li seguo oltre la soglia, sorridendo nervosamente man mano che si avvicinano all'acqua, poi non riesco a trattenermi: accelero il passo e afferro la mano di Sam. Mantenendo il sorriso-smorfia stampato in faccia, cerco di non permettere alla mia paura di paralizzarmi. Non devo passare la mia ansia a Sam, lui *non deve* sapere. Vedo Tom lanciarmi un'occhiata per accertarsi che io stia bene, poi mi strizza l'occhio e all'improvviso si toglie la maglietta.

«È una piscina, Sam!» annuncia, tuffandosi con un forte tonfo.

La bocca di Sam è spalancata. È scioccato, stringe la presa sulla mia mano e si infila tra le mie gambe per mettersi al sicuro.

«Dov'è andato papà?» chiede, facendo eco alla mia stessa paura.

«È lì, tesoro.» Indico Tom, cercando di domare la mia rabbia per questo suo modo ridicolo e piuttosto allarmante di presentare la piscina a nostro figlio. Adesso è una macchia scura che si muove appena sotto la superficie. «È lì papa.» dico, con la voce roca per la paura.

«Papà! Papà!» lo chiama Sam, e finalmente Tom riemerge, sorridente.

«Cosa te ne pare, campione?» chiede, nuotando fino al bordo.

Sam fa un passo avanti, ma il mio istinto è quello di tirarlo indietro.

«Forza, non entri?» Tom ha le braccia aperte davanti a Sam, che è insicuro.

Nonostante il tentativo di nascondere i miei sentimenti, adesso sono rigida dalla paura e incapace di incoraggiarlo. È evidente che Sam l'abbia in qualche modo percepito, e ora stringe le mie gambe mentre io me ne sto lì paralizzata.

«Mamma, aiuti Sam ad entrare in piscina con papà?» chiede Tom, immerso fino alla vita nell'acqua assassina.

«Credo... credo che voglia solo... che voglia solo *guardare* per ora.» La mia voce si incrina per il terrore. Non so come nasconderlo, come fermarlo. *Non succederà nulla di brutto.*

«Non voglio entrare in acqua, mamma, non farmi entrare.» Il suo visino mi sta fissando dal basso implorante.

Ogni fibra del mio corpo grida "no", ma sposto lo sguardo dal mio bambino al volto speranzoso di mio marito, e non credo alle parole che sento pronunciare dalla mia bocca. «Forza, Sam, papà ti sta aspettando. È assolutamente sicuro.» mento.

Tom sembra sollevato e mi sorride riconoscente, ma Sam è ancora aggrappato alle mie gambe, rifiutandosi anche solo di guardare in direzione di Tom.

«Forza, campione, è divertentissimo» grida Tom.

Mi inginocchio accanto a Sam nella speranza che, procedendo per gradi, entrambi riusciremo ad affrontare la paura. So che Tom preferirebbe strappare via il cerotto in un colpo solo e buttare Sam in acqua, ma sa anche che io rischierei l'infarto se lo facesse.

«Coraggio, tesoro, togliti la maglietta, così puoi entrare in acqua con papà» dico con dolcezza. Ma non appena termino la frase, lui serra le braccia così che io non possa toglierla, il suo corpicino rigido per la tensione e il rifiuto categorico.

«Non posso obbligarlo, Tom.» dico voltandomi verso di lui, sconsolata. «E credo anche che dovrebbe indossare un giubbotto salvagente.»

«Ci sono qui io, posso tenerlo. Deve imparare senza il giubbotto! Gli stai trasmettendo le tue paure...» inizia a dire, irritato.

«Non è *vero*!» ribatto a denti stretti.

Tom solleva le braccia in acqua come a dire che è stufo, poi punta il dito contro di me. «Questa è opera tua!» E così dicendo, si allontana a nuoto, fino al bordo opposto della piscina, mentre io e Sam rimaniamo in piedi dall'altro lato.

Inizia a tremargli il mento. «Perché papà è arrabbiato?»

Non posso sopportare questa situazione un minuto di più. «Non è arrabbiato, tesoro, sta solo nuotando, e se anche tu vuoi nuotare, puoi entrare in acqua.»

Scuote la testa con vigore.

«Va bene, se non vuoi, non devi entrarci per forza.»

«Voglio tornare dentro.» Sembra turbato, il labbro inferiore protruso. Non voglio fare una scenata; comprometterebbe qualsiasi possibilità di tornare in questo posto e così, senza dire una parola a Tom, riaccompagno Sam in casa.

Più tardi, quando Sam è a letto, Tom prepara la cena e ce ne stiamo seduti al tavolo esterno insieme, mangiando il risotto, senza parlare. Come al solito, sono io a dover rompere il silenzio.

«Mi dispiace per oggi,» dico, «ma non credo che dovremmo forzare le cose con Sam.»

Tom ha l'aria affranta. «No, dispiace a *me*, sono stato impaziente.» dice con delicatezza. «È da settimane che sto organizzando questa cosa e volevo condividerla con voi due, ma ho sbagliato tutto. Invece di renderti felice, ti ho fatta arrabbiare. Stupidamente, mi aspettavo che tu e Sam vi sareste tuffati, ma tu hai paura, hai bisogno di tempo. Sono stato un idiota insensibile.»

«No, non è vero. Devo andare avanti, cercare di superare tutte le paure, ma le sento qui.» dico battendomi il petto. «Avevi ragione ieri quando hai detto che devo lasciarmi andare. Tu ami nuotare e vuoi che anche a tuo figlio piaccia, è comprensibile.»

«È vero, ma non se questo ti rende infelice. Diamoci un po' di tempo, e se proprio non riesci a convivere con la piscina, la riempiamo di cemento e ci seminiamo sopra un po' d'erba, va bene?»

Il sollievo mi invade come un'onda. Lo farei in questo preciso istante se potessi, ma so che non sarebbe giusto. So anche che Tom è convinto che imparerò ad amarla quanto la ama lui, ma non c'è niente di più sbagliato.

Dico «Sono sicura che Sam imparerà ad amarla. Devi essere paziente con tutti e due: è anche figlio di sua madre, e per quanto vorrebbe essere come suo papà, credo che sia anche cauto come me. Probabilmente non ha un talento naturale per il nuoto come te.»

«Forse, ma viviamo vicino al mare adesso, è più pericoloso se *non* sa nuotare.»

Tom ci ha provato con tutte le sue forze; devo offrirgli qualcosa in cambio. «Forse, se assumiamo un istruttore che gli insegni a nuotare, con i braccioli e tutto il resto, potrebbe essere utile?» dico esitante.

«Mi sembra una buona idea. Voglio solo che sappia nuotare, è un'abilità necessaria per la vita. Vorrei che anche *tu* imparassi.» aggiunge, malinconico.

Sorrido rigidamente. «Magari un giorno. Per ora assumiamo qualcuno e partiamo da qui, va bene?» suggerisco, ma Tom è assorto in una delle sue fantasie.

«Immagina, noi tre insieme in quella piscina.» dice nel tentativo di vendermi il suo sogno. Ma non è così semplice. Non posso semplicemente premere un interruttore e spegnere il passato... magari potessi! «Potremmo farci una nuotata tutti insieme al mattino presto, quando il sole è appena sorto e l'acqua è ancora fredda.» dice, i suoi occhi brillano all'idea. «E i bagni notturni, quando il mondo dorme e ci siamo solo noi e la luna piena. È pura magia, Rachel.»

«Lo fai sembrare meraviglioso.» mormoro, sentendomi in colpa. Come posso oppormi al fatto che mio figlio si goda tutto ciò? Le mie paure sono le *mie* paure; non dovrebbero influenzare la vita del mio bambino e intaccare il nostro modo di essere una famiglia. Tom ha sempre amato fare immersioni e snorkeling e racconta la vita in fondo all'oceano come fosse una poesia, la vegetazione, i pesci meravigliosi, il blu infinito. Ironia della sorte, ciò che a lui dona così tanta gioia a me provoca agonia.

Appoggio la posata, abbandonando il risotto, non riesco più a mangiare.

«Le vedo tutte le possibilità che la piscina offre, ma il punto è che non mi *fido* dell'acqua. So di cosa è capace.»

«La fai sembrare una cosa sinistra.»

«Per me lo è.» La mia vita è stata plasmata dall'acqua, e nei miei incubi mi vedo sempre annegare.

«Questa volta è diverso: non succederà nulla di brutto.» Sorride, mi stringe la mano e raccoglie i piatti per portarli in cucina.

«Vado a vedere come sta Sam.» dice, lasciandomi lì a guardare le mura che circondando la piscina. Queste pareti ci tengono fuori o ci intrappolano dentro? I mattoni sono compatti, ruvidi al tatto; l'edera intricata e nodosa avvinghia la pietra, strisciando tra le soffici rose. Mentre cala il tramonto, resto a guardare a lungo e mi chiedo se l'edera non stia strangolando le rose, finché Tom ritorna dopo aver controllato Sam.

«Sta bene?» sorrido, ma lui mi rivolge un'occhiata strana. «Che c'è?»

Tom non si siede, resta in piedi accanto al tavolo, distratto. «Sì, sta bene, dice cose senza senso, sai. Probabilmente era solo un sogno.»

«Perché, cosa ha detto?» sorrido impaziente, aspettandomi di sentire qualche aneddoto esilarante sul nostro bimbo di quattro anni.

«Ha detto che poco fa ha guardato fuori dalla finestra e c'era qualcuno in piscina che lo salutava con la mano.»

8

La paura mi esplode nel petto mentre entrambi ci voltiamo verso il muro, ma da qui non riusciamo a vedere la piscina. Mi alzo in piedi e, d'istinto, entrambi ci incamminiamo lentamente attraverso il giardino. Quando arriviamo alla porta, Tom la apre pian piano e io trattengo il fiato. Sono così tesa che la mia pelle è sensibile al tocco. Tom fa strada e, nel silenzio pesante, sento qualcosa in acqua. È troppo buio per riuscire a vedere, ma mi afferro a Tom, e insieme ascoltiamo lo sciabordio dell'acqua mentre qualcosa si muove al suo interno.

«Che cos'è?» sussurro.

Non risponde. Entrambi rimaniamo in piedi nell'oscurità, in attesa che l'intruso, cosa o persona che sia, finalmente si riveli.

«Aspetta qui.» mi dice all'orecchio con voce così bassa che a malapena riesco a sentirlo. «Vado ad accendere le luci della piscina.» A stento riesco a vederlo mentre si muove rapido fino all'altro lato del rettangolo, verso gli interruttori.

È quasi completamente buio ormai, e io mi sento sola e spaventata così vicina all'acqua. Vedo l'ombra indistinta di Tom, sembra avere un problema con le luci.

Stringo il telefono in mano. «Tom,» grido, «devo chiamare la polizia?»

Ma proprio in quel momento si accendono le luci. Gemo lievemente nel vedere l'acqua che si muove, come per effetto di una scossa di assestamento. Qualcosa ha rotto la tensione superficiale dell'acqua fluorescente.

Tom ritorna da me e, leggendo il terrore sul mio volto, si affretta a cingermi dolcemente con un braccio.

«Non c'è nessuno. Sam deve averlo solo sognato.» dice piano, ma i nostri occhi sono attratti dall'acqua ancora in movimento. Capisco che anche lui è un po' scosso.

«Sì, nessuno può entrare.» concordo. «Dovrebbero attraversare la casa per riuscire ad arrivare alla piscina.» Sono consapevole che le mie parole servono a confortare me stessa tanto quanto Tom.

Mentre torniamo in casa, la mia cara vecchia amica Ansia mi sta lentamente avvolgendo nelle sue spire.

«Già, Sam deve averlo solo sognato.» sta mormorando Tom.

«E ha visto la piscina oggi per la prima volta, dev'essere la sua mente che gli gioca brutti scherzi.» aggiungo. «Ma un po' mi ha messo i brividi, sai, l'idea di qualcuno che saluta dalla piscina. Di notte...» Spalanco gli occhi fingendo terrore, ma è reale, e Tom lo sa.

Una volta raggiunto il patio, entrambi ci sediamo a tavola in silenzio per qualche istante, finché non è lui a parlare.

«Be', direi che nostro figlio ha una fervida immaginazione, no?»

«Sì, senza dubbio.» rispondo, incerta.

Venire a conoscenza dell'incubo di Sam mi ha riportata indietro nel luogo che più temo al mondo. È un luogo in cui i brutti ricordi si annidano nelle grotte marine e il pericolo è in agguato sotto il brillante colore blu scuro dell'oceano... o della piscina.

Tom versa un altro bicchiere di vino a entrambi, e noto che è quello che ci ha regalato Rosa per l'inaugurazione della nuova casa. Mi fa venire nostalgia della mia amica e del posto in cui ho vissuto per tutta la mia vita.

«Stai bene?» chiede Tom, percependo la mia malinconia.

«Sì, sto bene, stavo solo pensando... Mi mancherà Manchester, e Rosa.»

Si stringe nelle spalle. «Sono sicuro che troverai un'altra Rosa.»

C'è una punta di fastidio nella sua voce, che spesso appare quando la nomino.

«Non essere cattivo, Tom!»

«Scusa, non era mia intenzione. È solo che non capisco cosa ci veda una persona come te in una come *lei*.»

«Sul serio? È l'infermiera che ha tenuto la mano di mio padre mentre lui moriva, perché io non potevo essere lì.» dico. «È unica, e io spero che faccia per sempre parte della mia vita.»

«Non dico che sia una brutta persona, penso solo che a volte sia un po'... piena di sé.»

Non so bene da dove venga questo suo pensiero. Semplicemente lei non gli piace, tra loro non c'è sintonia, ma lui non sa perché, e così l'unica cosa che gli viene in mente è "piena di sé".

Non conosco Rosa da molto tempo, ma mi sembra che siamo amiche da una vita. È stata lei a chiamarmi durante il lockdown per darmi la notizia della morte di mio papà. Sapendo quanto fossi devastata, ha continuato a farsi sentire per telefono nelle settimane successive e, quando il lockdown è finito, le ho chiesto se potessi offrirle un pranzo. Volevo semplicemente incontrarla e ringraziarla e chiederle degli ultimi giorni di mio papà. Mi ha raccontato di quanto lui mi amasse e di come avesse condiviso con lei i ricordi di mia mamma, ed ecco fatto: l'inizio di tantissimi altri pranzi e di un'amicizia di cui faccio tesoro. Rosa è il lato positivo di un qualcosa di terribile. Ha lasciato il

SSN dopo il Covid e ha trovato lavoro come infermiera in un ospedale privato in Irlanda, ma mentre era lì ci siamo scambiate messaggi e chiamate ogni singolo giorno, e adesso è tornata in Inghilterra. Non vedo l'ora di rivederla.

«So che Rosa non ti piace. Mi sono resa conto fin dall'inizio che voi due non sareste mai stati amici. Siete molto diversi. Non devi per forza esserle amico, ma cerca almeno di essere gentile. Per favore.»

«E va bene, immagino che almeno una cosa in comune ce l'abbiamo: entrambi ti amiamo.» conviene con una strizzatina d'occhio.

«Sì, e può sempre venire qui e fermarsi a dormire quando tu sei via per una consulenza. Non devi fingere che ti stia simpatica se non ci sei.»

«Immagino che mi toccherà fare qualche telefonata se voglio trovare un nuovo lavoro. Prima o poi dovrò pur tornare alla realtà, giusto?» dice. «Odio il mondo bancario, quanto vorrei poter rimanere qui e armeggiare con mattoni e vernice.»

«Lo so, amore, ma adesso che abbiamo speso tutti questi soldi per la casa, devi andare là fuori e assicurarmi lo stile di vita a cui mi sono abituata.» scherzo. Cerco di sdrammatizzare, ma sono sinceramente preoccupata ora sapendo che la piscina ci ha portato via gli ultimi soldi rimasti. «Non vorrei mai essere costretta a vendere questo posto dopo tutto il lavoro che hai fatto.» dico.

«Mi stai minacciando di sequestrare i miei giocattoli?» i suoi occhi sorridono, ma questo commento mi fa sentire in colpa.

Allungo una mano, gli tocco il braccio. «No. Vorrei tanto che ci fosse un'alternativa.»

Io scrivo articoli, faccio qualche intervista occasionale ogni volta che posso per qualsiasi paga, ma vivere qui rende molto più difficile trovare storie da raccontare. La più grande risorsa di un giornalista sono gli agganci; a Manchester ne avevo a palate, ma adesso mi toccherà pensare in modo diverso. Continuo a ripetermi che troverò nuovi amici, e spero che possano portarmi a nuove storie e nuovi agganci. Ma nel frattempo, Sam è la mia priorità.

«Per la prima volta dopo molto tempo, ho provato una grande soddisfazione occupandomi di questa casa. Mi è piaciuto lavorare con gli operai, usare la mia immaginazione, gestire le persone invece dei soldi. Suppongo sia per questo che sono andato avanti a ristrutturare la piscina. Volevo semplicemente continuare, capisci?» Mi rivolge una risatina malinconica e io vedo il dolore nei suoi occhi.

Mi avvicino e lo bacio. «Lo so, e so che hai fatto tutto questo per me, perfino la piscina.»

«Mi perdoni?»

«Ma certo. Questo posto è splendido. L'hai curato proprio come hai curato me.» aggiungo, ricordando il rottame che ero quando ci siamo conosciuti.

Fa un lungo sospiro. «Grazie, significa molto per me.» Il suo volto è dolce, gli occhi lucidi. «Sono contento di non averti delusa. Ci tenevo davvero che questo posto fosse perfetto, sai? E la piscina...»

Alzo la mano per fermarlo. «Andrà bene, ho solo bisogno di tempo.» dico, non voglio tornare ancora sullo stesso discorso.

Tom si alza e rientra in casa, lasciandomi sola a osservare il patio sempre più buio. È in momenti come questo che vorrei solo che si sedesse qui con me. Non deve risolvere i miei problemi, e nemmeno parlarne: ho solo bisogno che lui sia al mio fianco. A volte dubito che Tom capisca davvero cosa ho passato tanti anni fa. Se così fosse, non avrebbe messo una piscina nel nostro giardino.

Resto seduta per un po', il bagliore inquietante delle luci della piscina aleggia appena sopra il muro come una nebbiolina, ed è allora che lo sento. Un tuffo. Il cuore mi martella nel petto e, troppo spaventata per andare in giardino da sola, chiamo Tom. Poiché non appare all'istante, corro fino al bordo del patio per vedere se c'è qualcuno là fuori e rimango lì in piedi a lungo, in ascolto. Ma dopo diversi istanti, c'è solo silenzio e io inizio a chiedermi se ho davvero sentito un tuffo, o se sono solo così nervosa da essermelo immaginato. E così, alla fine, mi dico che non è nulla, rientro in casa e chiudo a chiave la porta alle mie spalle.

9

Siamo in Cornovaglia da un paio di settimane ormai e ci stiamo tutti ambientando. Sto lavorando a un nuovo articolo sulla povertà infantile e ho dovuto trascorrere alcuni giorni a Londra per discuterne con i parlamentari. È stato un inferno stare lontano da Sam, e anche da Tom, ma avevo la necessità di intervistarli di persona. Ho alloggiato in un hotel economico e li chiamavo su FaceTime, invidiando le loro giornate trascorse a giocare a calcio in giardino e a mangiare pizza d'asporto e gelato per cena.

«Detesto stare lontano da voi.» ho detto.

«Ma tesoro noi stiamo bene, prenditi tutto il tempo che ti serve, so quanto sia importante per te.» ha detto Tom. «E poi, è un bene per me e Sam poter legare un po' dopo aver passato così tanto tempo lontani. Tu vai e fai le tue inchieste, sono fiero di te.»

Tom ha sempre incoraggiato la mia carriera, ma ci sono stati momenti in cui sembrava che considerasse il mio lavoro una seccatura. In passato obiettava quando dovevo partire per lavoro, adesso invece si godeva il tempo da solo con nostro figlio; diventare papà lo aveva cambiato in meglio.

Di ritorno a casa in Cornovaglia, ho continuato a lavorare all'articolo, ma quando ho contattato i servizi sociali locali, l'uomo con cui ho parlato sembrava perplesso. «Povertà infantile? Lei non è quella che vive in quella casa enorme?»

Sottinteso: *Cosa ne sai tu di povertà infantile?* La gente da queste parti dà per scontato che siamo benestanti e che questa sia la nostra seconda casa. È irritante, perché la cosa ironica è che non ho mai avuto tanti soldi, e adesso che abbiamo investito quasi tutta l'eredità nella casa, i soldi scarseggiano più che mai.

Mi viene ricordato ancora una volta oggi stesso mentre ce ne stiamo seduti nel beer garden del pub locale, dove Tom viene salutato dalla gente del posto come "l'uomo della reggia". Io lo trovo un po' imbarazzante, ma Tom non è infastidito. Credo che gli piaccia, emana una luce che non ha mai avuto a Manchester. Forse è dovuto al fatto che trascorre più tempo all'aperto ed è abbronzato, ma è anche più felice. Anch'io voglio abbracciare questa vita, essere felice.

«Ehi, ragazzi, che bello vedervi... Tom, finalmente ci hai portato Rachel?»

Alzo lo sguardo e vedo Chloe, l'agente immobiliare. «Ciao.» saluto, contenta di vedere un volto familiare.

«E lui deve essere Sam, giusto?» dice lei, appollaiandosi sul bordo della panca su cui sono seduta io.

Sam è impegnato con una piccola collezione di Lego e non alza gli occhi.

«Sam, di' ciao. Lei è Chloe, l'amica di papà.» dico.

«Ciao.» borbotta lui, senza alzare la testa.

«Ehi, non sono solo amica di Tom. Spero di diventare anche amica tua, no?» dice, lanciando un'occhiata a Tom con un sorriso.

«Ma certo, lo spero anch'io.» dico con un risolino. «Sam, di' ciao alla *nostra* amica.» Ma Sam è troppo preso dai suoi Lego per rispondere ancora, così lascio perdere.

«Allora, ti stai ambientando?» domanda.

«Sì, è solo che la vita qui è molto diversa. Tom invece l'ha presa molto bene, non è vero?» chiedo.

Tom sorride imbarazzato, ancora a disagio in presenza di Chloe, ma io sono contenta di avere qualcuno con cui parlare oltre a lui, perciò continuo.

«Mentre prima saltavamo in auto per andare da qualsiasi parte, adesso invece camminiamo, perfino per portare Sam all'asilo. Ma loro due camminano molto più di me, vanno a fare lunghe passeggiate sulla spiaggia insieme.»

«Davvero? È una cosa bella per Sam. Immagino che non sia molto abituato all'acqua, vero?»

Sussulto lievemente. «Cosa intendi?»

A un tratto Chloe sembra agitata, come se sapesse. «Oh, nulla, non c'è un motivo, è solo che... be', Manchester non è famosa per il suo oceano, dico bene?»

Entrambe sorridiamo e io le concedo il beneficio del dubbio.

Poco dopo, si allontana con il suo drink in mando dicendo di dover andare a cercare la sua amica.

«Visto? È una ficcanaso.» commenta Tom a bassa voce.

«Chi è una ficcanaso?» chiede distrattamente Sam mentre incastra i suoi Lego.

«Nessuno, ficcanaso!» dico toccandogli il naso.

«Non so come faccia Sam.» commento il giorno seguente quando Tom e Sam rientrano a casa da una delle loro epiche passeggiate. «Siete usciti alle due e adesso sono le cinque. Non avrete certo camminato per tre ore, vero?» chiedo percorrendo il corridoio per accoglierli, il grembiule tutto infarinato.

«Beh, qualcuno qui si è fatto un po' portare in giro a cavalluccio.» Tom ridacchia, arruffando i capelli di nostro figlio. «E *potremmo* essere andati al bar a prendere una limonata e una fetta di torta.» aggiunge con un tono di voce studiatamente colpevole per vedere la reazione di Sam.

«Oh, davvero?» ribatto. «Siete stati un po' monelli a prendere la torta senza di me.»

«E la mimonata, mamma, abbiamo preso anche la mimonata. Puoi venire anche tu la prossima volta... davvero puoi.» Annuisce energicamente, gli occhi spalancati mentre cerca di rassicurarmi con tutta l'incisività di cui è capace un quattrenne. Il mio cuore si scioglie un po'.

«La mimonata, eh?» Lancio un'occhiata a Tom ed entrambi sorridiamo all'adorabile problema del nostro bambino nel pronunciare la lettera L.

Stiamo ancora entrambi sorridendo quando il telefono di Tom squilla e lui esce sul patio a rispondere, solo per ritornare dopo pochi minuti. «Mi è stato offerto un lavoro freelance di due settimane per un istituto finanziario in Scozia. Se va bene, potrebbe diventare un lavoro regolare.»

«Oh... fantastico. Quando?»

«Ho accettato di partire già domani mattina.» mi dice.

«Cosa? È pochissimo preavviso.»

«Già, be', prima lo faccio e prima vengo pagato.»

«Sì, hai ragione.» Sono così sollevata. Ho ancora una piccola somma avanzata dall'eredità, ma vorrei riuscire a conservarla per giorni più difficili. A Tom farà bene riprendere a lavorare. Occuparsi dei lavori domestici non gli si addice, e dopo aver preparato un paio di risotti e aver fatto un carico di bucato, è abbastanza stufo del ruolo di casalingo disperato.

«Con me lontano puoi portarti avanti con il lavoro,» propone, «soprattutto quando Sam è all'asilo».

«Sì, lo farò. Vorrei solo che tu potessi lavorare da casa.»

«Anch'io, ma non ho scelta. Devo essere lì di persona. E la mia priorità è guadagnare i soldi per pagare la piscina.» dice schietto.

«Tom! Credo che la tua priorità sia guadagnare soldi per mantenerci, non per pagare la piscina.»

«Deve comunque essere pagata.» sbotta.

«Avresti dovuto pensarci quando ti è venuto in mente di costruire una maledetta piscina che non possiamo permetterci.»

«Quante volte devo ricordarti che è un investimento e che questo tipo di piscine incrementano il valore di una proprietà di migliaia di sterline? È come per gli hotel con piscina, Rachel.»

«Ma questo *non* è un hotel, né un *investimento*. È la nostra casa, e comunque io la piscina non l'ho mai voluta!»

Tom se ne sta lì, a testa bassa, come un bambino che è appena stato sgridato. Non mi piace affatto la piega che ha preso la nostra relazione. In tutta questa situazione io sono la figura materna, la maestra cattiva, quella che raffredda sempre gli entusiasmi.

Si alza in piedi, si incammina in silenzio verso la porta, poi si volta.

«Detesto quello che sei diventata, quello che *siamo* diventati.»

«Anch'io!» sbotto d'istinto.

Mi fissa come se non mi conoscesse, e fa male.

«Vado nel mio ufficio. Devo prepararmi per il lavoro e domani mattina devo alzarmi presto.» dice, abbattuto.

Lavo le tazze e pulisco le superfici della cucina con vigore nel tentativo di sfogare la rabbia e la frustrazione. Tom ha ragione, sono cambiata. La verità è che ho paura della quantità di soldi che mi ha lasciato mio papà e ho fatto esattamente ciò che più temevo: li ho spesi quasi tutti.

Eravamo molto più felici in quel piccolo appartamento, quando non avevamo nulla. Non c'erano soldi da spendere o per cui litigare. *La radice di tutti i mali.*

Più tardi, vado al piano di sopra e apro la porta della camera di Sam per controllare che stia bene. Sul suo comodino, la lampada notturna a forma di dinosauro è accesa, perciò entro per spegnerla. Mentre lo faccio, un pensiero mi balza alla mente. Ricordo chiaramente di aver spento la luce e di aver lasciato la stanza al buio quando l'ho messo a letto. Mi sento un po' inquieta e mi guardo intorno nella stanza. Poi mi viene in mente che potrebbe averla accesa Tom quando è andato nel suo ufficio. Mi chino per controllarla, forse è difettosa? Ma quando lo faccio, vedo che Sam è sveglio e sta fissando il soffitto. Lo chiamo a bassa voce, ma non si muove. I suoi occhi sono spalancati e io sono terrorizzata.

Allungando una mano, gli sfioro il viso con delicatezza per non spaventarlo.

«Tesoro?» dico, ma nessuna risposta. «Sam?» Questa volta lo chiamo a voce più alta e all'improvviso ritorna in sé e mi guarda. Il suo viso è inespressivo. Sento un brivido attraversarmi il corpo.

«Tesoro, stai bene?» chiedo, sedendomi sul letto.

Sam annuisce lentamente e si volta verso di me, e le sue parole mi fanno gelare il sangue. «Mamma, se n'è andata adesso?»

10

Mi guardo intorno nella stanza di mio figlio con assoluto terrore. Sento la mia voce chiedergli «*Chi* se n'è andata, tesoro?», sforzandomi di usare un tono che non riveli la mia paura.

Sam si limita a girarsi dall'altra parte e torna a dormire. Era solo un altro sogno? Possibile? Probabile? È stata "lei" ad accendere la luce? All'improvviso ho come l'impressione che ci sia qualcun altro nella stanza, e ci guarda. Osservando attentamente gli angoli nella penombra, sono tormentata dall'idea che possa non essere solo frutto dell'immaginazione di mio figlio, che possa essere reale.

Non posso lasciarlo qui da solo, ma non voglio nemmeno svegliarlo, così mi sdraio sul pavimento accanto al suo letto, rannicchiandomi sotto un piumino. Rimango lì finché la luce non filtra dalle finestre e mi sento sollevata quando l'orologio mi dice che sono le 06:30, è ufficialmente mattina. Controllo Sam ancora una volta: sta dormendo profondamente e sembra stia bene, così lo lascio e vado a raccontare tutto a Tom, che a quanto pare non si è minimamente preoccupato del fatto che io non sia andata a letto ieri sera. Ma quando scendo al piano di sotto in camera nostra, il letto è vuoto. È già partito per la Scozia senza salutare?

Torno al piano di sopra e sento il suo russare provenire dalla stanza degli ospiti, e questo mi ferisce al cuore. Tom non l'aveva mai fatto, nemmeno dopo una discussione, ma d'altronde non abbiamo mai avuto il lusso di una stanza degli ospiti prima d'ora. Forse era questo che intendeva ieri sera, quando ha detto che sono cambiata? Forse i soldi ci hanno cambiati entrambi? Potersi permettere delle stanze in più significa avere più spazio per stare da soli... È solo uno dei tanti modi in cui i soldi ci divideranno?

Voglio raccontargli di Sam, condividere le mie preoccupazioni, ma sono troppo orgogliosa per bussare, troppo arrabbiata con lui per non aver dormito nel nostro letto, per non aver sentito la mia mancanza di notte e non essere venuto a cercarmi. E così, l'orgoglio mi riporta al piano di sotto nella nostra camera da letto, dove mi rendo conto di avere ancora indosso i vestiti di ieri, e mi lavo e mi vesto, con tante incertezze su me stessa, su mio figlio e su mio marito. Sam stava sognando? Ci sto rimuginando su troppo? Tom ne ha abbastanza di me? Mi sto immaginando le cose?

Mi spavento facilmente, sono ansiosa, insicura di tutto e di tutti. Ho spento la luce di Sam ieri sera e semplicemente non me lo ricordo? Dubito di me stessa in continuazione e forse Tom ha ragione: sono i soldi. Mi sento come un vincitore della lotteria incapace di gestire una vita che non gli si addice, come un cappotto troppo grande, troppo costoso. Accarezzo le lenzuola di seta, fisso la parete color melanzana perfettamente verniciata e rimpiango la vecchia vita trasandata che amavo, che era adatta a me. Chi avrebbe mai pensato che i soldi potessero portare tanta bellezza, ma anche tanta infelicità?

Un'ora più tardi sveglio Sam, che sorride e sembra stare bene. «'Giorno, tesoro.» dico mentre si mette seduto sul letto, i capelli arruffati, un'espressione sorpresa sul volto.

Si limita ad annuire.

«Ehi, ieri sera sono venuta da te e credo che stessi sognando.» dico in tono allegro. «Ti ricordi?»

Mi guarda, perplesso.

«Hai detto "Se n'è andata adesso?". Era un sogno?» Mi rendo conto che è una richiesta troppo grande per un bambino di quattro anni, ma vale la pena di fare un tentativo prima che se ne dimentichi.

Con mio disappunto, si limita a fare spallucce.

«Oh, mi chiedevo solo se stessi sognando, come ti è già successo quando hai visto qualcuno in piscina.»

Sam scuote la testa piuttosto energicamente, come se non volesse parlarne.

«Ehi, ometto,» dico con dolcezza, «riesci ad accendere la tua lampada-triceratopo adesso?»

Mi rivolge un altro sguardo perplesso e scuote la testa.

«Non riesci ancora a premere l'interruttore per accenderla e spegnerla?»

Allunga una mano, armeggia con l'interruttore per qualche istante e poi, lasciando perdere, dice «No» con un sospiro.

«Presto ci riuscirai.» dico, nascondendo la mia delusione. Preparo i suoi vestiti per la giornata e, mentre lo lascio in camera a vestirsi, sento Tom che si lava i denti nel bagno comune. Non è nemmeno andato nel nostro bagno en suite.

Mi fermo nel corridoio, la porta semiaperta, a guardarlo. Il mio istinto è quello di dire «Non andare, resta qui con noi, possiamo trovare una soluzione per i soldi.» So che Sam sentirà la sua mancanza, e io sono a disagio all'idea di rimanere qui da sola dopo ieri sera. Sono certa che non sia nulla, ma è una casa enorme e io non ho nessuno a cui rivolgermi nel caso in cui succeda qualcosa. Sento di aver bisogno che Tom stia qui con noi.

Invece, mi appoggio allo stipite della porta e dico «Hai dormito nella stanza degli ospiti stanotte? La situazione è degenerata in fretta.» Mantengo un tono di voce leggero, come se stessi scherzando.

Tom si toglie lo spazzolino dalla bocca, lo risciacqua, poi si picchietta il viso con il dopobarba mentre risponde. «Avevo solo bisogno di andare a letto presto, non volevo essere disturbato quando fossi venuta a letto. Mi aspetta un lungo viaggio e a quanto pare questo contratto comporterà molto lavoro.» dice senza distogliere l'attenzione dallo specchio.

Entro nel bagno e quando gli sono vicina, inspirando il suo dopobarba, dico a bassa voce «Sono un po' preoccupata per Sam.»

«Eh?» Si ferma all'istante e si volta a guardarmi. «Perché?»

Gli racconto ciò che ha detto nostro figlio e della lampada accesa. «È solo che continuo a pensare: stava *davvero* sognando? O io sto impazzendo o...» Esito. «O qualcuno ci sta osservando?»

Aggrotta la fronte. «Non penso proprio che...» Il dubbio affiora sul suo volto. «Avresti dovuto svegliarmi. Era febbricitante?»

«No. Se lo fosse stato, allora sì che ti *avrei* svegliato. Sembrava che stesse bene, ma sono rimasta con lui per sicurezza.»

Ci riflette su un momento. «E questa mattina sta bene?»

«Sì, così sembra, ma è proprio questo che mi preoccupa. Se sta bene, allora forse non stava sognando, quindi cos'è che *vede*?»

Tom mi tocca la fronte. «Sicura di non essere *tu* quella febbricitante?» Sorride.

«No, ma forse sto diventando un po' matta.» scherzo. «Magari è il mio subconscio: sarà la prima volta che rimango qui da sola e mi sento un po' insicura, mi preoccupo per ogni minima cosa. Sarà per questo che la mia immaginazione corre così tanto.»

«Sì, potrebbe essere così, amore». Mi guarda dritto in viso, preoccupato. «Mi dispiace per ieri, non è stato carino da parte mia andarmene e chiudermi nel mio ufficio dopo aver litigato.»

«Mi sono già dimenticata di ieri.» mento. «E spero anche tu. Quello non è importante, ma Sam sì, e sono preoccupata.»

Si appoggia al lavandino. «So che sei spaventata perché ha avuto quella convulsione, ma è stato due anni fa e non ha più avuto niente del genere da allora. Ricorda che a quel tempo la dottoressa ci ha rassicurati dicendo che era una cosa piuttosto comune e non c'era nulla di cui preoccuparsi.»

«Sì, ma ci anche detto di tenerlo d'occhio.»

«Lo so, e lo facciamo. Sei una brava mamma, Rachel. Ti prendi cura di lui.»

«Ho solo tanta paura, Tom.»

Mi avvolge con entrambe le braccia. «Lo capisco, ma non devi lasciare che questa cosa ti riempia la testa di idee folli fino a impedirti di vedere la *realtà*. Tu temi il peggio, questo prende il sopravvento e, prima che tu te ne accorga, ci ritroviamo in una sala d'attesa d'ospedale mentre Sam viene sottoposto a degli esami per qualcosa che non ha.» Mi bacia la fronte. «Ricordi quando pensavi che avesse smesso di respirare e hai chiamato l'ambulanza? E quando hai visto dei lividi e pensavi avesse la leucemia, e quella volta in cui l'hai portato di corsa al pronto soccorso per un sospetto di meningite?» Mi guarda, mi tocca il mento e con dolcezza solleva il mio viso verso il suo. «Era solo una reazione allergica.» dice, baciandomi delicatamente sulle labbra.

«Lo so, mi preoccupo, reagisco in modo esagerato e...»

«Ehi, non c'è nulla di male a essere prudenti, soprattutto quando si tratta di bambini piccoli. Ma non farti prendere la mano.» Si volta di nuovo verso lo specchio e si passa le mani tra i capelli.

Mi alzo sulle punte dei piedi e gli bacio la nuca. «Mi mancherai.»

«Tu mi mancherai di più».

E con ciò, torno da Sam, che ha bisogno del mio aiuto con i calzini, e insieme scendiamo al piano di sotto per la colazione. Quando arrivo in fondo alle scale, qualcosa mi spinge a voltarmi.

«Cosa c'è, mamma?» Sento un velo di ansia nella voce del mio bambino.

«Nulla, tesoro» dico, sforzandomi di sorridere.

Spero di avere ragione.

11

Sto impiattando le uova di Sam quando Tom appare in cucina e, dopo aver acceso il bollitore, si volta verso di me. «Non dimenticare che Sam ha lezione di nuoto mercoledì alle tre.»

«Nuoto?»

«Nuoto?» mi fa eco Sam con la bocca piena di uova strapazzate.

«Mi hai *chiesto* tu di prenotargli delle lezioni di nuoto.» dice lui, il che non è esattamente quello che ricordo io.

«Ho *suggerito* che avremmo potuto farlo, ma non mi hai detto di averne prenotata una per mercoledì.» dico sottovoce.

«Scusa, pensavo di avertelo accennato.»

«Tom, puoi venire un attimo nel patio? Ho bisogno di una mano per spostare le sedie.» dico per farlo uscire fuori, dove Sam non può sentirci.

«Non ricordo che tu me ne abbia parlato, ma in ogni caso, dopo quello che è successo ieri sera, credi ancora che nuotare sia sicuro per lui? Io credo che debba prima vedere un medico.» Ci sto provando con tutte le mie forze a non essere una madre ansiosa, ma Tom sa perché sono così; di sicuro capirà cosa sto passando, giusto?

Prende un lungo respiro. «Rachel, ne abbiamo parlato. Si è svegliato da un sogno e ha detto delle cose senza senso. Non era una convulsione, né un'allucinazione. Probabilmente l'hai svegliato quando sei entrata e l'hai disturbato.»

Non rispondo. È una spiegazione del tutto logica, che preferisco alla mia ridicola paura che ci fosse qualcuno nella stanza.

«Allora, l'istruttore di nuoto arriva alle tre mercoledì. Se vuoi prenotargli un appuntamento dal medico prima di allora, va bene, ma non è necessario.»

«Un appuntamento dal medico prima di mercoledì? Tra due giorni? Buona fortuna.» rispondo con fare risentito, poi ritorno all'ansia che cresce nel mio petto. «È un vero istruttore di nuoto?» chiedo.

«No, è un tipo che ho incontrato alla fermata dell'autobus, ha detto che gli piacciono i bambini in costume.» Sorride alla sua stessa battuta, ma io non sto ridendo.

«Tom?»

«*Ovvio* che lo è, insegna alla piscina pubblica.»

«E non può insegnare a nuotare a Sam nella piscina pubblica?»

«Non quando abbiamo una bellissima piscina tutta nostra.» risponde fiero.

«È solo che starmene seduta qui da sola a guardare mio figlio nell'acqua alta quasi due metri con uno sconosciuto è il mio incubo.»

Mi sorride e fa scivolare un braccio intorno alle mie spalle. «Andrà *bene*. L'istruttore si chiama Chris e mi sembra perfetto per Sam. È giovane e forte e divertente e... In realtà, ora che ci penso, sembra perfetto anche per te. Un tipo come lui da solo con mia moglie in un giardino murato mentre io sono via, questo è il *mio* incubo.» scherza.

«Fidati di me, quello sarà l'ultimo dei miei pensieri. Avrò il cuore in gola a guardare Sam.» So che sta cercando di sdrammatizzare, ma ho così tanta paura che mi sento male.

Mi sorride comprensivo mentre mi prende per mano, e insieme rientriamo in casa. Si versa una tazza di caffè e si siede accanto a nostro figlio, che sta finendo la colazione con una mano e con l'altra regge il suo iPad. «Ehi, campione, la mamma mi ha detto che ti sei svegliato stanotte. Stavi facendo un altro sogno?»

Sam fa spallucce, evidentemente se n'è dimenticato.

«Ti senti bene? Non hai mal di testa o altro?» gli chiede Tom in tono disinvolto. È bravo in questo: mentre io sono estrema, Tom gioca la carta del papà rilassato e Sam gli racconta tutto.

«No, non ho *mali* di testa.» Continua a mangiare le sue uova strapazzate.

«Bene. Lo dici alla mamma se non ti senti bene, vero, ometto?» Tom prende il cellulare e beve il caffè.

Mi rendo conto di dovermi rilassare.

«Forza, Sam, è ora di andare all'asilo.» dico mettendo il pilota automatico. Non so cosa mi terrorizzi di più: la partenza di Tom o la lezione di nuoto di Sam.

«Non mi porta papà?» chiede lui, deluso.

«Scusa, Sam, papà deve andare via per un po', ma tornerò tra due settimane. La mamma conterà i giorni insieme a te.» dice Tom.

Il viso di Sam si contrae in una smorfia. «Perché te ne vai?» piagnucola.

«Be', ecco, devo andare a guadagnare un po' di soldini per pagare la tua piscina.»

Sono divorata dai sensi di colpa. È come se avessi fatto così tante storie per i soldi che adesso Tom *deve* andarsene. Ma la semplice verità è che lui ha speso soldi che non abbiamo; perciò, se vuole tenere e mantenere la piscina, dovrà guadagnarseli.

«Piscina.» mormora Sam sottovoce.

«Papà ha chiamato una persona per venire qui e insegnarti a

nuotare.» dice Tom quando Sam alza gli occhi e lo guarda, estasiato.

Ormai è entrato in piscina un paio di volte con Tom, il quale dice che sta imparando ad amare l'acqua e sta prendendo confidenza. Comunque... inghiotto il boccone amaro... l'arrivo dell'istruttore sarà un tuffo nel vuoto per me, quasi letteralmente.

Accompagno Tom alla porta e ci abbracciamo.

«Ti amo.» sussurra, e ci salutiamo con un bacio.

«Ti amo anch'io. Ci mancherai.» dico sentendomi tutto a un tratto vuota.

«Starai bene, tesoro. Non avermi intorno ti darà modo di scrivere quegli articoli.»

Annuisco, sorrido e lo saluto con un lieve gesto della mano mentre se ne va.

Vado a prendere Sam all'asilo subito dopo pranzo e vengo accolta da una maestra, la quale mi assicura con voce cantilenante che Sam è stato "super bravo oggi".

«Super.» le faccio eco. Continua a raccontarmi che ha giocato con tutti i dinosauri, ed è buono a sapersi. Ma quello che realmente voglio sapere è se ha giocato con qualche bambino.

«Abbiamo giocato a nascondino,» dice lei, voltandosi verso Sam, «ed eri super contento, non è vero?» Mentre parla, dà a mio figlio una leggera stretta, che lo fa ridacchiare. Non sono mai del tutto sicura dei racconti "super entusiasti" della maestra d'asilo sulle mattinate di Sam; sono veri o è una strategia di pubbliche relazioni dell'asilo?

«Mi sembra magnifico, ehm» - leggo il nome sulla targhetta - «Iris. Allora, ha giocato con qualche altro bambino?» chiedo speranzosa, perché nonostante sembri divertirsi all'asilo, continua a non socializzare un granché, da quel che vedo.

«Sì, ha giocato con gli altri.» Si guarda in giro per individuare una bambina. «Adora giocare con Emily, non è vero, Sam?»

Lui annuisce e il mio cuore si alleggerisce un po'. Forse è solo diverso dagli altri maschietti che in questo momento stanno cercando di staccarsi la testa dal corpo a vicenda? Un po' di riservatezza potrebbe non essere una cosa negativa, concludo, mentre due bambini mi rotolano sulle gambe urlandosi contro.

«Hai passato una bella mattina, tesoro?» chiedo a Sam mentre usciamo dall'edificio. «Che giochi hai fatto con Emily?»

«Abbiamo fatto finta che eravamo morti e siamo andati in paradiso, come il suo papà.»

Questa risposta mi fa sussultare. «Oh, mi dispiace. Povera Emily.»

«Emily dice che tutti muoiono. Dice che anche *tu* morirai, ma tu non muori, vero, mamma?»

«Be', sì, morirò *un giorno*.» rispondo, non del tutto pronta per questa conversazione importante, ma cavandomela abbastanza bene. «Ma spero che passi tanto, tantissimo tempo prima che succeda.»

«Avrai cento anni?»

«Spero di sì. Sarebbe bello.» Mi chiedo se non sia il caso di rassicurarlo ancora un po', ma lui sembra soddisfatto della risposta e, prima che possa aggiungere altro, scorgo un volto che riconosco.

Chloe.

Lei si volta e mi vede all'istante, così la saluto con un piccolo gesto della mano. Ricambiando, si stacca subito dal gruppo di mamme con cui stava parlando. Ora cammina a grandi passi verso di me con sua figlia, sorridendo raggiante.

«Ehi, Rachel! Che bello vedervi qui. Ciao Sam!» Guarda mio figlio, che ricambia con un timido sorriso.

«Anche per me è un piacere vederti.» rispondo. Guardo la bambina che le stringe la mano e noto che è Emily, la nuova amica di Sam.

«E lei dev'essere Emily.» dico. «A quanto pare lei e Sam sono amici.»

«Sì, Emily parla di lui in continuazione!» Sembra felice quanto me che sua figlia abbia un amico. «Non ti ho mai vista qui prima, di solito viene tuo marito a prendere Sam?»

«Dipende. Io lavoro da casa, perciò ci regoliamo in base a questo.»

«Ah, capisco, di solito è mia sorella che accompagna Emily al mattino, è di strada per andare al lavoro.»

«Oh, a quanto pare non ci siamo mai incrociate. Ma Tom è via per un paio di settimane, quindi sarò io a portarlo e a venire a prenderlo.»

«Fantastico. Stavo pensando che forse a Sam farebbe piacere venire a giocare con Emily un giorno dopo l'asilo.» dice Chloe, guardandoli entrambi.

I bambini si mettono subito a saltare su e giù; è bello vedere Sam così vivace.

«Fissiamo un appuntamento?» Chloe alza lo sguardo verso di me, sorridendo.

Sento la voce di Tom – *È pericolosa* – ma non posso dirle di no, sarebbe scortese.

«Mamma, mamma, sì... un appuntamento!» scalpita Sam, e come lui anche Emily.

«Ti preeeego,» dice lei, «un appuntamento per giocare.»

Non ho altra scelta. «Mi sembra fantastico.» Cerco di nascondere l'incertezza nella mia voce e di non pensare alla reazione di Tom a questa notizia.

«Allora facciamo domani?»

«Oh, non saprei...» inizio a dire.

«Mamma, SÌ!» Sam saltella su e giù. Ne sono felice, ma nella mia testa continua a risuonare l'avvertimento di Tom.

«Andiamo, Rachel, non possiamo deludere questi bambini. Il tempo è bellissimo; possiamo stare tutti insieme in giardino, preparo un picnic.» Si volta verso i bambini. «Facciamo un picnic domani, bambini, vi va?»

Ormai c'è così tanto entusiasmo che mi è impossibile dire di no. E anche se rifiutassi l'invito per domani, cosa potrei dire il giorno dopo, e quello dopo ancora? Prima o poi dovrò cedere. Sono così contenta che Sam abbia un'amica, sarebbe sbagliato negargli questa opportunità.

Sento la mia voce dire «Sì, grazie, Chloe, sarebbe magnifico.» Il tutto seguito dai gridolini di eccitazione di Emily e Sam.

Riesco ad autoconvincermi che farà bene a mio figlio. Mi piace Chloe, Tom non è qui per poter dare la sua approvazione e, dal momento che io non ho ancora fatto nessuna amicizia qui e lei ha una bambina della stessa età di mio figlio, che male potrebbe fare?

«Possiamo fare un pezzo di strada con voi.» propone mentre attraversiamo il cancello dell'asilo e ci incamminiamo lungo la via. «Ti piace vivere qui? Dev'essere molto diverso da Manchester.» dice.

«Sì, lo è. Adoro stare qui, ma mi mancano le mie amiche. Qui non ho ancora avuto davvero modo di conoscere molte persone.»

«Be', allora lascia che io sia la tua *prima* amica.» dice voltandosi verso di me e sorridendo calorosamente.

«Grazie.» rispondo. «A dire la verità, sto lavorando a un'idea per un articolo che parla della zona, e visto che tu sei nata e cresciuta qui, vorrei approfittare delle tue conoscenze domani.»

«Sarà un piacere. Potrei condividere con te i segreti più oscuri e nascosti di questo piccolo paese.» dice con un risolino.

«È *esattamente* quello che sto cercando.» scherzo.

Camminiamo insieme ancora per un po', finché non arriviamo all'angolo della loro via.

«Siamo arrivate.» dice Chloe.

«Va bene, allora, ci vediamo domani.»

Chloe sorride raggiante e i due bambini si stanno ancora tenendo per mano mentre continuano a camminare. Emily è leggermente più alta e ha qualche mese in più di Sam e, a modo suo, lo protegge. Guardarli mi scioglie il cuore. Chloe mi dà una lieve gomitata e ora siamo in due a guardarli sorridendo. «Ama prendersi cura degli altri, la nostra Emily.» dice. «Non dovrai mai preoccuparti di Sam quando è con lei, sarà la sua sorella maggiore.»

Le sue parole mi confortano, e so di dover incoraggiare questa amicizia per il bene di Sam. «Sam, vieni dalla mamma e saluta Emily. Domani dopo l'asilo andiamo a casa sua.»

Quando le salutiamo con la mano all'angolo della strada, e Chloe ed Emily si incamminano lungo la via di casa, mi riempio di un cauto ottimismo. Se Tom ha ragione e Chloe è una pianta-grane, me ne accorgerò domani e mi terrò alla larga, ma se non avrò nessun brutto presentimento, allora non ascolterò più i consigli di Tom sulle amicizie. Se si lamenterà della nostra frequentazione, gli farò notare che è lui quello che vuole vedermi felice e ambientata qui. A mio avviso, Chloe è una donna molto gentile e simpatica, e in questo momento io ho bisogno di un'amica. Magari per adesso terrò per me questa potenziale amicizia, ma sono certa che Tom si sbagli sul suo conto. Chloe non è pericolosa. Se avessi pensato anche solo per un minuto che lo fosse, non porterei Sam a giocare a casa sua domani, giusto?

12

Non appena arriviamo a casa dall'asilo, il telefono fisso inizia a squillare e io mi precipito dentro per rispondere.

«Ehi.» È Tom, e la sua voce sembra dolce. «Mi manchi già.»

«Lo sapevo, sono una persona speciale.» lo stuzzico.

«Certo che lo sei. Come sta il nostro ometto?»

Metto in vivavoce, così possiamo parlare tutti insieme.

«C'è papà al telefono, amore.» dico a Sam, che grida «Papààà!» È così forte, e inaspettato, che gli chiedo di abbassare il tono di voce.

«Sta bene.» dice Tom, ridendo dell'accoglienza.

Sam racconta a suo papà del trenino costruito all'asilo mentre io gli prendo da bere.

«Quando torno me lo fai vedere questo treno?» chiede Tom.

«Credo che prima dobbiamo chiedere a Miss Johnson.» Sam fornisce questa risposta con grande riflessione e serietà.

«Sono certo che se glielo chiedi, mi permetterà di vederlo.» risponde Tom.

«*Potrebbe*, ma tu non sei un bambino dell'asilo come me. Quindi, chi lo sa?» Allunga entrambe le mani e fa spallucce, e il movimento è impacciato e scoordinato. E mi scioglie il cuore.

«Sam non può fare promesse, papà,» intervengo, «immagino che dovrai sentire cosa dice Miss Johnson.» propongo.

«*Esantamette*.» Sam non ha mai usato questa parola prima d'ora, e ha ancora difficoltà ad articolare parole così lunghe; deve averla sentita all'asilo e la pronuncia lentamente, godendosi il suono, come se fosse un primo assaggio di gelato. Amo guardare mio figlio crescere.

«E così Sam ha passato una bella mattinata all'asilo e ha fatto anche amicizia, non è vero, Sam?» dico.

«Un amico? Oh, ma che *bello*.» Nella sua voce percepisco lo stesso sollievo che provo anch'io. «Allora, come si chiama?»

«Emily.» borbotta Sam. Sta giocando con uno dei suoi giochi ed è un po' distratto.

«Che nome strano per un maschio.» scherza Tom.

«Non è un maschio, papà, smettila di fare il *cazzone*!»

Sono scioccata e rimango senza parole. Dal silenzio di Tom capisco che anche lui è sorpreso. Ero consapevole che frequentando l'asilo avrebbe ampliato il suo vocabolario, ma non mi aspettavo *questo*.

«Sam, non è una bella parola, ti prego di non dirla più.» Lo guardo accigliata.

Lui solleva lo sguardo dal suo camion-tirannosauro. «Perché?»

«Sam, chi è che usa questo genere di parole con te?» domando. Scuote la testa con vigore.

«A quanto pare è riluttante a condividere dettagli della sua vita privata con i suoi genitori.» dice Tom.

«E io che pensavo che i bambini da queste parti fossero educati.»

«Sarà una delle sue maestre.» scherza Tom. «Quella Iris è una sboccata.»

«Cos'ha detto papà?» chiede Sam.

«Niente, tesoro, sono discorsi da adulti.» rispondo. «Dobbiamo fare attenzione.» dico, ora a bassa voce. Dopodiché salutiamo Tom con lo schiocco di tanti baci, lui riattacca e io penso che entrambi ci sentiamo un po' persi.

Quella stessa sera, chiedo di nuovo a Sam chi è che dice "le parole brutte".

«I miei amici.»

«Emily?» Glielo chiedo perché è l'unica amica che ha e, con mia grande delusione, annuisce.

«Penso che la prossima volta dovresti dirle che non è una bella parola da dire.»

«Mi ha detto che ha sentito la sua mamma che la diceva.» Apre la bocca fingendo stupore.

«Oh, cielo. Forse dovrei dire io alla sua mamma di non dirla, perché non è carina.»

«La mamma di Emily è tua amica?»

«Sì, penso che lo diventerà, ma prima gli amici devono conoscersi meglio. Era più o meno amica di papà prima, e adesso è anche amica mia. Va bene avere più di un amico.» dico, perché voglio che capisca che l'amicizia non ruota intorno a un'unica persona. Per quanto sia contenta che abbia una migliore amica, spero che stringa amicizia anche con gli altri bambini. Ma quando si addormenta borbottando qualcosa a proposito di dinosauri, penso che per il momento non abbia recepito il messaggio.

Di ritorno al piano di sotto, telefono a Rosa e le racconto di come Sam abbia ampliato il suo lessico.

«Suppongo sia perché sta crescendo.» dice. «Non lo vedo da una vita.»

Rosa non veniva spesso nel mio appartamento quando c'era Tom. Quando lui si è trasferito in Cornovaglia, è rimasta a dormire da me qualche volta, ma ha sempre e solo visto Sam di sfuggita, perché lui era già a letto quando lei finiva il turno in ospedale.

«Mi riesce davvero difficile immaginare Sam che dica qualsiasi parola che non sia ghe-ghe, figuriamoci *cazzone*.»

«Devi proprio pronunciare quella parola con tanta soddisfazione?» domando con una risatina.

«Ah, quindi non ti piace come scivola sulla lingua?» scherza lei.

«Ti prego, smettila.»

«Cazzone, cazzone, cazzone.» canta dall'altro capo del telefono.

«Grazie. Mi chiedo come io abbia fatto anche solo a pensare che chiamarti sarebbe stato d'aiuto.» Come sempre, Rosa mi ha fatta sorridere e mi ha aiutata a sdrammatizzare. È divertente. È quello che fanno i bambini.

«Penso che tu l'abbia gestita benissimo.» dice. Proprio in quel momento mi chiama Tom, così saluto Rosa e gli rispondo.

«Stai bene?» chiede.

«Sto bene, ma mi manchi.»

«Anche tu.»

«L'azienda ti ha messo in un bell'hotel?»

«Sì, non è esattamente il Waldorf, ma resto qui solo due settimane e la paga è buona, quindi non mi lamento.»

Sembra positivo; probabilmente per lui è un bene tornare a lavorare.

«Ho visto Chloe oggi.» dico. Non avevo intenzione di accennarglielo, ma mi sentivo combattuta. Non voglio avere stupidi segreti con Tom. Non voglio ingannarlo.

«Chloe?» Ha l'aria confusa.

«Sì, hai presente l'agente immobiliare?»

«Ah, *lei*.»

Sento un tuffo al cuore. «Sembra davvero simpatica, Tom. Io credo che sia innocua, sai.»

«Te l'ho detto, è una pettegola. Non puoi fidarti di niente di quello che dice, ha uno strano rapporto con la verità. Ti prego, non farti intrappolare nella sua ragnatela, Rachel, sa essere molto ammaliante.»

«Sono d'accordo, sembra così dolce e amichevole, mi riesce difficile capire perché tu la definisci *pericolosa*.»

«Lo è, fidati di me, e buona parte del pericolo è proprio il fatto che, come dici tu stessa, appare dolce e amichevole. Ma non lo è, è un'impicciona e una pettegola, e mi dà molto fastidio che in quanto agente immobiliare abbia la possibilità di curiosare nelle case delle persone e immischiarsi nei loro affari.»

Rido delle sue parole. «Sono certa che abbia di meglio da fare, e poi sei stato tu a *darle* le chiavi, Tom.»

«Te l'ho detto, prima della firma del contratto, ha infranto qualche regola per me e mi ha permesso di entrare in casa a prendere delle misure. Ci ha fatto risparmiare un sacco di tempo e di soldi, in più all'epoca pensavo fosse una persona per bene ed ero contento che avesse le chiavi per far entrare e uscire gli operai. Non mi aspettavo minimamente che si presentasse a casa nostra senza avvisare l'altra sera.»

«Anch'io sono rimasta sorpresa, ma ci ha spiegato che pensava non ci fosse nessuno e voleva solo lasciare dei documenti. Se sei così sicuro di quello che dici, riprendiamoci le chiavi, no?»

«Sì, ottima idea.»

«Glielo chiedo io, non è un problema.»

«Non sarebbe meglio che mi metta io in contatto con l'agenzia immobiliare? Se tu glielo chiedi e lei si offende, potrebbero nascere dei problemi. Bisogna fare attenzione alle persone come Chloe.»

È ancora così ostile nei suoi confronti, che decido che non deve per forza sapere dell'appuntamento di domani. Lo farebbe solo preoccupare e, inoltre, sono una donna adulta in grado di farsi le proprie opinioni sulle persone. Se sento qualche campanello d'allarme, mi terrò a distanza.

Chiacchieriamo ancora un po' e gli racconto dell'articolo che sto scrivendo.

«Sembra fantastico; anch'io ho delle buone notizie sul lavoro.» annuncia. «Vogliono che torni qui per altre consulenze durante l'estate. Dovrò tornare dopo appena una settimana che sarò a casa, e più avanti potrei dover fare avanti e indietro per qualche settimana. Ti dispiace?»

«No, per niente.» rispondo, sollevata. «Hai fatto colpo, senza dubbio.»

Questo significa avere altre entrate per pagare le bollette. Non potremmo mai sopravvivere con gli articoli occasionali che mi vengono commissionati.

«Ah, prima di andare.» dico. «Se domani pomeriggio mi chiami e non rispondo è perché pensavo di portare fuori Sam, per comprargli qualche maglietta nuova.» Sono sorpresa della mia stessa furbizia, ma sono costretta a farlo. Sam non vede l'ora di andare a giocare a casa di Emily e io non ho intenzione di deluderlo solo perché Tom non pensa che sia una buona idea.

«Va bene, ma Sam detesta andare a comprare i vestiti. Ti ricordi i capricci che ha fatto l'ultima volta?»

«Oddio, sì.» Ricordo le grida e le urla da Marks & Spencer quando gli ho chiesto di provare un paio di pantaloncini. «Ma questa volta ho un piano per corromperlo con un milk-shake o un gelato, o entrambi!»

Riaggancio, certa che Chloe sia una persona a posto e affidabile. Tom è proprio un uomo: a quanto pare non capisce le donne, in particolare quelle che non conosce molto bene. Credo che questo lo metta a disagio in loro presenza. È lo stesso con Rosa: non capisce la nostra amicizia, e va bene così. Ripenso alle nostre chiavi e mi viene in mente che Chloe potrebbe non essere l'unica ad avere accesso alla nostra casa. Potrebbe lasciarle in agenzia o all'impresa edile e qualcuno, vedendo il mazzo di chiavi di una casa come questa, potrebbe decidere di farsi fare una copia. Pensandoci bene, tantissime persone potrebbero aver avuto per le mani quel mazzo di chiavi di scorta; è stato sciocco da parte di Tom consegnarle all'agenzia immobiliare. Non ho intenzione di aspettare che li chiami lui; la prossima volta che vedrò Chloe le chiederò se le ha lei e me le farò ridare.

Mi siedo in cucina, sapendo che potrei scrivere o guardare la TV o leggere, ma c'è troppo silenzio e le ombre si addensano intorno a me. Guardo fuori attraverso i vetri dell'enorme porta libro, che di giorno incornicia la vista sul patio e il giardino. Ma adesso, quando guardo fuori, non vedo altro che il riflesso di me stessa, sola nella penombra, e mentre osservo, sento il mio cuore contrarsi.

Qualcuno ha appena attraversato di corsa il patio?

Sono letteralmente paralizzata dalla paura. Perfino il mio respiro si è fermato. Lo sto trattenendo per la paura di fare rumore e allarmare così l'intruso. Se c'è una persona là fuori e io la vedo, significa che anche lei può vedere me. Sono sola. Alla fine, quando riesco a muovermi, afferro un coltello dal ceppo e avanzo verso la porta. Lo stringo forte mentre sblocco la serratura, accendo la luce del patio e piano, con cautela, esco fuori nella notte.

In piedi sul patio, so che se qualcuno si avvicina, io userò il coltello, lo affonderò nella sua carne e non avrò alcun rimorso. Questa è casa mia, mio figlio sta dormendo all'interno, e niente e nessuno gli farà mai del male finché ci sono io qui. Avanzo lentamente nel patio e, proprio mentre sto per voltarmi e rientrare, lo vedo. Non posso credere ai miei occhi: un telo da spiaggia arancione che non ho mai visto prima è steso sul divanetto dal lato opposto del patio.

Ma che diavolo?

Guardandomi intorno, pian piano mi avvicino al sofà. Il telo mi sembra così estraneo: non l'ho mai visto prima. Rabbrividendo, allungo una mano esitante e lo tocco appena con la punta delle dita. Un brivido di paura mi attraversa. È bagnato!

Qualcuno ha nuotato nella piscina? È ancora qui?

13

Lasciando il telo dov'è, torno di corsa in casa, chiudo la porta a chiave e chiamo la polizia. «Ha trovato un telo sul suo patio?» dice la donna, in un tono di voce che sottintende che ha questioni più importanti di cui occuparsi.

«Senta, so che non sembra una cosa seria, ma mio figlio crede di aver visto qualcuno in piscina l'altra sera.»

«Piscina? Lei ha una piscina?» L'invidia, forse perfino l'odio, ribolle nella cornetta, lo stesso tono dell'assistente sociale a cui avevo detto di voler scrivere un articolo sulla povertà infantile. Inizio a pensare che potremmo essere il bersaglio degli abitanti del posto, convinti semplicemente che siamo qui per far lievitare i prezzi degli immobili.

«Sì, abbiamo una piscina.» rispondo, quasi a volermi scusare di avere un'inutile piscina nel mio giardino. Mi vergogno di questo lusso eccessivo quando nel mondo ci sono bambini che non hanno da mangiare.

L'agente inserisce la mia chiamata nel registro e mi dice di telefonare ancora se dovessi avere altre preoccupazioni, ma deduco dalla sua voce monotona che non lo dice sul serio.

Riaggancio, rendendomi conto di quanto sia inutile chiamare la polizia, perciò chiamo Tom, che non risponde. Probabilmente starà dormendo dopo il lungo viaggio di oggi. E così ricontrollo tutte le porte, spengo le luci e vado a letto.

Dopo essere rimasta sveglia tutta notte a pensarci, al mattino decido di mettere il telo da spiaggia in un sacchetto e conservarlo come prova nel caso dovesse succedere qualcos'altro. Parlo brevemente con Tom, che in un primo momento sembra sconvolto, ma poi minimizza per non alimentare le mie paure, che a quanto pare sono piuttosto evidenti.

«Saranno i bambini del vicinato che hanno deciso di farsi un bagno di mezzanotte; il lato negativo di avere una piscina tutta nostra.» dice. «Comunque, hai fatto bene a chiamare la polizia.»

Riaggancio, le mie paure leggermente alleviate, e vado a svegliare Sam, che è emozionato all'idea di andare all'asilo e poi a casa di Emily. Cerco di concentrarmi su questo: è una cosa carina e innocente, e Chloe non sembra avere problemi con il fatto che abitiamo qui. Accidenti, è stata lei a venderci la casa!

Una volta scesa al piano di sotto, vado dritta sul patio per recuperare il telo misterioso, ma con mio grande sgomento, è sparito. «Cazzo.» borbotto sottovoce. Adesso la polizia non mi crederà, e per un istante mi domando se anche Tom dubiterà di me. Poi inizio a perdere le mie certezze. Ero stanca e spaventata e... No, l'ho senz'altro visto, l'ho toccato.

Vero?

«Ehi, Rachel.» Quel pomeriggio, Chloe mi aspetta insieme a Emily fuori dall'asilo. Mi sento ancora un po' in colpa per non aver detto a Tom che trascorrerò del tempo con lei, ma voglio essere io stessa a scegliere di chi essere amica. E poi, dopo la scoperta della scorsa notte sul patio, ho bisogno di tutta l'amicizia possibile: questo posto inizia a essere inquietante.

«Mi sono offerta di prendere anche Sam, ma ovviamente Iris dice che non è consentito.» Alza gli occhi al cielo.

«Mi sembra giusto, dai, almeno sappiamo che non danno i nostri figli in mano al primo che passa.» dico, e il suo viso cambia leggermente espressione. «Non che tu sia *la prima che passa*.» aggiungo in fretta. Chloe sorride, la felicità è ristabilita.

«Entro a prenderlo io. Tanto volevo chiedere ad Iris com'è stato oggi Sam.»

Iris è circondata da bambini in attesa di essere recuperati dai propri genitori, incluso Sam che, secondo lei, ha avuto una mattinata "super impegnata".

La ringrazio e prendo per mano mio figlio per raggiungere Chloe e un'emozionatissima Emily, che ci stanno aspettando nell'area giochi.

«Sam, Sam, vieni a casa mia!» dice lei e, afferrandogli la mano, lo trascina avanti. In pochi secondi stanno già ridendo, e Sam è di nuovo felice.

Mentre percorriamo la breve strada che attraversa il paesino fino alla casa di Chloe, lei mi fa da guida turistica. «Questa è la miglior gastronomia, preparano il lievito madre in casa. E Wilkinson's, il macellaio, fa una trita magrissima e delle salsicce strepitose.»

«Buono a sapersi, ho bisogno di acquisire un po' di conoscenza del territorio.» dico, assimilando ogni consiglio.

«Ah, la vera conoscenza del territorio è un po' diversa.» Ridacchia. «Freddie Wilkinson, il macellaio, è un vero donnaiolo, quindi sta' attenta quando metti piede lì dentro; ha avuto un sacco di tresche, quello lì. Marina, che gestisce la gastronomia – è spagnola, credo – ha un debole per gli uomini più giovani. È sulla cinquantina adesso, ma ho sentito che anni fa ha avuto un'avventura con un ragazzo che andava ancora al college! E poi c'è il parroco...»

«Ti prego! Il parroco?» dico con voce indignata.

Chloe ride. «È *bellissimo*.»

«Oh, wow, chissà che anch'io non trovi la fede qui? Chi l'avrebbe mai detto che in questo tranquillo paesino della Cornovaglia succedessero tante cose?»

«È proprio questo il punto, Rachel, le persone si annoiano a vivere in un paesino tranquillo... e la gente annoiata fa follie.»

Sorrido tra me e me mentre lei continua a chiacchierare, niente prove, solo scandali e dicerie. Allora è per *questo* che Tom la considera pericolosa e pettegola! Probabilmente durante tutto il processo d'acquisto della nostra casa l'avrà ragguagliato sui tagli pregiati del macellaio e sulla predilezione della proprietaria della gastronomia per i giovani. Ma i suoi scandalosi racconti di incontri lascivi sotto il bancone del negozio sono innocui, ed è evidente che adori rivisitare le storie, oltre a essere molto divertente. Mentre passiamo davanti all'agenzia immobiliare per cui lavora, sono curiosa di sapere se ha qualche gossip interessante su qualcuno dei suoi colleghi.

«No, purtroppo no. Sono tutti un po' noiosi, mi spiace.» risponde lei.

«Che peccato.» Rallento un po' per guardare le case da sogno esposte in vetrina.

«Forza, bambini, diamoci una mossa.» urla a Emily e Sam, accelerando il passo, e loro due la superano. E quando anch'io mi volto, Chloe si è già allontanata di un bel pezzo lungo la strada. Devo fare una corsettina per raggiungerli.

«Da quanto tempo lavori per l'agenzia immobiliare?» chiedo.

«Non ci lavoro più. Me ne sono andata secoli fa.» risponde lei, sprezzante.

Ma adesso sono curiosa. Sta volutamente facendo la vaga?
«Ah, quando te ne sei andata?»

«Da poco. Sono una freelance, semplicemente hanno smesso di affidarmi incarichi.»

«Oh, è solo che hai ancora le chiavi di casa nostra, no?» Mi sembra un po' sospetto, e i dubbi di Tom su di lei si ripresentano alla mia mente.

«Le chiavi?» dice lei, guardandomi perplessa.

«Quando sei venuta a casa nostra quella sera. Sei entrata da sola con le chiavi di riserva dell'agenzia.» le ricordo.

«Ah, *sì*, mi ero dimenticata di quello.» Chiama Emily. «Forza, più veloci, o non ci arriveremo mai a casa.» Poi torna a rivolgersi a me. «Le ho ridate a lui.»

«A Tom?»

«Sì. Le ho lasciate lì insieme ai documenti quella sera. Le ho restituite a Tom. Ce le ha lui.» Sembra in preda al panico, come se stesse cercando di convincermi.

«Oh, ma certo, non intendevo... Non ti stavo *accusando* di...»

«Scusa.» dice lei. «È solo che nessuno mi crede mai. Capisco che tu sia preoccupata che qualcuno posso avere le chiavi di casa tua, ma io non le ho. E non voglio che tu pensi che io stia mentendo. Chiedi a Tom, ce le ha lui.»

Mentre apre il piccolo cancello che conduce a casa sua, Emily urla qualcosa a proposito del gelato.

«Sì, Emily, sta' calma.» dice Chloe, lanciandomi un'occhiata insofferente.

Sam si è allontanato dalla bambina e adesso sta stringendo la mia mano. Far visita agli amici è una cosa nuova per lui.

«Ti dispiace se do un po' di limonata a Sam? È fatta in casa.» chiede Chloe non appena entriamo. L'ho seguita in cucina mentre i bambini stanno prendendo dei giochi da portare fuori in giardino.

«No, assolutamente.» rispondo.

Riempie di ghiaccio una grossa brocca di vetro e i cubetti tintinnano quando aggiunge la limonata direttamente dal frigorifero.

«Caffè, tè o qualcosa di più forte?», mi chiede strizzandomi l'occhio. Opto per il caffè, e lei accende il bollitore.

«Adoro questa cucina.» dico, osservando le pareti di un rosa caldo, le vecchie travi verniciate di un bianco panna, i cuscini e le tende di una graziosa fantasia floreale. È stravagante, un po' come Chloe, che a quanto pare indossa tantissimi vestiti e rossetti accesi. Lei stessa è bella così, con i capelli biondi di media lunghezza, il viso tondo, la pelle chiara.

«Sì, mia sorella dice che è un po' rosa... ma io amo il rosa.» Sorride e chiama i bambini per invitarli a uscire fuori insieme a noi. Marciamo tutti insieme dietro di lei fino al piccolo giardino soleggiato, dove Emily inizia subito ad arrampicarsi su un albero di mele.

Forse è una mia impressione, ma è come se adesso ci fosse un certo imbarazzo tra di noi dopo averle chiesto delle chiavi.

«Ti dispiace se ti chiedo del papà di Emily?» domando con cautela. Sam ha detto che il padre della sua amica è morto; potrebbe essere o non essere vero, ma in ogni caso è meglio procedere con prudenza.

Chloe non risponde.

«Dimmi pure di farmi gli affari miei, è solo che so che ti stai riprendendo da una rottura, perciò mi chiedevo se...»

Scuote la testa. «Non ha niente a che fare con Emily.» Sembra sull'orlo delle lacrime.

«Lo capisco se preferisci non...»

«Sì, grazie, preferirei non parlarne. Non voglio agitarmi davanti ai bambini.»

«No, ma certo che no, scusa, non avrei dovuto chiedertelo.»

«Rachel, ti prego, non ti scusare. Un'amica dovrebbe poter chiedere qualsiasi cosa. È solo che mi agito, tutto qua.»

Povera Chloe. Ha perso il padre di sua figlia e poi viene ferita nuovamente da qualcun altro. È molto triste: è qui nella sua città natale, circondata da amici e luoghi familiari, ma non ha nessuno che le stia accanto. È troppo giovane per essere vedova. Ora capisco perché è così entusiasta di accoglierci nel suo mondo; forse si sente sola come me. So di avere Tom con me, ma lui lavora lontano e questo non cambierà a breve, soprattutto con il debito della piscina; perciò, sia io che Chloe abbiamo bisogno un po' di compagnia. I nostri figli vanno d'accordo, e anche noi, così ha voluto il fato, è come se fossimo state destinate a conoscerci. Sorrido, il sole splende, ci troviamo in un delizioso giardino e mio figlio corre di qua e di là mentre gioca a fare il cowboy con la sua nuova amica.

«Non potrei chiedere di più dalla vita.» dico e sorseggio il caffè, poi chiudo gli occhi e sollevo il viso al sole.

Quando Chloe non risponde, apro gli occhi e la sorprendo a fissarmi. Mi sento un po' a disagio, ma sorrido e lei ricambia, rispondendo subito alla mia affermazione.

«Non c'è male, dai.» dice.

«È *perfetto*. Non ti piace stare al sole in compagnia di bambini felici?»

«Sì, ma il tuo giardino è più grande, con una piscina e dei bambini felici!»

Mi si contorce lo stomaco al pensiero. Spero che Chloe non sia come tutti gli altri, che ci detestano perché abbiamo quell'enorme e minaccioso affare in giardino.

«Non mi piace nemmeno.» dico.

«Davvero? Ma sei così fortunata, dev'essere meraviglioso nuotare ogni giorno, ed è ottima per i bambini.»

Mi stringo nelle spalle.

«Oddio, detto così suona malissimo. Non ti stavo chiedendo di *invitarmi*.» dice in tono serio mentre mi tocca il braccio. «È solo che Tom ne ha parlato tanto. Era così emozionato quando ha scoperto la vecchia piscina nelle fondamenta.»

«Già, beh, non tutti abbiamo la stessa idea di paradiso.»

«Tom ha detto che l'avresti adorata. Non vedeva l'ora di mostrartela.»

Alzo gli occhi al cielo. «Non è esattamente così.»

«Eh?»

«Ho questa... Oh, ti sembrerà stupido, ma io non so

nemmeno nuotare. Ho paura dell'acqua.» Non sono pronta a raccontarle tutto. Terrò per me la storia della mia vita fin quando non ci conosceremo meglio.

«Ah wow, non c'è da stupirsi se sei incazzata. Ma tuo marito ti *conosce* almeno?»

«È solo così entusiasta e innamorato dell'idea, che credo abbia dato per scontato che anch'io mi sarei lasciata trascinare.»

«Lui non ti capisce, vero?»

«No, non in questo.» dico, sentendomi sleale nei confronti di Tom, ma prendendone coscienza dopo tanto tempo. «So che ti sembrerà folle, ma è come se ci fosse costantemente una presenza maligna in giardino, come se aspettasse me, o Sam.»

«Mi stai mettendo i brividi, Rachel, ed è un vero peccato che tu ti senta così. Non c'è nulla di cui aver paura.» dice in un tono piuttosto leggero.

«È quello che dicono tutti, ma non è vero» sibilo, e lei si ritrae leggermente. «Scusa.» dico, sentendomi in colpa. «Non era mia intenzione sbottare così. So che è irrazionale, ma ne sono terrorizzata, e niente e nessuno può cambiarlo.»

Sento il sangue affluire alla testa, come l'impeto del mare che si avvicina a me mentre sono in piedi sulla spiaggia. Inghiotte qualsiasi cosa, rubando ciò che amo. Vedo la tomba fredda e buia nel mio giardino, profonda e determinata. La mia paura dell'acqua è plasmata da ciò che mi è successo, e di colpo mi ritrovo lì.

Una splendida giornata, una splendida famiglia sulla spiaggia. La mamma sorride al suo piccolo, il papà costruisce castelli di sabbia e il bambino lo aiuta. La paletta è troppo grande per la sua manina, e i genitori ridono con affetto del loro amato bambino con il suo mento determinato e le ginocchia paffute.

Avverto il pizzicore delle lacrime. Devo smetterla. Non devo tornare lì; devo rimanere qui in questo giardino, nel presente, con Chloe e i bambini.

«Non è una semplice piscina,» dico, «è molto più di questo.»

14

«Se ti turba così tanto, perché Tom non la fa coprire?» suggerisce Chloe con una certa logica. Ma qui non si tratta di logica; si tratta di due persone, ciascuna con i propri desideri e le proprie paure, ed entrambi dobbiamo scendere a compromessi, soprattutto io.

«Non potrebbe farci un'area giochi per Sam? È anche casa tua, Rachel, e se sei spaventata dalla piscina, non sarai mai felice.»

«Credo che farla coprire lo ucciderebbe.» ribatto. Mentre io ne sono terrorizzata, per Tom è motivo d'orgoglio, fonte di energia; è una cosa creata da *lui*, l'ultima cosa che vuole fare è distruggerla.

«Abbiamo qualche problema con i soldi.» le dico. «Ho ricevuto un'eredità da mio papà e anche se Tom ne è grato, ne è anche infastidito, sente di dover essere lui a mantenere la famiglia, a provvedere alle mie necessità. È all'antica, lo so.»

«Già, hanno chiamato gli anni Quaranta, rivogliono indietro tuo marito.» dice, sorridendo alla sua stessa battuta.

«Sì, ma è sempre stato lui a venire in mio soccorso, capisci? Quando ci siamo conosciuti, io avevo alcuni problemi di salute mentale e lui mi ha aiutata, anzi, mi ha davvero salvata. Adesso sto bene, ma questa è sempre stata la nostra dinamica. Tom si prende ancora cura di me, nonostante io non ne abbia più così tanto bisogno.»

«Se tu sei felice di lasciarglielo fare, va bene così, suppongo.» risponde lei in tono piuttosto sprezzante.

«Va bene così, siamo felici.» ribatto, sulla difensiva. Il suo commento è pungente, mi fa sentire debole e mi spinge a mettere momentaneamente in dubbio la mia relazione con Tom.

«Comunque, quello che sto cercando di dire, piuttosto goffamente,» ammetto, «è che la piscina è il modo di Tom di esprimere il suo amore. L'ha costruita con le sue stesse mani per me, per questo mi viene ancora più difficile rifiutarla.»

«Sì, ma se ti fa paura, allora...»

«Lo so che non ha molto senso, ed è difficile da spiegare. La madre di Tom ha abbandonato la famiglia quando lui era solo un bambino, è uscita di casa e ha detto che sarebbe tornata presto. La sta ancora aspettando.»

«Oh, che cosa triste.»

«Lo è, e da bambino ha dato la colpa a sé stesso, sentiva di averla in qualche modo delusa. Credo sia questo a motivarlo: non vuole deludere nessuno, soprattutto me, e al di là della mia paura, lui nel costruire la piscina ci ha visto un'opportunità per farmi felice.»

«Credi sia il suo linguaggio dell'amore?»

«Non l'avevo mai considerato in questo modo, ma sì, credo che lo sia.» Vengo distratta da Sam che segue Emily su un albero.

«Sta attento, Sam.» dico. «Perché tu ed Emily non giocate con i giochi che avete portato fuori?» aggiungo, nella speranza che Chloe segua il mio esempio e chieda a Emily di scendere dall'albero.

Ma lei sembra persa nei suoi pensieri e il suo sguardo si è addolcito. Credo che desidererebbe tanto avere un Tom tutto per lei. «Stanno bene.» dice a bassa voce, quasi tra sé e sé. «È un bambino, *dovrebbe* arrampicarsi sugli alberi.»

Ha ragione, ovviamente, e un po' me ne vergogno. «Lo so, dovrebbe, ma mi preoccupo per lui.»

«È naturale che ti preoccupi per tuo figlio, Rachel.» dice con gentilezza.

«A Sam il mondo sembra un gigantesco luogo caotico al momento. Trasferirci qui è stato un enorme cambiamento. È già abbastanza difficile per me, ma per un bambino piccolo come lui non ha alcun senso. È tutto diverso e io ho paura che sia stressato. Di notte vado a controllare come sta e lo trovo irrequieto, fa sempre strani sogni. Spero che si ambienti.»

Chloe se ne sta seduta per qualche istante a osservarlo. «Non sono un'esperta, ma non credo ci sia nulla di cui preoccuparsi con Sam.»

«Sono certa che tu abbia ragione...» mormoro osservando i bambini, mentre Emily si arrampica più in alto sull'albero e Sam se ne sta seduto al sicuro su un ramo più basso. Tiro un sospiro di sollievo quando sembra annoiarsi e inizia a scendere, ma proprio in quel momento, anche Emily scende. Adesso ci chiama e agita le braccia, e un attimo dopo è a terra, singhiozzante.

«Stai bene, Em?» grida Chloe mentre entrambe ci alziamo istintivamente di scatto per andare a consolarla. «Cos'è successo?» le chiede mentre aiuta la figlia ancora in lacrime ad alzarsi in piedi.

«Sam mi ha spinta!»

«No, no. Non credo l'abbia fatto, Emily.» rispondo in tono gentile ma al tempo stesso assertivo, mentre Sam inizia a protestare dal suo ramo. «Non ho fatto niente, *non ho fatto niente!*»

«Non ha fatto niente,» dico a Chloe, «li stavo guardando.»

Scuote la testa. «Non essere sciocca, Emily, Sam non farebbe una cosa del genere.» dice alla bambina, che sembra proprio una peste.

Prima che la situazione degeneri, Chloe propone di mangiare un po' di torta e di gelato, idea che sembra distrarli.

Io resto in giardino a controllare i bambini, mentre lei entra in cucina a prendere le leccornie promesse. I bambini ora sono seduti vicini sull'erba e da qui non riesco a sentire granché, ma sento Emily dire «Ti faccio vedere?». Sam annuisce e la segue in fondo al giardino, e vista la disastrosa conclusione della loro arrampicata sull'albero, avverto il bisogno di sorvegliarli. Emily ha qualche mese in più di età, ma almeno un anno in più in quanto a maturità, e io temo che Sam possa farsi trascinare da questa bambina allegra ed esuberante. Così mi alzo in piedi e li seguo con discrezione, curiosa di sapere cosa vuole mostrargli. E quando si fermano, io indugio vicino all'albero di mele e osservo mentre Emily prende un lungo ramoscello e inizia a punzecchiare quella che sembra terra fresca.

«È qui?» chiede Sam entusiasta.

Non sono davvero sicura di voler vedere il "tesoro" che sta per dissotterrare. Non vado d'accordo con gli uccelli morti o i vermi o qualsiasi cosa possa essere.

«Tu lo vedi?» chiede Sam.

«No, non puoi vedere la sua faccia, ma guarda, è proprio qui. Guarda, Sam.»

Sam si china goffamente, le manine appoggiate sulle ginocchia ruvide. Trattengo il respiro e aspetto di veder sbucare il verme viscido o il lumacone, o perfino il formicaio che Emily sta per svegliare.

«Qui, Sam,» dice lei, «è qui che è seppellito il mio papà.»

Oddio, spero di no! Perché l'avrebbe *detto*? Spero che Sam non capisca, e sto quasi per intervenire quando Chloe riappare.

«Cioccolato, vaniglia o fragola?» annuncia, mentre marcia attraverso il giardino con un vassoio contenente gelato, una torta e una grande caraffa di vetro piena di un liquido rosa acceso.

«Li voglio tutti e TRE!» grida Emily.

«Anch'io, tutti e TRE!» le fa eco Sam. Sono così distratti dal gelato che spero Sam si sia già dimenticato di ciò che ha detto Emily.

«Sam, non ti ho sentito dire "per favore".» dico.

«PER FAVORE!» grida lui, ed Emily segue l'esempio, ma dando il via a una cantilena rumorosa e, devo ammettere, piuttosto fastidiosa.

Chloe mi lancia un'occhiata. «Grosso errore. Puoi stare certa che la nostra Emily troverà il modo di farti saltare i nervi anche solo dicendo "per favore". Fa impazzire mia sorella.» Ridacchia mentre versa le palline di gelato in due ciotole.

I bambini mangiano il gelato e la torta su una coperta da picnic un po' più in là nel giardino, mentre Chloe versa la bibita color rosa acceso in due bicchieri.

«Un drink?» chiede.

«Di solito non bevo durante il giorno,» dico, sentendomi un po' una prima donna, «e poi Tom è lontano e io sono l'unica a occuparmi di Sam...»

«Oh, ha pochissimo alcol, è in gran parte succo di frutta e limonata.» dice, porgendomi un bicchiere colmo.

«Grazie.» Lo prendo e noto che l'ha perfino decorato con un ombrellino. «È delizioso,» dico bevendone un sorso, «è all'anguria?»

«Sì, il mio preferito. Ci ho messo il ghiaccio tritato.»

«È come essere in vacanza.» Faccio roteare l'ombrellino nel freddo drink fruttato.

Mentre sorseggiamo il nostro drink, parliamo delle nostre vite, dei nostri ex fidanzati, di come ho conosciuto Tom. Ma lei non parla del papà di Emily. Forse anche per lei alcune cose sono troppo dolorose e non vuole parlarne? Dopo aver passato un po' di tempo con lei, penso che sia tormentata da qualcosa, proprio come me. Entrambe abbiamo avuto relazioni difficili e vissuto esperienze che ci rendono un po' paranoiche quando siamo in compagnia di altre persone.

«Non mi fido facilmente degli altri.» mi racconta. «Mi sento vulnerabile, ho paura che accadano cose brutte.»

Capisco perfettamente cosa vuol dire, le mie stesse esperienze mi hanno portata ad aspettarmi sempre il peggio dalla vita. Ma Chloe è diversa, la sua trasparenza e la sua vulnerabilità mi fanno sentire di *potermi* fidare di lei, nonostante la sua inaffidabilità. Mi sento rilassata a parlare con lei, come se ci conoscessimo da sempre, e prima che ce ne accorgiamo, abbiamo svuotato la caraffa.

«Mi sento un po'intontita.» dico. «Sei sicura che ci fosse pochissimo alcol in quel drink?»

«Sì, *io* sto bene. Forse ti è venuto un colpo di calore, a volte ti fa sentire come se fossi ubriaca. Una volta mi è venuto mentre ero in vacanza e ho vomitato senza sosta per ventiquattro ore.»

«Fantastico.» mormoro. Solo a sentire questa frase mi viene voglia di vomitare. «Devo andare a casa e stendermi.» biascico. Mi alzo in piedi e il mondo vortica. Muovo qualche passo in giardino verso Sam e mi rendo conto di non stare per niente bene. «Mi sento malissimo.» dico a Chloe.

«Perché non vai al piano di sopra a sdraiarti un po'?»

Sono molto tentata, e sono certa che Sam starà bene con Chloe ed Emily, ma voglio solo andare a casa, come sempre quando non ti senti bene.

«Mi sento malissimo, non credo di riuscire a camminare. Scusami tanto, ti dispiacerebbe darmi un passaggio a casa?» Sento l'irrefrenabile bisogno di sdraiarmi sul mio letto.

«Mi dispiace, non ho una macchina.» risponde lei, scusandosi.

Mi lascio cadere di peso sulla sedia da giardino e cerco di ricompormi.

«Ti porto un po' d'acqua.» dice Chloe con aria preoccupata, poi scompare dentro casa. Ritorna con un grande bicchiere di acqua fredda, che bevo piano piano, e una volta finito mi sento leggermente meglio.

«Dobbiamo andare.» dico. «Se mi viene un altro colpo di calore, non riuscirò a lasciare questa sedia, figuriamoci il tuo giardino!»

Chloe insiste di volerci accompagnare a casa e io le sono grata. È bello sapere che c'è qualcuno che può prendersi cura di Sam se io dovessi avere una ricaduta durante il tragitto.

«Ti dispiace se mi fermo lungo la strada a spedire una lettera?» chiede.

«Certo che no.» Sto biascicando le parole, ne sono certa; mi sento ancora uno straccio.

Iniziamo la breve camminata verso casa, ma io mi sento come se stessi scalando l'Everest. E quando raggiungiamo l'ufficio postale, scopro che Chloe deve spedire un biglietto d'auguri, che non ha nemmeno comprato, poi deve acquistare il francobollo, e così perde cinque minuti al cellulare per trovare l'indirizzo a cui spedirlo. Nel frattempo, i bambini giocano a fare i commessi e a vendersi a vicenda le buste, provocando un grande caos mentre io mi appoggio di peso contro il muro.

In tutto ciò, qualcuno entra e si mette a chiacchierare con Chloe. Non riesco a vedere l'altra persona, ma la loro è una lunga conversazione. Ne ho davvero abbastanza adesso, devo andarmene. Qui dentro è caldo e soffocante, e più a lungo me ne sto qui in piedi, più sento salire la nausea.

Finalmente la donna che sta parlando con Chloe, che riconosco come una delle mamme dell'asilo, si allontana, la saluta e inizia a sfogliare i biglietti di auguri. Li prende in mano, li legge e li rimette a posto; sono consapevole che per tutto il tempo mi osserva con la coda dell'occhio e, alla fine, finge di notarmi.

«Oh... ciao. La mamma di Sam, giusto?» sorride, ancora stretto in mano uno dei biglietti, che adesso usa come ventaglio. «Giornata calda, vero?»

Annuisco. So bene che posso risultare maleducata, ma se apro la bocca per parlare, ci sono buone probabilità che vomiti.

La donna agita il biglietto davanti al viso e mi osserva come una nobildonna vittoriana osserverebbe un contadino. «Stai *bene?*» domanda, la preoccupazione e l'orrore dipinti sulla faccia.

Non sorride, e perfino nella mia misera condizione percepisco che la sua domanda ha come obiettivo esprimere il suo disappunto piuttosto che chiedermi come sto.

«Sto bene, grazie», rispondo, morendo dentro.

Inarca le sopracciglia.

«Ho un colpo di calore.» aggiungo, udendo il biascichio della mia voce e morendo un altro po'.

Mi rivolge un mezzo sorriso. «Oh, *capisco.*» Agita il biglietto più velocemente e si allontana con incredulità e disappunto.

«Che cosa ti ha detto *quella?*» domanda Chloe quando alla fine usciamo dal negozio.

«Chi, la mamma dell'asilo? È una tua amica?»

«No.» ribatte lei categorica. «Jennifer Radley è una strega altezzosa che si crede migliore di chiunque altro. Non la sopporto.»

«Mmm, be', io non le piaccio, questo è certo.»

Si volta di scatto. «Perché, cosa ti ha detto?»

«Oh, niente, in realtà, credo abbia pensato che io sia ubriaca.»

«Stronza moralista.» dice tra i denti. «Fa' attenzione con quella, è pericolosa.»

15

Mi sveglio alle sette del mattino con un terribile mal di testa e il cellulare che squilla accanto al letto.

«Rachel, sono Chloe.» dice quando rispondo, e perfino nello stato di sonnolenza in cui mi trovo percepisco l'ansia nella sua voce.

«Ciao.» dico in tono burbero, un po' infastidita di essere stata svegliata così presto.

«Devo confessarti una cosa.»

«Eh?» Se devo essere sincera, in questo momento non mi interessa, voglio solo prendermi un'altra mezz'oretta di sonno prima di andare a svegliare Sam.

«È il drink che ti ho offerto ieri. Mi dispiace tanto, *tantissimo*, mi sono lasciata trasportare. Avevo intenzione di mettere solo una spruzzatina di vodka insieme al succo di frutta e alla limonata, ma sono stata... eccessivamente entusiasta.»

Sono piuttosto incazzata e, nonostante sia una mia nuova amica, mi ritrovo a sgridarla. «Chloe, vorrei che me l'avessi detto ieri. Ne avrei bevuto solo un bicchiere se avessi saputo che c'era tanta vodka dentro. Che cavolo, hai lasciato che mi ubriacassi mentre mio figlio era sotto la mia responsabilità!»

«Mi dispiace così tanto, Rachel, volevo solo che ti divertissi.»

«Mi stavo divertendo, *non* avevo bisogno dell'alcol.»

«Mi dispiace davvero, davvero tanto. Mi perdoni?»

Le dico che la perdono, ma sono infastidita. Perché mai ha fatto una cosa così sconsiderata come aggiungere troppa vodka? Non mi conosce così bene da fare una cosa simile con leggerezza; avrebbe potuto succedere di tutto. So che non è stato un gesto malevolo, è stato solo stupido, e adesso biasimo me stessa per averle creduto e averle permesso di riempirmi il bicchiere. Non permetterò che succeda di nuovo.

«Vorrei che dicessi a quella Jennifer Radley che è stata colpa tua.» dico. «Il modo in cui mi ha guardata mentre scivolavo lungo la parete dell'ufficio postale... mi crede una mamma ubriacona.» dico seccata, ancora offesa dallo sdegno mostrato da Jennifer.

«Oh, quella è una stupida strega, non farci caso. Non ha mai lavorato neanche un giorno in vita sua, si è sposata un riccone e adesso guarda tutti dall'alto in basso grazie ai soldi *del marito*!» Il suo livore è palpabile.

«Wow. Proprio non ti piace, vero?»

«Accidenti, per niente.»

«Hai detto che è *pericolosa*, è per questo motivo?» chiedo, consapevole dell'ironia della domanda, dato che Tom mi ha detto la stessa cosa a proposito di Chloe. «Ti ha fatto qualcosa di male?» Sono determinata a scoprire cosa intende dire.

«Sì, eravamo migliori amiche, finché non mi ha rubato il fidanzato.»

«Oh, davvero?» Interessante. Ripenso alla Jennifer Radley perfettamente curata, con i suoi abiti firmati e il suo profumo costoso. Sembra così morigerata! Di certo *è* pericolosa quando si tratta di fidanzati.

«Già. Era determinata a prenderselo dal momento in cui ha scoperto che stavamo insieme. Gli spediva lettere, gli raccontava cose su di me. È stato orribile, Rachel, ho quasi avuto un crollo nervoso.»

«Mi dispiace tanto, sembra terribile. Quando è successo?» domando.

«Saranno...» Fa una pausa per contare. «Ho trentatré anni adesso, ne avevo quattordici all'epoca, perciò...»

Ah. «Quindi andavate ancora a scuola?» A un tratto il mio interesse *non* è più così stuzzicato.

«Sì, dopo quell'episodio la nostra amicizia è finita.»

E così Chloe ha covato quel rancore per tutti questi anni, mentre Jennifer non si ricorderà nemmeno del fidanzatino dell'adolescenza. Suppongo che esistano persone pericolose e persone *pericolose...*

Con Tom lontano, ho modo di scrivere solo quando Sam è all'asilo, ma oggi mi sento troppo male per lavorare. Mi sento anche molto sola e isolata. Anche Rosa ha dei turni con un'agenzia questa settimana, perciò non posso chiamarla se non più tardi. È stata una lunga mattina e io sento il bisogno di parlare con qualcuno, perfino con Chloe. Dopo l'incidente con la vodka non sono più così tranquilla sul suo conto. Posso fidarmi di lei? Non lo so, ma credo davvero che non l'abbia fatto con cattive intenzioni, voleva soltanto che mi divertissi. È stato un gesto maldestro e stupido, ma sono pronta a darle una seconda opportunità. È simpatica e sembra gentile, perciò sarò cautamente ottimista riguardo alla nostra amicizia appena sbocciata. E così, dopo averci pensato attentamente, non vedo l'ora di vedere Chloe quando vado a prendere Sam all'asilo. Ma quando arrivo, sta chiacchierando con un gruppo di mamme. Sento un tuffo al cuore quando vedo che anche Jennifer fa parte del gruppo. Mi sento in imbarazzo dopo lo scambio di ieri all'ufficio postale. Spero che Chloe le spieghi perché ero in quella condizione e il fatto che non mi sono ubriacata di proposito.

Che cosa penserà di me?

Prendo in considerazione l'idea di affrontarla, di fare luce sulla questione, ma lei e Chloe sono assorte nella conversazione, cosa che nella mia testa mi fa dubitare di Chloe ancora una volta.

Solo questa mattina mi raccontava al telefono di quanto non sopporti Jennifer e di come non siano più amiche. Ma non spetta a me giudicare. Loro due si conoscono da una vita e Chloe non può semplicemente ignorare Jennifer se prende parte alla conversazione, sarebbe maleducato. Non ho altre amiche qui per il momento, e non voglio rinunciare a Chloe così presto solo perché si sta comportando in modo gentile con una persona che non le piace. Tuttavia, questo mi porta a chiedermi se non sia un po' ipocrita, e se io possa davvero fidarmi di lei. Così decido di non unirmi a loro. Non sarebbe semplice, visto che sono sempre chiuse a cerchio e non lasciano spazio a nessuno per entrarci. E poi, devo tornare a casa in fretta perché dopo scuola abbiamo la tanto temuta lezione di nuoto.

Sam è stanco per la mattinata passata all'asilo e così, una volta tornati a casa, lo lascio sonnecchiare sul divano. Deve essere riposato per la lezione di nuoto. Sono ormai le due passate e Rosa dovrebbe aver finito il turno; perciò, porto il cellulare fuori sul patio e le faccio un colpo di telefono.

«Non voglio nemmeno parlarne perché so che risulterei una mocciosa viziata, ma questa lezione di nuoto mi terrorizza.» dico.

«Non sei una mocciosa viziata.»

«Sì, invece. Mi lamento di una maledetta piscina quando ci sono madri che non riescono nemmeno a dare da mangiare ai propri figli.»

«Secondo me, invece, è assolutamente ragionevole che tu sia contraria ad avere una tonnellata d'acqua nel tuo giardino. Cavolo, Rachel, dopo quello che hai passato. Gli hai spiegato come ti senti?»

«Lui non *capisce*, pensa che sia solo una questione di soldi. Dice che sono cambiata.»

«È un vero idiota. Gli hai detto che ieri sei andata a casa di quell'agente immobiliare dopo l'asilo?»

«No, non ancora. Lei mi piace, e più lui disapprova, più io divento testarda, non può dirmi con chi fare o meno amicizia. Chloe è un po' inaffidabile, va bene, non sarebbe la mia *prima* scelta, ma non è che ne abbia molta, di scelta. Non conosco anima viva quaggiù e, con Tom lontano, ho bisogno di un altro adulto con cui parlare. È stato bello starmene seduta nel suo guardino a bere un paio di drink mentre guardavamo i bambini giocare.»

«Bene, era ora che ti rilassassi e ti divertissi un po'.» insiste lei. «A proposito, volevo ringraziarti per avermi mandato le foto di Sam in giardino. Non riesco a credere che sia cresciuto così tanto. Dev'essere passato un anno dall'ultima volta che l'ho visto, era ancora un bebè.»

«Allora devi venire e fermarti per una o due settimane.» propongo.

«Mmm. In realtà pensavo: che te ne pare se venissi da te la prossima settimana e mi fermassi a dormire una notte?»

«Oh, mio Dio! Sarebbe *stupendo*, e Tom sarà ancora via, quindi possiamo passare una serata tra ragazze.»

«Sì, lo immaginavo. Non gli piacciono molto le serate tra ragazze, vero? Ora che ci penso, non gli piaccio io.»

Ci rido su, ma ha ragione ed è evidente che se ne sia accorta.

«Probabilmente verrò presto giù dalle tue parti; non ti ho mai parlato della prozia Jean e del prozio Ron?»

«Sì, avranno cent'anni ormai, no?»

Rosa ridacchia. «Non ancora, lei ha novantaquattro anni e lui novantadue; è il suo "toy boy", come dice lei. Sono ancora molto in gamba, ma il prozio Ron è caduto un paio di settimane fa; vivono a Devon, quindi non molto lontano da te. Ho detto che sarei andata a trovarli e sarei rimasta con loro per un po', hanno bisogno di aiuto e io ho bisogno di cambiare aria, e così posso venire a trovare anche te. Li chiamo per organizzarci e poi ti faccio sapere quando sarò lì, va bene?»

«Perfetto. Puoi fermarti da me e possiamo ubriacarci e ballare per tutta la cucina, ti va?» suggerisco.

«Fantastico! Magari possiamo fare una sorta di discoteca silenziosa, così non svegliamo Sam.»

«Giusto, anzi a proposito, meglio che vada. Passerò il pomeriggio a guardarlo nuotare e so che sarò in preda all'angoscia.»

«Ahh, forza, Rachel, puoi farcela. Sei la donna più forte che conosca, sei fatta di ferro. Diciamoci la verità, tesoro, sei stata costretta ad esserlo.»

Ci salutiamo e io vado a svegliare Sam. È bello parlare con Rosa; è la mia più grande sostenitrice, e io spero di essere la sua. Entrambe abbiamo passato momenti difficili e, anche se ci conosciamo da pochi anni, so che ha avuto delle relazioni orribili. L'ultimo ragazzo con cui si è lasciata l'ha stalkerata per mesi, e lei viveva nel terrore. Ed è ancora così, perché non ha idea di dove lui sia, né di quando potrebbe ripresentarsi.

«Sei contento di andare a nuotare oggi?» chiedo a Sam mentre mangia il suo hummus con il pane arabo a forma di soldatini.

«Sì!» È raggiante.

«Un signore di nome Chris ti insegnerà a nuotare come papà.»

«Io so già nuotare.» dice distrattamente, la sua attenzione assorbita dalla guerra che ha scatenato tra i soldatini di pane. Mi limito a sorridere: so che non sa nuotare; tuttavia, è stato in piscina con Tom un paio di volte giusto per abituarsi.

Lo aiuto a indossare il costume, avvertendo per la prima volta il rombo delle onde in lontananza, e questo mi preoccupa. Dev'essere la brezza che soffia oggi, ma mi sforzo di non pensare al mare, né alla calda brezza di ponente che increspa delicatamente la superficie della piscina. In vacanza amavo ascoltare il suono lontano del mare, aspettavo con ansia di posare i piedi sulla sabbia e gettarmi tra le onde. Ma adesso il suono del mare è un nefasto avvertimento che mi fa rivoltare lo stomaco.

«Mamma, è troppo largo, papà lo fa più stretto.» La voce di Sam è stridula e mi riporta al momento presente. Sono impacciata mentre cerco di annodare il laccio più stretto intorno alla sua vita.

«Scusa, tesoro.» dico, tentando di nascondere il panico nella mia voce.

«Mammaaaa! Deve essere *più stretto*.» L'ansia fa salire la sua voce di un'ottava.

Cerco di stringerlo di più, di più, ma devo fermarmi. Devo calmarmi. Così appoggio la testa sul mio grembo, ho bisogno di un posto in cui nascondermi.

«Mamma, cosa fai?»

«Mi sentivo solo un po' male,» mento, «ma sto bene adesso.» Sollevo la testa, che sembra piombo.

Guardo il viso del mio bambino: sorride, ma sul suo volto traspare qualcos'altro. Paura?

Era entusiasta fino a un minuto fa; sono stata io a cancellare il suo entusiasmo e rimpiazzarlo con le mie paure? Tom ha ragione: le sto trasmettendo a mio figlio. È il *mio* terrore, sono i *miei* ricordi. Faccio un profondo respiro, ordino a me stessa di riprendere il dannato controllo e mi concentro sull'azione di annodare il laccio facendolo scorrere tra le dita.

Finalmente, ci riesco. «Ecco fatto, non vogliamo che ti cadano i pantaloncini in piscina, vero?»

Fa un mezzo sorriso. Come molti bambini, adora queste pagliacciate e la sola idea di qualcuno con i pantaloni abbassati intorno alle caviglie è il massimo dell'ilarità.

«Hai una formazione in primo soccorso?» è la prima frase che rivolgo a Christopher Hutchinson, l'istruttore di nuoto, quando gli apro la porta di casa.

«Sì, sono perfettamente addestrato a salvare vite. Suo figlio è al sicuro con me. Oh, e salve, io sono Chris.» dice allungando la mano per stringere la mia. Ha un sorriso affabile, ma non mi è di conforto, lo vedo come un segno che possa essere troppo rilassato.

«Rachel,» dico, ricambiando il sorriso, «vieni a conoscere Sam.»

Indossa una tuta da ginnastica blu, la sua chioma di capelli ricci rimbalza mentre mi segue attraverso la casa e io faccio le presentazioni, cercando di sembrare tranquilla. Ma noto il giudizio negli occhi di Chris Hutchinson: per lui sono solo un'altra mamma iperansiosa di mezza età. Pensa che io abbia aspettato troppo a lungo prima di avere un figlio e che adesso sia troppo vecchia per apprendere i principi base della genitorialità.

Ma lui non sa che io sono diversa. Il mio istinto materno e la maternità tardiva non sono gli unici motivi per cui vengo assalita dal terrore quando mio figlio si trova vicino all'acqua.

«Andiamo, allora.» Faccio un respiro e, insieme a Christopher, entro in giardino sulle mie gambe tremolanti. Sono completamente vestita, mio figlio è pronto a nuotare, i suoi braccioli sono gonfi e io gli stringo saldamente la mano mentre ci incamminiamo verso l'acqua. Ho una cassetta di pronto soccorso vicino alla piscina e, per quanto non voglia farlo, per quanto ogni mio singolo nervo sia scoperto e la mia mente gridi *NO!* ricordo a me stessa che lo sto facendo per Sam.

In fondo al giardino, apro la porta ad arco e, trattenendo Sam con una mano, faccio cenno a Chris di entrare per primo. Una misura di sicurezza, ovviamente.

«Wow!» lo sento esclamare mentre io e Sam lo seguiamo all'interno.

«È fantastica. Sei un bambino fortunato, amico mio.» Gli scompiglia i capelli, e Sam sembra di nuovo entusiasta.

«Lui è Christopher.» ricordo a mio figlio.

«Mi chiami Chris.» dice lui.

Annuisco. «Chris è venuto a insegnarti a nuotare, ricordi?»

«Ma io so *già* nuotare.» dice Sam, alzando gli occhi al cielo come per dire che non riesce a credere a quanto possano essere stupidi gli adulti.

Guardo Chris e sorrido con aria stanca. «Non è vero. Qualche volta ha sguazzato un po' nella parte bassa della piscina con suo papà, ma non sa nuotare.» gli spiego.

«Ottimo.» dice Chris. «Quindi sei abituato a stare in acqua, campione?»

Sam annuisce. «Sì, l'amica di papà mi ha insegnato a nuotare e a tuffarmi e so anche nuotare sott'acqua...»

Consapevole di essere tornati nel territorio dell'amica immaginaria, scuoto la testa rivolta a Chris e lui ricambia con uno sguardo d'intesa.

«Allora, sei pronto a divertirti?» dice Chris, incamminandosi verso la piscina.

«Ehm, Sam deve sapere anche quanto può essere pericolosa l'acqua, oltre che... divertente.» gli dico a bassa voce. «Ora che abbiamo questa *bestia* in giardino, mi spaventa a morte l'idea che un giorno possa scavalcare il muro e...» Non ho bisogno di completare la frase. Chris prende atto delle mie preoccupazioni con una strizzatina d'occhio, prende Sam per mano e si incammina verso l'acqua, poi si volta e mi vede lì in piedi, probabilmente bianca come un lenzuolo.

Il mio istinto è quello di afferrare la mano di mio figlio e scappare; invece, resto lì a guardare quell'uomo portare il mio bambino in due metri d'acqua.

Il papà porta il figlioletto in riva al mare, la sua manina piccola in quella grande e sicura del papà. La mamma sorride e li saluta con la mano. Sorrideva sempre all'epoca; era sempre felice. Adesso il papà si addentra sempre di più nell'acqua e solleva il bambino sulle proprie spalle. Saluta con la mano la mamma, che ricambia. Ancora sorridente.

16

Trattengo il respiro mentre Sam viene calato in acqua tra le forti braccia di Chris, che lo sorregge mentre galleggia nell'azzurro turchese. È un blu meraviglioso, quasi lo stesso colore degli occhi di Sam, ma io so che sotto quel placido turchese si cela qualcosa di mortale. Non riesco a respirare, non riesco a guardare, ma non riesco nemmeno a distogliere lo sguardo.

È una tortura, ma Chris è qui: è esperto, forte e sicuro. È anche addestrato per il primo soccorso; *non succederà nulla di brutto.*

«Non mi servono questi.» Sam si riferisce ai braccioli, che gli impediscono di annegare.

«Credo che la tua mamma preferirebbe che tu li tenessi, campione.» risponde Chris.

«Sì, lo preferisco.» sottolineo, cercando a tentoni un lettino prendisole e sedendomi sul bordo senza staccare gli occhi da loro.

«Ma non mi servono.» borbotta Sam a Chris.

«Sì, va bene, ometto.» Sento la compassione nella sua voce; prova pena per Sam, che ha una madre così opprimente.

Distolgo lo sguardo, piena di vergogna. Non è così che dovrebbe essere; si tratta di Sam, non di me.

«Ehi, ma tu l'hai già *fatto* prima!» esclama Chris quando Sam inizia a muovere le braccia a rana. Tom deve avergli mostrato qualche mossa, ma sono sorpresa di vederlo nuotare con tanta sicurezza e perfino velocità. Suppongo che Tom l'abbia portato in piscina più volte di quante mi abbia detto. Non importa, certe volte è meglio non sapere, e questo significa che Sam sa già nuotare, che è una buona cosa. Sam fende il brillante azzurro turchese con scioltezza, il sole luccica sull'acqua, le sue gambe si muovono dentro e fuori, le braccia lo spingono in avanti. Chris si tiene vicino, spiegandogli passo passo i movimenti da fare, mentre io torno a sedermi sul bordo del lettino prendisole.

«Il ragazzo sa *nuotare!*» grida Chris, guardando verso di me. «Non scherzava, è *bravo!*»

Sto tremando. Il mio cuore batte così forte da lasciarmi quasi senza fiato, ma resisto. Sono contenta che sappia nuotare, ma vorrei solo che uscisse dall'acqua. Sto cercando di immaginare noi due più tardi, mentre ceniamo, giochiamo a palla sul prato, mentre lo metto a letto e gli rimbocco le coperte quando sarà tutto finito e Sam sarà davvero al sicuro.

La lezione prosegue per un'ora, con Chris che deve solo perfezionare alcune bracciate di Sam. Mio figlio è come un pesce, si getta sott'acqua, galleggia senza difficoltà sulla superficie e nuota perfino a dorso. Quando Chris gli suggerisce di tuffarsi, per poco non mi viene un infarto. Guardare mio figlio in bilico sul bordo, sul punto di saltare in un'immensa distesa d'acqua spietata, mentre una persona che conosco a malapena grida «Vai!» è terrificante.

«Vorrei vederlo senza braccioli.» dice Chris una volta che sono usciti dall'acqua. «So che è agitata, e suo marito mi ha accennato che non si sente a suo agio vicino all'acqua, per questo ho accettato di fargli indossare i braccioli. Ma di solito non insegno a nuotare con quelli. Li considero pericolosi, perché possono dare al bambino un falso senso di sicurezza.»

Faccio un respiro, sono solo contenta che sia finita... per ora. «Okay.» dico riluttante. «Magari la prossima volta, se prometti di tenerlo?»

Usciamo tutti insieme dal giardino murato e io mi assicuro di chiudere la porta a chiave, ricontrollando un paio di volte prima di incamminarmi con loro attraverso il giardino. Traggo un profondo respiro di sollievo per essere finalmente lontana da quel blu mortale.

«È evidente che sappia nuotare, ma non voglio che si senta troppo sicuro di sé e corra dei rischi.» dico, riferendomi ai braccioli.

«Mrs Frazer, con tutto il rispetto, credo che dovremmo *rafforzare* la sua fiducia in sé stesso, non distruggerla.»

Mi sento attaccata. «Non sto dicendo che...»

«Senta.» dice, avvicinandosi. Odora di piscina e mi dà la nausea. «Suo marito mi ha spiegato che lei ha dei problemi legati all'acqua e si augura che questi problemi non siano...» Sta cercando di avere tatto, ma è un po' tardi per quello.

«Sì, ho dei *problemi* con l'acqua. So che mio marito è mosso da buone intenzioni, vuole *curarmi*, l'ha sempre voluto.» dico a bassa voce perché Sam non possa sentirmi. «Il punto è che Tom è un risolutore, vuole sistemare tutto, ma temo che questa sia una cosa che non può guarire.»

Chris sembra un po' sconcertato. È evidente che Tom non gli abbia raccontato perché ho dei problemi con l'acqua, e di questo gliene sono grata. Ma se non glielo spiego, non capirà mai perché mi comporto in questo modo quando vedo di mio figlio che nuota, e ho bisogno che lo capisca se vogliamo arrivare da qualche parte. Così porto Sam in salotto e accendo la TV, gli do qualcosa da bere e da sgranocchiare, poi torno in cucina, dove Chris è seduto su uno sgabello vicino all'isola.

«So che posso sembrare ansiosa e pignola con Sam quando

si trova vicino all'acqua. Odio questa cosa e vorrei tanto che non fosse così. Ma dietro alla mia ansia c'è un motivo.»

Chris beve un sorso d'acqua e aspetta che io continui.

«C'è stato... un incidente.» Non riesco a parlarne con uno sconosciuto.

«Oh, mi dispiace tanto».

«È stato molto tempo fa, quasi vent'anni ormai. Non mi riprenderò mai da quello che è successo, lo so questo, ma vorrei quanto meno riuscire a superarlo per non intrappolare Sam nelle mie paure.»

«Lo capisco.» risponde. «Lei sa nuotare?»

«Essendo cresciuta a Manchester, non ho mai avuto motivo di imparare, ma da bambina amavo stare vicino all'acqua.»

«Ma non si è più avvicinata... dall'incidente?»

Scuoto la testa.

«Va bene.» dice lui lentamente, come se ci stesse riflettendo su.

«Prima che ti venga anche solo in mente di suggerirlo, sono stata in terapia e non è servito.»

«Mi chiedo se forse esporsi all'acqua possa essere la soluzione.»

«È stato mio marito a suggerirlo, vero?»

«No... non esattamente. Suo marito vuole che Sam impari a nuotare, ma ha detto che vederlo in acqua la fa agitare.»

«Sì, è vero. Ha quattro anni e in un mondo ideale avrei aspettato che fosse un pochino più grande.»

«Più piccolo è il bambino e più bravo sarà come nuotatore.» dice.

«È solo che ho paura dell'acqua. So di cosa è capace e ho il terrore di vedere mio figlio in acqua.» Faccio una pausa, mi è difficile parlarne. «Non è facile per me vivere con una piscina in giardino. Vorrei che le cose fossero diverse, ma sono fatta così».

«È comprensibile... ma forse è solo una questione di punti di vista? Una piscina in giardino può essere una cosa positiva, soprattutto per Sam. Ma cosa mi dice di lei? Ha mai pensato di imparare a nuotare, Mrs Frazer?»

«No. E ti prego, dammi del tu e chiamami Rachel.»

«Va bene. Allora, daresti completamente di matto se entrassi nella tua piscina e imparassi a nuotare?»

Per poco non svengo al solo pensiero. «Sì, decisamente. Non mi avvicino all'acqua da... da... be', da sempre.»

«Be', se mai cambiassi idea,» dice con tatto, «ti insegnerò io. Mi piacciono le sfide.» Finisce di bere la sua acqua.

«Grazie, lo apprezzo,» dico, «ma deve congelare l'inferno prima che succeda.»

Chris sorride alle mie parole. «E va bene, d'accordo, nessuna pressione. Allora ci vediamo mercoledì prossimo?»

«Sì, certo. Ti abbiamo pagato in anticipo per tutto il mese, no?»

«Sì, insomma, Sam sa già nuotare, ma continuerò a insegnargli finché vorrai qualcuno che lo supervisioni in acqua.»

«Magari finché non compie venticinque anni?» scherzo, ma neanche troppo.

Chris ridacchia. «Probabilmente dovrò passare il testimone ai miei colleghi più giovani prima che Sam arrivi a quell'età, perché io sarò un vecchietto.»

«E chi lo sa, magari a quel punto avrò superato la mia paura dell'acqua.» scherzo.

Lo accompagno alla porta e, quando esce, noto un pacchetto marrone sulla soglia. «Dev'essere arrivato mentre eravamo in piscina.» dico.

«Spero sia qualcosa di bello. Ci vediamo la prossima settimana.» Si incammina lungo il vialetto di ghiaia, salutando con la mano.

Una volta rientrata in casa, appoggio il pacco sul bancone della cucina e afferro un paio di forbici. Ci metto un po' ad aprirlo perché è avvolto in uno spesso nastro adesivo per imballaggi e, quando finalmente strappo la carta marrone, all'interno c'è dell'altra carta avvolta nel nastro adesivo. Sentendomi armeggiare con la carta in cucina, Sam arriva dal salotto, dov'era assorto a guardare la TV.

«È un regalo, mamma?»

«Non lo so, amore, spero di sì.»

Si arrampica su uno sgabello per "aiutare" ed entrambi strappiamo la carta con entusiasmo, solo per scoprire che sotto c'è un altro strato.

«È come quel gioco in cui ci si passa un pacchetto e a turno si toglie uno strato di carta, e chi toglie l'ultimo strato vince il premo all'interno, vero, Sam?» dico, gettando altra carta alle mie spalle. Quello che all'inizio era un pacco piuttosto grande sta diventando sempre più piccolo. «Spero non sia uno scherzo e alla fine non c'è nulla all'interno.» dico ridacchiando.

«Uno scherzo, uno scherzo, mamma.» Sam ride, poi il suo viso torna in modalità "concentrazione" mentre le sue mani impazienti strappano un altro pezzo di carta.

Finalmente arriviamo a qualcosa di solido; è avvolto nel pluriball e dobbiamo srotolarlo, ma a mano a mano che ci avviciniamo al "regalo" all'interno, uno strano presentimento mi pervade. Ripenso al fatto di sentirmi osservata, di essere qui da sola, ai bambini dei vicini o qualcun altro che usa la nostra piscina di notte, e al fatto che la gente del luogo non è molto contenta di averci qui.

«Tesoro, mi sono appena resa conto di cos'è.» dico a Sam mentre smetto di srotolare il pluriball intorno al "regalo".

Solleva lo sguardo su di me. «Cosa?»

«È un regalo per il tuo compleanno. Mi sono dimenticata di averlo ordinato. Non dovremmo aprirlo, è una sorpresa! Oh, no!» fingo di essere allarmata, come se ci fossimo comportati da monelli, e cerco di riderci su.

Sam sembra abbattuto; mi sento come se avessi rubato le caramelle a un bambino. Ma qualcosa mi dice che questa non è una cosa che lui dovrebbe vedere. Se mi sbaglio, allora dirò di aver commesso un errore, ma se ho ragione, allora non posso proprio lasciare che lo veda. E così, con il contenuto ancora avvolto stretto in quello che sembra l'ultimo strato, ritaglio un grande quadrato dal pluriball scartato e insegno a mio figlio quant'è divertente schiacciarlo. Con mio grande sollievo, si fa subito prendere dal far scoppiare le bolle d'aria dell'imballaggio, così senza farmi notare riesco a portare in bagno ciò che resta del pacchetto.

«Ci metto un attimo.» dico, poi entro di corsa e chiudo a chiave.

In piedi davanti al lavandino, srotolo l'ultimo strato di pluriball. Riconosco all'istante il contenuto e mi lascio scappare un gemito involontario quando il regalo viene finalmente svelato: i sandali di plastica blu di mio figlio, presi dalla mia scatola dei ricordi.

17

Me ne sto in piedi nel bagno stringendo quei sandaletti blu al petto. La tristezza quasi prende il sopravvento sulla paura mentre le lacrime scivolano lungo le mie guance, ma devo piangere in silenzio. Non voglio che Sam mi senta.

Non sto impazzendo: qualcuno è entrato in casa nostra, nella nostra camera da letto. Sapeva della scatola dei ricordi, dove la custodivo e il significato di questi vecchi sandali di plastica? O è stato solo un caso? Sono davvero dei ragazzini quelli che gironzolano di nascosto intorno alla piscina sapendo che, a parte le occasionali lezioni di nuoto, nessuno ci mette piede né di giorno, né di notte, quando Tom è via? O è qualcuno che mi conosce, che mi conosce bene e sa cos'è successo quel giorno sulla spiaggia?

Rabbrividisco. Chiunque sia e qualunque motivo lo spinga, mi sento esposta, violata.

Mi dirigo nella nostra stanza, al piano terra e facilmente accessibile dal giardino, con i sandali ancora stretti a me, controllo dietro le tende e nel bagno en suite. Il letto è ancora immacolato come quando l'ho rifatto questa mattina; i miei trucchi sono sulla specchiera, intatti.

Poso i sandali sul letto. Per chiunque altro si tratta semplicemente di sandali in plastica blu sagomata per bambini, disponibili in un qualsiasi negozio di scarpe o supermercato che vende abbigliamento per i più piccoli.

«Toglimeli, pel favole, mamma.» chiese con il suo piccolo difetto di pronuncia mentre era sdraiato sulla sabbia, con le gambe all'aria. Lo feci e, dopo averli slacciati dalle sue caviglie paffute, gli solleticai le dita dei piedi. Sento ancora l'eco della sua risata... ma adesso il telefono di casa sta squillando e io devo tornare al presente, e correre in cucina a rispondere.

«Ciao, tesoro, hai passato una bella giornata? È andata bene la lezione di nuoto?» È Tom.

«Sì... bene. Sembri felice?»

«Più che altro sollevato. Ti ho chiamata al cellulare e non hai risposto, mi sono preoccupato.»

Racconto a Tom del pacco sulla soglia di casa e del contenuto.

«Oddio, Rachel...»

«Qualcuno è entrato in casa. Non so chi sia, né perché l'abbia fatto, né...»

«Ascoltami, stai calma, potrebbe essere una cosa preoccupante, così come potrebbe non essere nulla. E prima di tutto, so che mi odierai per avertelo chiesto, ma ne sei sicura?»

«Sicura di cosa?» dico, guardando i brandelli di carta da imballaggio sparsi su tutto il pavimento della cucina.

«Che non sia stata tu stessa a tirare i sandali fuori dalla scatola. So che guardi spesso all'interno... Potrebbe essere che li hai semplicemente lasciati fuori e adesso...»

«Tom! Non sono *pazza*. E so cos'è successo. Se li avessi semplicemente persi, perché nostro figlio adesso sta scoppiando le bollicine del pluriball in cui erano avvolti, insieme a una carta regalo a fiori?»

«Mi dispiace, non intendevo...»

«Lo so, ma sto bene adesso, non faccio più cose del genere.»

«Credo che dovresti chiamare la polizia.» dice. «Mi sembra un po' inquietante. C'era qualcos'altro? Un bigliettino, qualsiasi cosa che possa essere utile alla polizia per scoprire chi l'ha inviato?»

«No, ma ho strappato la carta in fretta, non ho controllato se c'erano bigliettini.»

«Devo tornare a casa?»

«No, Tom, va tutto bene.» dico. «Noi stiamo bene. È inutile che tu salga in macchina e attraversi tutto il Paese per venire qui finché non sappiamo cos'è successo. E Tom? Che mi dici delle chiavi?»

«Le chiavi?»

«Le chiavi di casa. Chloe dice di avertele ridate.»

«Non l'ha fatto.»

«Gliel'ho chiesto ieri. Ha detto di averle date a te insieme ai documenti la sera in cui è venuta qui.»

«No, no, io non ce le ho.»

Mi si aggroviglia lo stomaco. «Credi che Chloe...?»

«Credo che Chloe sia capace di *tutto*.»

Mi sento male, combattuta tra l'incredulità e il dolore nel caso in cui avesse ragione. «Ma perché farebbe una cosa simile? Lei non *sa*, non considererebbe i sandali come qualcosa di significativo.»

«Puro caso? È solo la strana Chloe che fa... la strana?» suggerisce sconfortato, poi trae un profondo respiro. «Vorrei tanto trovare una spiegazione a quello che è successo, amore, ma nemmeno io lo capisco. So solo che Chloe Mason non è come sembra.»

Il panico mi pervade. «Oh cielo, Tom, non so cosa fare.»

«Chiama subito la polizia, racconta tutto quello che hai appena raccontato a me, poi richiamami.»

Riaggancio, chiamo la polizia e racconto tutta la storia dei sandali. In un primo momento sono certa che l'uomo all'altro capo del telefono crede che io stia scherzando, ma quando sottolineo che sono qui da sola con mio figlio e sono terrorizzata, inizia ad ascoltarmi. Gli racconto di Sam che dice di aver visto qualcuno in piscina e dell'asciugamano arancione abbandonato sul patio.

«Sono già capitati episodi simili da queste parti.» ammette nel suo spiccato accento cornico. «Potrebbe trattarsi di qualcuno che ce l'ha con voi perché siete qui? Non siete della Cornovaglia, avete questa casa enorme, magari si sentono come se steste rubando le case alla gente del posto?»

«Sono d'accordo, io stessa non mi sento a mio agio per questo, ma non è una seconda casa per noi.» sottolineo.

«Oppure potrebbe perfino essere qualcuno che vuole spaventarvi, così non vedrete l'ora di andarvene e svenderete la casa?» riflette lui.

Questa ipotesi mi sembra un po' in stile Scooby Doo, ma cosa ne so io? Il poliziotto compila un altro rapporto, gli do tutte le mie generalità e lui dice che mi ricontatterà se dovesse scoprire qualcosa.

«Ci chiami se qualcosa la preoccupa.» dice, e termina la chiamata. È stato gentile, ma dubito che faranno davvero qualcosa; non si è nemmeno offerto di mandare qualcuno a controllare.

Decido di mettere tutta la carta da imballaggio strappata e i pezzi di nastro adesivo in un sacchetto per conservarli, per precauzione. Se dovesse succedere qualcos'altro, questa potrebbe essere una prova. Tenendo il sacchetto in una mano, trascino il braccio sul bancone della cucina per raggrupparli tutti insieme, ma mentre lo faccio, noto qualcosa di rosa. È un post-it. C'è scritto qualcosa sopra. Non riesco a vedere cosa dice. Né voglio vederlo. Eppure, mentre ogni singolo nervo del mio corpo freme in segno di protesta, sento il mio braccio allungarsi e raccoglierlo. Le parole sul post-it sono scritte in rosso e mi fanno gelare il sangue nelle vene:

STA' ATTENTA A TUO FIGLIO.

18

Non so chi sia responsabile per i sandali o il biglietto di avvertimento, ma ho riportato entrambi gli episodi alla polizia, insieme ai miei sospetti. Tom era inorridito e ha suggerito di tenermi alla larga da Chloe per un paio di giorni, e io ho accettato. Non ho prove che sia stata lei, ma devo guardare in faccia la realtà, e lei sembra sospetta, così ritengo saggio essere prudente in sua presenza. Non voglio fare una scenata, né voglio ferirla, ho solo bisogno di tenermi a distanza. Perciò nei giorni seguenti non mi fermo a chiacchierare quando porto e vado a riprendere Sam all'asilo, mi limito a salutare educatamente con la mano dicendo che vado di fretta. Ma com'è logico, essendo diventate amiche in fretta, il mio improvviso distacco le sembra strano e così, dopo qualche giorno, un mattino mi ferma.

«Rachel, stai bene?» chiede.

Sto quasi per uscire dal cancello del parchetto, ma lo sguardo affranto sul suo volto mi porta a fermarmi. Si merita almeno la mia sincerità.

«Scusa, Chloe, è solo che...» Mi volto per vedere chi c'è intorno che potrebbe sentirmi. Non mi fido di nessuno in questo momento.

«Forza, andiamoci a prendere un caffè.» dice.

«Va bene.» accetto, sebbene sia riluttante. Forse sto ballando con il diavolo, ma allo stesso tempo ho bisogno di chiarire la situazione e, quanto meno, spiegarmi. Sono una persona onesta e passarle accanto di corsa ogni mattina senza spiegazioni non è il modo in cui dovrei affrontare tutto questo. Devo parlare con lei come si deve e farle sapere perché mi sto comportando così, è la cosa giusta.

Dal momento che sono venuta in auto – appositamente per avere una rapida via di fuga - Chloe suggerisce di andare in un bar lungo la costa.

«È a soli dieci minuti di macchina.» dice, così accetto e saliamo in auto.

«Chloe, dobbiamo parlare, ma prima di farlo, voglio solo chiederti una cosa: sei sicura di aver ridato le chiavi di casa nostra a Tom, voglio dire, gliele hai date letteralmente in mano? Perché lui non si ricorda che tu l'abbia fatto.» Trovo che questo sia un po' più delicato rispetto a dirle che Tom è fermamente convinto che lei *non* le abbia restituite.

Guardo dritto davanti a me mentre guido, ma la sua testa si volta allarmata verso di me. «Ti ho detto di sì, gliele ho *di sicuro* restituite. Non mi credi?» Sembra ferita.

«Sì. Ti credo.» mento.

«Cosa vorrebbe dire Tom, che me le sono *tenute*? Crede che stia pianificando di rapinarvi mentre siete in vacanza?» È arrabbiata, così arrabbiata che mi chiedo se Tom non si sbagli e si sia semplicemente dimenticato che lei gliele ha restituite.

Adesso sono dispiaciuta di averlo accennato; non mi aspettavo questa reazione. È davvero turbata. «No, non è affatto così, Chloe, davvero.»

«Che persona credi che sia, Rachel?»

«Mi dispiace, non intendevo davvero... Volevo solo sapere se per caso le hai lasciate da qualche parte e qualcun altro le ha prese. È che sono successe un paio di cose ultimamente e mi chiedo se qualcuno abbia accesso alla casa.»

«Quali cose?»

«Fammi parcheggiare e cerchiamo un posto dove poter parlare.»

Mi indirizza verso il centro città, e pochi minuti dopo accosto in un parcheggio affollato. È una cittadina costiera chiamata Looe, con negozietti e ristoranti e così tanti turisti da riuscire a malapena a muoverci.

«Conosco questo posto.» dice Chloe mentre camminiamo lungo la strada che porta alla spiaggia, passando davanti ai negozietti che vendono gin della Cornovaglia, palette e secchielli. C'è perfino un negozio che vende incantesimi e magie.

Poi mi conduce per viuzze più strette e io ripenso a quello che ha detto Tom, che Chloe non è come sembra. Trovo molto difficile dirle di no e mi chiedo perché, alle nove e mezza di mattina di un giorno feriale, la sto seguendo lungo un vicolo stretto che conduce a un porto.

«Qui dentro.» dice, aprendo la porta di un pub minuscolo e molto vecchio.

Dentro è piuttosto scuro dopo il sole splendente all'esterno, ma è più carino di quanto sembrasse all'inizio. I tavoli sono in legno lucido come i pavimenti, c'è un fornitissimo bar con esposti gin di ogni tipo e le pareti sono ricoperte di immagini marine dipinte con colori brillanti e decorate con frasi come "La vita è una spiaggia in Cornovaglia!".

Chloe trova un tavolino vicino alla finestra e ordina due caffè.

«Allora, cosa sta succedendo e perché sei così strana con me all'asilo?» Si sposta gli occhiali da sole in testa, un'intensa espressione preoccupata sul suo volto.

«Non so cosa dirti, davvero, me ne sto per conto mio perché non so di chi fidarmi e...»

«Puoi fidarti di *me*.» sbotta lei, indignata.

«Sì.» rispondo in tono debole. «È solo che credo che qualcuno si aggiri in casa mia, mi osservi, nuoti nella piscina, cercando di spaventarmi.» La guardo in volto, ma lei non lascia trapelare nulla.

«*Spaventarti*? Perché?» Sembra confusa.

«Non ne ho idea.» rispondo con enfasi, poi procedo a raccontarle di Sam che ha visto qualcuno in piscina, dei movimenti all'esterno nell'oscurità, del telo abbandonato e dei sandali. Per tutto il tempo aspetto che Chloe si tradisca. Osservo il suo linguaggio del corpo, studio le sue espressioni in cerca di un genuino stupore, ma è una persona difficile da decifrare.

E quando finisco di elencare tutto ciò che è successo, lei si limita a fare spallucce, senza fare una piega. «Sono ragazzini che gironzolano da quelle parti.» dice con noncuranza. «Chiunque abbia una piscina da queste parti sa che gli adolescenti la usano di notte o quando i proprietari sono via.»

«Sì, ma per entrare in piscina devono passare dalla porta di ingresso.»

Scuote la testa. «Ricorda che ti ho venduto io la proprietà, ho *visto* la planimetria. Il muro in fondo al giardino murato conduce direttamente al giardino dei vicini. Un adolescente potrebbe scavalcarlo senza problemi. Dal giardino dei vicini, ecco da dove entrano.»

Non ci avevo pensato, e questa ipotesi mi fa sentire leggermente meglio. «Quindi questo potrebbe spiegare tutto? Perfino il telo da spiaggia, suppongo.»

Proprio in questo momento arrivano i nostri caffè; Chloe ringrazia la cameriera e si appoggia allo schienale, sporgendosi verso di me.

«Ti stai preoccupando per niente. Tom cosa ne pensa?»

«Be', quando sono arrivati i sandali, mi ha detto di chiamare la polizia. Ma penseranno che sia pazza. Li avevo già chiamati per l'asciugamano, poi di nuovo per i sandali e il bigliettino.»

«I sandali, giusto. Quello *è* un po' strano, proprio non capisco.»

Non rispondo. Non ho intenzione di entrare nel merito del significato dei sandali con Chloe. Non condivido più nulla con lei. Guarda fuori dalla finestra come se stesse cerando una risposta. Poi torna a voltarsi verso di me. «Perché qualcuno dovrebbe impacchettare un paio di sandali e lasciarli sulla soglia di casa tua?»

Conosce forse la risposta? Mi sta guardando dritta in faccia, ma io mi rifiuto di parlarne ancora, scuoto la testa e prendo in mano il menù così non devo incrociare il suo sguardo. Se *è stata* lei, si sta solo divertendo a mie spese; se non è state lei, allora perché raccontarglielo, per far sì che possa spifferare la mia storia alle altre mamme dell'asilo?

Si rilassa, torna a mettersi comoda. «Be', a meno che non arrivi qualcos'altro di orribile tramite posta, io andrei avanti con la mia vita se fossi in te. Ehi, qui fanno un brunch molto buono, ti va di mangiare qualcosa?»

Optiamo per le uova in camicia su un avocado toast, e Chloe va al bancone a ordinare. Al suo ritorno, mi racconta della pasticceria artigianale e del grazioso negozio di souvenir lì vicino. «Ooh, e c'è anche uno splendido negozio di candele qui, The Candle Company.» dice mentre la cameriera arriva con due calici di Prosecco.

Quando uno dei due viene posato davanti a me, Chloe vede la mia faccia. «C'era il due per uno. Non ti farà niente. Li bevo entrambi io se preferisci prendere un altro caffè.»

Sposto il Prosecco verso di lei. Non ci cascherò un'altra volta. Ma Chloe non mi fa pressione, si limita a ordinare un altro caffè per me e riprende a chiacchierare.

«Adoro The Candle Company.» dico. «Rosa verrà a trovarmi e si fermerà una notte; voglio rendere la stanza degli ospiti super accogliente per lei. Magari ci facciamo un salto prima di andare via?»

«Assolutamente.» dice lei, scolandosi il primo Prosecco. «Adoro le candele.»

Appoggia il mento sulle mani e si sporge in avanti. «Penso che siamo simili, tu ed io.» dice con un sorriso. «Abbiamo gli stessi gusti in tutto. Adoro la maglietta che hai addosso.»

«Oh, questa?» Abbasso lo sguardo sulla maglietta blu a righe che ho comprato online solo qualche settimana fa. «Sì, è molto comoda da indossare. Essendo una mamma e lavorando da casa, ormai compro solo roba semplice.»

«Ti sta davvero bene, dove l'hai presa?»

«Da Zara.»

«Oh, io *amo* Zara! Visto? Te l'ho detto che siamo simili. Mi mandi il link?»

«Ma certo, solo se prometti di non indossarla quando la indosso io. Sembreremmo due pazze se ci presentassimo all'asilo con le magliette uguali.» dico, ridacchiando.

«Già, ti immagini la faccia di Jennifer?»

«Oh no, ti prego.» Nascondo il volto dietro le mani fingendo orrore. «Già pensa che io passi i miei pomeriggi a ubriacarmi nel tuo giardino.»

«Me la immagino che sogghigna: "Oh, cosa fanno quelle due adesso, giocano a fare le gemelle?"» dice tra le risatine.

Rido e mi chiedo cosa spinga due persone a legare. Chloe ha quasi dieci anni in meno di me, abbiamo poco in comune, ma c'è chimica tra di noi. I nostri brunch arrivano e hanno un aspetto delizioso, ma con mia grande sorpresa, Chloe ordina alla cameriera altri due calici di Prosecco. Inizio a capire tutto quello che dice Tom, e concordo sul fatto di non essere sicura di potermi fidare di lei. È imprevedibile, un po' inaffidabile, ma è questo che la rende divertente.

«Cielo, non riesco a immaginarti amica di Jennifer Radley; è così piena di sé.» dico.

«Cerco di non pensarci. Ero giovane e incosciente.» dice. «Rosa sembra un'ottima amica.» ammette, giocherellando con lo stelo del calice. «Io non ho amiche così. Ti invidio.» aggiunge con aria triste. Il Prosecco la ammorbidisce, la rende più vulnerabile, come spesso fa l'alcol.

«Di certo avrai *alcune* buone amiche. Che mi dici delle mamme dell'asilo, non hai legato con qualcuna di loro?»

Fa una smorfia. «Le mamme dell'asilo sono a posto, ma non siamo amiche. Non come lo siete tu e Rosa.» aggiunge quasi con invidia. «Mia sorella è *come* un'amica, ma non abbiamo un rapporto stretto. Lei è molto diversa da me.»

«In che modo?»

Smette di sorseggiare il drink per un momento e alza lo sguardo al soffitto, come se cercasse nell'aria le parole di cui ha bisogno.

«È più bella, più intelligente, ha più successo, più soldi.» Esita. «È sempre stata lei la preferita.»

«Ma hai tantissime buone qualità, Chloe: sei gentile e divertente e sei anche bella.» tento di rassicurarla.

«Mmm, ma la sua vita è stata più facile, capisci? Ci sa fare con tutti, perfino con Emily. Basta che entri nella stanza e tutti la stanno ad ascoltare. Gli uomini sono sempre attratti da lei.»

«Suppongo che Rosa sia la persona più simile a una sorella per me.»

«La conosci da quando andavi a scuola?»

«No, l'ho conosciuta solo qualche anno fa. Era l'infermiera di mio padre prima che morisse. Eventi come questi costruiscono e rafforzano un'amicizia più rapidamente che con il passare degli anni. Mi sembra di conoscerla da sempre. L'ho capito fin dalla prima volta che ci ho parlato che lei era la mia famiglia, capisci?»

«Credo che le migliori amiche siano di gran lunga meglio delle sorelle.»

«Io ho conosciuto sorelle che erano migliori amiche.»

«Immagino di sì. Ma perfino le migliori amiche a volte litigano, e con un familiare rimani un po' intrappolata. Voglio dire, se Rosa dicesse o facesse qualcosa di orribile, e ti facesse davvero arrabbiare, potresti semplicemente tagliare i ponti.» Butta giù un altro po' di Prosecco e, posando il calice, dice «Voglio dire, nessuno è costretto a ingoiare la merda delle altre persone, Rachel. Io e te, noi siamo quelle che si prendono gli sputi di tutti.»

Non mi sarei mai aspettata che Chloe usasse un'espressione del genere. Mi chiedo se non sia l'alcol a parlare. Sembra diversa, perfino arrabbiata. E mi chiedo: arrabbiata con chi?

19

Adesso Chloe sta cercando di attirare l'attenzione della cameriera. Spero voglia chiedere il conto e non un altro drink; sono preoccupata per l'orario. Non la sto giudicando, ma il suo approccio disinvolto e rilassato alla mattinata mi rende leggermente nervosa, perché dovremmo tornare a prendere i bambini entro l'una.

«Credo di aver lasciato perdere l'idea di avere una migliore amica già quando andavo a scuola. A quanto pare, ho sempre attirato le ragazze crudeli, e Jennifer ne è l'esempio lampante.»

«Non c'è niente di peggio che avere un'amica che non è un'amica.» dico, ricordando quegli orribili anni di amicizie adolescenziali tossiche. «Grazie al cielo siamo adulte. Adesso ripenso ad alcune delle ragazze che conoscevo e sì, sono esattamente questo: crudeli. Perché le sopportavo?»

«Esatto!» Lo dice con un po' troppo entusiasmo e, quando la cameriera arriva, ordina un altro calice di Prosecco – la promozione due per uno è terminata, grazie al cielo – e io mi chiedo quanto sia saggio tutto questo quando abbiamo due bambini da andare a prendere più tardi.

«Sicura di non volerne uno?» chiede, facendo cenno con la testa verso il proprio bicchiere.

«No, non posso, ho guidato io fino a qui. Scusa se faccio la guastafeste, ma a breve dobbiamo iniziare a muoverci per arrivare in tempo dai bambini.»

«Oh, sì, ma certo che devi andare a prendere Sam. Oggi va mia mamma a prendere Emily. Perché non chiami l'asilo e dici che sarà lei a prendere anche Sam?»

«No, grazie, voglio andare a prenderlo io. Non sapevo che tua mamma vivesse in zona». Adesso è il mio turno di provare invidia.

«Sì, io, mia sorella, mamma e papà, viviamo tutti a due passi l'uno dall'altro.»

«Dev'essere bello».

«È una merda, in realtà.» annuncia, a voce troppo alta. «Si intromettono sempre nella mia vita, mi giudicano quando non sono all'altezza di mia sorella.» Finisce l'ultimo sorso del suo drink. «Andiamo, allora.» Si alza in piedi di scatto, un po' traballante. «È un peccato che tu debba tornare. Magari la prossima volta che usciamo potresti prendere una babysitter, così possiamo fare una *vera* uscita?» dice, tentando di raccogliere la borsa da terra senza riuscirci.

Provo ad aiutarla ad afferrare la borsa, ma sbattiamo le teste una contro l'altra e lei barcolla all'indietro contro un anziano, che attutisce la sua caduta.

Mi scuso e la aiuto ad alzarsi, ridendo. «Chloe,» sussurro, «credi davvero che io voglia fare una *vera* uscita con te? Non riesco a stare al passo con le tue bevute, sei una spugna!» Entrambe usciamo dal pub ridendo, con quella poca dignità che ci è rimasta, e mi chiedo ancora una volta come ho fatto a finire qui.

Vivo una vita isolata in una casa in cima a una collina, senza amici, con la sola compagnia di mio figlio, ma lei oggi mi ha portato qui e abbiamo chiacchierato e riso e mangiato cibo squisito. So che Chloe a volte sbaglia – ad esempio nella scelta degli uomini, e anche nel bere troppo – ma la sua compagnia riporta colore nella mia vita. A volte è troppo rumorosa, troppo sciocca, e io non so se posso fidarmi di lei, non la conosco nemmeno così bene. Ma è divertente e gentile, ha insistito per pagare il brunch. Nonostante i miei dubbi, mi ritrovo a essere di nuovo sua amica. È come innamorarsi di una persona che sai non essere quella giusta: potrà anche causarti problemi e spezzarti il cuore, e sai che non durerà, ma non puoi farci niente, devi lasciarti trascinare. È un sentimento contrastante. E mentre mi afferra il braccio e mi fa strada saltellando lungo la strada, io rido, ma allo stesso tempo spero di non pentirmene.

Chloe mi conduce dall'altra parte della strada fino a una piccola enclave di negozi costosi, e alla fine arriviamo da The Candle Company.

«Oh, che meraviglia.» dico quando entriamo nel negozio di candele. Entrambe ammiriamo il lusso allo stato puro: abiti, profumi e candele, tutto quanto in costose e delicate tonalità di grigio, tortora e crema.

«Voglio una casa esattamente così.» dice Chloe mentre camminiamo verso una meravigliosa tavola allestita sotto un'enorme lanterna attaccata al soffitto con una corda. Foglie e fiori adornano la tavola, e Chloe è quasi sdraiata a faccia in giù per riuscire ad annusare le grosse candele di cera poggiate tra le foglie, come se anch'esse appartenessero al mondo naturale.

«È tutto così raffinato.» sussurro, accarezzando una sottoveste di seta bianca che scivola tra le mie dita come latte.

«Voglio vivere qui.» dice Chloe, allungando entrambe le braccia, arrendendosi al lusso, e colpendo un'altra cliente con la mano.

«Mi scusi, mi scusi tanto...» Dà inizio a un lungo discorso di scuse e, una volta finito, ritorna da me, ridendo con la mano sulla bocca.

«Sei scandalosa. Credo che il Prosecco ti abbia dato alla

testa.» dico, abbastanza a mio agio in sua compagnia da potermi permettere di dirlo.

Prendo dall'espositore una candela al profumo di rosa e la annuso. «Che buona, ha una dolcezza persistente e muschiata. È proprio come Rosa, gliela compro.» Ne scelgo una inscatolata.

Chloe prende la candela alla rosa, la annusa e fa una smorfia di disapprovazione. «È forte, un po' troppo muschiata per me.»

«Tu sei più una ragazza da fresia. Giovane e fresca.» le dico, porgendole un diffusore da annusare.

Chiude gli occhi quando glielo metto davanti al volto. «Sì, *questo* è più da me.» dice lentamente, inspirando. «Me lo compro. Mi ricorderà di questa giornata.»

Ancora non conosco bene Chloe, né so se posso fidarmi di lei. È un mistero, ma la sua innocenza mi scalda il cuore. Si sta divertendo e mi dice espressamente quanto tutto questo sia speciale per lei, e io trovo piacevole la sua sincerità.

«È costosa.» la avverto, non sono sicura che abbia visto il prezzo. Trovo frivolo spendere così tanti soldi per una candela, soprattutto ora che i soldi scarseggiano, ma non so se Chloe può permetterselo.

Adesso stringe il diffusore al petto come se fosse una preziosa urna.

Portiamo i nostri acquisti alla cassa, dove la commessa incarta con cura la mia candela nella carta velina grigia.

«Sono trenta sterline, grazie.» dice dopo aver infilato la candela incartata in un bellissimo sacchetto con scritto *The Candle Company* in arzigogolate lettere corsive.

«Accidenti, sapevo che erano care, ma non pensavo costassero *così*!» dice Chloe a voce abbastanza alta per farsi sentire dalla commessa.

«Vuole iscriversi alla nostra mailing list?» mi chiede con educazione la donna, mentre rivolge un'occhiataccia a Chloe. Mi sento un pochino in imbarazzo. Chloe perde ogni freno dopo un paio di drink; devo ricordarmelo e magari, in futuro, vederla solo per pranzi analcolici.

«Mi piacerebbe molto iscrivermi alla mailing list.» rispondo, è il mio modo per rimediare al commento della mia amica, e così fornisco alla commessa il mio nome, l'indirizzo mail e quello postale.

«Oh, è già iscritta.» dice lei.

«Dev'essere qualcun altro. Rachel Frazer è un nome piuttosto comune. Non ricordo di essermi mai iscritta.»

«Ah» - solleva lo sguardo dal computer - «no, non è lei. È lo stesso indirizzo e lo stesso cognome, ma è *Tom* Frazer, non Rachel.» Sorride come se avesse risolto un rompicapo, ma in realtà ne ha appena passato uno a me.

«Che strano.» dico.

«Beh, è scritto qui.» dice la donna. «Posso cambiare Tom con Rachel se lo desidera.» C'è qualcosa nell'espressione sul suo volto che mi mette a disagio. Poi, mentre entrambe ce ne stiamo lì a fissarci a vicenda, capisco: pensa che mio marito abbia comprato qualcosa per qualcun'altra!

«Riesce a vedere che cosa ha comprato?» sento me stessa chiederle a un tratto.

«No, mi dispiace.» risponde lei, scuotendo la testa con tanto vigore che so per certo che è una bugia.

«Ah... va bene. Stavo solo pensando che forse potrebbe aver comprato qualcosa per me e me ne sono dimenticata.»

«No, mi dispiace, non conserviamo questo tipo di informazioni.»

Guardo Chloe, che adesso sembra molto più contenuta. Non dice nulla, si limita a guardare con occhi spalancati prima me e poi la commessa, e viceversa.

«Mi chiedo quand'è che Tom ha comprato qualcosa da The Candle Company.» dico mentre torniamo a casa.

«Potrebbe essere qualsiasi cosa, no?» propone Chloe. «Voglio dire, magari ha fornito il suo nome e l'indirizzo per un concorso.»

«Sì, sì, immagino di sì.» rispondo. Procediamo in auto a lungo senza parlare, e io mi chiedo perché questa cosa mi disturbi così tanto. Non mi fido di mio marito? Questo mi sorprende, e avverto una strana sensazione, di quelle che provi quando torni a casa e trovi una finestra rotta e ti chiedi se sia entrato qualcuno.

«Potrebbe aver comprato qualcosa per un'altra donna.» dice all'improvviso Chloe, rompendo il silenzio.

Mi volto di scatto verso di lei. I nostri volti hanno la stessa espressione scioccata, poi lei dice «Insomma, quanto conosci davvero tuo marito, Rachel?»

20

«Mi manchi.» dice Tom quando mi chiama quella sera.

«Vorrei che non fossi così lontano.» Sento la mia voce nell'oscurità, roca, sull'orlo delle lacrime, e Tom mi dice che gli dispiace di aver accettato il lavoro.

«Ho fatto un salto a Looe oggi.» dico per cambiare discorso.

«Oh, bello. Sei andata da sola?»

«Sì, mi piace stare in compagnia di me stessa.»

«Ahh, detesto saperti tutta sola.»

«Immagino di esserlo un po', per questo ci sono andata: per uscire, cambiare aria. Ho comprato una candela da The Candle Company.»

«Ah, bello...» sento che il suo interesse si affievolisce.

Ho trascorso tutto il pomeriggio a impazzire chiedendomi perché sia iscritto alla mailing list del negozio di candele. Non è una tragedia, ma devo accennarglielo o questa cosa continuerà a farmi uscire di testa.

«Ma è successa una cosa strana: il tuo nome è sulla loro mailing list.»

«Il *mio* nome?» chiede lui.

«Sì, e il nostro indirizzo.»

«Com'è possibile? Mi hanno hackerato i dati o qualcosa del genere?» Sembra sinceramente sorpreso.

«Non lo so.»

Poi lo sento ridacchiare.

«Perché stai ridendo?»

«Te l'ho già detto: non posso comprare niente senza che tu lo venga a sapere, perché devi firmare per approvazione. E perfino quando pago con i soldi che arrivano dal mio lavoro, non riesco comunque a farti una sorpresa perché mi aggiungono alla mailing list e tu lo scopri!»

«Mi hai comprato qualcosa?»

«Sì... *potrei* aver comprato qualcosa per te...» mi stuzzica.

«Oh no, Tom, mi dispiace, ti ho rovinato la sorpresa.» Il sollievo mi pervade.

«Facciamo finta che questa conversazione non sia mai avvenuta.»

«Va bene, ma non sentirti in dovere di comprarmi dei regali, tesoro. Mi conosci, non sono quel tipo di persona. E poi, ancora non ti hanno pagato. Ti hanno dato qualche indicazione o...?» Odio chiederglielo, ma sono preoccupata per le bollette.

«Sì, ne ho parlato con loro proprio ieri, pagano i consulenti ogni trimestre, il che significa che ci toccherà aspettare qualche altra settimana. Ironico, vero? Lavoro per una banca e non mi vogliono dare i miei soldi.» ridacchia. Mi si stringe il cuore.

Chiacchieriamo ancora un po', poi ci salutiamo. Non appena riaggancio, provo imbarazzo nel rendermi conto dell'impressione che devo avergli dato parlando della candela. Mi sono comportata come una moglie sospettosa, cosa che non è per niente da me, e a quanto pare ho sbagliato tutto, perché si trattava di un regalo per me. Sono commossa, ma in un angolino della mia mente rimane il dubbio che Tom non stesse dicendo la verità. *Immagino che lo saprò se e quando mi darà il regalo, giusto?*

Più tardi, quando Sam è già a letto, mi siedo sul divano con la TV accesa. Di sera mi sento tesa ultimamente. Inquieta, decido di dare un'occhiata alla piscina dalla stanza di Sam. Un luminoso rettangolo blu nell'oscurità.

La osservo a lungo ma, con mio grande sollievo, non vedo nessuno.

21

«Più tardi arriva l'amica della mamma.» dico a Sam al mattino, mentre lo aiuto a prepararsi per l'asilo.

«Chi?»

«Si chiama Rosa, tu forse non te la ricordi. Veniva spesso nella nostra vecchia casa, ma era quasi sempre tardi e tu dormivi già. Ha lavorato lontano per un anno, viveva in Irlanda. Avevi solo due anni quando ti ha visto per l'ultima volta.»

«Ahh, posso rimanere sveglio per vedere la tua amica, mamma?»

Ridendo, rispondo «No, non puoi, quando arriva dormirai nel tuo letto. Abbiamo tantissime cose da raccontarci e tu ti annoieresti, tesoro.» Gli scompiglio i capelli.

«Anche la mamma di Emily è tua amica?»

«Sì, lo è, ma non come Rosa.»

«Ro... Rose...»

«Rosa?»

Annuisce. «Lei è la tua *migliorissima* amica? Più migliore anche della mamma di Emily?»

«Sì, lo è. Ma come ti ho già detto, tesoro, possiamo avere

tanti amici.» insisto. «Non siamo obbligati ad averne solo uno.» Spero che le mie parole gli facciano effetto. Mi preoccupa che Sam giochi sempre e solo con Emily.

Dopo averlo accompagnato all'asilo, faccio un salto al negozio di fiori in paese, voglio prendere un bouquet di fiori freschi da abbinare alla candela che ho messo nella stanza degli ospiti dove dormirà Rosa.

«Lei vive in quella villa enorme, vero?» dice Mrs Pickering, la fiorista.

Faccio una smorfia di fronte a questa descrizione, mi fa sentire come se fossi la padrona del paese, il che non potrebbe essere più lontano dalla realtà. Avremo anche una casa grande, ma abbiamo pochi soldi.

«Sì, abitiamo qui da qualche settimana ormai.»

«Be', è un piacere conoscerla finalmente. Suo marito è stato qui qualche volta.»

«Davvero? Non è da lui comprare fiori.» Abbozzo un sorriso.

«Oh, sì, li ha comprati.»

Ricordo vagamente di aver visto delle rose bianche in casa quando sono arrivata; deve averle comprate per rendere tutto bello in vista del mio arrivo.

«Ah, sì, ora ricordo. Per un minuto ho pensato che li avesse comprati per qualcun'altra!» Sto scherzando, ma devo sembrare una moglie gelosa e insicura, e io non sono nessuna delle due cose. *Vero?*

Mrs Pickering smette di tagliare i gambi e, posando i fiori che ha in mano, si sporge sul bancone e appoggia la sua mano sulla mia. «Io non mi preoccuperei; gli uomini fanno cose stupide, tesoro.»

Ora sì che sono una moglie gelosa e insicura.

«Mrs Pickering, se c'è qualcosa che lei crede io debba sapere...?»

Scuote immediatamente la testa e alla mia mente paranoica sembra che stia cercando di liquidare l'argomento piuttosto che rifiutare l'idea dell'infedeltà di mio marito.

«Oh, tesoro, non volevo dire nulla in particolare, stavo solo parlando degli uomini in *generale*...» La sua voce si affievolisce, poi cambia velocemente discorso. «Mi dica, cosa posso fare per lei?»

La sua reazione mi lascia un po' sconvolta, ma lascio correre e scelgo delle ortensie bianche da posizionare sul comodino di Rosa accanto alla candela. Dopodiché entro nel negozio di gastronomia lì accanto e compro paté, formaggi e del buon pane.

Non ripenso più al commento di Mrs Pickering fino a molto più tardi, quando Sam è a letto e Rosa è arrivata.

Siamo sedute sugli sgabelli in cucina e l'isola è ricoperta dai rimasugli di quella che io avevo con ottimismo definito "una serata-degustazione di vino e formaggi". Ma siamo solo io e la mia migliore amica, a mangiare e bere insieme, e soprattutto parlare, parlare, parlare.

«Non riesco a credere che non ti vedo da più di un anno!» dice, abbracciandomi per circa la centesima volta mentre tiene in equilibrio il calice di vino in una mano. «Allora, com'è vivere qui? E tu e Tom come state?» domanda.

«Sì, sì, stiamo bene.» Le racconto della conversazione con Mrs Pickering, la fiorista, e di come continui a frullarmi in testa.

«Non so perché ti preoccupi, Tom non è il tipo di uomo che comprerebbe dei fiori per *te*, quindi di certo non li comprerebbe per qualcun'altra.» ridacchia.

«Lo so, forse mi sento solo un po' vulnerabile perché è lontano.»

«Già, perché lavora lontano?». Si appoggia allo schienale per ascoltare la mia spiegazione. «Insomma, non è che vi servono soldi, no?»

Esito prima di rispondere. Non voglio essere sleale, ma Rosa è la mia migliore amica. «Ha speso un bel po' di soldi per i lavori da fare qui e...»

«Be', per quanto detesti ammetterlo, ha fatto proprio un bel lavoro. Questo posto è bellissimo, e anche raffinato. Non pensavo ne fosse capace. Ma scommetto che hai avuto un ruolo determinante nella scelta dei colori e della tappezzeria, ho ragione?»

«No, in realtà Tom si è occupato quasi di tutto.»

«Davvero?»

«Sì, *un pochino* sono stata coinvolta, ma non essendo qui, ho dovuto lasciargli carta bianca. Dovevo badare a Sam mentre cercavo di lavorare e vendere l'appartamento, ed era un lavoro a tempo pieno, come sai. Non mi rimaneva molto tempo per pensare alla giusta gradazione di colore dei muri di una casa lontana centinaia di migliaia di chilometri.»

«Immagino di no.» Scende dallo sgabello e prende la bottiglia di vino, versandone altro nei nostri calici.

«Allora, cosa *fa* di preciso in Scozia?» Lo dice come se non credesse nemmeno che Tom sia davvero lì.

«Questioni finanziarie, sai, lavora per un banca, si occupa di finanza aziendale.»

«Mi stai riempiendo di parole, Rachel. Non ne hai la minima idea, vero?» Ridacchia mentre si taglia un pezzo di formaggio cheddar della Cornovaglia dal vassoio di legno posto sull'isola.

«Mi conosci troppo bene... No, non ne ho idea. So che è un mediatore; va nelle grandi banche quando sono in difficoltà e sistema le cose. Ma non mi racconta i dettagli. È tutto confidenziale.» Sorseggio il mio vino e cambio discorso; Tom non gradirebbe che io raccontassi a Rosa del suo lavoro. «Ma che mi dici di te? Ci sono novità su di *lui*?» chiedo, riferendomi al suo ex fidanzato, che si comporta in modo strano, le telefona, si presenta ovunque ci sia anche lei.

«No, nulla da un paio di settimane.» Continua a guardarsi intorno, e io noto la tensione nei suoi occhi.

«Stai bene? È stato un periodo orribile per te, tesoro.» La prendo per mano.

«Sto bene... pensavo che andare in Irlanda mi avrebbe aiutato, ma continuavo a vederlo a ogni angolo, almeno nella mia testa. Poi, appena tornata a Manchester, me ne sono davvero resa conto. Ero così sconvolta, capisci?» Fa una pausa, sembra preoccupata, e io sono preoccupata per lei ma, tipico di Rosa, riesce a farsi coraggio. «Sono contenta di essere lontana da Manchester, fuori dalla solita zona per un po'. È bello prendermi cura dei miei zii, sono così riconoscenti che ho deciso di fermarmi più a lungo quaggiù. In questo modo posso tenere d'occhio loro due e anche fare un salto qui da te. Questa parte del mondo è magnifica.»

«Sì, è vero.» dico, non del tutto sicura di pensarlo davvero.

«Non so se riuscirò a tornare a vivere a Manchester finché non lo catturano. Quando sono nel mio appartamento mi assale la paranoia. Non mi darò pace finché non sarà dietro le sbarre.»

«Non potresti trasferirti quaggiù definitivamente?» chiedo speranzosa.

«Potrei, un giorno.» risponde con un sorriso. «Ho un'idea: mandiamo via Tom e io mi trasferisco qui, che ne dici? Tanto sono più divertente di lui, lo sai bene.»

«Le amiche sono *sempre* più divertenti dei mariti. Ma parlando seriamente, puoi fermarti qui quanto vuoi. Prenditi del tempo per riposarti, per riprenderti.»

Si stringe nelle spalle. «Grazie, ma per il momento devo stabilire la mia base dai miei zii. Devo portare mio zio in ospedale a fare le visite e, se dovrà essere operato, dovrò restare a Devon. Ma è solo a circa un'ora di strada da qui. Mi sento più sicura da queste parti.» dice cimentandosi nell'accento cornico.

Sorrido. «Fantastico! E sarai molto più vicina, non dovrai

fare sei ore di auto per venire qui da Manchester. Lui non sa dove sei, giusto?»

«No.» Scuote la testa; le sue dita giocherellano con lo stelo del bicchiere. «Dio, almeno lo spero, ma anche quando la mia mente razionale dice "Lui non è qui, non *può* sapere dove mi trovo", continuo a chiedermelo, capisci?»

«Quand'è stata l'ultima volta che hai avuto sue notizie?»

«Quando me lo sono ritrovata in giardino nel cuore della notte che mi salutava con la mano.»

Mi si attorciglia lo stomaco. «Sam dice di aver visto qualcuno di notte che lo salutava dalla nostra piscina.» mi lascio sfuggire, senza pensare all'effetto che potrebbe fare alla mia amica.

Impallidisce in volto.

«Ma era solo un sogno, Rosa.» faccio subito marcia indietro.

«Come fai a dirlo?»

«Beh, abbiamo controllato fuori ed era ovvio. Sam era a letto che dormiva, e bisogna stare alla finestra per riuscire a vedere la piscina. Era *senza dubbio* un sogno.» dico d'istinto.

Ma come facciamo a sapere che era un sogno?

«Cazzo, lo spero.» Beve un enorme sorso di vino. È evidente che l'ho spaventata, ma sono anche un po' tesa adesso. Chi dice che quello strambo del suo ex non l'abbia seguita fino in Cornovaglia? E se sapesse che ha degli amici qui e ci stesse sorvegliando per sorprenderla quando si fosse presentata qui? Non oso nemmeno menzionare l'asciugamano bagnato, o il pacco contenente i sandali di mio figlio.

Rosa prende in mano il coltello e osserva il tagliere di formaggi, meditando di prenderne un altro pezzo. Ma prima di tagliarlo, si ferma, si guarda intorno e dice «Ho appena sentito qualcosa al piano di sopra?»

«C'è Sam al piano di sopra» dico, sentendo il sangue gelarsi nelle vene.

«Eh?» Rosa sembra terrorizzata.

Non voglio allarmarla, ma mi alzo dallo sgabello. «Sono certa che non è niente, comunque faccio un salto su a controllare Sam.»

«Vuoi che venga con te?» Ha in mano un pezzo di toast con sopra del paté.

«No, resta qui con i tuoi stuzzichini.» dico, tentando di usare un tono che non tradisca il mio terrore. «Torno tra un minuto.»

Vado al piano di sopra, il mio cuore batte a un ritmo incredibilmente veloce. Sono certa che la nostra conversazione sull'ex di Rosa ci abbia rese entrambe paranoiche, ma darei qualsiasi cosa per sapere dove si trova stanotte.

La stanza è buia e fredda, e la lampada-dinosauro di Sam brilla tenue nell'oscurità. Vedo che dorme profondamente, e se di norma chiuderei delicatamente la porta e lo lascerei dormire, ora ho bisogno di toccarlo, di stringerlo. E così, a rischio di svegliarlo, mi chino sul letto e inspiro il suo profumo di bambino, sa di latte e sale, e per pochi istanti mi dimentico di tutto e di tutti. Questa è l'unica cosa che importa, questo bambino; tutto il resto è solo rumore, e io devo lasciar andare tutto il resto e aggrapparmi a questo.

Sam fa un leggero movimento e io mi alzo, camminando pian piano all'indietro verso la porta, il più silenziosamente possibile. Ma dal momento che non vedo dove sto andando, all'improvviso sento un dolore acuto alla pianta del piede e mi lascio sfuggire un gridolino.

«Mamma?» Sam si muove e io mi tolgo il Lego dal piede, sperando che continui a dormire, ma no.

«Mamma?»

«Ciao, amore, stavo solo controllando che stessi bene. Torna a dormire adesso.»

«È ancora qui, mamma?»

«Chi, tesoro, la mia amica? Sì, è arrivata mentre dormivi. La conoscerai domani.»

«Era nella mia camera, mamma.»

Immagino che prima Rosa sia entrata un attimo per vedere Sam. «Ahh, Rosa, l'amica della mamma, probabilmente voleva solo vedere quanto sei diventato grande. Eri ancora un bebè quando ti ha visto l'ultima volta.»

«No, non la tua amica. Era la mamma di Emily, mi ha dato il bacio della buonanotte.»

22

«So che Sam ha semplicemente sognato di vedere Chloe nella sua stanza, ma allo stesso tempo la cosa mi ha terrorizzata.» dico a Rosa quando torno in cucina.

«Lo vedo, sei bianca come un cadavere, tesoro. Ti ha detto chi era la donna?»

«Ha detto che era la mamma di Emily, ma era confuso, in dormiveglia.»

«Beh, dev'essere la sua immaginazione. È poco probabile che questa donna vaghi nella stanza di tuo figlio, giusto?»

«Sì, ma al momento le fantasie di Sam sono tutte collegate alla sua amica Emily e a sua mamma Chloe. Emily è la sua prima vera amica, e di recente le abbiamo viste spesso.»

Racconto a Rosa di Chloe, di come si sia introdotta in casa nostra la prima sera che ero qui, di quando l'ho incontrata all'asilo e di come adesso siamo più o meno amiche.

«Intendi dire che si è proprio intrufolata qui dentro?»

«Lo so, lo so, sembra un po' strano, ma doveva lasciare dei documenti e pensava che non ci fossimo.»

«Come ha reagito Tom? Sa essere molto freddo con gli ospiti, io stessa lo so fin troppo bene.»

Arrossisco un po'. Rosa ogni tanto faceva un salto senza avvisare nel nostro appartamento di Manchester; Tom si sentiva come se lei avesse invaso la nostra privacy, e si notava. «Tom era...» La guardo e sorrido. «Freddo?»

Ride di questo. «Il buon vecchio Tom.»

«Già, ma si conoscevano già da prima. Lavoravano per la stessa banca e lui ogni tanto veniva nella sua filiale qui in Cornovaglia.»

Rosa ha questa perenne espressione dubbiosa che, devo confessare, rispecchia la mia. «Scusa, ma sto ancora cercando di capacitarmi del fatto che sia entrata senza chiedere.»

«Era l'agente immobiliare, aveva le chiavi.» dico, sentendomi come se la mia amica si stesse concentrando su un dettaglio di poca importanza. «Dice di averle restituite a Tom, ma lui dice di no.»

«Coooosa? Quindi c'è un mazzo di chiavi di casa tua disperso da qualche parte?» Agita le braccia come se volesse racchiudere l'intero universo.

«Le ho cercate in tutta la casa ma non sono riuscita a trovarle, eppure Chloe è sicura al cento per cento, e Tom è sbadato. Magari lei le ha lasciate da qualche parte e lui le ha prese e spostate altrove distrattamente.»

Rosa inarca le sopracciglia. «Immagino di sì.»

«Tom dice che non si fida di lei e vuole dissuadermi dal farci amicizia, ma a me sta simpatica, quindi che si fotta.» dico per farle capire il mio disaccordo. Mi aspetto un "Batti il cinque", una qualche risposta in stile "Vai così, ragazza", ma è tutto il contrario.

«Be', mi dispiace, ma io sono dalla parte di Tom. Ed ecco una frase che non avrei mai pensato di dire.» aggiunge per inciso, per assicurarsi che io capisca esattamente da che parte è schierata. «Rachel, sento mille campanelli d'allarme: evitala, evitala, evitala!»

«No, tu non capisci. Tom si è fatto un'idea sbagliata su di lei, come a volte capita anche con te.»

Alza gli occhi al cielo dandomene atto.

«È di buona compagnia. Lei mi *piace*. È una mamma single; credo che il suo compagno sia morto, ma non le va di parlarne.»

«Forse perché è seppellito in giardino sotto i cespugli di rose.» ridacchia lei.

«Non scherzare. Sua figlia, Emily, l'ha detto davvero.»

Adesso ha gli occhi sbarrati. «Mi stai *spaventando*!»

Scoppio a ridere. «Chloe sta solo cercando un'amica di cui potersi fidare. Dev'essere difficile ritrovarsi da sola con una bambina da crescere.» aggiungo. «Sam gioca con la piccola, si sono conosciuti all'asilo e io ero sollevata che avesse trovato un'amica. Ricordi quanto ero preoccupata all'idea che non riuscisse a integrarsi?»

«Aspetta un attimo, quindi si presenta qui e si intrufola in casa tua la prima sera, e poi te la ritrovi all'*asilo* di Sam?»

«Sì, ma non è strano, si dà il caso che sua figlia sia in classe con Sam.»

Rosa sembra dubbiosa. «Immagino sia possibile. L'hai detto a Tom che sua figlia è nella stessa classe di Sam?»

«Be', no, non ne ho ancora avuto l'occasione visto che è via.»

«Forse sto drammatizzando, e probabilmente è perché soffro di un disturbo post-traumatico da stress dopo i vari episodi di stalking. Ma a me dà l'idea di una predatrice... Sicura che non stia cercando un nuovo marito?»

«Cosa vuoi dire?» Non mi piace la piega che sta prendendo la conversazione.

«Insomma, è ovvio che fosse abituata a entrare in casa tua senza chiedere permesso. Forse lo faceva anche quando tu non c'eri?» Mi guarda con occhi spalancati.

Mi sento molto a disagio. «Credi che Chloe e Tom...?»

Dopo aver sganciato questa bomba, si limita a fare spallucce. «Com'è questa Chloe?»

«Ha circa dieci anni in meno di me, ed è molto bella.»

Ed ecco fatto: la mia insicurezza giace davanti a noi sul tagliere di formaggi, tra il brie e il gorgonzola.

«A Tom *piace*?»

«No, come ho detto, non si fida di lei.»

«Già, ma pensi che possa esserne *attratto*? Fiducia e attrazione sono due cose molto diverse.» aggiunge in tono malizioso.

Sorrido e scuoto la testa. «Sei terribile, Rosa. No, Chloe è dolce, ma non è il tipo di Tom. Dice che è pericolosa.»

«*Pericolosa*? Ma davvero?» Percepisco del sarcasmo nella sua voce.

«Sì, dice che è una pettegola, che ha uno strano rapporto con la verità.»

«Ecco che suonano di nuovo i campanelli d'allarme.»

«Sinceramente, sei pessima quanto Tom. Chloe è a posto. Un po' matta, ma non *pericolosa*.»

«Non potresti invitarla qua una sera? E capire se davvero ha un *debole* per Tom?»

Ho come l'impressione che Rosa stia ingigantendo la questione solo per dare contro a Tom.

«Sarebbe una cosa orribile, e non è questo che mi preoccupa. Tom è un bell'uomo, le donne lo trovano attraente. Non è un problema. E comunque, se la invitassi, lui non potrebbe fare a meno di mostrarle chiaramente quanto la detesta.»

«Come fa con me?»

Sento il mio volto andare a fuoco. «È così con tutti, Rosa, semplicemente non è un tipo socievole.»

«Puoi dirlo forte.»

Cambio discorso, voglio che sia una bella serata. «Non parliamo del vecchio e scorbutico Tom.» scherzo. «Parlami della tua vita amorosa.»

«Oh cielo, non vuoi sentirne parlare, credimi.»

«Sì, invece. Sono una vecchia signora sposata. Fammi sognare rendendomi partecipe delle tue avventure.»

Prima che inizi a parlare, mi squilla il telefono: è Tom.

«Ehi,» dico, «come stai?» mimo il suo nome con la bocca rivolta a Rosa, che si alza e apre il frigorifero per prendere altro vino.

«Mi sento solo, e mi manchi.» dice lui, e io mi sciolgo.

«Mi manchi anche tu.» dico, un po' in imbarazzo di fronte a Rosa, ma non voglio cambiare stanza per rispondere alla telefonata e farla sentire abbandonata; dopotutto, questa è una serata tra ragazze.

«C'è qui Rosa.» dico.

«Ah. Davvero?»

«Sì, è venuta a trovarmi prima di andare a Devon. Suo zio è malato.»

«Ah, quindi si ferma a casa nostra?» chiede, vagamente sorpreso.

«Sì, ci stiamo aggiornando sulle ultime novità davanti a un bicchiere di vino.»

«Dio, non ha perso tempo a venire da noi!»

«Sì, ci stiamo divertendo molto, grazie.» dico, contenta di non averlo messo in vivavoce.

«Quando se ne va?»

«Purtroppo si ferma solo una notte.» Faccio un attimo di pausa. «Sì, lo so che è un peccato, ma deve tornare da suo zio, non sta bene.»

«Dubito che averla lì lo farà stare meglio.»

«Sì, va bene, te la saluto.»

«Stai cercando di riagganciare?» Vuole sembrare spensierato, ma capisco che è infastidito.

«No, è solo che non vedo Rosa da secoli e abbiamo tanto da recuperare.»

«Anche noi due. Sai, mi piace essere tornato a lavorare.» dice, poi si mette a parlare di alcune persone con cui lavora. Sono contenta che abbia chiamato, e se fossi stata da sola sarei stata ben felice di chiacchierare dei suoi nuovi colleghi, ma ora

Rosa sta sfogliando una rivista e io mi sento a disagio perché lei è venuta qui apposta per vedermi e io sto parlando con Tom.

«Comunque, devo andare.»

«Come sta Sam?» chiede.

«Sta... bene.»

«Niente più incubi né gente strana in giardino?» Sta scherzando, ma non è questo il momento. Non avevo intenzione di dire nulla, non volevo farlo preoccupare, ma dal momento che sembra non prendere la cosa troppo sul serio, decido di raccontarglielo.

«Ironico che tu lo chieda; Rosa poco fa ha sentito un rumore e, quando sono andata a controllare che Sam stesse bene, ha detto che la mamma di Emily era nella sua stanza.»

«Emily è la sua nuova migliore amica?»

«Sì.»

«E perché l'avrebbe immaginata nella sua stanza, secondo te?»

«Abbiamo passato un bel po' di tempo insieme.»

«Oh, bene, allora anche tu hai trovato un'amica». Ne sembra felice.

«Sì, ma non ti piacerà, Tom.» Guardo Rosa alzando gli occhi al cielo, e lei fa lo stesso.

«Perché non mi piacerà?»

«Emily è la figlia di Chloe. Siamo diventate amiche, siamo stati a casa sua e siamo andate al parco insieme con i bambini.» concludo, sollevata di averglielo detto. Comunque, era stupido nasconderlo.

«Aspetta, quindi Emily è la figlia di Chloe?»

«Sì, esatto.»

«Non capisco.»

«La nuova amica di Sam è la *figlia* di Chloe.»

«Ma, tesoro, Chloe non *ha* figli.»

23

«Tom dev'essersi sbagliato.» dico a Rosa quando riaggancio.

«Tom non si sbaglia mai... secondo Tom!» scherza con la bocca piena di chicchi d'uva. Poi smette di masticare per un istante e dice, con gli occhi spalancati, «Quindi, se la bambina non è sua, allora di chi è? Ha rubato la figlia di qualcuno?»

«Cristo, Rosa, la tua immaginazione è perfino peggio della mia.» dico, ma non ha tutti i torti. Scuoto la testa. «No, Tom si sbaglia. Non la conosce così bene, quindi non può *sapere* se ha figli.»

«Chiamala e chiediglielo *adesso*.» esige.

«Sì, è proprio quello che farò. La chiamo e le dico: "Nonostante ti veda tutti i giorni all'asilo con tua figlia, nonostante ci siamo date appuntamento per far giocare i nostri bambini e abbiamo condiviso le nostre storie di vita, mio marito dice che tu non hai figli. Parliamone!"»

«Be', secondo me devi scoprirlo in fretta, anche solo per dimostrare a Tom che ha torto, cosa che mi darebbe una grande soddisfazione, ovviamente.» dice lei, alzandosi dallo sgabello. «Okay, devo alzarmi all'alba e tornare a Devon per un appuntamento con un meraviglioso chirurgo ortopedico. Purtroppo, l'appuntamento è di mio zio, ma ho intenzione di rubare la scena.»

«Ma Dan... il tuo...»

«Stalker?»

«Esatto. Lui sa che sei qui nel sud-ovest?» chiedo con noncuranza. Mi sento osservata e, anche se potrebbe benissimo essere Chloe, non ne sono convinta, lei sembra troppo *normale*.

Rosa alza lo sguardo con aria colpevole dal suo bicchiere. «Spaventa anche me quest'idea, tesoro.» dice, cogliendo al volo le mie preoccupazioni. «Sa che ho dei parenti a Devon, e quando stavamo insieme gli ho raccontato che la mia migliore amica stava pensando di comprare una casa in Cornovaglia, in questo paesino. Gli ho mostrato la foto sul sito dell'agenzia immobiliare.»

«Merda, Rosa.»

«Lo so, ma non si presenterebbe qui così dal nulla.» dice, sembra incerta. «Anche se non ho mai capito come facesse a sapere dove mi trovavo quando faceva le sue cose. E da un paio di settimane nessuno l'ha più visto né sentito, il che mi porta a pensare: dove cazzo è?»

Adesso sono in massima allerta, ho i nervi a fior di pelle e mi sento male. «Non hai modo di scoprire dove si trova?»

Scuote la testa. «Da quando mi ha spedito il topo morto per posta e ho messo in mezzo la polizia, è sparito dalla faccia della terra. Spero.» Tenta di nasconderlo, ma so che è spaventata.

«Almeno la polizia ne è al corrente.» dico, pregando Dio che la polizia di Manchester e quella della Cornovaglia condividano il database.

«Già, speravo che la polizia l'avesse già arrestato a quest'ora, ma sono sempre alle prese con squilibrati che credono di essere fidanzati con qualcuno e in realtà non lo sono.»

«Forse dovremmo chiamare la polizia anche qui e metterla al corrente?»

«Già fatto.» dice. «Li ho chiamati la scorsa settimana,

quando già sapevo che sarei venuta qui. Ho fornito una descrizione, tutti i dettagli e il nome e il numero della persona che se ne sta occupando a Manchester.»

Tiro un sospiro di sollievo. «Allora è tutto a posto.»

«Ma certo, non metto in pericolo la mia migliore amica e il suo amato bambino.»

«Grazie per averlo fatto. Sono certa che non si presenterà qui, ma chi può dirlo? Non mi scorderò mai quella notte in cui mi hai chiamata dopo che si era presentato a casa tua con un coltello.»

«Pensavo che mi avrebbe pugnalata sulla soglia di casa.»

«E la polizia è venuta a casa tua, ha raccolto la testimonianza, poi ti ha lasciata da sola in casa, terrorizzata.»

«Già, è stato allora che ti ho chiamata. Tu sei venuta e hai passato la notte da me. Accidenti, quanto te ne sono stata grata.»

«Anche Tom è stato bravo, ha detto che avrebbe badato a Sam mentre io ero da te.» dico, sempre pronta a dare un po' di merito a Tom quando si tratta di Rosa.

«Davvero? Mi ricordo solo di come tu mi sei stata accanto e mi hai ascoltata mentre io ho piagnucolato tutta la notte.» risponde, rigettando all'istante qualsiasi coinvolgimento da parte di Tom.

«Non siamo nemmeno andate a letto, siamo rimaste sedute sul pavimento in salotto. Ogni ramoscello che si muoveva all'esterno, ogni minimo rumore, ci faceva saltare entrambe.» Mi stringo il cardigan intorno alle spalle al ricordo di quella notte.

«Oddio, Rachel, non posso assolutamente rivivere tutto di nuovo. Mi ucciderei piuttosto.» Si copre il volto con entrambe le mani, poi se le passa tra i capelli.

«Io ucciderei prima *lui*.» ribatto, e dico sul serio.

«Beh,» dice lei, «devo andare a letto. Devo alzarmi prestissimo al mattino.»

«Ah, grazie tante, adesso che mi hai spaventata a morte te ne vai a letto!» scherzo. Ci diamo la buonanotte con un abbraccio e, mentre lei si dirige in camera sua con un calice di vino pieno a metà, io corro nella mia stanza. Una volta dentro, mi affretto a chiudere le tende e, mentre lo faccio, mi sembra di vedere qualcuno correre davanti alla porta a vetri. Non riapro le tende per controllare. Ho troppa paura, così mi metto a letto con la luce accesa, stringendo forte una lampada pesante. Non dormo granché.

Il mattino seguente, Rosa deve partire presto per evitare il traffico, così da riuscire a tornare in tempo per portare suo zio in ospedale per l'appuntamento.

«Vado a svegliare Sam, mi ha chiesto di te. Non si ricorda chi sei, ma so che vorrebbe tanto conoscerti.» dico mentre attraverso il pianerottolo fino alla sua stanza.

«Muoio dalla voglia di vederlo, ma promettimi che non lo sveglierai.» sussurra. «È prestissimo e rimarrebbe stanco per tutto il giorno.»

Ha ragione, ovviamente - sono le cinque e mezza e potrebbe perfino essere un po' scontroso – perciò concordo e in silenzio la accompagno nella stanza di Sam, dove lui dorme profondamente.

«È dolcissimo.» sussurra, dandogli un lieve bacio sulla fronte mentre dorme. «Grazie per avermelo fatto vedere.»

Ad un tratto noto che Sam stringe a sé un leone di peluche. «Ahh, gliel'hai dato tu?» chiedo a bassa voce.

Rosa si china e tocca il peluche, scuote la testa e ci guardiamo a vicenda con aria interrogativa.

Sono *davvero* preoccupata adesso. «Mi chiedo dove l'abbia preso.» La mia mente prende mille strade diverse, ma alla fine torno sempre a Chloe. Riesco a sentire la voce di Sam nella mia testa: *La mamma di Emily è ancora qui?* Sento un brivido attraversarmi.

Rosa si porta un dito alle labbra, poi controlla dietro alle tende e alla porta. Solo quando siamo sicure che la stanza sia vuota, ci dirigiamo in silenzio al piano di sotto.

«Rosa, inizio a pensare che Sam non stesse sognando e Chloe è stata davvero nella sua stanza»

«Merda, Rachel.» risponde nervosa, guardandosi attorno come se Chloe potesse apparire all'improvviso. «È *davvero* così strana da entrare di notte in casa di qualcuno e andare nella stanza del loro bambino?»

«Sinceramente non *credo*.» rispondo, incapace anche solo di concepire una cosa simile. Mi sento paralizzata.

«Rachel, non voglio spaventarti, ma credo che dovresti fare molta attenzione.»

Rosa non si spaventa facilmente, il che mi infastidisce, ma adesso dubito di me stessa. È solo un gioco di cui non mi ricordo? È un gioco dell'asilo?

«Perché non chiami la polizia?» dice. «Raccontagli cosa ha detto Sam e digli che questo leone di peluche è sbucato dal nulla.»

Scuoto la testa. «Sono certa che la polizia locale mi creda pazza. Li ho chiamati già un paio di volte ormai, e a sentire me stessa dire quelle cose, so che nemmeno io mi crederei se fossi in loro.»

«Chi se ne importa! Meglio chiamarli e segnalare tutto, poi se dovesse succedere qualcosa...»

«Prima chiederò a Sam. Potrebbe averlo "preso in prestito" dall'asilo.» ipotizzo. «Potrebbe averlo messo nel portapranzo, i bambini a volte lo fanno senza rendersi conto che sia come rubare.»

«Mmm, spero che tu abbia ragione. *Spero* che sia stato Sam a prenderlo e che nessuno sia entrato nella sua stanza e glie-l'abbia lasciato qui.»

«Smettila, mi stai spaventando.»

«Scusa, promettimi solo che se succede qualcosa di strano dopo che me ne sono andata, chiamerai la polizia, va bene?»

«Certo che lo farò.»

«Il piccoletto è così adorabile. E dopo quello che hai passato, *devi* proteggerlo. Ho lo stesso presentimento che avevo sul mio ex.»

«Che presentimento?»

«È difficile da spiegare, è solo istinto, immagino, ma sembra tutto così sbagliato. Tom dice che questa Chloe non ha figlie e Sam dice che era nella sua stanza...?»

Mi viene da vomitare.

«E Rachel, qualsiasi cosa lei ti racconti, c'è un'alta probabilità che, in un modo o nell'altro, lei abbia le *chiavi* di casa tua!»

Dopo che Rosa se n'è andata, mi sento molto vulnerabile. Così controllo di nuovo che la porta d'ingresso sia chiusa a chiave e ci posiziono davanti una sedia, poi torno a letto e mi metto a leggere un po', fino a che non è ora di svegliare Sam.

«Buongiorno, tesoro.» apro le tende, poi mi avvicino al letto. «È ora di alzarsi.» dico mentre lui apre gli occhi e inizia lentamente a sorridere.

«Non mi sembra di aver mai visto questo leone prima d'ora, è tuo?» chiedo.

Annuisce, non sembra molto sorpreso di vederlo.

«Viene dall'asilo?»

«No, è *mio*, mamma.»

Non voglio ingigantire la cosa. Devo assicurarmi che Tom non gliel'abbia comprato prima di partire, mentre io l'ho notato solo ora. Forse sto rimuginando troppo: la mia preoccupazione deriva dal fatto che Tom dice che Chloe non ha figli perciò, per prima cosa, devo togliermi il dubbio e chiederle di Emily.

Preparo un toast a Sam e rifletto su come affrontare la questione con Chloe. Sono combattuta tra precipitarmi all'asilo e chiederglielo in modo diretto, o chiederglielo con naturalezza quando si presenta l'occasione. Ci sto ancora meditando su quando mi avvicino al cancello dell'asilo, nervosa. Vedo alcune delle altre mamme che accompagnano i propri figli all'interno dell'asilo e mi chiedo come si possa fare una domanda simile a qualsiasi madre senza dare l'impressione di accusarla di rapimento.

Una volta dentro, appendo il giubbotto di Sam e lo accompagno in classe, dove gli altri bambini stanno già scalando la struttura per arrampicata. Per tutto il tempo mi guardo intorno in cerca di loro due, e mi rendo conto che Sam sta facendo lo stesso.

«Dov'è Emily?» chiede, alzando lo sguardo verso di me. Il suo faccino preoccupato mi spezza il cuore.

«Sono sicura che arriverà presto.» dico. «Perché non giochi con qualcuno degli altri bambini finché non arriva Emily?» suggerisco.

«Non posso.»

«Ma certo che puoi. Va' da qualcuno che ti sta simpatico e chiedi se puoi giocare.»

Sam scuote energicamente la testa. «Non posso!» sembra sull'orlo delle lacrime.

«Perché no?»

«Perché mi odiano tutti.»

«Oh, tesoro, non è vero. Sono sicura che a tutti loro sei molto simpatico.»

Sono piuttosto angosciata, ma cerco di non darglielo a vedere. «Vuoi che parli con Iris, che le chieda aiuto?»

Sam non risponde e così, ancora mano nella mano, troviamo Iris nella casetta dei giochi e le spieghiamo il problema.

«Oh, santo cielo, Sam, qui tutti ti vogliono bene. E gli altri bambini sono super contenti di giocare con te.» Inizia a guardarsi intorno nella stanza in cerca di un possibile candidato. Ma proprio appena sembra aver individuato qualcuno, Emily arriva di corsa verso Sam, dicendo «Andiamo, Sammy!» gli afferra la mano e lo trascina verso la struttura per arrampicata, e Iris sorride raggiante.

«Ahh, sono contenta che sia arrivata, quei due sono carinissimi. Non si separano mai per tutto il giorno!»

«Oh, immagino sia una buona cosa, giusto?»

«Sono solo molto legati. A volte succede. Capita spesso con i figli unici. A volte mi chiedo se non cerchino inconsciamente un fratello o una sorella, capisce?»

La sua frase è come un pugno nello stomaco. Riesco a malapena a risponderle, mi manca il fiato e mi limito a salutarla con la mano mentre mi dirigo all'uscita.

Emily è qui, perciò è probabile che Chloe sia ancora nelle vicinanze se è stata lei ad accompagnarla. Se mi sbrigo, potrei riuscire a raggiungerla, così attraverso il cancello con passo deciso. Mi guardo intorno, voltandomi da tutte le parti, nella speranza di scorgerla tra le altre mamme, chi arriva, chi se ne va, chi si ferma a chiacchierare lanciandomi occhiate. Devo sembrare un po' pazza e disperata. Chiedo perfino a un paio di donne ferme vicino al cancello «Avete visto Chloe, la mamma di Emily?»

Jennifer Ridley devia bruscamente per evitarmi, e tutte si scambiano un'occhiata e fanno spallucce.

Non resta altro da fare che andare a casa sua, così mi dirigo verso Fistral Drive, dove abita. Dopo la breve camminata, suono al campanello e aspetto. Poi suono di nuovo, ma nessuna risposta. Sto quasi per andarmene quando una signora anziana emerge dalla casa accanto insieme al suo cane.

«Salve!» dico in tono allegro.

«Oh, ciao, cara.»

«Sono passata a trovare Chloe; lei sa se è in casa?»

«Chloe?» sembra confusa. «So che lì ci vive una signora, si è appena trasferita. Ha una figlia.»

«Sì, esatto, è lei Chloe.»

«No, non è Chloe. La signora che vive lì si chiama Natalie.»

24

Mi gira la testa. Chi è Chloe? E perché ha mentito sul fatto di avere una figlia e vivere in quella casa? Vago senza scopo in direzione di casa mia, la mia mente cerca disperatamente delle risposte, ma proprio mentre sto per svoltare l'angolo, vedo una figura familiare. I suoi capelli biondi svolazzano dietro di lei mentre cammina decisa nella direzione opposta rispetto a casa sua. In pochi secondi, i miei piedi iniziano a seguirla. Non riesco a credere che lo sto facendo. Resto dal mio lato della strada e cammino qualche metro dietro di lei, non è così facile come sembra nei film. Devo avere un'aria molto sospetta.

«Stai bene?» sento una voce familiare. Jennifer Radley. Perché è sempre presente quando mi rendo ridicola?

«Sto bene, grazie.» mi sforzo di rivolgerle un sorriso rassicurante.

«Hai trovato Chloe?» chiede.

«No, no, non l'ho trovata.»

«È davanti a te dall'altro lato della strada.» dice senza aggiungere "idiota", ma è evidente che lo sta pensando.

«Ah, già, eccola lì, grazie.» rispondo stupidamente prima di scomparire nel negozio di fiori, che per puro caso risulta il nascondiglio più vicino.

Mrs Pickering mi saluta. «Buongiorno, Rachel, come posso aiutarla oggi?»

Chiacchiero un po', poi compro un mazzo di girasoli perché sento di doverlo fare. Questa mossa potrebbe mettere un po' di distanza tra me e Chloe, per non parlare della maledetta Jennifer Radley, che adesso sta lentamente camminando davanti alla vetrina del negozio di fiori e sbirciando all'interno. E adesso sono nel panico perché Chloe potrebbe sfuggirmi, e continuo a guardare fuori dalla vetrina mentre fingo interesse per quello che dice Mrs Pickering.

«Sta bene, Rachel?» Perché le persone continuano a chiedermelo?

«Benissimo, grazie, vado solo un po' di fretta.» dico mentre incarta i girasoli con lentezza snervante. Finalmente mi porge i fiori, la ringrazio, pago, ed esco di corsa dal negozio.

Non ho altra scelta che passare accanto a Jennifer Radley, che evidentemente non ha nulla di meglio da fare che bighellonare in giro nel tentativo di cogliermi in fallo. E come biasimarla? Devo sembrare piuttosto strana, soprattutto adesso che fingo di fare jogging con in mano un enorme mazzo di girasoli. Ma devo continuare. Sono troppo vicina alla mia preda per perderla adesso e così, solo pochi minuti dopo, vengo ricompensata. Chloe si ferma e percorre il vialetto che conduce a una grande vecchia casa, apre la porta con la chiave ed entra, e io sono confusa. C'è qualcosa che mi spinge: ho la sensazione che nulla di ciò che mi ha detto è vero, e così decido di andare a bussare alla porta. Non sono affari miei, a parte il fatto che ha finto di essere la madre di Emily, ed Emily gioca con Sam. Se c'è sotto qualcosa di strano, devo saperlo. Così percorro il vialetto fino all'ingresso, che termina con alcuni gradini, e guardo i diversi numeri degli appartamenti all'interno dell'edificio. Su alcuni c'è scritto il nome, ma non vedo il suo.

Riparo gli occhi con la mano per guardare attraverso le fine-stre, fissando intensamente per vedere se ci sono tracce di lei. Non è facile con il sole che abbaglia, ma guardando la finestra in alto a sinistra, all'improvviso, mi accorgo di qualcosa: una sagoma si materializza dal buio all'interno, ed eccola lì. Chloe guarda verso il basso, osservandomi.

I nostri occhi si incrociano, ma lei non si scompone: non il barlume di un sorriso, nemmeno un cenno di riconoscimento. Me ne sto lì in piedi con i fiori stretti in mano, confusa e a disa-gio. Poi Chloe si sposta dalla finestra e, dopo un paio di minuti, sento il rumore della serratura della porta d'ingresso. Si apre e lei è lì, inespressiva, impassibile. E nonostante la luce del mattino che ci accompagna verso una nuova splendida giornata, sento un brivido corrermi lungo la schiena.

Mi trovo ora ai piedi dei gradini a guardare in alto verso Chloe. Quei due begli occhi azzurri sembrano freddi, le fossette del suo sorriso ormai sparite.

«Cosa ci fai qui?» c'è una punta di fastidio nel suo tono di voce, come se avesse lasciato una padella sul fuoco. Per un brevissimo istante mi chiedo se, aprendomi la porta, non abbia dovuto assentarsi da qualcosa di urgente. O da qualcuno?

Non parla, non riempie l'aria con chiacchiere e convenevoli, e io mi rendo conto di doverle una spiegazione. Ma non so *come* spiegarle perché sono qui senza dare l'impressione che la stessi pedinando. «Non ti ho vista all'asilo, volevo solo salutarti, ma non eri a casa, quindi...»

«Quindi mi hai *seguita*?» chiede, un sopracciglio inarcato, i suoi lineamenti delicati mostrano solo sorpresa.

Mi sento un'idiota. «Sì. È vero, ma solo perché...» Esito e mi rendo conto di avere ancora in mano i fiori. «Volevo darti questi.» Glieli porgo. Torreggia sopra di me in cima ai gradini. Sono a disagio e in imbarazzo, e chiunque passi di qui potrebbe pensare che io le stia facendo un inchino. Mi fa un cenno e io la seguo in silenzio su per la scala rivestita di moquette. Un odore intenso di umidità e verza aleggia nell'aria e, quando apre la porta del suo appartamento, mi accorgo che non potrebbe essere più diverso dal piccolo cottage rosa.

La moquette è logora, un divano trasandato è posizionato in mezzo alla stanza e un tavolo nell'angolo è disseminato di stoviglie usate e cartoni di cibo d'asporto. Niente graziose tende di mussola, niente tappezzeria a fantasia floreale sui toni pastello.

«Cos'è questo posto, Chloe?»

«Casa mia.»

Cammina verso il tavolo e si posiziona davanti ai rifiuti che lo ricoprono. Credo sia il suo modo per cercare di nascondere il disordine. Sembra in imbarazzo, tormentata.

«È tua anche questa, oltre al cottage?»

Scuote la testa, si china sul tavolo. «Questa è in affitto. Il cottage non è mio, è di mia sorella.»

«Oh, capisco. Ma perché hai finto che fosse tuo?»

«Non l'ho fatto. Non è colpa *mia* se tu hai fatto supposizioni.»

«No, ma non hai mai detto che era la casa *di tua sorella.*»

«Devo sempre specificare tutto? A te cosa importa? Non sei tanto diversa da Jennifer Radley, che giudica e fa supposizioni.»

«In realtà sono *molto* diversa dalla gente come Jennifer Radley.» sbotto, offesa. «Chloe, perché ti comporti così? Pensavo fossimo amiche.»

A queste parole, si addolcisce un po'. L'amicizia è importante per lei, desidera tanto avere un'amica.

«Noi *siamo* amiche. Certo, non sarò mai tua amica come Rosa,» aggiunge, «ma chi lo sa, se lei non ci fosse, un giorno potremmo esserlo, giusto?»

Non ne sono molto sicura, e cosa intende dire con *se lei non ci fosse?*

«Okay, allora, il cottage è di tua sorella, ma non l'hai mai detto chiaramente. Perché?»

Ci pensa su un istante. «Perché mi piace il cottage e a volte mi piace immaginare che sia mio. Ho aiutato ad arredarlo, ho scelto la carta da parati, ho fatto lo stesso con casa tua, sono stata io a suggerire i divani verdi.» sospira. «A quanto pare vivo sempre la vita di qualcun altro, perché la mia fa così schifo che non posso permettermi un'elegante carta da parati e divani di velluto, devo accontentarmi di pareti umide e divani squallidi.» borbotta, piena di risentimento.

Non la sto davvero ascoltando, sto ancora elaborando il fatto che la sua vita è completamente diversa da quella che mi ha fatto credere. Mi sento spiazzata.

«Ed Emily... *lei* è tua figlia?»

«Emily è mia nipote.»

«Pensavo...»

«Esatto, *tu* pensavi.» dice, come se fosse un *mio* problema. «Io non ho *mai* detto che era mia figlia, e poi, l'hai mai sentita chiamarmi mamma?»

«Non ricordo.»

«Be', no, non mi chiama mamma, perché *non* sono la sua mamma. Mi prendo semplicemente cura di lei quando mia sorella è via per occuparsi della sua grande carriera e vivere la sua entusiasmante vita. Perché mai *lei* dovrebbe farsi frenare da un figlio, tanto ci pensa Chloe.» aggiunge in tono aspro.

«Ma come per il cottage, a volte vorresti che Emily fosse tua figlia?»

«No!» Sembra inorridita. «Non sono una psicopatica. Ti ho detto che mia sorella aveva una figlia. Non ti stavo nascondendo nulla.»

Ripenso alle parole di Tom: *Ha uno strano rapporto con la verità.* A quanto pare, Tom ci ha azzeccato: Chloe ha ragione, non ha mai davvero mentito, ma non si può negare che abbia cercato di spacciarsi per sua sorella.

«Non volevo ingannarti, Rachel, davvero. È solo che continuavi a dire quanto fosse bello il cottage e quanto ammirassi il mio gusto e il mio modo di accostare i vari elementi. Ti piacevo, ti piaceva la mia casa, eri così carina con me. Volevo che fossimo amiche, e poi la cosa è andata avanti finché ormai era troppo tardi per dirtelo. Le amicizie entrano sempre nella mia vita per una stagione o per una ragione. Non so perché, ma le persone si allontanano da quelle come me.»

«Quindi pensi che, se non dici la verità, le persone ti rimarranno vicine? Forse è proprio per questo che si allontanano.»

«Tu non capisci, e come potresti? Hai una casa stupenda, un marito bellissimo, degli ottimi amici, una vita meravigliosa. Perché mai una come te vorrebbe essere amica di una come me, che vive in questo modo? Guardati intorno.» Indica la stanzetta sudicia.

«Non scelgo le mie amicizie in base alla casa in cui vivono.»

«Lo so. Ma tu vivi in quella splendida casa ultramoderna, vale più di un milione di sterline. Non hai idea di come sia vivere qui.»

«Sì, invece, ho vissuto gran parte della mia vita da adulta in posti come questo e l'unico motivo per cui posso permettermi di vivere in quella casa è perché mio padre è morto. Ritornerei subito in quel minuscolo appartamento, se solo potessi far cambio e riavere indietro mio papà. Le case non significano nulla; la famiglia, invece, è tutto.»

«Non la mia famiglia. Mia sorella è più grande, se n'è andata di casa prima che iniziassero i problemi, si è costruita una carriera, ha viaggiato per il mondo, e una volta fatto tutto questo si è sposata, ha avuto una figlia e si è comprata quel cottage da cartolina. Nel frattempo, io ho dovuto rinunciare alla possibilità di andarmene e frequentare l'università per dare una mano a mia mamma con mio papà, che ha l'Alzheimer.»

«Non me l'hai mai detto.»

«No!» grida. «Perché non *volevo* che lo sapessi. Chi mai vorrebbe sapere che pulisco il sedere di mio papà, lo imbocco, gli metto il pannolone? Non c'era tempo per il college o l'università, mi sono dovuta trovare un lavoro per aiutare la famiglia e poi, dopo dieci anni, ho perso il lavoro perché un tizio ha raccontato bugie su di me nella banca dove lavoravo. Prima che potessi trovarmi un altro lavoro, mio papà è peggiorato e sono dovuta rimanere qui, a fare qualche lavoretto occasionale all'agenzia immobiliare e aiutare mia mamma. È andata così per anni, mentre la nostra cara Natalie se ne andava in giro per il mondo, chiamandoci su FaceTime da ristoranti di lusso e inviandoci foto dei suoi tramonti del cazzo! Poi è rimasta incinta, ma dal momento che lei era andata all'università e poteva guadagnare più di me, lei e la mamma hanno deciso che la cosa più sensata era che io mi occupassi di Emily, così lei poteva portare avanti la sua carriera.»

Chloe abbassa la testa e io sono così dispiaciuta per lei, in piedi nella sua stanza solitaria, china sotto il peso della delusione e della rabbia repressa. «Voglio un gran bene a Emily, davvero, ma a volte mi sento intrappolata in mezzo a tutto questo.»

«Chloe, tutto questo è terribile, ma adesso ti capisco meglio. Credo che dovremmo essere più oneste l'una con l'altra, che ne dici?» propongo con delicatezza. «Gli amici non si giudicano. Siamo chi siamo, e siamo qui l'una per l'altra.»

«Lo capisco se non vuoi più essere mia amica. Non si trattava di te, è solo che odio la mia vita,» dice, asciugandosi gli occhi, «e a volte è più semplice essere Natalie, e non Chloe.»

Concordo in silenzio. Posso solo immaginare cosa si provi a guardare una sorella andare avanti con la propria vita e prosperare, mentre tu vieni lasciata indietro, costretta a sacrificare la tua libertà.

Non la abbandonerò; si merita un po' di gentilezza e di comprensione. E devo anche capire una volta per tutte se ho ragione a pensare che Chloe è innocua, solo una persona incompresa.

«Ehi, ti andrebbe di venire a casa mia con Emily un pomeriggio? I bambini possono giocare in giardino, così io e te possiamo chiacchierare.»

«Mi piacerebbe tanto, e anche a Emily!»

«Ottimo, che ne dici di oggi pomeriggio?» propongo. Tom dovrebbe tornare domani, e so che l'ultima cosa che vuole è essere accolto da Chloe.

«Fantastico! E grazie mille per non avermi scaricata per il fatto che non sono stata chiara con te.»

Credo che si sia trattato di un po' di più di una semplice mancanza di chiarezza, ma lascio correre.

«Sta' attenta, Rachel, decisamente non è una persona di cui fidarsi. Tieni gli occhi ben aperti.» dice Rosa quando la chiamo più tardi. «Non dirti della casa o della bambina, per come la vedo io, è grave tanto quanto mentire spudoratamente.»

«Sì, sono d'accordo, ma la tengo d'occhio, e se anche per un solo istante avrò la sensazione che causerà problemi, taglierò tutti i ponti. So che questo la distruggerebbe, tiene molto alla nostra amicizia, ed è per questo che non credo che la metterà a repentaglio. Allo stesso tempo, non voglio rovinare l'amicizia tra Emily e Sam; credo che stare con lei stia davvero migliorando la sua autostima. No, per il momento devo tenerla dalla mia parte, perché l'alternativa è spostare Sam in un altro asilo e non posso fargli questo, non adesso che ha appena iniziato ad ambientarsi.»

«Lo capisco. Sei una brava mamma, Rachel, e capisco che tu voglia andare d'accordo con lei per il bene di Sam.» aggiunge Rosa con un sospiro. «Spero solo che non te ne pentirai. Fammi un favore però: non lasciare mai Sam da solo con lei.»

25

Quando torniamo dall'asilo con i bambini, è uno splendido pomeriggio e loro sono contentissimi. So di aver fatto la cosa giusta.

«Pensavo di fare un picnic sull'erba.» dico, spalmando il burro sul pane per fare dei sandwich.

Chloe apre un sacchetto di plastica ed estrae una scatola di cupcake e una bottiglia di vino. «Ho pensato che ne avremmo avuto bisogno.» Mi fa l'occhiolino. «Fa caldissimo.» dice, sventolandosi.

Mi aiuta a infilare i panini in piccoli contenitori di plastica e sistema i piatti e i cartoni delle bevande nel cestino da picnic, mentre i bambini corrono per tutto il salotto.

«Ci prendiamo subito un bel bicchiere di bianco?» chiede.

«Magari tra poco insieme al cibo?» dico, prendendo mentalmente nota di non bere più di un bicchiere. Ci sono già passata con Chloe e devo rimanere lucida. Non c'era bisogno che Rosa mi dicesse di non lasciare Sam da solo con lei, e intendo rimanere più che sobria.

Ma mentre continuo a preparare il cestino da picnic, lei riempie due calici fino all'orlo.

«Chloe, mi farai sbronzare.» la avverto. «Sono io l'adulta responsabile di mio figlio.»

«Ti va di essere l'adulta responsabile anche di mia *nipote*?» dice, ridacchiando.

«Forza, bambini, c'è il picnic!» chiamo, fingendo di bere il mio vino, ma riappoggiando sul bancone il bicchiere quasi pieno. Chloe sa essere davvero insistente; non voglio seccature ed è più semplice farle credere che bevo insieme a lei.

«Tu prendi il cestino, io prendo le cose più importanti.» dice, sollevando i nostri due calici di vino. «Mi sento meglio ora che abbiamo chiarito le cose.» dice poco più tardi, quando i bambini hanno già mangiato e stanno giocando al "castello", usando il giardino murato come fortezza.

«Anch'io sono contenta.» dico.

«Ero sconvolta quando ti sei presentata a casa mia questa mattina. Mi sono sentita malissimo, come se ti avessi ingannata.»

Mi stringo nelle spalle. «Vorrei solo che fossi stata più chiara.» Cerco di avere tatto. So che voleva farmi credere che Emily fosse sua figlia, e forse è stato un gesto innocente, voleva solo essere mia amica, ma non credo che mi fiderò mai completamente di lei. Chloe mi ha ingannata, che fosse intenzionale o no, e può essere un po' folle, ma io sono leale e pronta a concederle il beneficio del dubbio per mantenere la pace, e per il bene di Sam.

«Allora, dov'è tua sorella oggi?» chiedo. Chloe parla molto di lei, ma solo in modo vago, nulla di specifico.

«Via per lavoro.»

«Sì, ma dove?»

«Non ne ho idea.»

«Davvero? E se succede qualcosa a Emily e devi chiamarla?»

«Ho il suo numero di cellulare, e poi credo che mia mamma

sappia dove si trova.» aggiunge, poi cambia subito argomento. «Quando torna Tom dalla Scozia?»

«Domani. Porta Sam a una partita di cricket, sono entrambi entusiasti.»

«Quindi sei da sola? Ti va di vederci? Potremmo andare a fare shopping.»

«Non posso...»

«Perché? Perché non puoi uscire con me? È sabato e sei da sola.»

«Ho delle cose da fare.» dico.

«Tipo cosa?»

Una delle cose che non piacciono di Chloe è che non lascia perdere. Se vuole una cosa, continua a insistere, come il fatto di bere un drink con lei, ed è lo stesso con gli appuntamenti per far giocare i bambini o per bere un caffè insieme: non la smette finché non fissiamo una data e un luogo. Sta versando dell'altro vino adesso, nonostante io tenga il calice a distanza e le stia dicendo di non volerne ancora. Ho già svuotato il primo bicchiere nell'erba.

«Allora, cosa facciamo domani?» chiede.

«Chloe, domani ho bisogno di un po' di tempo per *me*.»

«No, prendiamoci un po' di tempo per *noi*, invece.» Si mette seduta dritta sul plaid: la sua battaglia è iniziata. «Potremmo prendere il sole nella tua piscina, fare finta di essere ai Caraibi. Io preparo i cocktail.» Il suo entusiasmo sta crescendo e a volte mi viene difficile dire di no quando si rivolge a me con quella sua forza inarrestabile. Ma questa volta manterrò la mia posizione, le farò capire che non può trascinarmi in qualcosa che non mi va di fare.

«No, mi dispiace, Chloe. Domani voglio solo fare le faccende con calma, cucinare qualcosa per quando Sam e Tom torneranno dalla partita di cricket. Capisci?»

«No, non capisco.» dice lei, imbronciata. Abbassa gli

occhiali da sole dalla fronte agli occhi e si sdraia, tagliandomi momentaneamente fuori.

«Allora, domani torna Tommy?» mormora. Il modo in cui a volte si riferisce a lui implica un'intimità che mi mette a disagio.

«Sì, non vedo l'ora di rivederlo. Mi è mancato.»

«Mmm, mancherebbe anche a me. Scommetto che non vedi l'ora di strappargli i vestiti di dosso.»

«Calmati, Chloe.» scherzo, sorpresa dalla sua schiettezza, ma immagino che sia l'alcol a parlare.

«Mi sbaglio, forse?» Solleva di nuovo gli occhiali da sole sulla testa, come se volesse vedere bene la mia faccia.

«No, sono cose private, Chloe.» Mi lascio andare a una risatina imbarazzata. Non sono mai stata una che parla dei propri rapporti intimi, nemmeno con le mie amicizie più strette, e ora come ora Chloe è poco più di una conoscente.

«Ma noi siamo amiche, di sicuro avrai parlato di sesso con le tue amiche, no?»

«Sì, quando avevo circa sedici anni.»

«Hai più pensato al fatto che Tom fosse iscritto alla mailing list del The Candle Company?» Appoggia la testa su una mano, pizzicando l'erba con l'altra. È chiaro che sta cercando di provocarmi, ma io non ho intenzione di lasciarglielo fare. Il mio matrimonio e qualsiasi dubbio o preoccupazione io possa nutrire non sono affari suoi.

«Gliel'ho accennato. Ha comprato qualcosa per me e senza volerlo si è iscritto alla mailing list.»

Esita, poi sembra sul punto di dire qualcosa. Ho come l'impressione che a Chloe piaccia creare problemi dove non ce ne sono, e sto quasi per farglielo notare velatamente, ma all'improvviso sento una porta sbattere. Viene dall'interno della casa. «Sembra la porta d'ingresso.» dico, nervosa.

«Stavi aspettando qualcuno?»

«No, e sono sicura di averla chiusa a chiave. Chi diavolo?»

mi alzo in piedi e guardo al di sopra del patio verso il primo piano, e vedo qualcuno spuntare dalla casa.

«Ehi, sono a casa! Sei in giardino?»

Tom! Passo dal sollievo a un leggero panico. Che cosa penserà trovandomi con Chloe, una donna di cui non si fida, in giardino a bere vino? Il suo tempismo non poteva essere peggiore, perché Chloe ha appena bevuto un drink e sta dicendo cose che mi mettono a disagio. Se Tom ne sarà infastidito, non sono certa di poterla difendere con la stessa enfasi che ho usato altre volte.

«Sì, siamo qua fuori.»

«Arrivo.»

«È Tom!» dico, sorpresa, desiderando che Chloe non fosse qui e che non ci fossero due calici e una bottiglia di vino sul plaid. Non che Tom disapprovi gli alcolici, e io non ho nemmeno bevuto, ma lui potrebbe farsi un'impressione sbagliata.

«Papà!» Sam grida e agita le mani. «Emily è qui.»

«Lo vedo.» dice Tom, sforzandosi di sorridere, ma è più simile a una smorfia.

Cammina verso di noi. «Vedo che anche la mamma è con la *sua* amica. Ciao, Chloe.» Percepisco l'accusa nel suo tono di voce e mi sento come un'adolescente sorpresa a bere da suo padre.

«Ehi, Tommy.» mormora Chloe, sdraiandosi e chiudendo gli occhi.

Rabbrividisco a questo nomignolo, ma cerco di nasconderlo con un sorriso smagliante. «Non ti aspettavo fino a domani, tesoro.» dico mentre vado ad abbracciarlo.

«Ho finito prima del previsto.» Ricambia l'abbraccio.

«Ehi, Tommy, com'è andato il lungo viaggio di ritorno?» domanda Chloe senza aprire gli occhi.

«È stato tremendo, sono stanco morto e non sono molto di compagnia, temo.»

Sto per rispondere quando Chloe si mette seduta. Le spalline del suo prendisole sono abbassate e la parte superiore del vestito è pericolosamente bassa. Sono convinta che il suo seno spunterà fuori da un momento all'altro.

«Non troppo stanco per portare tua moglie in paradiso, vero?» ribatte lei, e sembra una risposta inappropriata perfino per l'annebbiamento mentale causato dal vino.

Tom non risponde, lascia la frase in sospeso.

«Non volevo insinuare nulla. Non ti sarai offeso, vero, Tommy?» chiede, con le mani si accarezza il collo mentre mantiene il contatto visivo con mio marito.

«Nient'affatto, Chloe. Ma devi perdonarmi, sono un uomo di mezza età stanco e leggermente irritabile che non vede l'ora di addormentarsi davanti alla TV con sua moglie.» Se anche fosse sconvolto dal comportamento di Chloe, non lo dà a vedere.

«Scommetto che non sei stato sempre così.» Lei tiene gli occhi fissi su di lui e lui fa lo stesso, e io li vedo scambiarsi uno sguardo che mi gela il sangue.

«Be', signore, allora vi lascio ai vostri drink mentre io vado a disfare le valigie e farmi un pisolino.» dice Tom, incamminandosi attraverso il giardino diretto in casa. Io sto ancora riflettendo sullo sguardo che ho visto passare tra loro. C'è qualcosa di cui dovrei preoccuparmi o sto solo pensando troppo?

«Vado a prendere un'altra bottiglia.» dice Chloe, e prima che possa fermarla, sta già saltellando a piedi nudi attraverso il giardino in direzione della casa, e di Tom, lasciandomi senza altra scelta che restare lì e badare ai bambini.

So che una Chloe sobria sarebbe stata più riflessiva, forse perfino più discreta? Ma il suo atteggiamento provocante e adesso questa mossa di andare a prendere un'altra bottiglia mi hanno fatto provare un fremito di gelosia e risentimento nei suoi confronti. È irrazionale, lo so; sono certa che non sia rientrata in casa perché Tom è lì, ma non mi piace il modo in cui questo mi ha fatta sentire. Sono una donna di quarantadue anni in un matrimonio felice e non ho nulla di cui sentirmi insicura. Vero? Da quando ci siamo trasferiti qui, sono cambiata. È quasi un istinto primordiale, suppongo. Sono in un territorio nuovo, con nuove persone, e dubito di me stessa e degli altri. Ma devo riprendere il controllo, perché adesso sto perfino dubitando di Tom! Perché sto iniziando a sentire che le mie fondamenta non sono così solide come pensavo? Mi fido ciecamente di lui. Giusto?

A un tratto sento una fragorosa risata provenire dall'interno della casa. Sono ancora più nervosa adesso: cosa c'è di così divertente? Tom mi racconta tante cose cattive su di lei, e ho notato che non era affatto contento di vederla, eppure c'è questa disinvoltura tra di loro, come se fossero amici da anni. Qualcosa mi disturba; credo di essermi sempre sentita così, fin dalla sera in cui si è presentata senza avvertire ed è entrata in casa nostra senza chiedere permesso.

Mi volto di nuovo verso i bambini, che stanno chiacchierando. Sono troppo preoccupata per il fatto che Chloe sia in casa mia insieme a Tom per ascoltare la loro conversazione. Controllo l'orologio: è lì dentro da quasi dieci minuti ormai. Quanto ci vuole per prendere una bottiglia dal frigo? Non lo *voglio* nemmeno quel maledetto vino, e non credo che lei dovrebbe berne ancora, considerando che deve riportare Emily a casa sana e salva.

Non posso nemmeno avvicinarmi alla casa con nonchalance per togliermi il dubbio, perché devo rimanere qui a controllare i bambini. Ho già chiesto due volte a Emily di non scavalcare il muro e lei mi ha ignorata, e adesso si è attorcigliata intorno all'edera e sta scivolando su per il muro.

«La vedo, la vedo!» grida, riferendosi alla piscina, provocandomi un nodo allo stomaco.

Ti prego, non chiedermi di entrarci.

«Possiamo fare il bagno, Rachel?» chiede.

Mi limito a scuotere la testa e mi sforzo di sorridere. Mi aspetto un capriccio, ma Emily sembra accettare la risposta, nonostante continui ad arrampicarsi sul muro e gridare «Piscina!» ogni due minuti.

Perché Chloe è ancora in casa? Che cosa la trattiene? Ogni

minuto è un'agonia e *devo* entrare in casa, fosse anche solo per mettermi l'anima in pace. Non posso sopportare quest'incertezza né quest'angosciante inquietudine un secondo di più. Potrei lasciare i bambini qui, sono certa che staranno bene. Solo una breve corsetta mi divide dalla casa, una questione di pochi istanti. Ma so fin troppo bene quanto la vita possa cambiare in pochi secondi, e non ho intenzione di lasciarli da soli.

«È ora del gelato, bambini.» sento me stessa gridare tutto a un tratto, e loro mi seguono contenti attraverso il giardino. Non so cosa aspettarmi, ma chiedo ai bambini di sedersi e aspettare fuori sul patio, dove posso vederli.

«Non muovetevi, e chi riesce a stare fermo più a lungo vince un premio.» prometto senza riflettere, consapevole che dovrò tenere fede a quanto detto.

Poi trattengo il respiro ed entro in casa. La porta del patio conduce direttamente in cucina, che è vuota, ma il vino è stato tolto dal frigorifero e sta gocciolando sul bancone. Non li chiamo, mi limito a camminare nel silenzio del salotto.

Dove sono?

Entro nel corridoio e sento un rumore al piano di sopra. Poi, all'improvviso, appare Chloe: saltella giù per le scale, i capelli tutti arruffati e il volto arrossato.

«Dove sei stata?» chiedo. «Ti ho aspettato per ore là fuori.»

«Sono solo andata in bagno.» risponde.

«Dov'è Tom?»

«Non lo so.» Alza le mani come a dire che non ha idea dei suoi spostamenti. Non sono convinta.

«C'è un bagno al piano di sotto.» dico, sapendo che, in quanto nostra ex agente immobiliare, non può essere all'oscuro di questo dettaglio.

«Preferisco lo specchio più grande e la mancanza di bambini al piano di sopra.» dice con un sorriso.

Non ricambio il sorriso; mi viene da vomitare. «A proposito di bambini, puoi tenerli d'occhio?» chiedo.

«Sì, certo.» Se ne sta in piedi in fondo alle scale e io sento i suoi occhi su di me, mentre le sfreccio accanto, facendo due gradini alla volta. Sono certa che Tom è al piano di sopra, ma all'improvviso ho paura di come lo troverò. Sarà sdraiato sul nostro letto degli ospiti, le coperte sgualcite, le lenzuola impregnate del profumo di lei? Guardo in tutte e tre le stanze, compresa quella di Sam, perché non si sa mai. Ogni volta lo chiamo prima di entrare nella stanza, ma non sembra esserci traccia di lui. Sono sollevata. Dopotutto, Tom non era quassù insieme a Chloe, dev'essere uscito. Devo tornare in me, l'immaginazione mi sta sfuggendo di mano in questo momento.

Torno al piano di sotto e Chloe è ancora in piedi in fondo alle scale. *Cosa sta aspettando?*

«I bambini stanno bene?» chiedo, irritata che li abbia abbandonati a sé stessi.

«Ho controllato, stanno bene.»

Non le credo, perciò le passo davanti con veemenza, attraverso il corridoio, arrivo in cucina e infine all'esterno. Non appena raggiungo la grande porta di vetro, li vedo e mi dirigo fuori, grata che siano al sicuro e che mio marito non fosse a letto con Chloe. Quasi rido di me stessa: cos'ho che non va? Sono abituata al fatto che Tom lavori lontano da casa, ma qui è diverso. Sono diventata insicura. Devo essere impazzita a pensare che ci fosse qualcosa tra Chloe e Tom.

Ma lei è molto bella, e lui è un uomo di mezza età e vulnerabile. Il volto di Mrs Pickering incombe su di me: *Gli uomini fanno cose stupide, tesoro.*

Dov'è Tom?

«Rachel, posso parlarti?». Chloe è in piedi alle mie spalle.

«Certo,» rispondo, «ma dobbiamo tenere d'occhio i bambini.» le ricordo, indirizzandola verso il patio.

«Oh, ma certo.» risponde lei, come se si fosse completamente dimenticata che ci sono anche loro.

Porgo il gelato ai bambini come promesso, poi mi volto verso di lei. «Volevi parlarmi?» Non sono dell'umore per un altro dei suoi drammi adesso. Anzi, più passo il tempo con lei e più mi rendo conto che non è così simpatica come credevo.

«Non voglio parlare davanti a loro, perché si tratta di una conversazione difficile.»

«Va bene, dovrei preoccuparmi?» domando, un velo di inquietudine scende su di me mentre ci spostiamo verso il divanetto all'estremità opposta del patio.

Seguendomi, Chloe si avvicina fin troppo e mi sussurra all'orecchio «Voglio solo che tu sappia che quello che sto per dirti non è per ferirti, ma per salvarti.»

27

Il terrore mi ribolle nello stomaco mentre aspetto che continui, ma lei si limita a fissare il vuoto, distratta.

«Allora, cosa mi devi dire?» chiedo bruscamente.

Chloe non risponde e io ho come la sensazione che si diverta a creare suspense.

«Chloe?»

Scuote la testa. «Devi promettermi che non ti arrabbierai e che non mi odierai dopo che te l'avrò detto.»

«Non prometto *nulla*, Chloe.»

«Non potrei sopportarlo se mi odiassi e mettessi fine alla nostra amicizia per questo.» Ha la testa bassa e giocherella con le unghie color rosa perla.

Faccio spallucce. «Allora non dirmelo.» Non ho intenzione di giocare ai suoi stupidi giochetti.

«Ma è nel tuo interesse saperlo.»

«Okay, allora *dimmelo*.» Sono così delusa dal suo comportamento. «I bambini finiranno il gelato in un paio di minuti, quindi non abbiamo molto tempo per questo. O me lo dici, o non me lo dici.»

Fa un respiro profondo, una pausa ad effetto, ne sono sicura, poi dice «E va bene, qualche tempo fa, quando tu eri ancora a Manchester e Tom era qui da solo...»

Il mio stomaco inizia ad attorcigliarsi. Per fortuna sono seduta, perché mi sento instabile, ma mi preparo a ciò che sta per dirmi.

«Noi... noi eravamo entrambi soli. Siamo andati a bere qualcosa insieme, abbiamo parlato dei nostri vecchi amici della banca.» Mi guarda.

«Okay.»

«Rachel, non esiste un modo semplice per dirlo...»

Ora comincio a sentirmi male e mi devo ricordare che questa donna racconta bugie.

«Il fatto è che...» continua lei. «Io e Tom siamo andati a letto insieme.»

«Eh?» Sono sbigottita. Sta dicendo la verità? Ne dubito fortemente. Se dice la verità, allora sono inorridita; se sta mentendo, sono ugualmente inorridita all'idea che possa mentire su una cosa del genere. Non so cosa dire, né cosa pensare.

«Sì, e la cosa è... sbocciata. Abbiamo avuto una relazione, una tresca, chiamala come vuoi.»

Mi guarda con due grandi occhi tristi. Dovrei provare dolore o rabbia, ma la sensazione più schiacciante è quella di incredulità.

«È finita adesso.» dice, anticipando la mia domanda. «Credo che per Tom sia stata una cosa passeggera, non appena sei arrivata tu qui, mi ha scaricata.» continua con tono drammatico. «Pensavo mi amasse, ma voleva solo qualcuna da portarsi a letto.»

«E hai fatto amicizia con me *sapendo* questo? Che razza di persona fa una cosa simile?» Perché coltivare un'amicizia con la moglie di qualcuno con cui va a letto, o con cui *immagina* di andare a letto?

Ha gli occhi colmi di lacrime. «Non lo sapevo allora, avevo

solo visto delle fotografie. Mi ha detto che eri dispotica, che gli davi solo una paghetta per le spese, che qualsiasi cosa lui facesse tu non eri mai felice.»

«Questo non è vero. Tom non mi darebbe *mai* della dispotica.»

«Be', l'ha fatto, e io mi sento così in colpa adesso perché quando gli è venuta in mente l'idea di trasformare il giardino murato in una piscina, io l'ho incoraggiato. Ho trovato l'impresa appaltatrice, l'ho aiutato a progettare la struttura, i colori, ho perfino ordinato le piastrelle. Non sapevo che avessi paura dell'acqua, che non sapessi nuotare...»

«Non voglio più starti ad ascoltare.» Tento di alzarmi in piedi, ma lei me lo impedisce.

«*Sapevo* che non mi avresti creduta, ma *devi* credermi! Mi ha detto che quando hai visto la piscina sei scappata, che la detesti, che l'hai accusato di aver rovinato quello spazio, di averlo trasformato in qualcosa di orribile. Ti ha fatta passare per una persona irragionevole, ma all'epoca non sapevo che avessi paura dell'acqua.»

Questo mi colpisce come un pugno dritto allo stomaco. È *esattamente* quello che è successo, e quelle sono le parole che ho usato. Come fa a saperlo?

«Quindi, se quello che dici è vero, ti vedevi ancora con lui all'epoca? Perfino quando sono venuta qui, perfino dopo avermi conosciuta quella sera, anche dopo che ho visto la piscina?»

Annuisce con aria colpevole.

«Volevi essere mia amica mentre avevi una relazione con mio marito?»

«Te l'ho detto, appena sei arrivata Tom mi ha scaricata, ma la cosa si è portata avanti per qualche altra settimana. Ero innamorata di lui, Rachel.»

«Hai idea di quanto sia doloroso per me sentire tutto questo? Anche se fosse tutta una menzogna, è una cosa davvero perversa, Chloe.»

«Lo so. Ma è la verità.»

«Credo che Tom sia uscito, ma appena torna vado subito a chiedergli spiegazioni.» dico, cercando di scoprire il suo bluff.

«No, Dio, no.»

L'espressione inorridita sul suo volto è un sollievo, ha scoperto le sue carte.

«Perché non vuoi che venga coinvolto? Perché è tutta una bugia?» chiedo.

«No. Ho paura di lui.»

Scoppio a ridere a questa risposta.

«Tom non è come pensi, Rachel.» dice con aria seria.

«Davvero? E come penso che sia?»

«Tu *pensi* che sia un bravo marito, un brav'uomo che ha costruito questo posto per te e che ti ama a prescindere dalla tua ricchezza.»

«La mia *ricchezza?*» Non vedo la mia eredità in questi termini, men che meno ora che è stata completamente impiegata nella costruzione di questa casa.

«Non sopporta che sia tu ad avere tutti i soldi e che sia tu a gestirli. Lo *odia*, Rachel. Ne è ossessionato e detesta che tuo padre li abbia lasciati solo a te; dice che tuo padre non si fidava di lui, ma adesso capisco perché. Tuo padre era un uomo molto saggio.»

Ancora una volta sono scossa dalla conoscenza intima che sembra avere di noi; può provenire solamente da Tom. Ma perché avrebbe detto queste cose a lei? Questo è ciò che mi preoccupa di più, perché in quali altre circostanze, se non sotto le lenzuola, avrebbe discusso con Chloe delle nostre finanze e dei suoi sentimenti nei confronti di mio padre?

Sta dicendo la verità?

«Non mi credi.»

«Non lo so.»

Ora sembra ricomporsi, come se si trovasse ad affrontare una battaglia, poi si mette seduta dritta e si guarda intorno, probabilmente per assicurarsi che non ci sia nessuno a origliare.

«Siamo stati insieme appena è arrivato qui; lui era solo e anche io. Insieme abbiamo creato questo. Ce ne stavamo seduti vicini nelle sere d'inverno a chiacchierare su come sarebbe stata la casa, sullo stile della carta da parati, dei colori della vernice. Non sempre sceglieva quello che io suggerivo; quando veniva a trovarti a Manchester tornava sempre con tantissime nuove idee e di solito seguiva quelle. Per questo sapevo che, non appena fossi arrivata tu, avrebbe scelto te.»

Non dico nulla a questo punto, ma Tom non è mai tornato a Manchester mentre era qui. Era troppo preoccupato all'idea di lasciare la casa incustodita, e di certo non si sarebbe fidato di Chloe per tenerla d'occhio. Sta mentendo.

«Bevevamo vino in giardino, molto prima che ci fosse la balaustra di vetro o la piscina.» Parla con trasporto ora. «C'erano rifiuti ovunque in giardino, rifornimenti di cemento, mattoni e roba del genere. Ma era bellissimo essere qui con lui. Diceva di amarmi. Diceva che un giorno avremmo vissuto qui insieme. Gli ho creduto.»

Ora so che sono tutte bugie. «Questa casa è intestata a me, quindi in nessun modo potrebbe vivere qui senza di me.»

«I modi esistono.» dice, cercando di darsi un tono misterioso.

Voglio smascherarla. «Devo parlare con Tom.» dico mentre cerco di allontanarmi da lei, ma mi afferra per il polso e i bambini sono a soli pochi metri di distanza.

«No!» Scorgo un luccichio nei suoi occhi, una sorta di follia che scaturisce da un amore non corrisposto. Ed è in questo momento che ogni cosa acquista un senso: Chloe non sta mentendo, perché è convinta che ciò che dice sia vero. È un'illusa, una maniaca delirante.

«Lasciami andare.» dico a bassa voce per non allarmare i bambini. Ma lei mi fulmina con lo sguardo, i denti stretti come un animale sul punto di mordere. Guardando quegli occhi scintillanti, sento la voce di Rosa nella mia testa e vorrei tanto aver dato retta alla mia amica. Sento una moltitudine di campanelli d'allarme.

«Chloe.» dico con delicatezza. «Credo sia tutto nella tua mente.»

«Non mi crede mai nessuno. Rachel, *ti prego*, TI PREGO!» Mi stringe forte, le lacrime le scivolano lungo le guance. Non ho mai visto nessuno così disperato, così fuori controllo.

Allarmati dal suo tono di voce alto, i bambini alzando lo sguardo e smettono di fare quello che stavano facendo.

Li guardo e sorrido. «Calmati. Ora *per favore* lasciami andare e porta Emily a casa.» dico in tono tranquillo ma deciso. Chloe si rende conto che la situazione potrebbe spaventare i bambini e finalmente mi lascia andare.

«*Ti prego*, Rachel, non farlo, siamo amiche. Se perdo te, non mi rimane nulla.» Poi il suo atteggiamento passa dalla supplica all'aggressività, diventa selvaggio e incontrollato, e ancora una volta mi afferra il braccio.

Vedo la follia nei suoi occhi e sono piuttosto spaventata, soprattutto con i bambini presenti.

«Perché sei arrabbiata con *me*?» sibila, digrignando i denti. «Dovresti esserlo con il tuo fottuto *marito*!»

Scuote la testa, il volto rigato di lacrime; per quanto sia spaventata, sono anche preoccupata per lei.

«Ora basta, spaventerai i bambini.» dico. Lancio un'occhiata verso di loro, che ora si stanno trincerando dietro le cassette di verdura non ancora piantumate, all'apparenza ignari del dramma che si sta svolgendo dall'altra parte del patio.

«Credo che tu abbia bisogno di aiuto, Chloe, qualcuno con cui parlare che possa aiutarti ad affrontare quello che sta succedendo. Ma prima, dobbiamo riportarvi a casa. Emily deve stare con sua mamma.»

«Lavora fino a tardi. E mia mamma non è a casa, è in ospedale con mio papà.»

Ora sono *davvero* preoccupata. «Non credo che dovresti stare da sola con Emily quando stai così.» dico. «Che ne dici se ti riaccompagno a casa ed Emily resta qui con Sam? Baderà Tom a loro. Tua mamma o tua sorella possono venire a riprenderla più tardi.»

«Sono perfettamente in grado di prendermi cura di mia nipote!» Si sta sforzando di contenere la rabbia, ma la sento ribollire appena sotto la superficie. Non l'ho mai vista in queste condizioni.

«C'è qualcuno che io possa chiamare? Se mi dai il suo numero provo a contattarlo.»

«Non ti darò nessun numero. Penseranno che la bugiarda sia io, non lui!»

«Non è questo il problema adesso. Sono preoccupata per Emily.» dico con delicatezza nel tentativo di calmarla.

«No, invece, sei preoccupata per il tuo maritino perfetto e la tua vita perfetta, e non puoi permettere a nessuno di entrarci e scoprire la verità. Ma io sono entrata in questa casa. Nella tua vita, nel tuo letto. Ho lavorato sugli interni. Oh, sì, sei rimasta colpita dal suo "occhio da arredatore", ma lui non ce l'ha. Sono stata io a scegliere i divani su cui ti siedi, i colori delle pareti che fissi. Ed ero io a nuotare nuda nella piscina con tuo *marito*.» La sua voce è strana, discontinua, non sembra lei. «Facevamo l'amore al chiaro di luna. Diceva che il suo matrimonio era finito, ma tu non vuoi sentirlo, vero? Vuoi solo chiamare qualcuno per *togliermi di mezzo*.»

Contorce la bocca, come se volesse impedirsi di parlare. Ho come l'impressione che stia per dire qualcos'altro, ma poi ci ripensa.

«Non *devi* credermi» - è più tranquilla ora - «ma io non sono l'unica, Rachel. Si vede con un'altra.»

28

Mi ergo su di lei, desiderosa di cacciarla da casa mia.

«Chloe, faresti meglio ad andare.» dico.

«Ma c'è dell'altro, Rachel.»

«Non voglio sentirlo.» ribatto, tremando per la rabbia. «*Vattene* e basta, per favore.»

Sembra sorpresa della mia rabbia, e questo non fa altro che dimostrare ulteriormente quanto sia distaccata dalla realtà. Non ha idea di ciò che sta dicendo e di come mi faccia sentire. Ora mi rendo conto del perché non abbia veri amici. Questo è il suo *modus operandi*: attirare una persona, farle credere di essere sua amica e poi cercare di farla diventare pazza e insicura quanto lei raccontando bugie elaborate.

«Quindi stai sbattendo me ed Emily fuori casa?»

Io annuisco e lei, fissandomi incredula, si alza in piedi. «Andiamo, Emily.» la chiama, svogliata. Ignorando le proteste della nipote, passa accanto ai bambini e attraversa il patio come un robot. Quando raggiunge la cucina, io sono dietro di lei, e anche Emily l'ha seguita. Le accompagno all'uscita, voglio assicurarmi che se ne vada, voglio vederla andarsene con i miei occhi. In questo momento non mi fido nemmeno di lasciarglielo fare da sola.

E proprio mentre ci stiamo dirigendo verso la porta, sento le chiavi nella serratura e Tom entra in casa.

«Dove sei stato?» sento la mia bocca pronunciare queste parole in tono accusatorio.

«Sono andato a prendere del vino, l'abbiamo finito.» Solleva la busta della spesa che ha in mano. Conosco Tom e so che la sua è una frecciatina a Chloe che si è bevuta tutto il vino, ma lei non la coglie.

«Non avresti dovuto comprare altro vino per me.» dice con presunzione.

«Infatti non l'ho fatto.» ribatte lui. «Ve ne state andando?» Sembra sollevato.

Lei annuisce, ma non dice nulla.

«Chloe deve riportare Emily a casa, vero?» Riesco a malapena a guardarla, ma sono consapevole che non accenna ad andarsene, si limita a starsene lì in piedi.

Adesso sta guardando Tom con quei suoi occhioni da vittima, e per un breve istante mi chiedo se racconterà alle mamme dell'asilo una versione distorta di quello che è successo questo pomeriggio, così verrò emarginata ancora di più.

«Andiamo, Emily.» Chloe afferra sua nipote, che sta ancora protestando per questa inaspettata partenza anticipata.

«Hai detto che potevamo andare in piscina.» piagnucola.

«No, *non l'ho detto*!» Chloe diventa rossa in viso; è evidente che l'ha detto.

«Sì, invece, hai *promesso* che potevamo entrare!» strilla Emily.

Io non le ho mai invitate in piscina. Chloe sa che è *decisamente* fuori dalla mia zona di comfort. Quindi perché prometterlo a Emily?

«Sta' ZITTA!» dice Chloe a denti stretti, ma Emily si divincola e ritorna di corsa in giardino. Ora Chloe la insegue come una furia. «Possiamo andarci un altro giorno.» le dice a bassa voce.

«Mi hai *promesso* che potevo andarci *oggi*».

«Lo so, ma...» Chloe si volta per vedere se siamo in ascolto, poi abbassa la voce per non farmi sentire il resto della discussione, finché Emily grida «Sei una stronza!»

Questa esclamazione mi toglie il fiato. Io e Tom ci guardiamo con occhi spalancati; ora *so* da dove viene il nuovo vocabolario di Sam.

Tom alza gli occhi al cielo e si dirige in cucina, abbandonando questo orribile pasticcio. Io resto qui e aspetto che zia e nipote tornino e se ne vadano. Non ho alcuna intenzione di uscire in giardino: lascerò che sia Chloe a occuparsi di questa bambina e di questo problema. Voglio solo che se ne vadano.

«Emily ha detto che le hai promesso un altro gelato.» dice Chloe, mentre torna sfrecciando in casa. «Ma le ho detto che vuoi che ce ne andiamo, quindi non possiamo restare per un altro gelato». Se ne sta lì in piedi, faccia a faccia con me. Crede davvero di poter usare il ricatto emotivo con me?

«Hanno già mangiato abbastanza gelato.» dico; non sono disposta a buttare benzina sul fuoco. «È ora di andare adesso.» Rivolgo un sorriso a Sam ed Emily, mentre Chloe mi fissa in silenzio un po' troppo a lungo. Ho il terrore di ciò che potrebbe dire: è evidente che non ha limiti. Ma dopo alcuni secondi, gira sui tacchi, trascinando la bambina che continua a scalciare, e sbatte la porta alle proprie spalle.

«Che diavolo era quella scenata?» dice Tom, un'espressione sconcertata sul suo volto.

«È solo che è così maledettamente difficile da gestire. Avevi ragione, è un incubo, non so quale sia il suo problema. Non so nemmeno perché siamo amiche.»

«Ti avevo avvertita. Vero che ti avevo *avvertita?*» ripete lui mentre lo seguo in cucina. «Cosa c'è per cena?» chiede in modo vago, come se fosse tutto qui, ne abbiamo discusso ed è finita. «Hai ucciso il vitello più grasso per il mio ritorno?»

«No, perché pensavo che tornassi *domani*.» sottolineo con aria distratta, ancora scioccata da ciò che ha detto Chloe poco prima a proposito di loro due.

Tom apre il frigo e sbircia all'interno in cerca di ispirazione. «Prendiamo la cena d'asporto stasera.» propone, chiudendo il frigo.

Non riesco nemmeno a rispondergli, il sangue mi ribolle nelle vene e il cibo è l'ultimo dei miei pensieri. Sono così nervosa per quello che ha detto Chloe e per il modo in cui è uscita, offesa perché le ho chiesto di andarsene. Si è comportata come se fossi io quella irragionevole, quando lei mi ha appena raccontato di essere stata a letto con mio marito, di aver avuto una relazione con lui prima del mio arrivo qui. E anche se *non* fosse vero, è naturale che mi sconvolga. Non lo capisce? Inizio a chiedermi se Chloe capisca qualcosa.

Ora Tom apre il cassetto della cucina, tirando fuori i volantini di alcuni ristornanti cinesi e pizzerie d'asporto e sventolandoseli in faccia. «In che parte del mondo andiamo?» dice con una vocina stupida. «Dal punto di vista culinario, intendo.»

Non riesco a sorridere alle sue buffonerie. Devo chiedergli spiegazioni su quello che mi ha detto Chloe; perciò, propongo a Sam di accendere la TV sui suoi programmi preferiti nell'altra stanza. Naturalmente, ne è più che felice e, una volta sistemato, ritorno da Tom in cucina.

«Ha detto che voi due avete avuto una storia.»

Sono sorpresa nel sentire me stessa pronunciare queste parole ad alta voce.

Tom smette di sventolare i dépliant e mi fissa. «Chloe?»

«Chi altro se no?»

«Cosa? Ma che *diavolo*?» Sembra sinceramente confuso.

«Ha detto che quando io ero a Manchester vi frequentavate tutto il tempo, che siete andati a letto insieme in questa casa... in piscina.» Il mio corpo sembra andare a fuoco. Mi fa male tutto e ho bisogno di un sollievo, e solo Tom può darmelo, dicendomi che non è vero.

Ho *bisogno* di quella affermazione.

Tom si accorge del mio dolore e, posando con delicatezza i volantini, si avvicina a me. Mi circonda con le sue braccia, mi bacia la fronte. Ma non dice che è una bugia, non mi conforta; mi stringe a lungo, poi dice «Credo che io e te dobbiamo parlare.» La sua voce è bassa nel mio orecchio e io non mi sento affatto rassicurata. Il mio corpo va a fuoco mentre mi prende per mano e mi conduce fuori sul patio.

Ho la bocca secca mentre mi siedo sul divanetto da giardino. Fa più fresco ora, e Tom estrae premurosamente una coperta dal divanetto e con delicatezza me la posa sulle spalle.

Avvicina la sua sedia a me e si siede, poi fa un respiro profondo; sembra che stia cercando le parole, ma per cosa? Per consolarmi, per spiegare, per confessare?

«Non mi sorprende sentire che ha detto quelle cose.» Mi prende la mano e mi guarda dritto in volto. La serietà della sua espressione fa vacillare il mio mondo.

«Quando ti ho detto che Chloe era pericolosa, non l'ho detto con leggerezza o per fare il drammatico.» comincia. «Ti avrei potuto raccontare molto di più, ma non volevo spaventarti. Forse avrei *dovuto*, così magari mi avresti ascoltato.» Quest'ultima frase è rivolta più a sé stesso, quasi un rimprovero. «Ti ho detto che porta solo guai e, nel caso di Chloe, assumono diverse forme, ma non è la prima volta che mente nel tentativo di distruggere il matrimonio di qualcuno.»

«Davvero?»

«Ricordo che quando lavoravo in banca qualcuno mi raccontava di questa sua tendenza a sviluppare un'ossessione per uomini irraggiungibili. Capi, alti dirigenti, spesso sposati.» Fa una pausa, scuote la testa. «*Creava* l'opportunità per ritrovarsi da sola con loro e faceva sempre le sue ricerche, come scoprire i loro posti preferiti per pranzare, o all'improvviso capitava che avesse un biglietto in più per il concerto di una band che sapeva piacergli. All'inizio non era mai *così* evidente. Era gentile, amichevole, una bella ragazza, e anche se era un po' palese che ci stesse provando... be', molti uomini di mezza età non si facevano problemi.»

«Quindi non era un problema?» dico, confusa.

«Non era un problema finché non si è fissata con quest'uomo in particolare. Lo aveva preso di mira, ma questa volta lui non era interessato, e lei non era abituata al rifiuto. Ne è diventata ossessionata, lo chiamava a ogni ora del giorno e della notte, sapendo che la moglie era lì insieme a lui.»

«È inquietante.»

«Il suo obiettivo era sapere tutto di lui, della loro casa, dei figli. L'aveva tenuto d'occhio così a lungo da diventare posseduta. Ha perfino iniziato a seguire la moglie, cercando di farsela amica.»

«Proprio come ha fatto con me?» Mi si secca la bocca.

Tom mi guarda, inarca le sopracciglia. «Sì. Esatto.»

«Cristo, Tom, mi avevi detto che portava guai. Ma non avevo idea che fosse così malvagia. Perché non mi ha raccontato del tizio al lavoro?»

Si stringe nelle spalle. «Perché non volevo spaventarti. Sapevo che non eri entusiasta di trasferirti qui quanto lo ero io, e temevo che se l'avessi saputo, avresti cambiato idea. Diciamocelo, se ti avessi detto che c'era questa psicopatica che se ne va liberamente in giro, avresti rifatto le valigie e saresti tornata a Manchester. E poi, non sapevo che sareste diventate amiche mentre ero via. Me l'hai tenuto nascosto.»

Mi sento terribilmente in colpa per questo. Tom ha ragione, ho ignorato il suo consiglio e l'ho fatta entrare nelle nostre vite.

«Mi sento una stupida,» dico, «ma lei mi piaceva. Non avevo amiche qui e la trovavo simpatica.»

«Oh, sì, recita la sua parte molto bene. Sembra sapere *esat-*

tamente quello di cui ha bisogno una persona, e glielo serve su un piatto d'argento. Nel tuo caso, era l'amicizia.» mormora.

Ascoltandolo, mi chiedo se Tom sia mai stato risucchiato nel suo vortice. E visto che sapeva tutte queste cose di lei, perché ha accettato che lavorasse all'acquisto della nostra casa?

«Quando è stata assegnata a lei la vendita della nostra casa, perché non hai richiesto un agente immobiliare diverso?» domando.

«L'ho fatto, ma mi hanno detto che erano a corto di personale, e quando mi hanno chiesto il motivo, non volevo crearle problemi. Insomma, tutti commettiamo degli errori, e tutti meritano una seconda possibilità. Ho pensato che forse era cambiata, o che la storia che avevo sentito era esagerata. Al momento di comprare la casa, Chloe è stata di grande aiuto, sembrava professionale, e poi io avevo messo bene in chiaro di essere felicemente sposato.»

«Credi che adesso la sua ossessione sia incentrata su di te?» chiedo.

Tom mi accarezza la mano con dolcezza. «Non lo so. A essere sincero, non mi è mai passato per la mente che potesse essere interessata... non avrei mai immaginato che potesse anche solo *pensare* a un vecchietto come me in quel modo.»

«A quanto pare è capace di innamorarsi di chiunque le dedichi un briciolo del proprio tempo.» dico, respingendo fermamente l'idea che lui possa essere lusingato dalle attenzioni di Chloe. Tom non è stupido, ma è un uomo e l'ego maschile può diventare molto fragile quando si arriva alla mezza età.

«Ora vedo ogni cosa che riguarda Chloe da una prospettiva diversa.» proseguo. «Come l'altro giorno, quando mi ha chiesto dove avevo preso la maglietta blu a righe, quella di Zara, e io le ho mandato il link. Ero lusingata che le piacesse, ma adesso mi chiedo se non stesse solo cercando di copiarmi. Tu credi che voglia *essere* me... sposata con *te*?»

«E chi lo sa? Ma non mi stupirebbe se si fosse fissata anche con te. Le hai mostrato gentilezza e amicizia, e le persone come Chloe spesso si nutrono di questo.»

«Sì, ha senso. Crede che la nostra amicizia sia più profonda e significativa di quanto sia in realtà. Ma la conosco solo da poche settimane.»

«Per lei poche settimane sono una vita intera. Devi allontanarti subito, Rachel.» dice con dolcezza.

«Sì, è finita.» dico, categorica. Entrambi abbassiamo lo sguardo sul tavolo, evitando gli occhi dell'altro, perché entrambi sappiamo che con una persona come Chloe non è *mai* finita.

Dopo cena, quando Sam è al sicuro a letto sotto le coperte, io e Tom guardiamo la TV, ma a quanto pare nessuno dei due riesce a smettere di pensare a lei, a come le cose stiano iniziando ad avere un senso.

«Quello che mi hai raccontato spiega alcune strane telefonate che ho ricevuto ultimamente.» dice Tom all'improvviso.

«Cioè?»

«Venditori che mi chiamano dicendo che io ho richiesto informazioni su doppi vetri, riparazioni domestiche, cose del genere. Ho immaginato che fosse perché ho contattato imprese edili per la casa e loro hanno passato le mie informazioni.»

«Non è illegale?»

«Probabile, ma potevano essere anche i cookies dei siti internet. Era irritante, ma innocuo. Ma se è lei...» Poi getta la testa all'indietro. «Accidenti, questo spiega anche le pizze.»

«Che?»

«Mentre ero via, ho ricevuto una consegna in hotel. Ventiquattro pizze.»

«Merda, che cosa hai fatto?»

«Le ho rimandate indietro, ho detto che c'era stato un errore. Ma da quel che ricordo, questo è il genere di cose che Chloe faceva con il tizio della banca anni fa. C'era sempre qualche scenata in reception per cose che, a quanto pareva, lui aveva ordinato. Ma era lei!»

«Oddio, spero non sia un segno che c'è dell'altro in arrivo.»

Spalanca gli occhi. «Non mi stupirebbe.»

«Ah, e ovviamente ha anche il mio numero.» dico. «Dio solo sa quali altre informazioni abbia raccolto dalle nostre conversazioni.»

«Be' ti suggerisco di cambiare numero o di prepararti a strani messaggi e telefonate.»

«Sa anche dove viviamo.» Mi viene da piangere. «*Non posso*, è anche il mio numero di lavoro. Già così ricevo pochissimi incarichi. Oddio, questa proprio non ci voleva.» sospiro, desiderando di essere ancora nella grigia e piovosa Manchester con Rosa.

«Forse, se la allontano con gentilezza, non farà nulla di strano?» dico speranzosa.

«Non dare per scontato nemmeno per un minuto che si arrenderà; rassegnati al fatto che non mollerà facilmente. Dobbiamo stare all'erta, Rachel, e *promettimi* che non lascerai mai Sam da solo.»

«*Non lo farei mai*, non l'ho mai lasciato da solo.» rispondo, offesa che ci sia stato bisogno di dirlo. Ma d'altronde, lui mi aveva avvertita su Chloe, eppure io ho fatto di testa mia. Sono solita fare cose stupide. Ripenso a quella volta in cui Chloe si è offerta di andarlo a prendere all'asilo e portarlo a casa sua, e rabbrividisco.

«Credo tu abbia accennato al fatto che lavorerai ancora lontano la prossima settimana. Non voglio starmene qua da sola ed essere un bersaglio facile, magari sento Rosa e le chiedo se le va di passare qualche giorno qua.»

«Se ti fa stare meglio.» Mi stringe la mano. «Ed è certo che Chloe non mi ha restituito le chiavi, quindi vuol dire che le ha ancora lei. Ma non preoccuparti, come prima cosa domani chiamo e faccio cambiare le serrature.»

Mi limito ad annuire, la testa piena di paure, pentendomi della mia ingenuità.

«E, Rachel, quando sono via, se sei preoccupata o succede qualcosa che ti spaventa, per quanto piccola o insignificante sia, *devi* chiamare la polizia.»

Sono spaventata. L'innocenza infantile, il comportamento inaffidabile e imprevedibile che mi ispirava tanta tenerezza, non è quello che sembra, è una maschera per celare qualcosa di molto più oscuro. Sentivo il disperato bisogno di trovare un'amica, ed ero così determinata a dimostrare di saper fare le mie scelte, che ho ignorato gli avvertimenti di mio marito. Mi sento stupida e incosciente. Ho accolto nella nostra vita una persona che non ha alcuna intenzione di lasciarci in pace, e adesso potrebbe essere già troppo tardi.

29

«Chloe mi ha già scritto due volte questa mattina per chiedermi se ho cambiato idea sul passare la giornata con lei.» dico a Tom mentre gli porgo lo zainetto di Sam da portare alla partita di cricket. «È come se non fosse successo nulla, come se non avesse mai detto tutte quelle cose su voi due e non se ne fosse andata via di casa sbattendo la porta.»

Tom alza gli occhi al cielo. «È questo il problema: da quel che ricordo, non si arrende. Proprio come con il tizio al lavoro, lei insiste e insiste. È implacabile.»

«Finché non succede qualcosa?»

«Già...» Inarca le sopracciglia. Sappiamo entrambi cosa voglio dire. È evidente che sia decisa a farci del male; ecco perché si è presentata qui la prima sera, e adesso vuole riscuotere quello per cui era venuta.

«Hai chiamato per far cambiare le serrature?» domando.

«Ho chiamato il servizio di pronto intervento per richiedere un fabbro, ho lasciato diversi messaggi, sto solo aspettando che mi rispondano. Vorrei tenere la polizia al corrente, informarli che Chloe ha le chiavi.»

«Buona idea, magari potresti spiegare tu la situazione e vedere cosa ci consigliano di fare?» suggerisco. «Credo che sarebbe d'aiuto se lo sentissero dire da te, Tom, perché io li ho chiamati un sacco di volte e non hanno fatto nulla. Ho come l'impressione che l'intera forza di polizia locale mi creda pazza.»

Non aggiungo altro, perché Sam ha posato i pastelli a cera e ci sta guardando.

«Lì dentro ci sono delle bibite e delle barrette d'avena.» dico raggiante, indicando la borsa che Tom ha in mano.

«Grazie, per pranzo ci prenderemo un hamburger o delle patatine o qualcosa sul posto.»

«Hamburger, hamburger!» Sam saltella su e giù adesso.

«Credevo che il menù sarebbe stato un po' più raffinato alla partita di cricket. Mi aspettavo dei sandwich al cetriolo.» commento con una vocina snob che fa ridacchiare Sam.

«Non proprio,» ribatte Tom, «ma di solito dopo gli hamburger servono la torta fatta in casa.» A questa frase Sam inizia a cantilenare «Torta, torta, torta», emozionato all'idea di passare una "giornata tra soli uomini" con suo papà.

Li osservo andarsene, salutandoli con la mano dalla finestra. È bello avere Tom a casa: mi è mancato, e anche a Sam.

Termino un articolo che sto scrivendo per una rivista di lifestyle e, dopo un paio d'ore, lo invio. È sempre un piacere concludere uno scritto, così mi premio con una tazza di caffè sul patio mentre mi godo la luce del sole. Ma quando accendo il cellulare, mi si rivolta lo stomaco nel vedere che Chloe ha inviato altri quattro messaggi *e* ha provato a chiamarmi. Un'ondata di nausea mi travolge.

Riluttante, apro i messaggi, temendo quello che c'è scritto. Sono spiacevoli quanto mi aspettavo, ciascuno più esigente, urgente e inquietante del precedente.

Rachel, dove sei? Ti ho chiamata. Spero tutto bene. Baci

Devo dirti una cosa su Tom. Richiamami. Baci

Rachel, c'è lì Tom? Ti ha fatto del male? Sam sta bene? Baci

Rachel, sono PREOCCUPATISSIMA per te. Per favore chiamami o almeno mandami un messaggio. PER FAVORE! Baci

Cosa diavolo ha in mente adesso?

Prendo in considerazione l'idea di inoltrarli a Tom, ma mi rendo conto che sarebbe da egoisti. È a una partita di cricket con nostro figlio, perché rovinargli la giornata? Sono solo degli sciocchi messaggi melodrammatici, Chloe sta facendo i suoi stupidi giochetti e la mancanza di una risposta da parte mia intensifica il dramma. Sta cercando di prendersi gioco di me, invece è *lei che sta sprofondando nella pazzia*. La smetterà se le rispondo solo per dirle che sto bene? Non lo so, perciò chiamo Rosa.

«Ma che cazzo?» è la frase d'apertura di Rosa quando le racconto che io e Chloe abbiamo litigato e adesso lei mi sta bombardando di messaggi come un'indemoniata.

«Oddio, Rachel! Hai fatto amicizia con la stramba del villaggio. L'unica soluzione è tornare subito a Manchester. Puoi stare nel mio appartamento, lascia Tom lì, tu e Sam vi trasferite qui. Tanto non era mai stato il tuo sogno.»

Sta scherzando, ma sapendo quali sentimenti nutre realmente per Tom, credo che stia scherzando solo a metà. Sì, è vero, vivere qui è il sogno di Tom più che il mio, però non mi ha obbligata, sono venuta qui di mia spontanea volontà. Ma Rosa è mia amica, ed è molto protettiva nei miei confronti.

«Adesso accusa mio marito di avere avuto una relazione con lei.» rivelo.

Il silenzio di Rosa la dice lunga. «Ma. Che. Cazzo?» dice infine.

«Ovviamente non ci credo.»

«A essere sincera, tesoro, nemmeno io. Tuo marito è molte cose, e mai dire mai, ma non ce lo vedo proprio a essere infedele.»

«Nemmeno io.»

«Invece *lei* fa davvero paura.»

«Lo so, ma all'inizio sembrava a posto.»

«A posto? *A posto?*»

«Sì, sembrava, non lo so... sola, gentile.» dico, sentendomi ingenua e stupida, alla disperata ricerca di un motivo per cui mi piaceva. Ripenso alla parola usata da Tom, ammaliante, ma Rosa scoppierebbe a ridere. «Sapeva anche essere divertente e aveva senso dell'umorismo.» offro come spiegazione.

«Ted Bundy aveva senso dell'umorismo.» Non ci casca nemmeno lei.

«Già, be', ho imparato una dura lezione. Chloe non è né gentile né divertente e non è una a posto. Ieri sembrava davvero una squilibrata. Sto cercando di non farmi prendere dal panico...»

«Scusa, ma secondo me *devi* farti prendere dal panico. Ha le chiavi, Rachel. Serra le porte e chiama la polizia. Subito!»

«Li chiamerà Tom, e facciamo anche cambiare tutte le serrature. Tom ha chiamato il fabbro.»

«*Finalmente* il Maggiore Tom muove il culo.» dice lei.

Ignoro la frecciatina rivolta a mio marito: è inutile difenderlo con Rosa, non cambierà mai idea su di lui.

«Quindi il fabbro sta già arrivando a casa vostra?»

«No, in realtà, Tom mi ha appena scritto. Gli ha risposto proprio adesso e dice che non può venire a cambiare le serrature fino alla prossima settimana, perché non ha pezzi compatibili in magazzino. Devono ordinarli perché le porte sono vecchie e le serrature universali non funzionano, i pezzi devono essere fabbricati appositamente.»

«Figurati se Tom non metteva anche le serrature chic.» Sembra disgustata.

«È una casa vecchia, Rosa, non è una questione di *sicccheria*!» Le voglio bene, ma a volte mi stanco di sentirla sminuire Tom.

«Be', se fossi in te, mi barricherei in quella casa con mio figlio fino all'arrivo del fabbro.»

«Ci vorranno giorni e non c'è motivo di chiuderci in casa terrorizzati.» dico nonostante sia proprio quello che voglio fare. «Credo che sia solo disperata perché vuole tornare a essere mia amica, tutto qui.» proseguo, consapevole che sto cercando di convincere me stessa tanto quanto Rosa. «Insomma, non è che si infila nel nostro letto mentre siamo fuori e si mette ad aspettare nuda sotto le coperte.»

«È *esattamente* quello che farà. *Dopo* aver bollito il tuo coniglio domestico.»

«Rosa, smettila. Adesso sei tu che mi spaventi.» Sento un brivido attraversami, immaginandola nel nostro letto, avvolta nelle nostre lenzuola. E conigli morti in tutto il giardino.

«Scommetto che è già entrata nella tua camera da letto e ha frugato tra la tua biancheria.» dice Rosa.

«Non scherzare. Ha detto di aver visto una mia foto con un abito rosso, e quella foto è appesa alla parete della nostra camera da letto; quindi, è ovvio che ha dato un'occhiata in giro.»

«Oppure l'ha detto perché vuole farti credere di essere stata nel tuo letto?»

«Forse? Ma suppongo che l'abbia vista prima ancora che io mi trasferissi qui. Era la nostra agente immobiliare, perciò aveva accesso a tutta la casa.» Mi ascolto mentre accampo scuse per difenderla, ma in realtà sto solo cercando di mantenere la calma. Al momento non c'è altra scelta, possiamo solo rimanere qui e barricarci in casa. Per evitare di impazzire, devo credere che qui siamo al sicuro per adesso, anche se in cuor mio non ne sono davvero convinta.

«Oh, cielo, immagina lei che si dimena sul tuo letto pensando a Tom. Mi fa rabbrividire.» dice Rosa. Non è d'aiuto.

«Smettila, Rosa, è raccapricciante.»

«La cosa che trovo più inquietante è che con ogni probabilità fantasticava su tuo marito anche mentre era tua amica.»

«Già, mentre *fingeva* di essere mia amica. Quando siamo andate a fare shopping, quando ha invitato me e Sam per merenda, e per tutto il tempo lei...»

«Puah, immagino! È troppo, non ci riesco.»

«Ho paura di rivederla, sarà così imbarazzante. Per fortuna oggi è sabato e non devo vederla all'asilo.»

«Sam non può andare all'asilo con Tom?»

«Sì, quando Tom è a casa, ma la prossima settimana parte di nuovo.

Stavo pensando... ti andrebbe di venire qui?»

«Ma certo che posso. Sono ancora dai miei zii, ma di sera dovrebbero cavarsela da soli.»

«Mi farebbe molto contenta, grazie, Rosa». Il mio cuore ne è sollevato. «Continuo a ripensare a quei messaggi assurdi che mi ha mandato. Non ho risposto, ma forse *dovrei*?»

«Perché?»

«Perché magari la smette se le dico "Sto bene, nessuno mi ha fatto del male, per favore smettila di scrivermi"?»

«No, no, no, *non* rispondere. Se crede di avere una linea di comunicazione aperta, continuerà. Ricorda che io so tutto sugli stalker. Bloccala.»

«Lo farei, ma ho paura che possa peggiorare le cose. Penso di doverle rispondere in qualche modo, altrimenti potrebbe usarla come una scusa per presentarsi qui a casa mia. Sai com'è fatta "Ero preoccupata per te, Rachel, perché non rispondevi"» dico imitandone la voce.

«Be', io dico che oggi è il sabato dello stalking nel mondo di Chloe. Ha solo l'imbarazzo della scelta, può perseguitare te o Tom.»

«Grazie per la rassicurazione, Rosa.» All'improvviso mi viene in mente questa immagine di Tom e Sam che guardano la partita di cricket, ignari della sua presenza in lontananza, che li osserva. Mi viene da vomitare.

30

Dopo aver parlato con Rosa, finisco di bere il caffè e controllo il cellulare. Altri *dieci* nuovi messaggi, tutti che dicono la stessa cosa: "Chiamami" oppure "Stai bene?"

E qualcosa si impadronisce di me, la rabbia prende il sopravvento sulla paura. Scavo in fondo all'armadio e ne tiro fuori una cosa che non indosso da anni: un costume da bagno. Lo indosso e, aprendo la porta finestra della stanza, mi incammino lentamente attraverso il giardino. Chloe mi spaventa, ma non quanto la piscina, e se posso guarire questa paura, di sicuro posso affrontare lei. Ma il dolore e la paura sono imprevedibili, ti afferrano per la gola quando meno te lo aspetti, e mentre apro la porta che dà sulla piscina, il sole scintilla sull'acqua azzurra, e in me si scatena il terrore.

Mi appoggio al muro del giardino, mi prendo il mio tempo, respiro e resto immobile. Riesco a sentire solo i gabbiani e il delicato movimento oscillatorio dell'acqua. *Non succederà nulla di brutto.*

Alla fine, mi siedo sul bordo della piscina. Devo respirare; se non lo faccio, un severo attacco di panico è già dietro l'angolo. Un uccello che piomba giù all'improvviso, un'ape che ronza e un devastante frammento di memoria che atterra sull'acqua piatta e brillante si prendono gioco di me, finché non posso più sopportarlo.

La mamma cammina nel mare, tenendosi nell'acqua bassa, grida e grida. L'acqua salata schizza e la luce del sole le fa male agli occhi, ma non può avvicinarsi a loro finché non li trova. Si immerge più a fondo, fino alle caviglie, alle ginocchia, poi alle cosce, sconvolta dal peso dell'acqua man mano che avanza, combattendone la forza, opponendosi alla marea, non può fermarsi finché non li avrà trovati.

Non la superi mai; semplicemente vai *avanti*. Ancora e ancora.

È quando sto da sola che compaiono i fantasmi; esistono nella mia testa e si espandono, risorgendo dalle ceneri. La piscina è uno di quei posti in cui mi trovo faccia a faccia con loro, ed è terrificante, ma so che affrontando le mie paure le supererò. Chloe non è nulla in confronto a ciò che mi è successo in passato.

Annuisco mentre guardo fisso davanti a me, deglutendo nervosamente. Sarò sempre nervosa, ma Chris, l'istruttore di nuoto di Sam, ha detto che ai nuotatori agitati consiglia non di eliminare l'ansia, ma di gestirla.

Mi ha detto di mettere i brutti ricordi in quella scatola di vimini vicino alla piscina insieme ai braccioli di Sam, che non gli servono più. Con i ricordi è lo stesso: non se ne andranno mai, ma a livello psicologico metterli da parte aiuta.

Me ne sto in piedi sul bordo della piscina; sento sotto i piedi le piastrelle del pavimento riscaldate dal sole. L'acqua è piatta e calma, e di un azzurro inverosimile dato dal cloro. E io sono pietrificata.

Trattengo il respiro; il mio cuore sembra fermarsi. Mi siedo sul bordo e permetto ai miei piedi di toccare l'acqua fredda e, nel farlo, mi si spezza il respiro.

Seduta qui, mi rendo conto che è la prima volta che mi trovo da sola vicino alla piscina. Consapevole che non c'è nessuno che possa salvarmi nel caso in cui stessi annegando, sento un brivido di paura. *Non succederà nulla di brutto.*

Questa è la mia occasione di essere forte, di andare avanti, di accettare la sfida, di essere presente per tutti, e così mi rialzo in piedi e cammino fino alla scala. Mettendo ogni cosa nella mia scatola mentale, lentamente vi ripongo ogni momento, ogni terribile secondo, poi chiudo il coperchio, e solo allora compio un primo passo da sola nella piscina.

Immersa fino alle caviglie, sono consapevole del fruscio delle foglie, sempre più giù. Ora immersa fino alla vita, sento il canto degli uccellini e il garrito dei gabbiani in lontananza. Mi concentro su di me. Sull'acqua. Sul qui e ora. Non sul dopo.

Sono da sola in un'immensa distesa di azzurro, un cielo enorme sopra di me. Il sole picchia. Resto ferma immobile, percependo l'acqua intorno a me. Sono euforica e terrorizzata allo stesso tempo. Mi sento potente ma impaurita, vittoriosa, spaventata dalla morte, ma anche viva per la prima volta in assoluto.

All'improvviso, una nuvola copre il sole, la piscina si fa grigia e una brezza increspa l'acqua. Sento uno scricchiolio di passi sui ciottoli del giardino. *Clop, clop*, i passi vanno all'unisono con i battiti del mio cuore. Adesso qualcuno sta muovendo la maniglia della porta dall'altro lato del muro.

«Tom?», chiamo. «Sei tu?»

La porta nel muro si apre piano. Sono estremamente vulnerabile in questo momento, esposta, nel bel mezzo della piscina. Nessuno sa che sono qui e non c'è nessuno pronto a salvarmi nel caso in cui la persona dall'altro lato della porta, chiunque sia, abbia intenzione di farmi del male. Tremo mentre la porta si apre; l'adrenalina e la paura ronzano attraverso il mio corpo mentre aspetto. E poi vedo i capelli biondi, il vestito blu a fantasia floreale, i tacchi. Sta piangendo, il mascara colato lungo

le guance come segni neri di pneumatici, il rossetto di un rosso
accesso sbavato sul volto.

«Rachel, perché non rispondi alle mie chiamate?»

Sto tremando sotto il sole. In piedi nel bel mezzo della piscina, d'istinto indietreggio per allontanarmi dal punto in cui si trova Chloe, ma così facendo mi sposto nell'acqua più alta. I miei piedi toccano appena il pavimento, basta un solo passo, una leggera spinta nella direzione sbagliata, e finirò sott'acqua. *Annegherò. Non so nuotare.*

Sono paralizzata dalla paura mentre lei cammina verso di me; la sua ombra scura si muove insieme a lei verso la piscina.

È in piedi sul bordo adesso, mi guarda dall'alto. «Pensavo fossimo amiche. Ecco perché ti ho detto la *verità*. Perché non mi credi?»

Non parlo, non devo farla arrabbiare. Non so cosa potrebbe fare. Non so di cosa sia capace. Se ne sta in piedi sopra di me, oscillando leggermente. Mi concentro sulle margherite del suo abito blu chiaro, la mia mente in modalità sopravvivenza e alla disperata ricerca di una via di fuga. Il tessuto leggero svolazza nella brezza che ora sta increspando l'acqua, una vena di rabbia rimpiazza il calore che provavo prima del suo arrivo.

«Perché non hai risposto ai miei messaggi?» La sua testa si inclina da un lato con aria interrogativa.

Scuoto la testa. «Ho solo bisogno di stare un po' da sola.» Continuo ad allontanarmi da lei, anche se questo significa addentrarsi nell'acqua alta. Ho paura di lei, voglio che se ne vada, ma più di tutto ho paura dell'acqua, e *devo* uscire dalla piscina. Cerco di muovermi, ma la paura mi trattiene. Le mie gambe sembrano di piombo; il peso è insopportabile. Il panico cresce rapidamente nel petto, riempiendomi come acqua.

Non so cosa fare.

Tenterò di uscire, potrei fermarmi e parlare, potrei scappare a gambe levate; ancora non lo so. Continuo a muovermi pian piano, cerco perfino di nuotare un po', ma io *non so* nuotare, e all'improvviso il buio e il silenzio mi avvolgono ed è difficile respirare. Sono scivolata sott'acqua. Il panico e la paura mi irrigidiscono gli arti; braccia e gambe sembrano come legati. La piscina mi sta inghiottendo intera.

Potrei morire qui, e Chloe starebbe a guardare.

La mia testa è piena di ricordi del passato.

Le onde sono implacabili, la corrente è violenta, non mostra pietà. Il bambino grida e chiama la sua mamma, ma il mare lo stringe tra le sue braccia ormai. Il papà chiama aiuto, ma il mare non ascolta. La mamma li guarda immobile, pietrificata dalla paura. Terrorizzata, è debole e indifesa mentre gli altri la superano, facendola quasi cadere in mare, per salvare la sua famiglia. Grida acute e schizzi frenetici. Seguiti dal terribile silenzio.

Respiro e ansimo e sputo acqua. Raggiungendo il lato della piscina, mi ci aggrappo, riprendendomi, senza sapere dove sia Chloe né se sono al sicuro, da lei o dalla piscina stessa.

Finalmente, alzo piano lo sguardo: non la vedo. Se n'è andata? O apparirà nell'acqua all'improvviso e si avventerà su di me come nel film *Lo Squalo*? Riesco quasi a sentire la lenta musica martellante mentre nuota invisibile sott'acqua, con la piscina che asseconda i suoi desideri, la nasconde.

Ma non c'è nulla. Nulla tranne il silenzio.

Poi la vedo, l'ombra sull'acqua; è in piedi sopra di me.

«Rachel, devo parlarti.» dice. «Perché mi eviti?» L'espressione sul suo volto è di confusione e frustrazione. È come se stesse lì a farmi la guardia.

Se cerco di uscire, mi spingerà di nuovo in acqua?

Chloe non parla, continua a fissarmi dall'alto come se fossi un raro esemplare che ha appena scoperto in una piscina naturale.

«Mi lasci uscire?»

Si stringe nelle spalle. «Solo se ascolterai quello che ho da dirti.»

«Sì, promesso.»

Sembra rifletterci su per un attimo e poi, annuendo, indietreggia lentamente.

«Devo raccontarti tutto.» dice.

Precipito nello sconforto; non voglio più ascoltare le sue storie assurde. Ma credo che in questo modo mi lascerà uscire dalla piscina e, ancora aggrappata al lato, inizio a muovermi verso i gradini. Mi spingo attraverso l'acqua e, quando finalmente sento di essere vicina, allungo una mano per afferrare la ringhiera di metallo della scala.

Il sollievo mi inonda, finché Chloe non grida «No, Rachel!» facendomi sussultare.

Stringo forte la ringhiera di metallo, in procinto di tirarmi su, ma lei si china, il suo volto a un centimetro dal mio.

«Non. Ancora.» dice sottovoce.

«Per favore.» Lascio andare la ringhiera di metallo, la mia ancora. Ora sto galleggiando, arresa all'acqua contro la mia volontà.

«No. Possiamo parlare mentre sei lì dentro, non voglio che scappi.»

Il mio cuore sprofonda, giù, giù, sempre più giù in fondo alla piscina.

«Chloe, non posso. Lo sai che non sono a mio agio in acqua.» Sto cercando di non entrare nel panico.

«Lo so, sono rimasta sorpresa nel vederti attraversare in giardino ed entrare qui.»

Mi stava osservando. Era qui da tempo.

Sono arrabbiata ma anche spaventata. Tento di muovermi lungo il bordo per tornare alla ringhiera di metallo e ai gradini, ma Chloe cammina insieme a me, come se si stesse preparando a bloccarmi se cercassi di uscire.

«Ho *bisogno* di uscire!» insisto.

«Non mi fido di te. Credo che scapperai prima che possa dire quello che sono venuta a dirti. È per il tuo bene, Rachel.»

«Non riesco a concentrarmi su quello che mi devi dire finché sono qua dentro. Ho paura e potrebbe venirmi un attacco di panico.»

Dopo averci riflettuto, Chloe si guarda intorno e, con mio grande sollievo, annuisce e indietreggia.

Mi muovo in fretta prima che cambi idea e mi tiro fuori dall'acqua.

Una volta sulla terraferma, mi allontano alla svelta dalla piscina e prendo un asciugamano.

In pochi secondi Chloe si porta al mio fianco.

«Devi credere a quello che sto per dirti. Non sono pazza.» mi afferra per il braccio, e io rimango colpita dalla sua forza.

«Chloe, perché lo stai facendo?» Allarmata, cerco di divincolarmi, ma lei stringe ancora più forte. «Mi stai facendo male, le amiche non si fanno del male!» esclamo, mostrando dolore più che rabbia, e a quanto pare la cosa la fa subito addolcire.

«Scusa, non voglio farti del male, ma *qualcun altro* sì.» dice in tono serio, stringendo ancora la parte morbida e carnosa del mio braccio, con le unghie che scavano. Mi sento debole, incapace di divincolarmi; la paura dell'acqua mi ha prosciugata.

«*Lasciami* andare!» Mi sto contorcendo dal dolore, nel disperato tentativo di sottrarmi alla sua presa, quando a un tratto si sente bussare alla porta e poi un urlo provenire da dietro la porta nel muro.

«FAMMI ENTRARE, SUBITO!»

Mi volto. «Rosa? AIUTO, Chloe è qui!»

«Merda.» sento Rosa borbottare ad alta voce.

Mi volto di nuovo verso Chloe, che è ancora aggrappata a me con le unghie come una patella. «Hai chiuso a chiave la porta?»

«No... *Non* l'ho chiusa a chiave.» Mi spinge e io atterro con un tonfo sul pavimento piastrellato, gemendo mentre un dolore lancinante si diffonde dalla caviglia al polpaccio. Per alcuni istanti rimango disorientata, da terra riesco a vedere solo i piedi di Chloe che scappano, correndo a gran velocità verso il muro dal lato opposto, poi i piedi di Rosa avvolti nei sandali che mi passano accanto a passi pesanti.

Rosa deve aver scavalcato il muro di due metri. Ma Chloe è veloce e adesso sta cercando di arrampicarsi su per il muro dal lato opposto della piscina. Conduce ad altri giardini e, se Rosa non la afferra, Chloe potrebbe andare ovunque, ma la mia amica le sta alle calcagna.

«Stai bene, Rachel?» grida alle proprie spalle.

«Sì.» riesco a dire mentre lei continua a inseguire Chloe, che adesso si sta aggrappando all'edera in preda a un pianto isterico. Sta disperatamente cercando di usare i rami attorcigliati come una corda. Sarà anche forte, ma è minuta. Rosa è più alta di una trentina di centimetri e pesa dieci chili in più, ed era una giocatrice di rugby. Dalla mia posizione prona, la incoraggio in silenzio mentre placca Chloe come se fosse nel campo di gioco.

«Cosa *cazzo* ci fai tu qui?» Rosa la insegue, la testa bassa come un toro, e mentre Chloe grida, lei la colpisce forte sulla schiena con la testa. Questa mossa fa cadere Chloe dal muro con un tonfo. All'improvviso, tutto si ferma: Chloe è distesa a terra, Rosa in piedi sopra di lei, ansimante. Per un istante penso che possa essere morta e il mio cuore inizia a martellare nella gabbia toracica, ma poi a un tratto si alza, come l'assassino in un film horror. Chloe sembra avere qualità sovraumane che la rendono invulnerabile.

Cerco di muovermi per aiutare Rosa a tenerla ferma, ma un dolore acuto mi impedisce di appoggiare un braccio per fare leva, e così cado all'indietro.

«Non ti permetto di rovinare la vita alla mia amica!» grida Rosa, ora aggrappata a Chloe, che si dimena, ruggendo come un animale dolorante.

«È questo che volevi, una *rissa*?» Rosa le si avvicina faccia a faccia. «Pensavi di poter fare del male alla mia amica, non è vero? Beh, hai scelto la persona sbagliata, bulletta perfida che non sei altro.» dice a denti stretti. «Credi che sia giusto rovinarle la vita? Hai una vaga idea di quello che le stai facendo passare?»

Ora Chloe sta scalciando e la colpisce forte sulla tibia. Rosa geme, ma tiene la mano intorno al suo collo. Chloe si dimena, scaglia le braccia contro Rosa, che la tiene ben ferma mentre l'altra graffia, sputa e impreca. Chloe è un'implacabile lottatrice; è piccola e minuta ma usa le unghie e adesso anche i denti, perché dà un morso al braccio di Rosa.

«Maledetta *stronza*!» grida Rosa e d'istinto lascia la presa mentre il sangue inizia a zampillare dal suo braccio. «Chiama la polizia!» grida rivolta a me, ma io mi sto già muovendo verso uno dei lettini, dove riesco a sollevarmi e alzarmi. Riesco a malapena a stare in piedi, il dolore si irradia in tutto il lato sinistro del mio copro, dalla spalla fino alla caviglia. E non riesco ancora a raggiungere il cellulare, che è al lato della piscina, nel punto in cui l'avevo lasciato prima di iniziare la mia nuotata.

Barcollo al rallentatore verso la vasca e finalmente riesco ad afferrare il telefono. Ma proprio mentre lo sto per prendere, sento un tuffo sonoro. Le due finiscono in piscina con un forte tonfo e io non vedo altro che acqua, e gambe, braccia e paura. Sento le grida di dolore e di panico. Due teste urlanti che riaffiorano disperate per prendere aria, ma la lotta continua. Rosa, che è più grande e più forte, sta cercando di spingere Chloe sott'acqua, ma la primordiale paura della morte induce la minuta Chloe a continuare a combattere, a respirare. Non posso guardare, devo voltarmi, e tutto a un tratto sono di nuovo lì.

È solo dopo un po' di tempo che riesco a staccarmi dal passato. Tutto tace adesso, niente grida né lotte né paura, solo il familiare e terribile silenzio del "dopo".

32

Rosa è distesa sulle piastrelle. Non la vedo muoversi, ma mi concentro sulla piscina, le sue acque turchesi scintillano, qualcosa galleggia in superficie. Tessuto blu a fantasia floreale. Il vestito di Chloe. Riesco a trascinarmi intorno alla piscina; senza dubbio ho una caviglia slogata e il dolore si irradia dalla pianta del piede fino a tutta la gamba.

«Rosa, stai bene?» grido mentre mi avvicino al punto in cui è distesa in una pozza d'acqua sul duro pavimento piastrellato. «Rosa?» grido più forte, incapace di guardare di nuovo verso la piscina. Nella mia mente vedo il corpo senza vita di Chloe nell'acqua.

Con mio grande sollievo, Rosa si risveglia mentre mi avvicino e, aprendo gli occhi, si stiracchia come se si fosse appena svegliata da un lungo sonno.

«Ehi, quella stronza mi ha *morso*!»

«Sono contenta che tu sia riuscita a tirarti fuori dall'acqua.» dico, sentendomi in colpa per non essere riuscita ad aiutarla.

Mi volto per guardare la piscina. Gli occhi di Rosa seguono i miei e, quando si posano sul tessuto sgualcito, sbianca in volto.

«Merda, è...?»

«Non lo so. Non so nemmeno cosa sia successo, ma accidenti se ha lottato.»

Ci aiutiamo a vicenda per alzarci e, poiché il mio piede non riesce a reggere il peso del mio corpo, devo appoggiarmi a un lettino mentre Rosa fa qualche passo verso la piscina, chiamando il nome di Chloe. Si volta verso di me e scuote la testa. «Nessuna traccia di lei.» dice, chiaramente sollevata.

«Grazie al cielo!» Il sollievo mi pervade, e io mi siedo sul lettino prima di cadere per il dolore e lo shock. «Ha lasciato lì il vestito per farci credere che fosse annegata?» chiedo a Rosa quando torna verso di me.

«Ricordo di averglielo strappato mentre mi mordeva e mi graffiava. Dev'essersi sfilato e dev'essere finito in piscina.» Si volta verso quel che rimane del vestito blu a fantasia floreale. «Adesso starà correndo per strada da qualche parte con solo l'intimo addosso.» dice, ridendo.

Io non sono forte come Rosa, e non sono ancora pronta a ridere. «Grazie al cielo eri qui.»

«Già, quando ci siamo sentite al telefono, ho avuto questa *sensazione*. Non so spiegarlo, ma dopo quello che mi hai raccontato su di lei... È evidente che sia una squilibrata e sapeva che eri da sola...» Mi guarda. «Oh, tesoro, mi dispiace per quello che hai passato.»

«È orribile, credi di conoscere una persona...»

«Già. È quello che ho vissuto io con Dan, ed è stato proprio questo a mettermi in allerta oggi. Quanto mi fa arrabbiare che una persona possa fare questo a un'altra. Anche se non è lì a spiarti nell'ombra, è come se lo fosse, perché ti riempie la testa.»

«Rabbrividisco al pensiero di quello che sarebbe potuto succedere se non fossi arrivata tu. Avrebbe potuto spingermi in acqua, e molto probabilmente sarei annegata.» Lancio un'occhiata alla piscina, la potenziale arma del delitto.

«Beh, credo proprio che adesso l'abbiamo spaventata. Speriamo sia la fine di questa storia.»

Mi aiuta ad attraversare il giardino, mi fa da supporto; riesco a malapena a camminare e il dolore è tremendo.

Quando torniamo in cucina, Rosa mi aiuta a mettermi seduta e dà un'occhiata alla mia caviglia con il suo occhio da infermiera.

«È dolorosa, ma è solo una slogatura.» annuncia, dirigendosi verso il cassetto dove teniamo il kit di primo soccorso. «Devi tenerla a riposo per qualche giorno, non appoggiarci il peso.»

«Non solo sei il mio cavaliere senza macchia e senza paura che uccide i draghi, ma hai anche una formazione medica. È stato l'universo a mandarti da me.»

Alza gli occhi al cielo. «Certo, allora chiederesti all'universo di mandare qualcuno anche a me, alto, moro, bellissimo e muscoloso, per favore?»

Mi sta fasciando il piede quando la porta si apre e sento la voce di Tom che parla a Sam.

«Ehi, ragazzi. Siamo qui. Siete tornati prima?» dico a voce alta perché mi sentano dal corridoio.

«Sam si è annoiato e fa caldo là fuori.» risponde Tom mentre si tolgono le scarpe. «Ho pensato fosse meglio limitare i danni prima che la situazione degenerasse.» dice mentre entra dalla porta. Il suo viso si incupisce un po' quando vede Rosa, che con discrezione sparisce in bagno, ma si riprende e subito si interessa alla mia caviglia.

«Non posso dire molto.» dico, lanciando un'occhiata in direzione di Sam, per fargli capire che non è una conversazione da affrontare in sua presenza.

«Oh?» Sembra preoccupato adesso. «Andiamo, campione, accendiamo la TV.» dice, accompagnandolo in fretta fuori dalla stanza prima che possa vedere la mia caviglia bendata. «La mamma la vedi dopo, adesso è occupata.»

Sam non ha mai bisogno di farsi convincere a guardare la TV, e Tom torna presto in cucina da solo.

«Chloe è stata qui», inizio a spiegare. «Rosa si è liberata di lei, è stata bravissima.» Rosa rientra in cucina e io le sorrido, ma lei scuote la testa con noncuranza.

Tom non sembra propenso ad ascoltare quanto sia eccezionale la mia amica; forse si sente in colpa perché non era presente? Forse avrebbe voluto essere lui a "salvarmi"?

«Quindi ti ha fatto del male?»

«Mi ha spinta e sono finita a terra. È così che mi sono fatta male.»

«Merda.» borbotta, abbassando lo sguardo sulla mia gamba.

«Hai chiamato la polizia?» chiede.

«No, tanto non farebbero nulla...»

«Te l'ho detto, Rachel, devi tenere la polizia al corrente.» Prende il cellulare e chiama, fornendo tutti i dettagli. «Sì, mia moglie vi ha già chiamati per questa questione.» dice irritato, ma alla fine viene liquidato e si rinfila il telefono in tasca.

«Te l'ho detto, non fanno niente.»

«No, ma dobbiamo raccogliere prove contro di lei,» mormora, «e dobbiamo denunciare tutto. Non posso tornare al lavoro se sei in questo stato.» dice. «Non riesci a camminare. E con Chloe a piede libero e la polizia che non è molto d'aiuto, non credo tu abbia molte speranze se decidesse di fare un'altra visita inaspettata.»

«Non partirai prima della prossima settimana, guarirò in pochi giorni.» insisto.

Rosa scuote la testa, dubbiosa. «Riuscirai a camminare, ma ci vorranno un paio di settimane prima di essere completamente guarita, e in grado di correre.» Esita, so che non vuole spaventarmi. «Insomma, Rachel, potrebbe essere necessario mettersi a correre: devi pensare a Sam. Voglio dire, se lei dovesse...»

«Okay,» interviene Tom, «farò meglio a chiamare al lavoro e avvisarli.»

«Aspetta.» Rosa alza una mano come se avesse la risposta. «Non devi rinunciare a tornare al lavoro, Tom. Potrei venire io qui di sera, se a te va bene.»

«No, non è necessario.» dice con il tono di voce ufficiale che usa sempre quando pensa che le persone stiano dicendo stupidaggini.

«No, *davvero*, posso farlo. Devo stare con i miei zii durante il giorno, ma potrei farli cenare intorno alle sette, poi si mettono a guardare la TV e vanno a letto da soli. Posso venire di sera, poi mi basterà partire da qui verso le sette di mattina per arrivare in tempo per svegliarli...»

«Sarebbe fantastico.» dico.

«Sì, sarebbe d'aiuto.» concede Tom, riluttante. «Ma durante il giorno?»

«Non voglio spaventarvi, ragazzi, ma ho vissuto con uno stalker. Se Chloe avrà intenzione di tornare, lo farà quando è buio.» dice a bassa voce per non farsi sentire da Sam.

«Beh, a quanto pare non ha una copia del Manuale dello Stalker, visto che si è presentata qui alla luce del giorno.» la contraddice Tom.

Rosa ignora il suo sarcasmo, mi guarda e, escludendolo dalla conversazione, dice «Rachel, l'offerta è valida. Posso stare con te ogni notte che lui sarà via, devi solo dirmelo, okay?» Una volta finito di bendare la mia caviglia, si alza in piedi. «Ora vi lascio, ho detto a mio zio che sarei tornata presto e avrei dovuto essere da loro» - dà un'occhiata all'orologio - «circa un'ora fa.»

«Sì, devi andare. Grazie di tutto, tesoro.» dico, accarezzandole il braccio.

Rosa si china e mi abbraccia. «Sono qui per te, ricordatelo.» dice, rimettendosi dritta e ignorando Tom, che borbotta «Grazie.» e se ne sta lì ad aspettare che se ne vada.

«Potevi anche darlo un po' meno a vedere.» dico dopo che se n'è andata. «Perché devi sempre essere così scontroso con Rosa? Non ti ha mai fatto nulla di male.»

Si stringe nelle spalle. «Come *vuoi* che mi comporti? Avresti voluto che mi inchinassi al suo cospetto?»

«Non essere stupido, sai cosa intendo. Ne abbiamo già parlato tantissime volte, è una cosa... scortese!» sbotto.

«È lei quella scortese.» ribatte lui, dimostrando che ho ragione.

«Vorrei solo che tu fossi un po' più gentile, anche solo per me.»

«L'ho accompagnata alla porta.»

«Sì, grazie per averlo fatto, ma era ovvio che non fossi spinto dalla gentilezza. Non vedevi l'ora che si togliesse dai piedi. Avresti voluto cacciarla fuori dalla porta, ne sono certa.»

«Era così evidente?» scherza.

«Sei un bambino, Tom.» dico, cercando di non essere arrabbiata, ricordandomi che è appena tornato a casa e io devo essere gentile. «Cerca solo di essere carino con lei la prossima volta, puoi farlo per me?»

«Non prometto nulla. È così saccente.»

«Beh, conosce tante cose, è un'infermiera qualificata, e se la giornata di oggi ci ha insegnato qualcosa è che è anche un'ottima lottatrice.»

«Chloe non è esattamente Mike Tyson.»

È evidente che Tom si senta in qualche modo minacciato da Rosa, perciò deve sminuirla.

«Beh, io sono rimasta colpita e ho intenzione di accettare la sua offerta di stare qui quando tu non ci sei.»

«La scelta è tua, ma posso sempre disdire il lavoro.»

«Abbiamo bisogno di soldi. Io e Sam ce la *caveremo*.» dico, fingendo sicurezza. Ma dentro di me sono distrutta, e la mia mente è piena di pensieri di morte e annegamento, e del tessuto blu a fiori che galleggia sulla superficie della tanto temuta piscina.

La mamma non sente altro che le grida della gente, che la

trascina indietro nell'acqua. Sta cercando di raggiungerli ma non ci riesce: sono troppo lontani, le mani che spuntano dall'acqua e cercano disperatamente la salvezza. Sente il suo bambino urlare in cerca della sua mamma. Lo sente ancora adesso. Lo sentirà per sempre.

33

È passato qualche giorno dalla visita di Chloe e non ho più avuto sue notizie. Da una parte mi sento sollevata, dall'altra mi chiedo con preoccupazione se il suo allontanamento non sia il preludio di qualcosa di più grande, più tragico. Tom ha rimandato la partenza per il lavoro di un paio di giorni, così è nei paraggi in caso di problemi. Lunedì e martedì ha portato lui Sam all'asilo, ma ha detto che non c'era traccia di Chloe. Emily è stata accompagnata da una donna anziana, suppongo la mamma di Chloe. Quindi Chloe sta evitando l'asilo e anche me? Ha finalmente lasciato perdere, o sta solo aspettando?

Tom ha dovuto riprendere a lavorare oggi, questa volta a Newcastle; si tratta di un viaggio in auto di almeno sette ore, eppure dice che tornerà a casa se avrò bisogno di lui. Ma ci sarà Rosa qui, perciò staremo bene, o almeno spero.

Questa mattina Tom è partito presto e Rosa arriverà questa sera, dopo aver sistemato i suoi zii, e dopo che io avrò messo Sam a letto.

Spero che Chloe si sia allontanata per un po'. Una volta ha menzionato un'amica a Jersey; magari sta trascorrendo del tempo con lei? Spero di sì, ma nei recessi della mia mente trovo difficile credere che se ne sia semplicemente andata; è troppo intensa, troppo ossessiva.

E io sono stata stupida; pensavo fossimo amiche e ho condiviso troppo con lei.

Come mi ha fatto notare Rosa ieri al telefono, «Le hai raccontato *tutto*. Conosce la tua routine, e sa quando Tom è via. Potrebbe aver aspettato che se ne andasse per rientrare nella tua vita. Ma non finché ci sono io!»

Rosa è il supporto di cui ho bisogno in questo momento, e questa mattina mi chiama subito dopo la partenza di Tom. «Stai bene? Nulla da segnalare?»

«No, agente,» scherzo, «se n'è andato solo da sette minuti.»

«Possono succedere un sacco di cose in sette minuti.» dice lei. Sta scherzando, ma ha ragione, e io chiudo a chiave la grande porta a vetri della cucina, che di solito lascio aperta per far entrare aria fresca.

Apprezzo l'atteggiamento protettivo della mia amica. Tom dice che lei esagera, ma è mossa da buone intenzioni. Era nell'esercito - è lì che ha studiato da infermiera – e a volte penso che le manchi il brivido della vita militare, e quello che io trovo minaccioso e terrificante, lei lo vede come una sfida. Spero solo che non debba usare nessuna delle sue abilità da addestramento militare nelle prossime due settimane mentre Tom è via.

Anche lui è preoccupato. Prima di partire questa mattina, si è offerto di chiamare al lavoro e darsi malato.

«Ce la caveremo.» ho provato a rassicurarlo.

«Va bene, ma non avere paura di chiedere aiuto. Anzi, una delle altre mamme si è offerta di portare Sam all'asilo e andare a riprenderlo.» ha detto. «Ho chiacchierato un po' con lei quando sono andato a riprendere Sam l'altro giorno. Se avvisiamo l'asilo, le permetteranno di prelevarlo in nostra assenza.»

«È gentile da parte sua, ma il mio piede va molto meglio adesso. Se non lo sforzo troppo, dovrei riuscire ad accompagnare Sam e riportarlo a casa a piedi piano piano.»

«Be', ho solo pensato di farti sapere che c'è qualcuno disposto ad aiutarci nel caso avessi problemi alla caviglia... o di altro tipo.» Sappiamo entrambi a cosa si riferiva.

«Quale mamma è?» Non riuscivo a immaginare nessuna mamma dell'asilo preoccuparsi per me, a malapena mi conoscono.

«Non ricordo il suo nome, me l'ha scritto su un pezzo di carta, aspetta.» Ha frugato nella tasca dei suoi jeans. «Eccola, è Jennifer, e qui c'è il suo numero. Ha detto di chiamarla se hai bisogno di qualcosa.»

Ho guardato il pezzetto di carta che mi ha dato in mano e ho visto il nome e il numero scarabocchiati sopra. «Jennifer?» Ho immaginato la donna sprezzante che a quanto pare mi sorprende sempre in uno stato di angoscia, o di ubriachezza.

«Sì, ha detto che non vive molto lontano da noi, sarebbe felice di aiutare.»

«Era amica di Chloe, andavano a scuola insieme.» ho detto, guardando il foglietto di carta.

«Ah, davvero? Sono ancora amiche?» Tom sembrava preoccupato.

«Tutt'altro, da quello che mi ha raccontato Chloe.»

«Oh... Be', è curioso, non sembrava sorpresa quando le ho detto che hai avuto dei problemi con lei.»

«Non le hai raccontato di Chloe, vero?»

Ha assunto un'aria un po' colpevole. «Più che altro ho parlato della tua caviglia, ma sì, le ho detto che Chloe si è legata molto a te e la cosa sembrava un po'... strana.»

«Oh, avrei preferito che non ne avessi fatto parola. Non voglio che tutti all'asilo sappiano i fatti nostri.»

«Sono d'accordo, ma a essere sincero, Rachel, credo che a questo punto più persone lo sanno e più si prenderanno cura di te quando io non ci sono. È una brava donna e sembrava preoccupata per te.»

«Davvero? Gentile da parte sua.» ho detto, cercando di non sembrare sarcastica. Volevo buttare il foglietto nel cestino.

Dovrà gelare l'infermo prima che io chiami quella donna crudele per chiedere aiuto.

Questa mattina ho accompagnato Sam all'asilo per la prima volta dall'incidente in piscina. È stato un vero sollievo non vedere Chloe, ma ora, mentre cammino per andare a riprendere Sam, mi sento piuttosto nervosa. Me ne sto al sicuro vicino alla cancellata in attesa del suono della campanella, segno che possiamo entrare nella scuola a prendere i nostri figli. Più di ogni altra cosa oggi voglio solo prendere il mio bambino e portarlo a casa sano e salvo. Mi guardo intorno nell'area giochi verso i gruppetti di genitori, alcuni grandi, altri piccoli, alcuni da soli come me, ed è allora che la vedo. Un sussulto mi attraversa il corpo quando ci guardiamo dritte negli occhi; mi fissa così intensamente che subito distolgo lo sguardo. Nei pochi minuti che precedono il suono della campanella, non guardo nella sua direzione, ma con la coda dell'occhio riesco a percepire il suo sguardo fisso che mi trafigge. Al suono della campanella, aspetto un momento finché lei non entra nella scuola prima di incamminarmi nella stessa direzione, pregando che non cerchi di interagire con me.

«Mamma, guarda cosa mi ha dato Emily.» grida Sam non appena metto piede in classe. Sta correndo verso di me con una scatola di Lego piuttosto voluminosa. Mi sforzo di sorridere, ma sembra più una smorfia. Ci sta guardando? Non oso voltarmi per vedere.

«È molto gentile da parte sua,» dico, «ma è un *grande* regalo, e non è né il tuo compleanno né Natale, quindi credo che dovremmo gentilmente restituirlo.»

Il suo labbro inferiore si piega all'ingiù, il mento inizia a tremolare e il mio cuore si spezza. «Ma mamma, lei me l'ha *dato,* è un regalo. È *mio!*» La sua voce cela la minaccia di un piagnisteo, il segnale d'allarme di un capriccio in arrivo, che ha come effetto quello di attirare l'attenzione degli altri genitori. Comunica a tutti che questo bambino sta per esplodere. Non mi guardo intorno, ma sono certa che tutti quanti buttano discretamente l'occhio, segretamente contenti che non si tratti del proprio figlio. Si dice che ognuno sceglie le proprie battaglie, e togliere il gioco a un bambino in un luogo pubblico raramente è il momento giusto per scegliere questa specifica battaglia. Ma questa non è solo una costosa scatola di Lego, è molto di più.

«No, Sam, mi dispiace,» inizio a dire, «dobbiamo restituirlo a Emily.»

«NO, MIO!» grida lui, stringendo la scatola al petto con aria di sfida, l'apertura delle sue braccia a malapena sufficiente a circondarla.

Per un attimo me ne sto lì in piedi sentendomi del tutto persa. *Come gestire questa situazione?* Per chiunque intorno a me, questo sembra un regalo generoso che dovrei apprezzare, non confiscare. Ma io so che i Lego non sono un regalo di Emily per Sam; è un ramoscello d'ulivo che Chloe porge a me. E permettendo a Sam di accettarlo, potrei essere costretta a farla rientrare nella mia vita.

Perciò mi concentro, raccolgo il coraggio e mi inginocchio all'altezza di Sam. «Puoi comportarti da bimbo grande e dare il regalo a Iris, così lo può restituire a Emily, per favore?» Cerco con delicatezza di tirare a me la scatola, e per un attimo Sam la lascia quasi andare. Ma poi capisce cosa sta succedendo e grida «NO, MAMMA, ti preeeeeeego. Ti prego, mamma, non portarmi via i miei Lego!»

Questa frase mi spezza il cuore, e ora tutti stanno guardando lo spettacolo. I genitori interrompono le loro chiacchierate a metà, tengono i loro figli per mano e se ne stanno lì a guardarci, mentre le maestre fissano a bocca aperta una madre che cerca di strappare dalle mani del proprio figlio un regalo tanto desiderato. Tutti amano guardare una scena di pessima educazione da parte di un genitore per sentirsi meglio, soprattutto gli altri genitori. Vorrei tanto metterli tutti a sedere e spiegare, ma ovviamente non posso, e così inizio a lottare con mio figlio per i Lego. Sto cercando di prendere la scatola con gentilezza mentre lo corrompo a bassa voce, fin troppo consapevole che Jennifer e le sue amiche ci stanno fissando e radunando i propri figli con fare protettivo. Spero solo che Chloe se ne sia già andata.

Mi resta un ultimo tentativo e opto per l'approccio assertivo. «Tesoro, dai la scatola alla mamma.» dico con fermezza, a denti stretti. Ho letto da qualche parte che esiste un tono di voce perfetto per far obbedire un bambino, e io punto proprio a quello. Ma mio figlio continua a scuotere la testa e a stringere la scatola. È evidente che il tono non era quello giusto e, cosa peggiore, adesso Sam sta piangendo. Un pianto acuto e lamentoso.

Mi chino in avanti e gli sussurro all'orecchio «Se dai la scatola alla mamma, andiamo subito a casa e ordiamo gli stessi identici Lego e li facciamo arrivare per posta domani.» Sono consapevole che, nella disperazione, sto contravvenendo a tutto ciò che c'è scritto nei libri sulla genitorialità. Sto premiando il suo cattivo comportamento, ma in effetti, chi è dei due quello che si sta comportando male?

Sam rifiuta la mia offerta finale, senza dubbio riconoscendone l'ipocrisia, e adesso si lascia andare a un vero e proprio pianto disperato. Mi guardo intorno implorante in cerca di un aiuto o un'ispirazione. Ma non c'è nulla; mi dico che sono io il genitore, devo prendere il controllo di questa situazione. E così, con tutta la mia forza, gli strappo la scatola dalle mani, la appoggio su un tavolo lì vicino e lo prendo in braccio per andare via. Sam continua a strillare, scalciare e gridare, e urla «Lasciami andare» mentre irrigidisce il corpo. Non mi resta altra scelta che camminare attraverso la folla di genitori che mi guardano a bocca spalancata e dirigermi a casa.

La breve camminata è una tortura mentre Sam singhiozza forte, accusandomi di aver "rubato" i suoi Lego, ma quando all'improvviso si lancia in mezzo alla strada verso un'auto che arriva di corsa, sono io quella che si mette a urlare. Lo rincorro, mettendomi d'istinto tra lui e la macchina, che frena con uno stridio.

«Sam! Sam!» grido tra le lacrime di terrore mentre l'autista mi fulmina con lo sguardo. Jennifer! Se ne sta lì seduta, i suoi occhi mi trafiggono mentre scuote la sua costosissima chioma di colpi di sole e mi giudica. Voglio morire. Non riesco a guardarla. Scoppio a piangere e prendo Sam in braccio. Tenendolo stretto a me, corro a casa, pregando che Chloe non mi stia seguendo.

34

«Che grandissima stronza» dice Rosa più tardi quando, davanti a un bicchiere di vino, le racconto il mio pomeriggio: di Chloe che mi fissava e dell'occhiata giudicante che Jennifer mi ha lanciato dall'alto della sua macchina costosa.

È arrivata poco dopo le otto, quando Sam era già lavato e a letto, e nonostante siano passate ore dall'orribile incidente all'asilo, sento ancora tutta la vergogna e l'imbarazzo. Rosa ha ascoltato con attenzione il mio racconto, ed essendo il tipo di amica che è sempre dalla tua parte, anche quando sei nel torto, ha piegato le labbra in una smorfia rivolta a Chloe e ha sviluppato un'istantanea antipatia nei confronti di Jennifer senza nemmeno conoscerla.

«Non credo sia una stronza, credo solo che se ne stia sempre un po' in disparte, sai, a osservare.»

«Conosco il tipo.»

«A quanto pare, all'asilo ha chiesto a Tom dove fossi, e quando lui le ha detto della mia caviglia e del fatto che sarebbe partito per lavoro, si è offerta di andare a prendere Sam all'asilo se avessi avuto bisogno di aiuto.»

«Bel colpo, Tom. Perché non ha semplicemente scritto un

post su Facebook per dire a tutti che sarebbe partito e tu saresti rimasta qui da sola e indifesa con una caviglia slogata?» Alza gli occhi al cielo.

«Be', *tutti* non sono il problema. Il problema è Chloe, e lei già sa che Tom non c'è perché gliel'ho detto io, da brava idiota quale sono.»

«Non potevi saperlo,» mi consola, «ma sì, scommetto che appesa alla parete del suo appartamento ha una lavagna dove si annota tutti i vostri spostamenti.»

«Non mi sorprenderebbe; non mi sorprende più niente quando si tratta di Chloe. A quanto pare, Jennifer le ha rubato il fidanzato quando erano adolescenti e lei non l'ha mai perdonata.»

«Dubito che Chloe perdoni mai qualcuno. E visto che sono "ex socie", non raccontare nulla nemmeno a questa Jennifer. Potrebbe arrivare subito all'orecchio di quella pazza di Chloe.»

«Va bene, Detective, non lo farò.» rispondo con un risolino.

«Se dovessi prendere Chloe come esempio, non dovrei fidarmi di *nessuno* in questo paesino. Anzi, non mi fido di nessuno, ora che ci penso.»

«Wow.» Sorrido a sentire questa frase.

«Davvero, non mi fido. Mi fidavo di Dan, pensavo fosse la cosa migliore che mi fosse mai capitata, invece mi ha mentito, mi ha manipolata con il love bombing e... è stato solo quando mi ha puntato un coltello alla gola che mi sono resa conto di quanto sia stata stupida a fidarmi di lui.»

«Mi dispiace, Rosa, ho spostato tutta l'attenzione su di me e i miei problemi, ma tu stai ancora affrontando i tuoi.»

Rabbrividisce visibilmente. «Non ricordarmelo, mi sto ancora riprendendo. Ironico, non trovi? Sono sopravvissuta all'esercito, e poi mi viene il disturbo post-traumatico da stress dopo qualche appuntamento con un tizio conosciuto online.»

Restiamo sedute in silenzio per alcuni istanti, entrambe riflettiamo sulla questione. Egoisticamente spero che la mia esperienza sia finita adesso e che non dovrò vivere quello che ha vissuto Rosa.

«Vorrei solo che lo trovassero, ma fino a quel momento, la tua situazione mi aiuta a distrarmi.» dice con un sospiro. «Invece di camminare lungo una strada tranquilla pensando che i passi che sento dietro di me siano di Dan, ora penso che siano di Chloe.»

«Scegli: il tuo stalker o il mio?» È una battuta stupida e nessuna delle due ride, ma alziamo gli occhi al cielo e poi torniamo a fissare il vuoto, le nostre vite rovinate dalle persone che sostengono di amarci.

«Cosa diavolo vuole Chloe?»

Faccio spallucce. «Me lo chiedo anch'io. Vuole Tom, o vuole me?»

«Forse vuole la tua *vita*, incluso Tom, la casa... e Sam?» Lo propone come un'ipotesi, ma so che è il suo modo gentile di avvertirmi cercando di non spaventarmi.

Annuisco lentamente, ripensando al modo familiare in cui Chloe è entrata in casa nostra, come se vivesse qui. «Se *davvero* vuole Tom, o Sam, allora nella sua mente contorta forse vuole prendere il *mio* posto per poterli avere per sé?»

Ci guardiamo, e nei suoi occhi scorgo qualcosa che assomiglia alla paura. Mi mette i brividi.

«Qualsiasi cosa voglia Chloe, non l'avrà.» dice lei, versando un altro bicchiere di vino per entrambe. «Ti chiedi mai perché sei qui, Rachel?» domanda. «Hai passato un brutto periodo con la perdita di tuo papà, hai rinunciato alle tue radici trasferendoti qui per Tom, e adesso che tu sei qui, lui lavora lontano e una donna arrivata dal nulla ti perseguita.»

«Io non la vedo così.» ribatto, irritata perché ha ragione. Capisco cosa vuole dirmi.

«Comunque, avete cambiato le serrature alla fine?» Beve un sorso di vino.

Scuoto la testa. «Non ancora. Il tizio le ha ordinate, ma arrivano dalla Francia e Tom dice che ci vorrà del tempo a causa di alcuni problemi legati alla Brexit.»

Rosa sembra preoccupata. «Spero arrivino presto. Non credo tu voglia che Chloe si presenti qui e provi a usare il mazzo che ha.»

«Il punto è che, anche ammesso che le abbia restituite a Tom, potrebbe comunque averne fatto una copia.» dico.

«Sei un bersaglio facile.» mormora.

«No, non è vero. Ho chiuso a chiave la porta d'ingresso, e la portafinestra di vetro è chiusa dall'interno. Ho anche dei coltelli da cucina e un pesante mattarello di marmo, e non ho paura di usarli.» Non sto scherzando.

«Già, be', metti qualcosa davanti alla porta d'ingresso, e quella portafinestra di vetro sarà anche chiusa dall'interno, ma può essere facilmente aperta da una persona che sa quello che fa, e io credo proprio che *lei* lo sappia.»

Rosa si alza dallo sgabello davanti all'isola della cucina, si dirige verso la portafinestra di vetro e si china per esaminarla. «Possono essere aperte con *estrema* facilità.» dice, rialzandosi in piedi e scuotendo la testa. «Chloe potrebbe entrare e uscire e tu non te ne accorgeresti nemmeno.»

Questa frase mi provoca un brivido che mi attraversa il corpo.

«Non volevo dire nulla, ma oggi, quando sono tornata dall'asilo dopo essere andata a riprendere Sam, sono entrata in camera da letto e ho avuto la sensazione che qualcuno fosse entrato lì.» dico. «È stato come l'ultima volta, quando ho ricevuto i sandali: i cuscini sembravano sgualciti e poi ho aperto l'armadio, potrei giurare che un paio di cose sono state spostate.»

«Perché non me l'hai detto?»

«Non ci ho pensato finché non hai fatto quell'osservazione sulla porta finestra poco fa. Non ne sono del tutto sicura, forse è solo il mio modo di reagire al fatto che Tom è via e l'immaginazione mi sfugge di mano.»

«Può essere?» fa un cenno di assenso. «E sei sicura che non mancasse niente?»

«No, non proprio, ma...»

«Cosa?»

«Oh, potrebbe non essere nulla, ma non riesco più a trovare la maglietta blu a righe che indosso spesso. So che dev'essere qui *da qualche parte*. Sono certa che sbucherà fuori,» dico per rassicurarmi prima di aggiungere, «non ci darei troppo peso se fosse una qualsiasi altra cosa, ma Chloe adorava quella maglietta.» Guardo Rosa, rendendomi conto di ciò che ho appena detto.

«Davvero?» Torna a sedersi sullo sgabello, ascoltando attentamente.

«O forse non è Chloe, ma sono io che sto diventando pazza?» Aggiungo una triste risata nel vano tentativo di sdrammatizzare. Ma dalla faccia di Rosa capisco che non crede alla mia finta disinvoltura.

«Credo *davvero* che dovremmo chiamare la polizia, Rachel.»

«L'ho chiamata io stessa lunedì dopo che Tom l'ha chiamata sabato, ho ripetuto quello che era successo e li ho informati che deve avere una copia delle chiavi. Insomma, altrimenti come avrebbe fatto ad entrare nel giardino e arrivare in piscina? Hanno detto che avrebbero mandato qualcuno a parlare con lei, ma chissà se e quando succederà.»

«E se anche dovessero farlo, lei dirà di non avere le chiavi, che sei stata tu a farla entrare, e sarà la tua parola contro la sua?»

«Già. È la stessa cosa con la maglietta. Non posso dire che me l'ha rubata perché non *so* se l'ha fatto, non ho prove. Eppure, manca, e io ho cercato *dappertutto*.»

Rosa fa un balzo improvviso. «L'hai sentito?»

«Cosa?»

«Qualcosa all'esterno?»

«No, non ho sentito nulla, ma il tuo udito è sempre molto fine.»

«È questo il problema: sento tutto e di solito non è niente. Forse sono solo io che mi spavento senza motivo.» dice. Ma so che sta mentendo.

«Sono adulta, Rosa. Sei hai sentito qualcosa all'esterno, sii sincera. Cosa ti sembrava? È casa *mia*, e ho un bambino da proteggere.»

«Va bene, va bene. *Credo* di aver sentito una donna urlare.» dice.

«Urlare cosa?»

«Non lo so.»

«Bene, vado a controllare.» dico, scendendo dallo sgabello per andare a vedere.

«No.» Rosa mi appoggia una mano sulla spalla. «Se *è* lei, potrebbe aver fatto rumore apposta per spingerti a fare esattamente questo: uscire e lasciare Sam da solo in casa. Lei non sa che io sono qui, ricordi?»

Sento il sangue gelarsi nelle vene. «Ricordi l'ultima volta che sei stata qui a dormire? Sam ha detto che Chloe era stata nella sua stanza, che gli aveva dato il bacio della buonanotte. Pensavamo che fosse un sogno, e se invece non lo fosse?»

35

«Be', visto che Chloe non ha idea che sono qui» - Rosa fa un mezzo sorriso - «io vado fuori e la spavento a morte mentre tu vai al piano di sopra a controllare Sam.»

Terrorizzata e tremolante, faccio come mi ha detto, corro fuori dalla cucina e su per le scale due gradini alla volta, nonostante l'agonia che mi provoca la caviglia slogata, pregando Dio che il mio bambino stia ancora dormendo nel suo letto.

Mi precipito nella sua stanza e, appena entro, mi avvolge un silenzio angosciante. Accendo subito la luce notturna accanto al suo letto. C'è una sagoma sotto al piumino, ma è troppo immobile e non riesco a vedere il suo viso. Trattenendo il respiro, sollevo in fretta la coperta per vedere se Sam è lì sotto.

«Mamma!» La sua voce è acuta, sembra allarmato. Mettendosi seduto, si strofina gli occhi, sorpreso di essere stato svegliato così bruscamente. Subito lo sollevo, abbracciandolo, dicendogli che lo amo. «Mamma!» mi sgrida stizzito, e chi può biasimarlo? Saranno da poco passate le undici, ma per un bambino di quattro anni è il cuore della notte.

Ha il volto corrucciato, ma io lo abbraccio più forte, cullandolo finché non si divincola e pretende di tornare a letto. Faccio come mi chiede e lui si riaddormenta all'istante. Non voglio ancora lasciarlo solo, così controllo dentro l'armadio e dietro le tende, sentendomi in colpa per averlo svegliato, ma visto che ora dorme tranquillo, torno in cucina.

«Sta bene?» chiede Rosa.

«Sì, sta bene, è solo un po' arrabbiato per essere stato svegliato dalla sua madre isterica.» Alzo gli occhi al cielo. «C'era qualcuno in giardino?»

Annuisce. «Non ti agitare, ma credo di averla vista.»

«No!» gemo.

«Sentivo dei passi provenire dal giardino con la piscina, ma quando sono arrivata stava già scomparendo oltre il muro.» Sembra un po' scossa.

«Quindi era *lei*?»

«Credo di sì, tesoro.»

«È assurdo che fosse qui.» Rabbrividisco visibilmente. «Che razza di follia porta una persona a girovagare nel giardino di qualcun altro nel cuore della notte?»

«Non lo so, ma è ossessionata, non ci sta con la testa.» È appoggiata all'isola della cucina, guardando in lontananza, oltre i vetri oscurati della portafinestra.

«Chissà di cosa è capace.» dico con un sospiro.

«Sono preoccupata per te e Sam.» mormora Rosa, lo sguardo ancora fisso fuori dalla finestra.

«Se per te è troppo, capisco perfettamente se vuoi tornare a casa, Rosa. Io e Sam possiamo prenderci una stanza in un bed and breakfast economico, poi chiamo la polizia e questa volta scateno un putiferio, così terranno d'occhio la casa.»

«No, non puoi dargliela vinta, Rachel, non te ne andrai da casa tua solo perché una pazza cerca di spaventarti.»

«Ma tu ne hai già passate abbastanza. Hai avuto i tuoi problemi. Tutta questa situazione dev'essere pesante per te.»

«Sì, è vero, ma non ho intenzione di abbandonare te e quel piccolino. Non esiste, sorella.» Si volta e mi fa l'occhiolino, poi torna a fissare fuori dalla finestra. «Non senti odore di bruciato?»

Il cuore mi balza in gola. Inspiro. «Sì, lo sento.»

«Oddio, Rachel, credo che il fumo arrivi dal tuo giardino. Merda, vedo anche le fiamme.» Apre la portafinestra a vetri e si precipita fuori.

D'istinto la seguo all'esterno, chiudendo la portafinestra e rincorrendola. Mentre sfreccio tra gli alberi, vedo le fiamme arancioni e, in pochi secondi, la mia bocca si riempie di fumo acre, che mi punge la gola. Una volta oltrepassati gli alberi, per poco non svengo. Il fuoco si innalza dall'angolo del giardino e Rosa sta cercando di spegnere le fiamme in una delle aiuole tutta da sola.

«Chiama i pompieri!» urla da dietro le fiamme, mentre le colpisce con dei rami pesanti nel tentativo di estinguerle. Compongo il numero dei vigili del fuoco e cammino avanti e indietro, in attesa che rispondano, consapevole che Rosa, in preda al panico, sta alimentando le fiamme anziché spegnerle.

«Rosa, prendi l'acqua dalla piscina!» grido, ma lei non mi sente, poi qualcuno risponde al telefono e io devo allontanarmi dal fumo che mi punge gli occhi e mi fa tossire. Quando finisco di comunicare il mio indirizzo con tutti i dettagli e ritorno da lei, il fuoco è ormai perfino più alto e più forte.

«Rosa, allontanati, non puoi farci più niente!» urlo, ma lei continua a spezzare rami e a colpire le fiamme.

Nella sua disperazione, forse sta perfino peggiorando le cose. «Rosa, aspettiamoli alla porta, per venire in giardino devono prima entrare in casa.»

«Ma la casa, la casa potrebbe andare a fuoco!» grida lei. Attraverso il fumo, vedo solo la sua sagoma contro le fiamme.

«Non puoi farci niente, allontanati dalle fiamme e basta!» insisto, ma lei rimane lì, mettendo sé stessa in pericolo per salvare la nostra casa. Nel bel mezzo di tutto ciò, mi torna in mente una frase che disse Tom una volta: *Rosa ucciderebbe per te.* Guardandola adesso, penso che morirebbe anche per me.

Mi precipito da lei, sperando di poterla aiutare in qualche modo fino all'arrivo dei pompieri, ma poi mi rendo conto di una cosa. Se è stata Chloe ad appiccare il fuoco, aveva un motivo per farlo, e potrebbe essere quello di spingermi fuori casa e lasciare Sam da solo all'interno. Che idiota che sono.

«Rosa, devo rientrare in casa!» grido. «Vado a prendere Sam!»

Rosa non sembra sentirmi, così mi metto a correre veloce come il vento attraverso il giardino e smetto di correre solo una volta all'interno. Dopodiché mi precipito nella stanza di Sam, ma il suo letto è vuoto.

«Sam, SAM!» grido, fiondandomi nella stanza e vedendo le coperte strappate dal letto, il cuscino sul pavimento.

Non di nuovo, non due volte nella stessa vita?

Poi lo vedo, in piedi davanti alla finestra. Per poco non svengo dal sollievo e devo aggrapparmi al letto.

«È la notte del falò, mamma?» chiede, incapace di distogliere lo sguardo dal fuoco ruggente all'esterno.

Mi ricompongo. «No, tesoro, è solo un fuoco.» dico, raggiungendolo alla finestra. Le fiamme sono abbastanza lontane, ciò significa che siamo ancora al sicuro in casa. Per ora.

«L'amica di papà era lì, in giardino. È monella, aveva dei *fiammiferi*, mamma. Non si gioca mai con i fiammiferi.» Scuote la testa.

«L'hai *vista*, l'amica di papà?»

Annuisce.

«Chi era, tesoro? Era la zia di Emily, quella che pensavamo fosse la sua mamma?»

Sembra confuso e ormai distratto da quello che sta succedendo in giardino.

Alla fine, arriva il camion dei pompieri e io corro al piano di sotto per farli entrare.

«Ci penso io» dice Rosa, aprendo la porta. «Tu resta con Sam.»

E così torno nella stanzetta e avvicino una sedia alla finestra, facendo sedere Sam sulle mie gambe. È come ipnotizzato, fa un sacco di domande mentre osserva le scintille scoppiettanti innalzarsi nel cielo limpido.

Nel giro di un'ora il fuoco è estinto e Sam dorme tra le mie braccia.

Mi chiedo se sia il caso di chiamare Tom, ma sono ormai le due passate e per venire qui dovrebbe fare un viaggio di sette ore, e non c'è niente che possa fare. Preferisco chiamarlo domani e raccontargli l'accaduto quando sarà tutto finito, sapendo che siamo al sicuro.

Rimetto Sam a letto e mi dirigo in cucina sulle mie gambe tremolanti. Sono spaventata. Non avevo idea di cosa fosse capace, ma ora che lo so, ne sono terrorizzata.

Rosa è in cucina a parlare con un agente di polizia e, quando entro nella stanza, me lo presenta.

«La sua amica pensa che si tratti di un incendio doloso, Mrs Frazer. Ma vorrei mi confermasse che non si tratta delle braci di un barbecue, o che non abbiate fatto i fuochi d'artificio o lasciato qualche candela là fuori questa sera.»

Scuoto la testa, risoluta. «No, nulla del genere. Sono d'accordo con Rosa, è intenzionale e abbiamo il sospetto che potrebbe essere qualcuno che...» Mi fermo; come posso dirlo senza sembrare pazza? «C'è questa donna che sembra essere pericolosa.» Sento le parole rimbalzare nella stanza.

Se solo avessi dato retta a Tom.

«Ha le chiavi di casa nostra, l'ho conosciuta all'asilo, dice che mio marito ha avuto una relazione con lei, ma non è vero. E poi si è presentata qui, si è messa a bordo piscina e io credevo che avrebbe cercato di annegarmi. Io non so nuotare, capisce?» Questo incendio mi ha scosso e io voglio raccontargli ogni cosa senza sembrare matta, me perfino a me sembrano tutte follie senza senso. «Ho già chiamato la polizia più volte per segnalare tutto questo.» aggiungo.

L'agente non fa una piega, si limita a trascrivere tutti i fatti e i dettagli, e smette di scrivere quando Rosa dice «Digli quello che hai detto a me prima, del fatto che lei vuole la tua vita. Credi che ti stia perseguitando, e sei preoccupata per Sam, vero?»

«Sì, mi dispiace per lei, è evidente che ha dei problemi mentali. Ma credo che voglia levarmi di mezzo, sono preoccupata per la nostra incolumità. Credo che voglia essere me.» aggiungo, grata che Rosa sia stata in grado di mantenere la mente lucida e mi abbia dato un gentile incoraggiamento.

«Dunque, se vuole essere Lei, cosa le fa pensare che appiccherebbe un incendio nel suo giardino?» Non crede a una sola parola di quello che dico, senza dubbio mi crede isterica.

«Non lo so, forse vuole vendicarsi perché ho messo fine alla nostra amicizia e vuole prendersi mio marito?»

Mi guarda dubbioso. «Ha messo fine alla vostra amicizia?»

«Senta, agente, Rachel mi ha raccontato *tutto* di lei, e la situazione è insostenibile. La mia amica è vittima di stalking, ecco perché sono qui. Suo marito è lontano e Rachel non si sente sicura nella sua stessa casa.»

Il poliziotto mi sta ancora fissando come se fossi pazza.

«Era la nostra agente immobiliare,» dico, «prima che diventassimo amiche, ma ha fatto delle cose strane. Ha aggiunto l'alcol ai miei drink, ha preso i sandali di mio figlio da una scatola nella mia camera da letto e poi me li ha spediti per posta, ha detto di aver avuto una relazione con mio marito. Poi si è presentata in piscina e mi ha impedito di uscire dall'acqua...»

«Rachel dice che non sta cercando di prendersi solo suo marito e suo figlio, ma anche la sua casa... la sua *vita*.» aggiunge Rosa in mio sostegno.

Annuisco. «E credo che mio figlio abbia detto di averla vista nel giardino con dei fiammiferi in mano.»

«Oh, merda, davvero?» Rosa è di nuovo in preda alla rabbia. Sono certa che voglia solo uscire e andarla a cercare.

«Dov'è suo figlio adesso?» chiede l'agente.

«A letto.»

«Ha quattro anni.» dice Rosa.

«Okay, bene, ho tutte le informazioni che mi servono per ora.» dice lui, chiaramente deluso dall'età del testimone. «Le dispiacerebbe venire con me fino alla piscina, Mrs Frazer?»

«Io resto qui nel caso Sam si svegliasse.» propone Rosa.

La piscina è l'ultimo posto in cui vorrei andare questa sera. In effetti, se fosse stato chiunque altro a chiedermelo, e non un poliziotto, avrei rifiutato. L'agente punta la torcia e mi fa strada attraverso il giardino con la piscina, dove è freddo, silenzioso e buio pesto.

Restiamo lì in piedi in silenzio, interrotti solo dal costante e ritmico brusio della pompa, è come se un cuore battesse all'unisono con il mio.

«Mi agito vicino all'acqua.» dico dopo qualche istante. «C'è qualcosa che vorrebbe mostrarmi?»

«Scusi, la torcia fa i capricci.» dice, poi la luce si riaccende all'improvviso. Muove la torcia tutt'intorno, indirizzando infine un fascio di luce sulla parete di fondo. Nell'oscurità, i miei occhi faticano a mettere a fuoco il rivestimento in piastrelle che luccica nel bagliore emanato dalla torcia. Poi la vedo... sul muro bianco alto due metri intonacato con amore, una gocciolante scritta color rosso sangue: *Affoga, puttana!*

36

Indietreggio di fronte a quel messaggio scarabocchiato e mi volto, incespicando nel buio mentre cerco di allontanarmi da quell'orrore.

Come ha potuto?

Era mia amica, e mi sconvolge che qualcuno con cui ho trascorso del tempo, con cui ho condiviso i miei segreti, possa *odiarmi* così tanto da cercare di dare fuoco alla mia casa, con me e mio figlio dentro.

«Abbiamo trovato anche un scatola di fiammiferi,» dice il poliziotto, «dunque sembra proprio che qualcuno stanotte sia entrato nel suo giardino con l'intenzione di dargli fuoco.»

«Dev'essere stata Chloe Mason, non potrebbe essere nessun altro.» dico, categorica.

«Okay, be', ovviamente andremo a parlare con lei. C'è anche una bottiglia di vodka. È possibile che sia sua e che qualcuno l'abbia rubata dalla casa per usare il contenuto come accelerante?» Mi mostra la bottiglia in una busta delle prove.

«Sì, *potrebbe* essere nostra, mio marito lo saprà di certo. Io non bevo vodka, perciò non potrei giurarci. Crede che sia entrata in casa e l'abbia presa?»

«Al momento è impossibile dirlo, Mrs Frazer. Ma la faremo analizzare per rilevare eventuali impronte digitali e trovare qualche riscontro.»

Alla fine, il poliziotto se ne va, insieme agli ultimi due vigili del fuoco. Chiudo a chiave la porta d'ingresso e raggiungo Rosa in cucina, lei mi viene incontro e mi stringe in un abbraccio.

«Se non ci fossi stata tu, io sarei stata addormentata a letto e forse non avrei sentito l'odore di fumo. La casa sarebbe potuta andare a fuoco con me e Sam...» Non riesco a finire la frase.

«Shhh, andrà tutto bene, te lo prometto.»

Mi scosto e apro la credenza dove ho visto la vodka l'ultima volta. «Qui non c'è.»

Rosa fa un respiro profondo. Sappiamo entrambe cosa significa: Chloe *è* stata in cucina.

«Quando l'hai vista l'ultima volta?»

«Questa mattina. Ho pulito la credenza.»

Ci scambiamo uno sguardo, e io vedo la mia stessa paura riflessa nei suoi occhi.

Come prima cosa il mattino seguente chiamo Tom. È sconvolto. «Parto subito,» dice, «non ti lascerò mai più da sola.»

«Stiamo bene, la polizia se ne sta occupando. È stata Rosa a sentire puzza di fumo.»

«A quanto pare mi toccherà strisciare ai suoi piedi.»

«Un "grazie" sarà sufficiente.»

«Quindi la polizia sta indagando?», chiede.

«Sì, il poliziotto mi ha detto che mi avrebbe chiamata oggi. Immagino che non appena parleranno con Chloe, capiranno che è stata lei e verrà accusata di incendio doloso.»

«Va bene, io ho ancora un paio di cose da fare qui, poi torno a casa. Non si discute, sono tuo marito, sono il papà di Sam, devo tornare a casa e prendermi cura di voi.»

Nonostante tutte le cattive notizie, riaggancio il telefono

leggermente sollevata dopo aver parlato con Tom. Lo amo con tutto il mio cuore, e avevo iniziato a nutrire dei dubbi su di lui, ma adesso sta mollando tutto per tornare a casa e io già mi sento molto meglio. E potrebbe esserci un disgelo tra mio marito e la mia migliore amica, il che renderebbe la mia vita più piacevole. Controllo l'orologio e, sentendomi un po' più tranquilla, decido di tornare a dormire per un po' prima di alzarmi. Sono stanchissima dopo la scorsa notte, mi rannicchio nel letto e mi addormento all'istante, solo per essere svegliata meno di un'ora dopo da forti colpi alla porta d'ingresso.

Precipitandomi alla porta mentre mi avvolgo nella vestaglia, la apro piano, sbircio fuori e vedo una donna di mezza età sorridente. Non la conosco, ma almeno non è Chloe.

«Buongiorno, Mrs Frazer. Sono Maureen Richards, lavoro per i servizi sociali.» Mi mostra un tesserino plastificato con sopra scritto il suo nome. «Vorrei fare due chiacchiere con Lei, se posso?»

«La polizia l'ha già contatta? Hanno fatto in fretta.» dico, aprendo la porta e facendole strada fino in cucina, dove in un angolo sono accatastate tante tazze sporche in cui la sera prima abbiamo servito le bevande alla polizia e ai pompieri. Insieme alle bottiglie di vino e ai calici che io e Rosa avevamo usato precedentemente, sembra che abbiamo dato una festa.

«Deve scusarmi; come può immaginare, ieri sera abbiamo fatto molto tardi.» dico, dando per scontato che la polizia l'abbia aggiornata sull'incendio di ieri.

«Sembra proprio così.» dice lei, rivolgendomi uno sguardo giudicante alla Jennifer Radley.

«Allora, è stata arrestata?» chiedo, mentre le faccio cenno di sedersi su uno sgabello.

«Mi scusi, chi?» Pare che non riesca a distogliere lo sguardo dalle bottiglie di vino.

«Chloe Mason, quella che ha dato fuoco al mio giardino ieri sera.»

«Ehm, no, non ero al corrente che qualcuno avesse dato fuoco al suo giardino.» risponde. «Mi dispiace.» Dà un'altra rapida occhiata alle bottiglie di vino. «Ma io sono qui per un'altra questione. Si tratta del benessere di suo figlio, Mrs Frazer. Qualcuno ha espresso delle preoccupazioni in merito alla sicurezza e alla salute di suo figlio. Sono qui in primo luogo per fare un controllo.»

Non capisco. «Sono stata *segnalata?* È sicura di essere dalla persona giusta?»

Annuisce, e mentre lo fa inarca leggermente in sopracciglio sinistro.

«Perché? Chi mi ha segnalata? Sam è ben accudito, è sano e felice e amato. Davvero, non capisco.» La sto inondando di parole. Santo cielo, vorrei che Rosa fosse qui per sostenermi – la caccerebbe via – ma se n'è andata un'ora fa per tornare dai suoi zii.

«Sono spiacente, il nome della persona che ha fatto la segnalazione è confidenziale.»

«Oh, so chi è stato.» dico, con un'improvvisa illuminazione. «È Chloe Mason, vero?»

«Come ho già detto, non posso...»

«Quindi qualcuno, *chiunque,* può chiamarvi e dire "Rachel Frazer non si prende cura di suo figlio come dovrebbe" e voi venite qui e *indagate* su di me?»

«In questa fase, non è un'indagine. La mia visita di oggi è semplice routine, Mrs Frazer, la prego di non arrabbiarsi. Quando qualcuno contatta i servizi sociali perché teme per la sicurezza e il benessere di un bambino, è nostro dovere prendere sul serio queste preoccupazioni.»

«Preoccupazioni? Ha una vaga idea di quanto sia maligna quella donna? È entrata in casa mia, si è presa delle cose, ha dato fuoco...» Sto per deliziarla con un elenco degli atti persecutori di Chloe quando lei mi interrompe.

«Mrs Frazer, si tratta di una questione diversa e lo scopo della mia visita qui oggi è solo quello di vedere suo figlio.»

Smette di parlare per un attimo e consulta i propri appunti. «Sam. È in casa?»

«Sì, ma è ancora a letto.»

«Ed era qui ieri sera?» Lancia un'occhiata significativa alle bottiglie di vino vuote.

«Sì, era già lavato e a letto prima delle otto. Mio marito è via, perciò una mia amica è venuta a stare con noi, dal momento che ho avuto problemi con la donna di cui le parlavo, che ha dato fuoco al mio giardino. Ed è la stessa donna che mi ha segnalato a Lei. Soffre di disturbi mentali: vuole mio marito e mio figlio, e sarebbe un gran bell'aiuto per lei se venissi accusata di negligenza genitoriale!»

«Nessuno la sta accusando di nulla al momento, devo solo vedere suo figlio e assicurarmi che stia bene.»

«Mi sta rovinando la *vita*.» mormoro mentre cammino verso la porta per andare a svegliare Sam.

Non potrebbe esserci momento peggiore: è scontroso per la mancanza di sonno e non è dell'umore per incontrare nessuno, tantomeno una sconosciuta che aspetta di interrogarlo. E così, per evitare capricci, lo prendo in braccio mentre è ancora in pigiama e lo porto da una Maureen Richards in attesa, con la promessa dei pancake dopo che se ne sarà andata, se si comporta bene.

«Ciao», dice Maureen, rivolgendosi con aria condiscendente a Sam, che subito si rintana contro il mio collo, la testa voltata dalla parte opposta.

«Devi ancora farti portare in braccio dalla mamma? Sei un bimbo grande, sai camminare, vero?» dice, criticando velatamente sia i miei metodi educativi, sia Sam stesso, facendoci sentire attaccati.

«Sa camminare benissimo, ma l'ho appena svegliato e non è abituato agli sconosciuti.» ribatto senza sorridere.

«Ti andrebbe di venire a sederti vicino a me e raccontarmi dei tuoi giochi preferiti?» chiede Maureen, ignorando la mia risposta difensiva.

Muoio dalla voglia di intromettermi e presentare la favolosa Isola dei Dinosauri che, secondo il sito web del gioco, è educativo, interattivo e "contribuisce a sviluppare le competenze sociali e l'immaginazione di tuo figlio". E, cosa più importante, spero che l'Isola dei Dinosauri mostri a Maureen quanto la madre di Sam sia saggia, partecipe, amorevole e consapevole sotto il profilo pedagogico.

«Potremmo giocare con il tuo gioco preferito?» suggerisce Maureen in modo allettante.

«Sarebbe divertente giocare con Maureen, vero?» lo incoraggio, e Sam mi guarda sgomento. Riconosco che non tutti apprezzano l'idea di giocare al mondo preistorico in compagnia di un'assistente sociale, ma lo imploro con gli occhi.

«No.»

«Ti va di giocare all'Isola dei Dinosauri con Maureen?» suggerisco, ormai disperata.

«No, non voglio *giocare* con questa Maureen *del cavolo!*»

Sto *morendo* dentro, e Maureen si irrigidisce visibilmente, anche se sono sicura che abbia sentito di peggio nel corso della sua carriera.

«Per favore, non dire quella parola, tesoro, è molto maleducata.» dico, maledicendo in silenzio Emily, la bambina che gli ha insegnato queste parole.

«Perché non fai vedere i tuoi Lego a Maureen?» suggerisco.

«La mamma ha rubato i miei Lego. Me li aveva dati la mia amica. Io ho pianto tanto quando la mamma non mi ha fatto giocare. Ha detto che sono un bambino cattivo e che non potevo tenerli. Così mi ha comprato un'altra scatola.»

Tutto questo gli è uscito di bocca come uno tsunami di parole ed emozioni. È evidente che Sam abbia accumulato tutto questo dolore e risentimento, ma pensavo che fosse acqua passata. Mi sento così in colpa che ho voglia di piangere.

«Non è andata *proprio* così...» tento di spiegare, ma poi mi rendo conto che, anche volendo, non potrei spiegare tutta la storia a Maureen davanti a Sam, perciò lascio perdere.

Maureen chiede di parlare con Sam da sola. «Con il suo permesso, mamma.» aggiunge, ma sembra più un ordine che una richiesta. Non ho nulla da nascondere, perciò acconsento a un colloquio di una quindicina di minuti e mi trovo qualcosa da fare nell'altra stanza. Sono i quindici minuti più lunghi della mia vita, in cui mi immagino tutti gli scenari più terribili. Non posso perdere Sam; non sopravvivrei mai.

Quando ritorno allo scadere del tempo stabilito, Maureen sta ancora parlando con Sam, ma solo dei programmi TV che guarda. Sono certa che gli argomenti potenzialmente più dannosi sono già stati affrontati.

«Tutto bene?» chiedo raggiante nel tentativo di celare la mia paura, mentre i grandi calici sporchi di vino mi rimproverano dal bancone della cucina.

«Sì, grazie a tutti e due per il vostro tempo. Devo riportare tutto al mio team prima che qualsiasi decisione venga presa.»

«Decisione?»

«Sì...» Guarda Sam. «Potremmo fare due chiacchiere mentre Sam guarda la TV in salotto?» domanda.

Accetto e pochi minuti più tardi, quando mio figlio è sistemato nell'altra stanza, Maureen chiede «Trova difficile prendersi cura di Sam quando suo marito è via? Riesce a farcela da sola?»

«Sì, certo che riesco. Ma Chloe Mason ha reso le cose difficili: ha cercato di dare fuoco alla mia casa ieri sera; quindi, mi perdonerà se sono un po' agitata.»

«Non era da sola con Sam ieri sera quando è scoppiato l'incendio, vero?» Il suo sguardo si posa sulle due bottiglie di vino vuote adagiate su un fianco.

«No, c'era qui la mia amica.»

«Avete bevuto entrambe?»

Difficile negarlo con le prove spudoratamente esposte in tutta la cucina.

«Sì, la mia amica Rosa ha bevuto molto più di me.» Lancio un'occhiata alle due bottiglie vuote, consapevole di aver bevuto solo due bicchieri; perciò, Rosa deve aver finito il resto. «Lei non ha figli.» aggiungo. Come se facesse qualche differenza. «Io ho bevuto uno o due bicchieri, ma ero perfettamente in grado di prendermi cura di Sam.»

Maureen mi rivolge un lieve cenno del capo, come se non ci credesse davvero.

«È l'*alcol* il problema? Insomma, è questo che ha detto Chloe, che non sono in grado di badare a mio figlio perché bevo?» Sono inorridita.

Il volto di Maureen è il ritratto della discrezione.

«Se è così, allora è una delle sue innumerevoli bugie.» dico con rabbia. «La cosa divertente è che quel pomeriggio, quando siamo andati a casa sua – che poi si è rivelata *non* essere casa sua – è stata *lei* a farmi ubriacare!» dico, ricordando il volto di Jennifer Radley nell'ufficio postale, mentre scivolavo lungo la parete, e adesso rivedo quella stessa espressione sul viso di Maureen Richards.

Si muove inquieta sulla sedia. «Bere mentre ci si prende cura di un bambino è una scelta, Mrs Frazer. Ognuno deve assumersi la responsabilità delle proprie azioni.» E con ciò, si alza in piedi, predica finita.

«Ha capito male, io non bevo, *non* sono *una bevitrice*.»

«Non spetta a me giudicare. Ora riporterò le mie conclusioni all'équipe assistenziale e ne discuteremo.»

«Ma che cosa dirà? Non avrà certo intenzione di condannarmi per via di una telefonata da parte di una pazza, vero?»

«Le assicuro che nessuno condannerà nessuno per il momento.» dice, sorridendo, ma non con gli occhi.

37

«Che cosa ti ha detto la signora?» chiedo a Sam mentre camminiamo insieme verso l'asilo. Siamo in ritardo di un paio d'ore rispetto al solito, ma dirò ad Iris che Sam aveva appuntamento dal dentista. Voglio che sia tutto normale per lui dopo la visita inaspettata.

«Quale signora?» solleva lo sguardo verso di me.

«Maureen, la signora che è venuta a trovarci questa mattina. Ti ha fatto qualche domanda sulla mamma?»

Fa spallucce. «Non mi ricordo.» Certo che si ricorda. Avrà anche quattro anni, ma Sam è un libro aperto per me.

«Ti ha chiesto se sei felice con la mamma?»

«Le ho detto che ieri sera continuavi a svegliarmi, e una volta mi hai tirato fuori dal letto mentre dormivo.»

Avverto un tremito interiore. «Stavo solo controllando che stessi bene, tesoro.»

«Mi hai *svegliato!*»

«Scusa, volevo solo un abbraccio.» Sono spacciata. Capisco che questa scena possa essere mal interpretata, si potrebbe pensare che fossi ubriaca, sia entrata barcollando nella sua stanza e l'abbia svegliato.

«Maureen ti ha chiesto se alla mamma piace il vino?»

«No.»

È già qualcosa, suppongo.

«Ti ricordi se ti ha fatto qualche altra domanda?»

«No!» Ultimamente è sempre in modalità "scontroso", forse è la sua reazione a qualcosa che sente in me. È colpa mia.

«Tesoro, non sorridi, sembri triste. C'è qualcosa che ti agita?»

Non risponde.

«Come posso renderti felice? Ci andiamo a prendere una tazza di tè?»

Scuote la testa.

«Allora cosa ti va di fare?»

«Emily può venire a giocare a casa nostra?»

Mi si spezza il cuore. «Mi dispiace, tesoro, ma per un po' non sarà possibile, siamo impegnati.»

«Emily dice che se non la lascio giocare nella nostra piscina mi uccide.» Cerco di non reagire; spero sia solo un modo di dire e non una minaccia diretta. Ma con una zia come Chloe, chi può dirlo?

«Oh, tesoro, non farci caso. Emily a volte sa essere un po' cattiva, ma un pomeriggio di questa settimana tornerà Chris a insegnarti, e papà torna la prossima settimana, perciò passerai tantissimo tempo in piscina.»

Sono tentata di dirgli che presto entrerò anch'io in piscina, ma potrebbe continuare a chiedermelo e io non voglio mettermi sotto pressione. Mi sto ancora riprendendo dall'incontro ravvicinato con Chloe.

Una volta di ritorno a casa, chiamo Rosa. Ancora non sono pronta a raccontare a Tom della visita dei servizi sociali, l'ho già chiamato per l'incendio questa mattina presto. Aspetterò che torni a casa e glielo racconterò per bene, non è un argomento di cui si può discutere per telefono.

«Maureen non mi ha detto quando si farà risentire per comunicarmi le loro conclusioni.» dico dopo averle raccontato della visita. «Ma se sono negative e c'è anche solo una minuscola probabilità che i miei metodi educativi vengano messi in dubbio, chiamo un avvocato. E ho anche intenzione di coinvolgere più a fondo la polizia nelle attività di Chloe. È *lei* quella che dovrebbe essere indagata!»

«Sono d'accordo,» dice lei, «non puoi lasciar correre queste cose. Segui l'istinto e chiama la polizia. Non ti giudicheranno.»

«Sì, lo farò. Questa segnalazione che ha fatto ai servizi sociali mi ha davvero scossa. Mi ha fatto capire che non si fermerà davanti a nulla. So che è una persona disturbata, ma qui stiamo sfiorando la psicopatia.»

«Se credi che chiamare i servizi sociali sia da psicopatica, fidati, non è niente. Non oso pensare a quale sarà la sua prossima mossa!»

«Non dirlo, mi stai spaventando.» dico, guardandomi intorno. Sono in piedi in cucina, da sola in una casa enorme. «Forse è ora di presentarmi ai vicini?» Avendo vissuto per anni in un minuscolo appartamento con altre persone che vivevano sopra e sotto di noi, mi manca quella vicinanza, quel senso di comunità che avevamo a Manchester.

«Sì, ho incontrato uno dei tuoi vicini l'altro giorno.» dice Rosa. «Ha circa ottantacinque anni e cammina con il bastone, non credo che sarebbe in grado di contrastare Chloe, è una lottatrice accanita.»

«Per fortuna non ho bisogno di un ottantacinquenne con un bastone da passeggio, ho te: Chloe è spaventata a morte da te.»

«Già, e se devo essere sincera, io sono spaventata a morte da lei.» dice in tono piuttosto serio. «Ho parlato con un mio amico avvocato e dice che devi segnalare alla polizia *tutto* quello che fa. Tutto! Anche se ti sembra una cosa da nulla, ma se si presenta sempre dove ci sei tu, se credi che ti stia seguendo, o se ti chiama. Tutti quanti abbiamo visto quei documentari true crime in cui la vittima muore perché non ha raccontato tutto alla polizia. La polizia ha carenza di personale e di fondi, e le cose si perdono, per questo *bisogna* informarli, costringerli ad ascoltarti. Inizia a scrivere un diario, un dossier, di tutto quello che ha fatto finora e aggiornalo ogni volta che farà qualcosa di nuovo, perché lo farà. Mandamelo via mail ogni volta che lo aggiorni, così anche un'altra persona ne avrà una copia, sai, nel caso...» Il silenzio cala tra di noi; sappiamo entrambe cosa volesse dire.

«Nel caso succedesse qualcosa?» chiedo, e per la prima volta mi rendo conto che potrebbe non trattarsi solo di un gioco.

«Senti, non voglio indorare la pillola per farti sentire meglio: tu e Tom dovete affrontare il fatto che questa donna rappresenta una grave minaccia per te e la tua famiglia. Registra tutto, tieni traccia di tutto, filmala se necessario. Io mi pento di non averlo fatto con Dan, ma dubitavo di me stessa. Continuavo a chiedermi "Sta *davvero* facendo qualcosa di sbagliato?". Ma il fatto che io non riuscissi a dormire né a mangiare, il fatto che lui era sempre nello stesso posto in cui ero io, avrebbe dovuto *dirmi* che stava facendo qualcosa di sbagliato. Non ho seguito il mio istinto. Non commettere lo stesso errore, Rachel, e non fare affidamento sulla polizia. Portati dietro uno di quei coltelli da cucina.»

Più tardi, mi dirigo all'asilo per andare a riprendere Sam. Spero disperatamente che Emily venga prelevata dalla nonna, perché dopo tutto quello che è successo nelle ultime ventiquattro ore, non riuscirei ad affrontare Chloe.

Quando arrivo all'area giochi, alcuni dei genitori chiacchierano tra loro, e vedo Jennifer Radley, che sorride e mi saluta con un lezioso gesto della mano. È un bel cambiamento rispetto alla sua solita espressione di disprezzo. Ricambio il sorriso, pregando che non si avvicini. Sono certa che in qualche modo sia anche simpatica come sostiene Tom, ma non sono in vena di conversazioni futili. È in compagnia della sua solita cricca di amiche, ed è un gruppetto impenetrabile di cui ora so che non farò mai parte, ma per oggi va bene così, perché voglio stare sola. La mia amicizia, se così si può definire, con Chloe mi ha spaventata tanto da non voler più stringere amicizia con nessuno, e ora capisco perché Rosa non ha più avuto fidanzati dopo quello che è successo con Dan. E così me ne sto da sola a osservare passivamente gli altri. Alcuni genitori si precipitano qui direttamente dal lavoro; sembrano ansiosi, impegnati, di fretta. Altri, come Jennifer, hanno più tempo e si agghindano per venire all'asilo, lo considerano un evento sociale e si circondano di gente della propria congrega.

È la maglietta a righe blu la prima cosa che vedo. Mi risveglia dalla mia passività mentre l'adrenalina inizia a scorrere in tutto il mio corpo, accendendolo di una nuova rabbia. Se ho mai dubitato di me stessa, ora so di non essere pazza. *Chloe indossa la mia maglietta!* Non posso fare a meno di fissarla. La polizia dev'essere già andata a farle delle domande ormai. È lì con Jennifer e le altre, ma si guarda intorno. Sta cercando me? Ben presto incrocia il mio sguardo e io mi aspetto quasi che lo distolga per la vergogna; dopotutto, ieri sera ha cercato di dare fuoco al mio giardino mentre scarabocchiava un messaggio violento sul muro della piscina. E adesso indossa la mia maglietta, che dev'essere stata presa dal mio cesto della biancheria. Ancora una volta i miei dubbi sulla possibilità che Tom se ne sia dimenticato vengono cancellati: è lei quella che ha mentito. Ha *ancora* le chiavi di casa!

Tento di calmarmi. Non devo perdere le staffe qui, nell'ingresso dell'asilo. Mi dico che potrebbe aver usato il link che le ho inviato per comprarsi una maglietta nuova. Ma nel mio cuore, so che non è vero. *So* che è stata in casa mia, che ha frugato tra le mie cose e me l'ha rubata. E adesso la *sento* camminare verso di me, con un sorriso raggiante nella mia maglietta a righe blu. Si avvicina sempre di più e io non so cosa provare, cosa fare.

Sono senza fiato di fronte alla sua sfacciataggine: invece di mostrare un briciolo di rimorso o di dubbio, se ne sta qui a sfoggiare la mia maglietta davanti a me. Vi ha messo intorno una cintura, che fa risaltare la sua vita sottile, con le mani elegantemente unite di fronte a sé, senza dubbio compiaciuta del suo aspetto. Rosa ha ragione: questo è un comportamento da psicopatica, e quel sorriso da psicopatica si allarga sempre di più finché Chloe non si ferma davanti a me e fa un giro su sé stessa, le mani sui fianchi. Riferendosi palesemente alla maglietta, dice «Allora, che te ne pare?»

38

«Non mi starà mai bene quanto a te, ma la adoro!» Chloe sorride raggiante.

Sono così sconvolta dalla sua sfrontatezza da non riuscire a rispondere.

«Ti ho scritto dei messaggi,» dice, «ma non mi hai mai risposto.» Piega il labbro inferiore all'ingiù come un bambino ferito e imbronciato. Indietreggio un po'.

«Ti ho bloccata.» dico senza sorridere.

«Oh, Rachel, è per quello che è successo in piscina? La tua amica ha frainteso, pensava che volessi farti del male, ma non è così. Poi però si è arrabbiata *così* tanto...»

«Hai iniziato a minacciarmi, proprio come hai insegnato a Emily a minacciare Sam.»

Mi guarda con un'espressione dubbiosa. «Volevo parlarti. Volevo spiegarti cosa sta davvero succedendo, ma lui ti tiene in pugno e tu non vuoi credermi. Resto sveglia di notte a preoccuparmi per te.»

«È per questo che indossi la *mia* maglietta?» chiedo a voce abbastanza alta per farmi sentire da Jennifer e da tutta la combriccola; devono sapere che razza di bugiarda è Chloe.

Sembra visibilmente scossa. «Me l'hai *data* tu.»

«Wow!» Non ci credo. «È *questa* la tua versione della storia?» Ho alzato la voce ormai; sono sorpresa di sentire la mia stessa rabbia, forte e chiara. «Me l'hai *rubata*, lo sai bene!»

Un mormorio si alza come un'ola tra la folla di genitori.

«Rachel, non capisco di che parli. Sei stata tu a *spedirmi* questa maglietta, era un regalo!»

«Perché mai dovrei spedirti la mia maglietta?»

«Perché... volevi tornare a essere mia amica?» risponde esitante, guardando il gruppetto di Jennifer come se fossi io la pazza.

Chiudo gli occhi per un momento, sprezzante, poi faccio per allontanarmi. Non ha senso litigare con lei; ha perso il contatto con la realtà e crede alle sue stesse bugie.

«Perché stai mentendo, Rachel?» domanda, sembra ferita, le labbra sollevate in un mezzo sorriso. «Sai benissimo di essere stata tu a spedirmi questa maglietta. L'ho ricevuta stamattina nella posta insieme a quel dolce bigliettino.» aggiunge con una voce intesa a suscitare commozione. La sua è un'interpretazione, e lei si diverte da matti.

«Sei un'illusa, Chloe.»

«Okay.» Solleva lo sguardo con una finta espressione pensierosa. «Sarò più cinica allora, forse questa maglietta è il tuo modo di farti perdonare dopo che la tua amica mi ha pestata a sangue nel tuo giardino? Sei preoccupata che possa andare alla polizia e denunciarla per lesioni aggravate? Potrei ancora farlo, ho fotografato tutti i miei lividi, giusto per precauzione.»

«Be', è proprio il tuo stile, non è vero? Sei ben felice di raccontare ai servizi sociali ogni tipo di bugie sulle mie capacità genitoriali.» annuncio a tutta l'area giochi.

«Non so di cosa tu stia parlando.» dice lei. «Sei *tu* l'illusa.»

Sono così arrabbiata adesso che mi volto verso gli spettatori, è evidente che tutti stanno seguendo la scena fingendo disinteresse. Sono frustrata, è inutile parlare con lei. Ho bisogno di alleati, di testimoni, ho bisogno che tutti loro vedano chi è Chloe veramente, per il loro bene.

«Non lasciatevi ingannare dalle sue negazioni e dalla sua espressione sbigottita.» inizio a dire, e punto il dito verso di lei. «Ieri sera ha cercato di dare fuoco alla mia casa mentre mio figlio dormiva. Ha bisogno di aiuto!»

Si leva un brusio dalla folla di genitori, che sembrano così imbarazzati da non riuscire a incrociare il mio sguardo. Jennifer guarda il suo orologio come se desiderasse che si sbrigassero a lasciar uscire i bambini, in modo da poter fuggire da tutto questo.

«So come sembra.» proseguo, rivolgendomi al gruppetto di Jennifer e a chiunque altro sia disposto ad ascoltare. «Lo vedo dalle vostre facce che qualcuno di voi pensa che sia *io* la pazza, ma *ascoltate* quello che sto per dirvi. Se avessi dato retta a mio marito, non mi troverei in questo casino adesso. Mi ha messa in guardia da lei, ha detto che è pericolosa.»

Chloe è senza dubbio inorridita e paonazza dall'imbarazzo; cerca di apparire coraggiosa, sospirando come se fosse tanto annoiata da riuscire a malapena a rispondere.

«E adesso che ho capito cosa sta tramando, andrà a caccia della prossima vittima; potrebbe essere chiunque di voi!» dico, infuriata che mi abbia portata a questa esternazione pubblica della mia rabbia.

«Ma, Rachel, io non ti farei mai del male, sto cercando di salvarti, se solo mi ascoltassi.» Ha le lacrime agli occhi, ma io so che sta solo recitando la parte della vittima a beneficio degli altri genitori.

«Salvarmi? Hai quasi ucciso mio figlio ieri sera, menti su mio marito, entri in casa mia e prendi le mie cose. Non stai cercando di *salvarmi*, tu vuoi *essere* me!»

«Io non... non voglio essere te... Perché mai dovresti dire una cosa del genere?»

«Chloe, dannazione, indossi la mia maglietta!» Allungo la

mano verso di lei, indicando la maglietta per dimostrare le mie ragioni, ma non appena lo faccio lei scatta indietro, forse per dare l'impressione che stessi per colpirla.

«Non farmi del male.» Adesso si sta acquattando, e alcune mamme della combriccola di Jennifer hanno fatto un passo avanti, probabilmente pronte a proteggerla.

Cosa diavolo ha raccontato di me?

Tutti quanti ci stanno fissando, e io vedo la sorpresa e il biasimo dipinti sui loro volti. Mi credono una bulla, mi credono pazza, quella che se la prende con la donna più giovane e più bella perché in qualche modo si sente minacciata da lei.

«Sta *mentendo*! È *lei* quella pazza! Non avete idea di cosa sia capace.» grido. Mentre pronuncio la frase finale della mia arringa, mi volto e vedo Tom vicino al cancello, la bocca mezza spalancata, in preda all'orrore.

«Tom... io...»

Non si muove, chiaramente sconvolto dalla mia sfuriata. Mi sento male.

Da quanto tempo era lì?

Prima che abbia modo di andare da lui per spiegargli tutto – ancora non sa della telefonata di Chloe ai servizi sociali – la porta della classe si apre e appare Iris. È evidente dal suo atteggiamento che ha sentito il trambusto. Ha tenuto i bambini dentro la classe finché non ha ritenuto sicuro lasciarli uscire, e io me ne vergogno tantissimo.

«Vieni, Rachel.» dice Tom.

«Cosa ci fai qui?» domando.

«Ti ho detto che sarei tornato, non posso lasciarti da sola così.» risponde, e un altro mormorio attraversa la folla di genitori.

Mi appoggio a lui mentre mi circonda con le braccia. «Ha raccontato altre bugie, Tom...»

«Va tutto bene, va tutto bene.» mi dice, accompagnandomi

con delicatezza come se fossi un animale pericoloso scappato dallo zoo.

La reazione di Tom e gli sguardi smarriti degli altri genitori, che tengono i propri figli stretti a sé, mi sta facendo capire che potrei aver peggiorato di molto le cose.

«Capisco quanto dev'essere stato sconvolgente per te arrivare e vedermi urlare in quel modo, ma quando ti avrò raccontato quello che ha fatto, capirai.» dico mentre torniamo a casa con Sam.

«Abbassa la voce, Sam non deve sentirci.» risponde Tom, visibilmente scosso.

«Mi ha denunciata ai servizi sociali.» ringhio.

Tom non risponde, continua a camminare, rivolgendosi a Sam e praticamente ignorando me, e non posso biasimarlo.

Una volta arrivati a casa, l'attenzione di Sam viene catturata dalla nuova scatola di Lego che ho ordinato per rimpiazzare quella che gli ha regalato Emily, e questo ci dà modo di parlare. «Senti, in questi ultimi giorni Chloe mi ha fatta impazzire.» inizio a dire, e gli racconto tutto, concludendo con l'interrogatorio di Maureen Richards prima a me e poi a Sam.

«Dio sa cosa le avrà raccontato Sam.» gemo. «Ma sembrava ancora più brusca con me dopo aver parlato con lui.»

«Non l'avrai lasciata parlare con lui *da solo*?»

«Perché *non* avrei dovuto?»

«Perché dev'essere stato angosciante per Sam, avrebbe dovuto esserci qualcuno con lui. Maureen ti ha detto cosa le ha raccontato?»

«No, ma so che Sam le ha detto che l'ho svegliato nel cuore della notte e l'ho tirato fuori dal letto.»

«Oh, ancora quei sogni?»

«No, non esattamente. Insomma, questo è quello che dev'essere sembrato a lui.»

«Quindi l'hai davvero svegliato nel cuore della notte?»

«Sì, ma solo perché credevo che Chloe avesse appiccato l'incendio per distrarci e rapirlo...» La mia voce si affievolisce. Ora mi rendo conto di quanto tutto questo debba sembrargli assurdo.

«*Rapirlo?* Ma che diavolo, Rachel?»

«Be', eri tu quello che continuava a mettermi in guardia da lei.» dico, sulla difensiva.

«Ho detto che è pericolosa, una combinaguai, che racconta bugie a convenienza. Non ho mai detto che avrebbe rapito nostro figlio!» La sua voce si è alzata; non credo di averlo mai visto così arrabbiato. «Oh, aspetta un attimo.» Vedo una scintilla nei suoi occhi, come se all'improvviso si fosse reso conto di qualcosa. «Rosa era qui. Avete bevuto?»

«No, voglio dire sì, ma solo un paio di bicchieri di vino.» dico, ben sapendo l'impressione che questo deve fargli, soprattutto dopo essere stata appena denunciata ai servizi sociali perché bevo mentre mi prendo cura di un bambino.

«Senti, so come sembra, ma sto bene, non sto impazzendo, è *lei* che mi ha portata a questo punto.» dico, implorando un po' di comprensione da parte sua.

«Lo so, ma oggi all'asilo, quando sono arrivato e ho visto tutti quei genitori intenti a fissare qualcosa con la bocca spalancata, ho pensato che stesse succedendo qualcosa di grave. Sono rimasto così sconvolto nel sentire la tua voce, il modo in cui farneticavi, Rachel, e mi ha ricordato di com'eri quando ci siamo conosciuti.»

«Era diverso. Stavo soffrendo, lo sai bene.»

«Sì, ma eri anche irrazionale, proprio come adesso. Non dubito che Chloe abbia mentito, e magari ti ha anche denunciata senza prove, ma il modo in cui gridavi... eri fuori controllo, Rachel.»

«Sinceramente, Tom, mi sento come se stesse distruggendo la mia vita pezzo dopo pezzo, e il suo negare e la sua finta calma mi hanno spinta al limite. Ma hai ragione, sento che sto di nuovo crollando. Mi sono comportata come una povera squilibrata, e se Maureen Richards dei servizi sociali *decidesse* di indagare oltre, adesso ci sono almeno venti testimoni che potrebbero confermare quello che Chloe ha denunciato.»

«Io capisco quello che hai passato, ma per chiunque altro sarebbe difficile riuscire a crederti.» dice, più calmo adesso.

«A me interessa solo che ci creda Maureen, perché è lei quella che potrebbe portarci via Sam.»

«Sam è un bambino felice e in salute, e noi siamo bravi genitori.» dice lui in tono rassicurante.

«Sì, ma Sam racconta storie, e dice parolacce, e io sono preoccupata per lui, sono preoccupata per quello che ha detto a Maureen.»

«Quindi cosa succede adesso, cosa comporta il verbale che ha fatto?» chiede lui.

«Dobbiamo aspettare.»

«Merda.» mormora.

«Non preoccuparti, possiamo farcela.» dico. «Mi rifiuto di far vincere Chloe.»

Il volto di Tom è il ritratto della preoccupazione. «Credo che abbia appena vinto.»

39

«Perfino Iris mi guardava terrorizzata mentre urlavo contro Chloe.» dico a Tom, tremando inorridita al ricordo.

«Senti, non ha senso continuare a rimuginarci su.» dice lui mentre prepara una tazza di confortante caffè. «Quel che è fatto è fatto. Hai perso il controllo e ora non ci resta che limitare i danni. Sono a casa adesso, niente più serate tra ragazze con Rosa, niente accuse di consumare alcol mentre hai un bambino di quattro anni sotto la tua responsabilità, e *nessun* incendio doloso. Oh, e il fabbro viene domani, quindi niente più magliette rubate, si spera.»

Sprofondo tra le sue braccia, la tensione e la paura abbandonano il mio corpo. Non sono nemmeno infastidita dalla sua frecciatina sulle "serate tra ragazze" con Rosa, perché è tornato e andrà tutto bene.

«Cosa farei senza di te, Tom?» appoggio la testa sul suo petto.

«Te la caveresti, anzi forse staresti anche meglio senza di me. In parte mi sento responsabile di tutto questo. Sono stato io a volermi trasferire qua. Ho fatto di tutto per renderti felice, per convincerti a restare qui. Ma sfortunatamente la prima persona che hai conosciuto è stata Chloe, e io mi sento in colpa per questo. Mi dispiace, tesoro.»

«Non devi scusarti, né sentirti in colpa in alcun modo. Sono stata stupida a credere in questa amicizia con lei. E come mi hai ricordato più di una volta, mi avevi avvisata.»

«Ehi,» dice con voce più allegra, «proviamo a distrarci un po' e concediamoci una cena romantica questa sera. Cucino io?»

«Sarebbe bellissimo,» mormoro, «ma non ho ancora detto a Rosa che sei tornato, aveva intenzione di venire qui questa sera.»

Si fa scuro in volto. «Non serve che venga qui ormai, e di certo non vogliamo una cena romantica a tre.»

«Lo so, ma mi sembra un po' scortese dire "Non venire perché è tornato Tom".»

«Io e te abbiamo bisogno di passare un po' di tempo insieme, e *tu* hai decisamente bisogno di cure amorevoli, chiamala e dille così. Se è tua amica, capirà.» dice lui. «Senti, sei esausta, perché non vai a farti un bagno e un riposino, prenditi il tuo tempo per prepararti.»

«Va bene, mi sembra un'ottima idea.» Lo bacio sulle labbra.

«In fin dei conti, è il nostro anniversario.»

«Oh no! Non mi ero resa conto di che giorno fosse! Tom, me ne sono dimenticata, mi sento malissimo. Come è potuto succedere? Di solito sono io che lo ricordo a te.»

«Ne hai passate tante negli ultimi giorni, e prima di venire all'asilo ho fatto un po' di spesa. Te l'ho detto: stasera cucino io.»

«Adesso mi fai sentire anche peggio. Hai affrontato un viaggio di sette ore in auto e ti sei anche ricordato il nostro anniversario.»

«Ti prego, non starci male, dovresti essere felice nel giorno del nostro anniversario.»

«Penserai che sia una persona orribile...» In realtà non sono in vena di festeggiamenti stasera, ma sono commossa dal fatto che Tom se ne sia ricordato, e che voglia festeggiare.

«Ne hai passate tante da quando siamo qui, ora rilassati e basta. Qui ci penso io.»

«Magnifico, grazie, vado a farmi un bagno adesso.» dico, mandandogli un bacio.

Mi fermo sulla soglia e mi volto. «Sei sicuro? Hai guidato tanto, devi essere stanco. Non ruota tutto intorno a me.»

«Sono stanco, ma credo di dover passare un po' di tempo con Sam.»

«Ottima idea. Lo adorerà.» Faccio per allontanarmi, poi mi giro di nuovo. «Oh, e se capita l'occasione, ti dispiacerebbe fargli un discorsetto sulla questione delle parolacce?»

«Di nuovo?»

Alzo gli occhi al cielo.

«Gliene parlerò.» ridacchia. «Oh, e mettiti il vestito rosso, mi fai impazzire con quello.»

Gli mando un bacio e mi dirigo in camera da letto, dove chiamo Rosa per dirle che Tom è a casa, e che la mia maglietta a righe è ricomparsa.

«Oh mio *Dio*!» Sembra arrabbiata quasi quanto me. «Lo *sapevi* che ce l'aveva lei, vero? Quanto è stato strano vederla con indosso i tuoi vestiti?»

«Terribile, davvero inquietante, ma soprattutto non riesco a capacitarmi della sua sfacciataggine.»

«Stronza.» borbotta lei.

Le racconto che Tom è tornato un paio di giorni prima per via dell'incendio di ieri sera e, con mio grande sollievo, per Rosa non è un problema, perché suo zio non sta molto bene.

«A esser sincera, ero riluttante a lasciarlo solo, ma non volevo che nemmeno tu stessi da sola, quindi almeno per una volta Tom è d'aiuto.» dice, scherzando ma non troppo.

«Mi dispiace. Be', Tom rimarrà a casa per un paio di settimane; perciò, io e Sam non avremo bisogno della guardia del corpo. Puoi badare ai tuoi zii.»

Ridacchia. «Mi sembra giusto. Quando Tom sa di dover

tornare al lavoro, fammi sapere se hai bisogno che prenda io il suo posto, ma con un po' di fortuna, Chloe sarà già in prigione a quel punto.»

«Spero solo che riceva l'aiuto di cui ha bisogno.» dico. «Pensa quanto sarebbe bello non dover chiudere tutte le porte a chiave e controllare dietro le tende ogni volta che torno a casa.»

«Per non parlare del fatto di dover controllare il giardino sul retro ogni sera per evitare falò.» aggiunge con un risolino.

Riaggancio il telefono. Sono così stanca che decido di riposarmi per qualche minuto sul letto, ma mi sveglio due ore dopo. Sono sorpresa, ma è ancora presto e avevo bisogno di riposare e così, sentendomi molto meglio, mi concedo un lungo bagno.

Più tardi, mentre mi sto vestendo, sento Tom e Sam ridere nel corridoio. Tom lo rincorre su per le scale e, dopo un bagno veloce, lo mette a letto. Non resisto alla voglia di entrare in camera per rimboccargli le coperte. Indosso il mio abito da sera rosso, con un rossetto abbinato e capelli appena lavati e asciugati, e nonostante tutto, mi sento molto più rilassata, cosa che non mi capitava da settimane.

«Wow!» dice Tom quando entro nella stanza di Sam.

«Wow!» gli fa eco Sam, cosa che ci fa ridere entrambi.

Gli do il bacio della buonanotte e mi dirigo in cucina, lasciando Tom a leggergli la favola della buonanotte.

Ma una volta lì, sono un po' sorpresa di vedere la cucina intatta come l'ho lasciata qualche ora prima. Pensavo che Tom avesse detto che avrebbe cucinato qualcosa, ma il forno è spento e nel frigorifero non c'è nulla; quindi, immagino abbia in programma di ordinare d'asporto. Mi siedo all'isola della cucina e mi verso un goccio di vino, maledicendo Chloe perché mi fa sentire in colpa per questo piccolo momento di piacere. Ma ben presto il vino bianco fresco toglie tutta la tensione e inizio a rilassarmi, mentre aspetto che mio marito venga a passare la serata con me. Non importa se mangeremo korma e papadum, sarà bellissimo trascorrere del tempo insieme solo noi due. Sto immaginando la serata che ci aspetta quando suona il campanello, mandando in frantumi la mia illusione, e poiché sono ancora in uno stato di massima allerta, sobbalzo e mi rovescio il vino sul vestito. Forse non sono così rilassata come credevo.

Il mio primo pensiero mentre percorro il corridoio è: e se fosse Maureen dei servizi sociali che cerca di cogliermi in fallo?

Rispondere al campanello con indosso un lungo abito rosso che puzza del vino che ho rovesciato è proprio l'ultima cosa che dovrei fare. Ma chiunque sia, è molto insistente e continua a suonare il campanello con fare aggressivo. Afferro un vaso dalla credenza all'ingresso, intendo usarlo per difendermi nel caso in cui ci fosse Chloe sulla soglia.

Con prudenza mi avvicino alla porta e cerco di capire chi possa essere guardando attraverso il vetro decorato, ma non ci riesco. Sembra una donna minuta, ma non è bionda. Quindi, a meno che Chloe non indossi una parrucca per camuffarsi, non si tratta di lei.

Apro lentamente la porta, sbirciando attraverso la fessura. Indietreggio un po', sorpresa di vedere una donna giovane e affascinante che mi sorride attraverso il lucidalabbra.

«Mrs Frazer, buonasera.»

«Buonasera...» dico in tono vago, non sicura di chi sia esattamente. Ha un viso familiare, ma non riesco a ricordare chi è.

«Sono Iris, dell'asilo.» Sorride, e all'improvviso la riconosco attraverso il trucco.

«Ciao, Iris. Scusami tanto, non ti avevo riconosciuta. Santo cielo, sei bellissima, non che di solito tu non lo sia, voglio dire...» Apro completamente la porta, sentendomi un po' in imbarazzo. Solo qualche ora fa, Iris mi guardava terrorizzata mentre inveivo contro Chloe nell'area giochi.

«Oh, mi ha sempre e solo vista in divisa e senza trucco.» ridacchia, e io sorrido sollevata. Ha senza dubbio perdonato la mia sfuriata.

«In realtà, avrebbe dovuto essere Tom ad aprirmi la porta.»

«Oh, davvero?» chiedo, confusa.

«Sì, faccio parte della sua sorpresa di anniversario. È molto premuroso, suo marito.» aggiunge per inciso.

«Sorpresa?» Dev'essere ovvio dalla mia espressione che non ho idea di cosa stia dicendo.

«Sì, farò da babysitter.»

Non ha alcun senso. «Oh, è carino da parte tua, ma non dobbiamo uscire.»

«Be', non *esattamente*, ma non posso rovinare la sorpresa.»

«Va bene.» dico piano. «Allora entra e fa' come se fossi a casa tua. Sam sarà contentissimo, ma Tom lo sta mettendo a letto, perciò non credo che lo vedrai.»

«Che peccato.»

«Non direi. Sono sicura che ne avrai abbastanza dei bambini dopo una giornata di lavoro!» scherzo.

Iris sorride ed entrambe ce ne stiamo lì in cucina a guardarci, nessuna delle due sa cosa dire. È Iris, la maestra d'asilo, e il fatto che adesso sia qui nella nostra cucina ha cambiato le dinamiche. Credo che si senta a disagio quanto me.

«Vado a chiamare Tom, così può spiegarmelo lui.» dico per poter fuggire. «Non voglio metterti nei guai per aver rovinato la sorpresa. C'è del caffè caldo nella caffettiera, serviti pure, io ci metto un minuto.»

Corro su per le scale e afferro Tom mentre chiude pian piano la porta della stanza di Sam.

«Stai bene?» chiede, sembra allarmato. Mi rendo conto che, nonostante fingiamo che vada tutto bene e che Chloe non possa farci del male, siamo entrambi con il fiato sospeso in attesa della sua prossima mossa.

«Sto bene.» dico. «Iris è qui, ma avevi detto che non saremmo usciti, e date le circostanze, non mi va di lasciare Sam.»

«Nemmeno a me, e mi sono scervellato per capire come potevamo sentirci fuori casa *senza* lasciarlo da solo. Allora ho pensato di mangiare all'esterno, ma mi sono reso conto che, per come stanno le cose al momento, entrambi saremmo stati più felici e tranquilli sapendo che c'è qualcuno in casa a tenere d'occhio Sam.»

«Sì, ha senso.»

«Stavo quasi per chiamare Rosa, ma poi ho avuto la brillante idea di chiamare Iris.» dice, sorridendo come se avesse appena fatto qualcosa di meraviglioso, ed è davvero così. Ma al momento non sono sicura di voler lasciare Sam con *nessuno*, nemmeno con Iris.

Tom coglie la mia riluttanza. «Avresti preferito Rosa?» chiede, mortificato.

«No, Sam non ha più visto Rosa da quando era piccolino, non la riconoscerebbe. Iris è perfetta.»

«Sì, certo. Rosa sarebbe una sconosciuta per Sam perché ogni volta che è stata qui, è sempre arrivata come il vampiro che è, con il favore delle tenebre.» Sorride per addolcire il commento.

«Non so cosa avrei fatto senza di lei quando tu non c'eri.» dico con enfasi. «Per quanto mi riguarda, Rosa mi ha salvato la vita.»

Si stringe leggermente nelle spalle. «Già, ma mi sento in colpa per non esserci stato io a farlo.»

Apprezzo la sua onestà, e lo bacio sulla guancia.

«È carino da parte tua prenderti tutto questo disturbo, e Iris è un'ottima scelta, ma non potremmo pagarla lo stesso, mandarla a casa, ordinare la cena d'asporto e stare tutta la sera sul divano, solo noi due?»

«Sì, ma ormai Iris è qui, ed è il nostro anniversario. Volevo che questa serata fosse speciale, non una cena sul divano con cibo d'asporto. Ho ordinato un fantastico cestino da picnic che ci aspetta fuori: champagne ghiacciato, salmone affumicato, fragole, tutti i tuoi cibi preferiti. Siamo stati lontani per molto tempo quest'anno, voglio solo che tu sappia quanto ti amo. Ho fatto male?»

«No, per niente, è dolcissimo. Mi sto comportando... mi sto comportando molto da *me*, vero?» *Non succederà nulla di brutto.* «Mi sto preoccupando troppo e sto lasciando che la mia ansia rovini il momento.»

Tom sorride e mi prende per mano, e insieme entriamo in cucina, dove Iris sta aspettando.

«Ehi, Tom.» Iris sorride raggiante quando entriamo nella stanza.

«Ehi, Iris. Non voglio sfidare la sorte, ma credo che passerai una serata tranquilla. Sam è esausto.»

«Ah, non mi dispiacerebbe se si svegliasse, è per questo che sono qui.» dice, squadrandomi dalla testa ai piedi. «Volevo dirglielo già prima, Mrs Frazer, è bellissima.» Sorride.

«Ti ringrazio, Iris. E ti prego, chiamami Rachel. La stanza di Sam è in cima alle scale.» dico. «Non abbiamo mai avuto una babysitter prima, ma se si dovesse svegliare, sarà entusiasta di vederti.»

«La cosa è reciproca.» dice lei. «Ora non preoccupatevi per Sam, starà bene. Lo terrò d'occhio io. È emozionato per la giornata sportiva di domani?» domanda.

«Oh, sì che lo è.» Me ne ero completamente dimenticata, ma non voglio ammetterlo. Dopo che mi hanno vista crollare nell'area giochi dell'asilo, non voglio mostrare a Tom o alla maestra di mio figlio che razza di madre snaturata sono, che si dimentica della giornata sportiva.

«E anzi, grazie per avermelo ricordato, perché la sua tuta è in lavatrice. Scusatemi solo un momento.» Mi precipito in lavanderia, appena fuori dalla cucina. Ho messo il cesto della biancheria qui questa mattina e avevo *intenzione* di fare il bucato prima di portare Sam all'asilo, ma dopo che Maureen Richards mi ha fatto visita per accusarmi di essere un'alcolizzata, e con la preoccupazione di vedermi portare via mio figlio, me ne sono completamente dimenticata.

Apro lo sportello della lavatrice e in fretta trasferisco all'interno il contenuto del cesto della biancheria, poi metto il detersivo prima di farla partire. Sto quasi per uscire dalla lavanderia, quando qualcosa all'interno della lavatrice cattura il mio sguardo. Fisso il contenuto del cestello mentre questo continua a girare, ma non lo vedo più, così spengo la lavatrice e aspetto di poter riaprire lo sportello.

«Andiamo, Rachel, cosa stai facendo là dentro?» mi chiama Tom bonariamente dalla cucina.

«Un attimo solo.» dico nell'attesa disperata. Il sangue mi scorre veloce nelle vene. Il mio cuore martella così forte che riesco a sentirlo nella testa.

Dio, spero di sbagliarmi. Ti prego, Dio, fa' che mi sbagli.

Alla fine, dopo quelle che sembrano ore ma sono in realtà solo tre minuti, sento il click dello sportello che si sgancia. Chinandomi, apro l'oblò e, infilando una mano, estraggo la maglietta blu a righe. La maglietta che Chloe adora. Quella per cui l'ho pubblicamente accusata di averla rubata da casa mia.

40

Io e Tom camminiamo mano nella mano attraverso il giardino annerito dal fuoco diretti al nostro picnic. Non parliamo delle piante distrutte, né dei mucchi di cenere grigiastra, perché ci ricordano lei e non vogliamo rovinare questo momento. Lei ha già rovinato tutto il resto da quando sono arrivata qui. Questa sera voglio solo guardare il cielo che si tinge di rosa e la luna crescente che si libra tra le nuvole lilla. La mano di Tom è calda, mio figlio è al sicuro con Iris e ogni cosa è quasi perfetta. Eppure, sento questo impellente bisogno di fermarmi e vomitare in una delle aiuole. Non riesco a pensare ad altro che a *lei*. Nella mia mente vedo la maglietta a righe blu, *so* per certo che ieri non era nel cesto della biancheria quando la cercavo. Ho spostato letti, svuotato cassetti e credenze, controllato ogni singolo angolo e fessura in ogni stanza della casa. Quella maglietta non era assolutamente da *nessuna* parte. Quindi come ha fatto a ricomparire questa sera nella lavatrice? Non c'era lì quando l'ho cercata, e so di non essere stata *io* a metterla in lavatrice. Tom è tornato solo oggi, quindi non può avercela messa lui lì, e di certo non è stato Sam.

Chloe è entrata in casa e l'ha messa lì dentro mentre

eravamo tutti qui? Ancora una volta, dopotutto, non posso fare a meno di percepire il minuscolo frammento di un dubbio farsi strada nella mia testa. È possibile che, nel bel mezzo di tutto questo dramma, semplicemente non l'abbia vista? È stata lì dentro tutto il tempo? È per questo che Chloe sembrava così sconvolta, ferita e incredula quando l'ho accusata di averla rubata? Non riesco a pensare ad altro mentre attraversiamo il giardino. Noto a malapena il dolce profumo del gelsomino che riempie l'aria, e a stento mi rendo conto che Tom sta aprendo la porta che dà sulla zona piscina. È solo quando ci troviamo a pochi metri dall'acqua che il familiare terrore mi travolge come un'onda.

Non riesco a respirare, boccheggio per la mancanza di ossigeno, il mio cuore martella. Mi sento disconnessa dalla realtà, come se mi stessi staccando da qualcosa di solido. Sto fluttuando senza nulla che mi tenga ancorata a terra.

«Rachel, Rachel.» È la voce di Tom nel mio orecchio. Mi sta reggendo mentre barcollo sul pavimento lastricato di piastrelle italiane. La minaccia scarabocchiata sul muro brilla alla luce blu della piscina: *Affoga, puttana!*

«Non voglio stare qui.» dico.

Tom mi ha condotta fino a una coperta distesa a terra, sopra c'è un cestino da picnic aperto, ora ricordo. Il nostro anniversario.

«Tesoro, siediti qui e rilassati, nessuno proverà a farti avvicinare all'acqua. Guarda, ho preparato tutto un po' più lontano dal bordo. Non dobbiamo nuotare, volevo solo portarti qui. Voglio che ami questo posto tanto quanto lo amo io.»

I miei occhi vengono attratti dal messaggio sul muro, uno schiaffo silenzioso e pungente sul volto.

Tom segue il mio sguardo. «Non mi avevi detto di quello. L'ho visto solo quando sono venuto a preparare il picnic, ma ormai era troppo tardi per farci qualcosa. Non guardarlo. Lo farò coprire, o cancellare.»

Mi siedo accanto a lui e non guardo quelle parole, ma l'inquietante luce turchese proveniente dalla piscina è ovunque.

«Lei è sempre qui, non è vero? In un modo o nell'altro, riesce sempre a rovinare tutto.» dico.

Resto seduta per qualche minuto. Tutto intorno a me è annebbiato e dopo un po' riesco a concentrarmi su qualcosa che non sia quella strana luce blu o le lettere color rosso sangue.

Noto che Tom ha disseminato l'area della piscina con candele poste dentro dei vasetti di vetro, come tante piccole stelle che si riflettono sulle piastrelle scintillanti. La luce della piscina sembra farsi più intensa a mano a mano che il cielo si fa più buio, una brillante entità turchese nell'oscurità crepuscolare.

Lo champagne è al fresco nel secchiello portaghiaccio e due flûte vuoti sono lì in attesa, ma la delusione sul volto di Tom mi fa venire voglia di piangere. Sono una pessima moglie, proprio come sono una pessima madre. Questa non è la serata romantica che il mio premuroso marito aveva pianificato. Ha fatto tutto questo per *me*: le candele nei barattoli, lo champagne, ha trovato qualcuno di fidato per badare al nostro amato bambino. Si merita una moglie migliore.

«Apriamo lo champagne, ti va?» mormoro, ancora turbata, ma decisa a combattere questa sensazione.

Il sorriso sul suo volto mi ripaga dei miei sforzi. Solleva la bottiglia dal suo letto di ghiaccio e, con un gesto teatrale, fa saltare il tappo. Lo scoppio mi fa sobbalzare e, mentre riempie il mio calice di bollicine, ridiamo insieme, in un fugace attimo di felicità. Ma poi i miei occhi cadono nuovamente sul messaggio e questo smorza la frizzantezza dello champagne, reprimendo la gioia del momento fino a soffocarla.

Le braccia di Tom sono intorno a me, il mio porto sicuro mentre l'oscurità cala e spuntano le stelle, e quella piccola esplosione di allegria provocata dallo champagne torna a farsi sentire. Ricomincio a respirare e, voltandomi per dare le spalle al muro e alla piscina, allungo una mano e tocco la guancia di mio marito. Lui si avvicina e mi bacia, delicatamente mi abbassa le spalline del vestito, scoprendo il mio seno nudo e poi, con fermezza ma allo stesso tempo con dolcezza, mi spinge giù sulla coperta. Sono sdraiata, lo sguardo rivolto in alto alle stelle e al cielo sempre più buio, mentre le sue dita mi accarezzano i capezzoli. Si muove lungo il mio corpo, la sua lingua mi esplora dolcemente, facendo sciogliere lo stress e la paura come una candela mentre la fiamma arde intensamente. Poi arrivano i fuochi d'artificio. Le scintille mi attraversano il corpo e io grido mentre esplodo dentro. E in quel vibrante momento finale, so perché Chloe mi invidia, perché vuole essere me: perché questo istante, qui, adesso, con Tom, è *tutto*.

Con delicatezza entra dentro di me e insieme ci rotoliamo sulla coperta soffice, mezzi nudi, da soli nel silenzio, rotto soltanto dal suo ansimare, dal dolce sciabordio dell'acqua e dal palpito della piscina.

Alla fine, rimaniamo sdraiati insieme a lungo, a stringerci l'un l'altra.

«Altro champagne?» mormora. Guardando il suo splendido volto, i suoi bicipiti forti, i suoi bellissimi occhi, provo così tanto amore e gratitudine per lui.

«Ti amo, Tom.»

«Io ti amo di più.» risponde lui, un eco dei primissimi giorni della nostra relazione, quando avevamo del tempo per noi.

Prendo il mio calice e Tom versa altro champagne per entrambi. Frizza sulla mia lingua, e se il chiaro di luna avesse un sapore, sarebbe questo.

Dopo il secondo calice, ispezioniamo il cestino da picnic, scoprendo salmone affumicato, cracker, limoni freschi e aneto, insieme alle fragole mature e succose.

«Lasciamone qualcuna per Sam, sono la sua frutta preferita.» dico.

«Sarebbe felicissimo di mangiarle a colazione.» concorda

Tom, e mette cinque grandi fragole in un tovagliolo; quindi, ci lanciamo sul resto delle cibarie e le divoriamo.

«Spero che Sam stia bene, spero che non si sia svegliato e abbia pianto chiedendo di me. A volte gli succede.» dico.

Tom si infila un cracker in bocca e inizia a masticare, guardandomi nello stesso modo in cui io guardo lui. Entrambi sappiamo cosa sta pensando l'altro.

«Devo andare a controllare che stia bene?» diciamo all'unisono, e scoppiamo a ridere.

«Vado io.» dice Tom, alzandosi e allontanandosi.

«Non metterci molto,» gli dico, «mi mancherai.»

«Tu mi mancherai di più.» risponde lui, e scompare attraverso la porta per andare a controllare nostro figlio.

Me ne sto seduta da sola nell'oscurità bluastra, a bere champagne e pensare a quanto sono fortunata. Tom è a casa e io non ho più paura; perfino il messaggio crudele scarabocchiato sul muro ha perso la sua potenza. Come quando guardi qualcosa abbastanza a lungo da non vederla più.

Riesco perfino a vedere la bellezza della piscina: la cosa che ci ha divisi e mi ha inondata di brutti ricordi potrebbe invece farci avvicinare. Qua fuori mi sento come se stessi in un altro posto, c'è solo il buio, la luce inquietante, lo sfarfallio delle candele e il palpito costante della piscina. Ne avrò sempre paura, ma per la prima volta penso che esista la possibilità di riuscire a conviverci. Poi sento uno scricchiolio, qualcosa che si muove tra i cespugli.

«Tom, sei tu?» dico, sorridendo, perché lo conosco bene. Non resiste alla voglia di farmi scherzi, e salterà fuori da dietro un albero da un momento all'altro.

«Tom, so che se lì.» dico mentre la porta si apre pian piano, ma compare una sagoma scura e minuta.

«Ciao Rachel.» dice. «Ti stai divertendo?»

41

«Tom!» grido presa dal panico, mentre il mio incubo peggiore si materializza davanti a me.

«Inutile chiamare Tom, è troppo lontano, sia fisicamente che metaforicamente. Proprio non lo conosci tuo marito, eh? Sta chiacchierando con Iris in cucina; si è quasi dimenticato che tu sei quaggiù.»

Indossa un altro dei suoi abiti svolazzanti, uno giallo, lungo fino alle caviglie. È scalza, ha i capelli arruffati.

«Vattene via, Chloe, o chiamo la polizia!» è tutto ciò che riesco a dire.

Continua ad avanzare verso di me, con un'andatura lenta, come un gatto, poi all'improvviso si ferma. «Perché sei così cattiva con me, Rachel, quando io voglio soltanto proteggerti?» La sua voce ha un suono diverso, acuto, è strana. Adesso è in piedi sul bordo opposto della piscina, la testa inclinata da un lato, i capelli scompigliati, gli occhi macchiati di rimmel nero.

«È stato orribile incontrarti oggi all'asilo.» dice. «Perché hai mentito riguardo alla maglietta, Rachel?»

Non rispondo. Tutto il mio corpo è teso, non riesco a

muovermi, come se la coperta da picnic mi tenesse ancorata a terra.

Chloe riprende a muoversi, avanza verso la piscina, aprendo le braccia per stare in equilibrio mentre cammina in punta di piedi sul bordo. Un passo falso e finirebbe in acqua. Ho il cuore in gola. La osservo traballare sul bordo, incapace di parlare.

«Chloe, non so cosa sia successo con la maglietta. Credo che tu l'abbia riportata qui. Sono confusa. Non voglio parlare con te. Sono *spaventata*. Di certo lo capisci, vero?»

Si ferma, la testa si volta lentamente nella mia direzione. «Ogni cosa che ti ho raccontato è vera. Mi importa di te, Rachel. Credevo mi importasse di Tom, che tu non significassi nulla. Ma *non* è così, per questo ti ho raccontato di me e lui.»

«Sì, ma non è *vero*, Chloe, e le bugie feriscono le persone. Tu mi hai ferita.»

«Tu hai ferito *me*, mi hai prima presa e poi scartata come tutti gli altri. E dopo che hai detto quelle cose orribili su di me oggi, ora anche Jennifer si comporta in modo strano con me.» Riprende a muoversi. Si sta avvicinando, adesso è alle mie spalle.

Spero che Tom si sbrighi a tornare.

Sono ancora seduta sulla coperta, rigida. Non riesco a muovermi. La osservo, la tensione sale, mi preparo a fuggire. È più vicina adesso, mi guarda dall'alto, ma la luce della piscina è alle sue spalle; perciò, non riesco a vederle il volto.

E se mi facesse del male adesso, o peggio, se entrasse in casa e facesse del male alla mia famiglia? La paura mi stringe la gola. Come abbiamo potuto essere così stupidi? Ci siamo volontaria-mente esposti a questo. Avrei dovuto *insistere* con Tom per rimanere in casa stasera.

Con mio grande orrore, all'improvviso mi rendo conto di avere il vestito sollevato. Subito lo riabbasso sulle cosce, assicu-randomi di tirare su anche le spalline. Sto forse inconsciamente preparando la mia fuga? O lo faccio per salvaguardare la mia dignità di fronte alla morte?

«Mi manchi.» dice lei.

«Mi manchi anche tu.» mento. Devo essere gentile con lei: è ferita e arrabbiata, e se avesse un coltello o cercasse di attaccarmi, non avrei alcuno scampo. Certo, è più minuta di me, ma come ha detto Rosa, è una lottatrice accanita: morde e graffia e scalcia. Io non ho mai lottato corpo a corpo con qualcuno, e non sono Rosa. Quanto vorrei che lei fosse qui adesso.

Dove diavolo è Tom?

Chloe fa un movimento improvviso e io sussulto, ma si sta solo sedendo accanto a me.

«Scusa, non volevo spaventarti» - sta ancora parlando con quella voce strana - «ma non potevo starmene ferma ad aspettare e chiedermi cosa avrebbe fatto?»

«Chi?»

«Tom, ovviamente.»

Si avvicina di più sulla coperta. Ancora non riesco a vedere bene la sua faccia nell'oscurità illuminata solo dalle candele. Sto tremando dalla paura.

«Quello di cui ti devi rendere conto, Rachel, è che lui non ti ama. Ama i tuoi *soldi*.» annuncia come un dato di fatto.

Voglio dirle di andare a farsi fottere, che non conosce me né la mia vita, e tutto questo si basa su una strana fantasia che ha costruito nella sua testa. Ma *non devo* farlo, *non devo* arrabbiarmi con lei, perché se lo facessi, potrebbe finire in modo orribile, e con molta probabilità vincerebbe Chloe.

Riesco a percepire la tensione nell'aria. Ogni singolo tendine del mio corpo sta gridando *Allontanati da lei*, ma non ci riesco. È proprio accanto a me, la sua coscia calda di fianco alla mia. Quanto vorrei spingerla via, darle un pugno, mettermi a correre, ma non oso.

«Abbiamo passato un periodo stupendo quando Tom era appena arrivato qui.» inizia a parlare, e perfino nella luce fioca riesco a vedere i suoi occhi brillare al ricordo. «Ci sedevamo nella stanze vuote della casa con una bottiglia di vino, o un cesto da picnic proprio come questo.» Indica il nostro cestino d'anniversario. «Tom adora i picnic,» dice con un sospiro, «e adora fare l'amore subito dopo.»

È una follia.

«Eravamo discreti, Rachel.» Si volta verso di me. «Non uscivamo molto. A volte andavamo a Penzance, in un ristorantino tranquillo, e cenavamo lì. Non ci siamo mai fatti vedere insieme da queste parti, lui ha insistito molto su questo.»

Infila una mano nel tovagliolo in cui Tom ha messo le fragole per la colazione di Sam. Vorrei darle uno schiaffo quando tira fuori la più grossa e matura e se la mette in bocca.

«Non vedevamo l'ora che la piscina fosse finita, e la prima sera ci siamo subito tuffati dentro. Ci siamo spogliati a vicenda e abbiamo nuotato nudi.» Si volta per guardare con aria nostalgica la piscina, rivivendo il ricordo di una cosa mai successa davvero.

«Tom diceva che non poteva mai fare cose del genere con te, perché avevi questa assurda paura dell'acqua.» Ride tra sé e sé, come se io fossi inadeguata perché non mi lancio in acqua alla prima occasione.

Non dico nulla.

Dov'è Tom? Sono preoccupata per lui. Chloe è già stata in casa?

All'improvviso distoglie lo sguardo dalla piscina e dalle sue immaginarie nuotate senza vestiti addosso e mi chiede «Vuoi sapere perché abbiamo rotto, io e tuo marito?»

La mia voce è sparita. Non riesco a parlare, così mi limito ad annuire.

Mi chiedo se potrei afferrare la bottiglia di champagne ancora mezza piena e, quanto meno, minacciarla con quella.

È stata in casa e ha fatto del male a Tom o a Sam, o a entrambi?

Sta aspettando che le chieda perché lei e Tom si sono

lasciati, ma mi rifiuto di dare credito alla sua fantasia perversa. Crede di essere il centro di tutto qui, come se tutti fossimo pupazzi che lei può manovrare, perfino Tom esiste solo per il suo piacere. Ma adesso anche per la sua vendetta?

«Mi arrabbiavo. Gli facevo promettere che non mi avrebbe lasciata, poi un giorno mi ha detto "Non possiamo vivere per sempre felici e contenti in questa casa, perché è intestata a mia moglie. È lei la proprietaria, e anche i soldi sono tutti suoi."»

Questo, ovviamente, è vero. Sono stata io stessa a dire a Chloe che ogni cosa è intestata a me; perciò, non avrebbero mai potuto vivere qui insieme. Ma ora ricordo la sua risposta. *I modi esistono*, aveva detto. Il cuore mi batte più forte adesso, vedo distintamente cosa sta succedendo. Chloe stasera è qui per sbarazzarsi di me, perché nella sua mente contorta, crede che sia l'unico modo per vivere per sempre felice e contenta insieme a Tom.

«Tom ha detto che se non ci fossi stata *tu*, avremmo potuto vivere qui insieme.» dice adesso, confermando le mie paure. «Era il mio sogno, avere un compagno bellissimo e di successo come Tom, una splendida casa con piscina, un bambino. Insomma, ero al settimo cielo.»

Sono al tempo stesso inorridita e affascinata dalla sua follia. Le sue idee da squilibrata sono reali, cruente, e mi dilaniano.

«Tom ha detto che l'unico modo per poter avere tutto questo solo per noi due era fare in modo che ti capitasse qualche incidente. Non riuscivo a credere alle sue parole, ma ha detto che non sapevi nuotare, e che se tu fossi caduta in piscina e annegata, nessuno avrebbe fatto domande. Ecco perché l'ha fatta ristrutturare.»

Sto ancora ascoltando, meravigliata di vedere dove arriva la sua immaginazione.

«All'inizio ci ho pensato su.» dice, come se stesse parlando a sé stessa, ricordando in privato i suoi piani e pensieri folli, come se io non fossi qui. «Non conoscevo sua moglie, avevo solo visto delle foto in camera da letto.» continua. «Rachel era solo una fotografia appesa a un muro; non sarebbe stato difficile spingere in piscina una donna che non conoscevo e fingere che fosse stato un incidente.» Prende un'altra fragola e la addenta. Alcune goccioline rosse atterrano sul suo abito color giallo pallido, come sangue.

«Tom diceva che tu non lo amavi, che eri infelice, difficile, che lo criticavi sempre ed eri così iperprotettiva con Sam da averlo reso ansioso e nervoso. Ti credevo una brutta persona, per questo ho acconsentito.»

Scuoto la testa. Questi sono solo i vaneggiamenti di una pazza, eppure è difficile ascoltarli.

«Ma c'era una piccola parte di me che non era sicura al cento per cento.» dice, guardandomi dritta in faccia adesso, nel tentativo di riconquistare la mia attenzione con questo nuovo colpo di scena. «Per questo sono venuta qui la prima sera, perché volevo conoscere la sua pessima moglie, volevo vedere con i miei stessi occhi quanto fosse orribile, così sarebbe stato più semplice per me spingerla in acqua.»

«Chloe, ora basta...» inizio a dire, ma lei si è di nuovo ritirata nel suo piccolo mondo.

«Quella notte mi sono resa conto che Rachel era umana, in carne ed ossa, dolce e amichevole e... non potevo farlo. Ovviamente Tom era furioso che mi fossi presentata qui senza avvisare e che ti avessi conosciuta; temeva tu capissi che c'era qualcosa tra di noi. Ma era ancora più arrabbiato quanto gli ho detto che non potevo farlo, che non potevo uccidere sua moglie.»

«Chloe, hai bisogno di aiuto.» comincio a dire.

Ancora fin troppo vicina, si volta verso di me, e la sua faccia è a un centimetro dalla mia. «Fammi *finire!*» sibila. «Perché nessuno mi dà mai ascolto?»

«Se tutto questo è vero, e se davvero ci tenevi a me, allora perché non me l'hai detto?» È evidente che non reagisce bene quando le si dà della pazza; perciò, devo stare al gioco finché non torna Tom.

Spero solo che stia bene.

Appoggia la mano sul mio braccio; è un gesto troppo intimo e io mi divincolo mentre lei continua a parlare. «Non mi avresti creduta, avresti creduto a Tom, lui ti avrebbe messa contro di me e non saremmo più state amiche.»

Mi allontano leggermente, ma d'istinto Chloe mi afferra il braccio. «Per questo non ti ho detto quello che Tom voleva che facessi, ma ho cercato di tenerti d'occhio, per assicurarmi che non succedesse nulla. Ho perfino pensato che tu e Tom avreste potuto restare insieme e noi saremmo diventate amiche, come lo sei con Rosa. Ma lui detestava la nostra amicizia, e perfino allora ha continuato a insistere perché mi liberassi di te.»

Ancora bugie, ma non ho intenzione di discutere con lei. Non è questo il momento.

«Era arrabbiato con me, diceva che se lo amavo davvero, dovevo farlo, così saremmo potuti stare insieme. Continuava a ripeterlo, ancora e ancora, nonostante gli avessi detto di no. Ha detto che una sera ti avrebbe portata alla piscina e ti avrebbe lasciata qui da sola.» Si guarda intorno, poi si volta per guardarmi in faccia. «Come adesso.»

Mi si rivolta lo stomaco. Devo urlare o fuggire, ma sono pietrificata.

«Sarei dovuta venire qui, aspettare finché lui non se ne fosse andato e infine spaventarti; poi, mentre tentavi di scappare, io avrei dovuto spingerti in acqua.»

È una minaccia? Ha intenzione di portare a termine questo presunto piano che si è inventata?

Mi guarda fisso in volto, i suoi occhi sono scuri e imperscrutabili mentre prosegue con il racconto. «Ho detto a Tom che il ragionamento poteva anche essere fatto al contrario. Ho detto "Se mi amassi abbastanza, ti libereresti tu di lei. Perché devo farlo io?" Mi ha risposto che lui sarebbe stato il principale sospettato, ma nessuno avrebbe mai sospettato di me, soprattutto se fossi diventata tua amica. Non dovevo fare altro che spingerti in piscina, lasciarti lì ad annegare, e una volta sicura che fossi stata sott'acqua abbastanza a lungo, avrei dovuto scavalcare il muro e andarmene. Saremmo rimasti lontani per qualche mese, e poi avremmo potuto stare insieme per sempre.»

«Chloe, non credo che sia mai successo niente di tutto ciò. Te lo sei *immaginata*.» dico con delicatezza.

«Non mi credi?» Si raddrizza, sembra sinceramente sconvolta. Si guarda intorno, poi a un tratto sembra accorgersi dello scarabocchio sul muro della piscina.

«Cosa cazzo è *quello*?»

«Credo che tu sappia esattamente cos'è.»

«No!» sbotta, poi senza nemmeno alzarsi in piedi inizia a trascinarsi sulle mani per allontanarsi da me. Per la prima volta, sembra avere paura di me. «Non lo crederai sul serio, vero? Non crederai che sia stata io, vero, Rachel? Come puoi anche solo pensare...?» Sembra quasi in lacrime.

«Senti, Chloe, ti conosco, sei una persona gentile, non volevi farlo. Forse non ti sei nemmeno resa conto di essere stata tu a scriverlo.»

«NON SONO STATA IO!»

«Va bene, ma tu stessa hai detto che prima di conoscermi e diventare mia amica eri pronta a uccidermi. Questo è molto peggio che scrivere una frase sul muro.»

«No, invece, perché come ha detto Tom, non ti avrei *davvero* uccisa. Ti avrei solo spinta in acqua, e se di conseguenza tu fossi morta... allora sarebbe stata colpa tua, perché non sapevi nuotare.»

«Wow.» dico. *È davvero pazza.*

«È l'unico motivo per cui all'inizio ho acconsentito, perché all'epoca eri una sconosciuta che non sapeva nuotare! Ma come ho detto a lui, non c'era *bisogno* che tu morissi per poter stare insieme. Poteva semplicemente divorziare e venire a vivere nel mio appartamento. È stato allora che me ne sono resa conto: lui non voleva me, voleva la casa; ci ha investito tutti i tuoi soldi e, se ti succedesse qualcosa, credo che la rivenderebbe.»

«È difficile da accettare.» dico, ben sapendo che è tutto frutto della sua immaginazione. «Quindi adesso cosa succede, hai intenzione di buttarmi in acqua?» domando, consapevole di unirmi a lei in questa folle fantasia, ma decisa a capire se sia il caso di fuggire.

«No, certo che no. Ti ho detto che mi sono rifiutata.» Smette di parlare per un attimo, poi dice. «Quando si è reso conto che non l'avrei aiutato, mi ha scaricata. Mi ha detto di non farmi più vedere qui, che non mi aveva mai amata, e che se mai avessi raccontato a qualcuno della nostra storia, lui avrebbe negato e io sarei sembrata una pazza.» Rimane un momento in silenzio. «Avevo già avuto problemi di depressione prima, con tentato suicidio. Avevo perso il lavoro dopo tutta una serie di problemi in azienda.»

«Dopo una relazione difficile con un ex collega della banca?» chiedo, provando a un tratto una punta di compassione per questa giovane donna che chiaramente soffre di disturbi mentali.

«Conosci la storia?»

«Tom me l'ha raccontata.» dico.

«Quel tizio mi ha fatto il filo per mesi, alla fine ho acconsentito ad andare a letto con lui e mi ha usata finché non mi ha mollata. La solita vecchia storia. Ma quella volta non avevo intenzione di accettare in silenzio, e questo l'ha fatto incazzare, un po' com'è successo adesso con Tom.» aggiunge come un subdolo inciso, per farmi sapere che la sua storia non è cancellata. «E così sono iniziati i pettegolezzi, alimentati da tutti gli altri tracannatori di birra sposati che facevano parte di quel piccolo club dell'infedeltà. È così facile far sembrare pazza una donna come me, Rachel.»

È un racconto struggente; forse c'erano delle zone d'ombra

in quella sua relazione? Una volta mi ha detto di non riuscire mai a tenersi le amicizie e i fidanzati; all'inizio va tutto bene, poi si stancano di lei. Quegli uomini che l'hanno rifiutata sono parte del problema, sono responsabili del suo attuale stato mentale.

«Forse avrei dovuto raccontarti tutto questo molto prima,» sta dicendo, «ma credevo che Tom avesse rinunciato all'idea. Mi sono perfino chiesta se non mi stesse solo mettendo alla prova, sai, cose del tipo "Mi ami abbastanza da uccidere mia moglie?". Ma poi oggi l'ho visto ordinare il cesto da picnic.» dice. «Sta frequentando qualcun'altra, Rachel. Non so chi sia, ma credo che stia insieme a lei fin da prima che stesse con me, mi ha solo fatto *credere* di amarmi. Mi ha usata, come sempre sono stata usata.»

«Non puoi incolpare qualcun altro per una cosa che hai fatto tu, Chloe; mi hai ferita, mi hai quasi spaventata a morte, andandotene in giro per la casa quando Tom non c'era, lasciando cose sul patio per farmi credere che ci fossero degli intrusi. Sai quanto fossi terrorizzata? Hai una vaga idea del male che mi hai fatto? Hai rubato i sandaletti di mio figlio e me li hai rispediti avvolti nella carta regalo, sei entrata nella stanza di Sam in piena notte e l'hai baciato. Sei una psicotica.» Le lacrime mi riempiono gli occhi, ancora una volta sono inorridita al pensiero che qualcuno possa essere capace di tanta cattiveria.

Mi aspetto che neghi, che protesti contro quello che ho appena detto, invece resta in silenzio, gli occhi bassi, la vergogna le impedisce di incrociare il mio sguardo.

«Mi dispiace, mi dispiace tantissimo, Rachel.» Adesso sta piangendo. «Mi ha detto che eri una persona cattiva, una pessima madre, ero convinta di *aiutare* Sam e Tom, e... credevo che mi amasse e che quella fosse la nostra occasione per stare insieme. Mi dispiace di averti spaventata, ma è stato lui a convincermi a farlo. Mi ha perfino spinta a versare troppa vodka nel tuo drink quel primo pomeriggio che abbiamo passato insieme. Voleva che tutti ti credessero fuori di testa. Ecco perché il mattino dopo ti ho subito chiamata per scusarmi. Mi sentivo in colpa per averti fatta ubriacare. Ci *tenevo* a te, ma di lui ero *innamorata*.» Finalmente solleva lo sguardo su di me, il suo volto racconta di una vita segnata dal dolore e dal rifiuto. Quasi mi dispiace per lei.

«Ma per tutto questo tempo era *lei* che Tom amava.» grida, cercando ancora di vendermi la sua versione, che ritiene più accettabile. «Tom mi stava usando per ucciderti così *loro* avrebbero potuto stare insieme, e poi avrebbe puntato il dito contro di me, la pazza. Sono stata un'idiota, sarei finita in prigione, tu saresti morta e loro avrebbero vissuto per sempre felici e contenti.»

Allunga una mano e io mi ritraggo, vedo il dolore nei suoi occhi, ma non mi fido di lei, e non le credo.

«Rachel.» sussurra, e io vedo la follia nei suoi occhi, non può più nasconderla. «I suoi piani sono cambiati.» Si guarda intorno, come per assicurarsi che nessuno ci stia ascoltando. «Vuole ancora stare con *lei*, vuole ancora i *tuoi* soldi e vuole che tu esca di scena. Sta' attenta.»

Prima che possa aggiungere altro, finalmente sento dei passi.

«Tom, Tom, *aiuto!*» grido, travolta da un'ondata di sollievo.

Spaventata, Chloe mi afferra, mettendo una mano ben salda sulla mia bocca.

Mi divincolo sotto di lei, ma grazie al cielo Tom mi ha sentita e adesso sta correndo verso di noi, urlando.

Chloe si stacca da me con un balzo e corre verso di lui. «Rachel sa tutto del tuo piano per ucciderla.» gli strilla in faccia.

Lui la guarda, terrorizzato, scuotendo la testa incredulo. «Chloe, stai bene? Possiamo farti aiutare.» propone, ma lei gli si scaglia contro come una furia, graffiando, scalciando e mordendo.

Mi alzo in piedi, scioccata, e corro verso di loro per aiutare Tom, ma ormai Chloe gli sta avvinghiata come una patella e insieme volteggiano come un unico corpo verso la piscina.

C'è un tonfo tremendo. Sento Chloe urlare e questo scatena qualcosa in me. Il mio cuore batte all'impazzata e la vista si annebbia mentre loro lottano nell'acqua.

«Tom!» grido disperatamente, inutilmente. Voglio solo che stia bene; so quanto sa essere feroce Chloe.

«Bastardo, assassino bastardo!» strilla lei mentre cerca di cavargli gli occhi.

Tom resta a galla, ma Chloe affonda le mani sul suo volto, graffiando e gridando. E poi, all'improvviso, il silenzio.

42

Le nuvole si sono diradate adesso, e fa freddo mentre me ne sto accanto alla piscina. Sono sotto shock, non riesco a credere a quello che è successo e sono sorpresa delle mie emozioni. Piango mentre il corpo di Chloe galleggia al chiaro di luna, e mi ricorda il giorno in cui il suo abito blu strappato galleggiava nella piscina dopo la lotta con Rosa. Sono pervasa da una strana tristezza nel sapere che ha ormai perso la sua battaglia.

È finita, niente più bugie, niente più terrore ogni volta che squilla il telefono. Chloe è morta, ma io posso avere indietro la mia vita. Allora perché mi sento così combattuta, e soprattutto, perché nei minuti dopo la sua morte mi sento così *vuota*?

«L'ho travata qui che aggrediva mia moglie» sta raccontando Tom alla polizia, arrivata pochi minuti fa. «Ho cercato di fermarla, ma lei ha iniziato a colpirmi, poi ha preso la bottiglia di champagne e ha cercato di colpirmi in testa.» Osservo in silenzio mentre due agenti guardando nella piscina e un altro fissa il messaggio sul muro. È chiaro a tutti che prima o poi sarebbe successo: Chloe era sempre vicina, nascosta nell'ombra, ci osservava e attendeva.

«...poi siamo caduti entrambi in piscina e lei mi ha colpito con la bottiglia.» dice Tom. È solo allora che vedo il sangue gocciolare lungo il suo viso, e la mia mente torna alle goccioline di succo di fragola sul vestito di Chloe.

«Sono devastato, non riesco a credere che sia successo.» Tom è sconvolto e arrabbiato, e io capisco lo strano miscuglio di emozioni. «*Dovevo* spingerla via, perché mi stava colpendo con la bottiglia, ma nel farlo dev'essere finita con la testa sott'acqua.» continua, mentre il poliziotto prende appunti. «Non dev'essere stata una nuotatrice esperta, non aveva alcuna possibilità. Era così esile. L'acqua è alta solo un metro e mezzo, ma la sua testa era sotto. Ho cercato di tirarla fuori non appena è finita sotto, ma mi è scivolata dalle mani e avendo ricevuto una botta in testa...» - si tocca la ferita sanguinante sulla testa - «non sapevo cosa stesse succedendo, ma mia moglie ha visto tutto.»

«Sì, è vero.» confermo con fervore. «Le nostre vite sono state tormentate da questa donna per mesi. Ha iniziato con un'ossessione per mio marito, poi ha stretto amicizia con me. È stato spaventoso.» Proseguo a raccontare tutto quello che Chloe mi aveva detto poco prima, e di come mio marito mi abbia salvato la vita. Tom scuote la testa mentre parlo.

«Vede, agente, Chloe Mason si è inventata tutta una storia per distorcere tutto quello che è successo durante l'amicizia con mia moglie. L'ha perseguitata, ha appiccato un incendio in giardino, ha perfino denunciato mia moglie ai servizi sociali per il consumo di alcol. Era *ossessionata*, e ha fatto impazzire mia moglie. Se parlate con i genitori e alcune delle maestre dell'asilo di nostro figlio, vi diranno quanto cattiva sia stata la sua influenza su mia moglie.»

Vorrei tanto che Tom non avesse tirato in ballo l'eventuale testimonianza di Jennifer Radley e delle sue perfide amiche, sono le ultime persone che vorrei garantissero per me, e anzi dubito che lo farebbero.

La polizia è comprensiva; uno degli agenti ci confida di aver avuto una stalker e di capire cosa abbiamo passato. Ne sono grata, perché solo chi ci è passato può capire quanto sia terribile.

Li osservo portarla via e, per quanto sia triste che una persona muoia così giovane, sono *contenta* che Chloe sia morta. Mi odio per aver anche solo pensato una cosa simile, ma finalmente mi sento libera e la mia famiglia è al sicuro.

Mi ha manipolata, mi ha portata a dubitare di me stessa e di mio marito. Adesso se n'è andata, non può più confondermi le idee, ma mentre rispondiamo alle domande e firmiamo le nostre dichiarazioni, mi rendo conto di non esserne così sicura. Ripetere tutte le bugie che mi ha raccontato su mio marito e il mio matrimonio mi sta facendo mettere in dubbio tutto. È perplessità quella che vedo negli occhi della poliziotta, mentre le racconto che la giovane e avvenente donna era un'ex collega di mio marito, gli ha venduto la nostra casa e ha ricevuto le chiavi da lui? Che è difficile da credere, ma a Tom nemmeno piaceva Chloe, eppure lei ne era ossessionata? Mentre la donna mi ascolta, sul suo volto compare un'espressione di vaga incertezza, a tratti di scetticismo. Fa da specchio al mio stesso conflitto interiore riguardo a ciò che Chloe mi ha detto.

E dopo aver raccontato tutto alla polizia, e dopo che il corpo è stato portato via, io e Tom rientriamo in casa abbracciati. Mi aspetto di sentirmi liberata e senza paura adesso che lei non fa più parte delle nostre vite, ma non succede. E adesso mi ritrovo a chiedermi: Chloe era davvero così ossessionata da me e mio marito da essersi immaginata una relazione e aver mentito su tutto, o mi stava dicendo la verità?

43

Sono passati nove giorni dalla morte di Chloe. Io e Tom siamo ancora scossi per quello che è successo quella sera. Nel mio mondo sono comparse le dense e nere nuvole del dubbio e mi servirà molto tempo per elaborare l'accaduto. Sono combattuta e mi riesce difficile accettare il modo in cui è morta e il peso del senso di colpa che porterò sempre con me. Mi chiedo in continuazione se sarebbe potuta finire in modo diverso, ma come dice Tom, la mia vita è già abbastanza piena di "se" e di "ma", è ora di iniziare a chiedersi "E adesso?".

La sera della morte di Chloe, Iris ha sentito le grida provenire dalla piscina e ha chiamato la polizia. È rimasta con Sam mentre noi affrontavamo le conseguenze e da allora è stata di grande supporto per tutti noi. Viene a trovarci quasi tutte le sere per vedere Sam, prima di tornare a casa dal lavoro; a volte ci porta le lasagne o del chili con carne, e per questo gliene siamo molto grati.

È sabato pomeriggio e, poiché l'asilo è chiuso, Iris è con noi. Ha portato con sé dei tubetti di pittura colorata per Sam, e insieme stanno preparando le decorazioni per la festa della prossima settimana. Gli avevamo promesso una festa per il suo quinto compleanno e non vogliamo che rinunci per via di tutto quello che è successo, perciò ha invitato alcuni amichetti dell'asilo.

«Hai qualche graffetta e dello spago?» chiede Iris allegra, sollevando lo sguardo da una pila di festoni blu, i lunghi capelli neri ondeggiano quando gira la testa. Mi piace Iris, è bravissima con Sam e ride tanto. Ultimamente siamo a corto di risate, perciò sono felice che sia qui, e lo è anche mio figlio, che la adora.

«Sono certa di averne da qualche parte. Vado a vedere, ma prima vi va un po' di limonata fatta in casa? L'ho preparata io fresca fresca questa mattina.»

«Sì, *per favore*.» dicono in coro Iris e Sam.

«Posso avere un po' di gin nella mia limonata?» dice Tom mentre entra in cucina, un po' scherzando, un po' no.

«Posso avere Jim anch'io nella mia?» chiede Sam, e tutti sorridiamo.

Verso la limonata nei bicchieri e li distribuisco, ma prima che abbia modo di andare a caccia di graffette, suona il campanello. Mi provoca ancora emozioni negative, e lancio un'occhiata a Tom.

«Va tutto bene.» dice lui con un sorriso rassicurante, e io mi ricordo che non può essere *lei*.

Così mi dirigo nel corridoio, con cautela apro la porta d'ingresso e sbircio fuori.

«Rachel?»

È Jennifer Radley, sulla soglia di casa mia, con un mazzo di fiori in mano.

«Spero non ti dispiaccia se mi presento qui così, ma sono stata molto in pensiero per te.»

La cosa mi sorprende molto, e vorrei chiederle perché diavolo dovrebbe stare in pensiero per qualcuno che conosce appena. Proprio non capisco perché sia qui: non siamo amiche. Forse è qui perché è un'impicciona e vuole sapere cos'è successo, proprio come quando si è offerta di prendere Sam all'asilo quando avevo la caviglia slogata. Può darsi che dopo gli ultimi eventi io sia diventata più restia a fidarmi degli altri esseri umani, ma sono sicura che Jennifer sia qui solo perché vuole ficcare il naso negli affari degli altri. È un subdolo sciacallo che vuole avere un posto in prima fila per godersi le disgrazie e gli scandali altrui, e io non sono dell'umore per sopportarla.

«Come state tutti?» dice guardando il mio volto piuttosto sorpreso.

«Stiamo bene, grazie» rispondo, senza dire altro. Mi rifiuto di riempirle la bocca di informazioni che poi servirà come stuzzichini durante le conversazioni con le altre mamme nell'area giochi.

Se ne sta in imbarazzo sulla soglia, e dal mio linguaggio del corpo ha capito che non la inviterò a entrare.

Si guarda intorno, a disagio. «Dev'essere stato orribile. Sei rimasta ferita?» chiede.

Scuoto la testa. «Mi è stato detto di non parlare dell'accaduto.» mento.

«Oh.» È affranta e lancia un'occhiata al costoso bouquet di fiori che ha portato come biglietto d'ingresso, senza dubbio furiosa di aver sprecato tanti soldi per me.

«Ho... portato questi, spero ti tirino un po' su di morale.» Riluttante, li lascia cadere tra le mie braccia, consapevole che una volta terminato questo gesto non avrà più scuse per rimanere nei paraggi.

«È molto gentile da parte tua, Jennifer, lo apprezzo.» Provo un profondo disprezzo per lei, ma non c'è motivo di essere scortese, e questi fiori sono bellissimi.

«Bene, allora ti lascio proseguire il tuo sabato.» Fa per voltarsi e io sto quasi per chiudere la porta, quando appare Tom alle mie spalle.

«Stai bene, Rachel?» chiede delicatamente. «Stavo cominciando a preoccuparmi che...» Poi vede Jennifer e, spostando lo sguardo da lei a me e poi ai fiori, dice «Jennifer, ciao!»

«Sono passata... a vedere come stavate.» dice lei.

«È molto gentile da parte tua, grazie.» Guarda ancora prima me e poi lei. «Be', non stare sulla soglia. Entra.»

Io avverto l'impulso di dargli una ginocchiata nelle parti basse, mentre Jennifer sorride, annuisce ed entra in casa.

«Stavo giusto dicendo a Rachel quanto dev'essere stato terribile.»

Mi passa oltre ed entra in cucina, dove Tom le offre la mia limonata.

«Incantevole.» dice mentre li seguo e metto i fiori in acqua.

Sono abituata alle donne che perdono un po' la testa per mio marito: è un bell'uomo e quando vuole sa essere affascinante. Mio papà diceva sempre "Sarebbe capace di incantare anche i serpenti, quello lì." e sento la sua voce ora, mentre Tom porge a Jennifer un bicchiere di limonata. Le dita della donna quasi toccano le sue mentre lo prende, guardandolo negli occhi.

Il silenzio è assordante. So che Tom l'ha invitata a entrare pensando che io avrei mantenuto viva la conversazione, ma nessuno di noi la conosce davvero, perciò non abbiamo niente da dirci. Provo comunque a riempire il silenzio, e quale modo migliore per farlo se non fornendole un ottimo scoop da riportare alle sue amichette.

«Abbiamo ricevuto una buona notizia stamattina, una lettera da parte dei servizi sociali in cui annunciano che non proseguiranno con l'indagine.» annuncio. «Ricordi che Chloe aveva sporto una denuncia falsa?» dico, ricordando con un certo imbarazzo di averlo annunciato nell'area giochi dell'asilo durante il litigio con Chloe.

«Oh, è una bella notizia, no?» risponde Jennifer senza alcun entusiasmo. Forse perfino con un po' di delusione?

Lancio un'occhiata a Tom, che mi rivolge una strana smorfia. «A Tom non piace molto che ne parli.» dico. «Crede che meno se ne faccia parola, e meno la gente ci spettegolerà su, ma io non la penso così, e tu?» le chiedo esplicitamente.

Tom mi fulmina con lo sguardo mentre Jennifer beve un sorso di limonata, poi tenta di cambiare discorso. «Tra tutte le cose che sarebbero potute succedere a Chloe, non avrei mai contemplato l'annegamento.» dice. «Era un'abile nuotatrice; partecipava alle gare provinciali, lo sapevi?»

Io e Tom ci scambiamo un'occhiata. Io mi volto verso i fiori e fingo di concentrarmi per sistemarli all'interno del vaso.

«Aveva tanti problemi.» dice Jennifer, come se si rendesse conto di quanto tutto questo ci metta a disagio. «L'avevo conosciuta a scuola. Era una ragazza problematica. Mi ha rubato il fidanzato e poi ha incolpato me. Ero sconvolta. I miei genitori hanno dovuto mandarmi in terapia...» Prosegue a raccontare la sua esperienza nel dettaglio. Sono sollevata che l'argomento della conversazione ora sia Jennifer e tutti possiamo rilassarci mentre assistiamo al suo show".

«Ho pianto tantissimo, era così crudele con me.»

Spero che beva in fretta la sua maledetta limonata e se ne vada. Tom l'ha generosamente invitata a entrare, ma non ha la minima idea di cosa dire e, mentre lei continua a blaterare di sé stessa, so che da un momento all'altro uscirà dalla stanza e io dovrò sbrigarmela da sola.

Ma proprio quando sto per esplodere, l'universo mi dà ascolto: mi squilla il telefono e, con mia immensa gioia, è Rosa.

«Scusatemi, *devo* assolutamente rispondere.» dico in tono di scuse e mi allontano, lasciando Tom ad affrontare le conseguenze di aver lasciato entrare in casa quella iena.

«Sei una cavolo di sensitiva.» sibilo al telefono, mentre corro su per le scale. «Quella stronza di Jennifer si è presentata qui con un enorme mazzo di costosissimi fiori.»

«Bleah, rivoltante. Mi hai parlato di lei. È venuta a banchettare con il cadavere?»

«Qualcosa del genere. Accidenti a Tom che l'ha invitata a entrare. Li ho lasciati a "chiacchierare" in cucina.»

«Oh, non è da Tom essere socievole.» Sembra quasi ferita; Rosa non ha mai visto il lato affascinante di Tom.

«Sono sarcastica. Quando dico "chiacchierare", intendo che lei parla da sola mentre lui non dice niente, si limita a starsene lì in piedi appoggiato al frigorifero con aria imbarazzata. Quando li ho lasciati, Jennifer lo stava informando di come lei e Chloe abbiano passato gli anni adolescenziali in preda agli ormoni.»

«Sembra un film horror per ragazzini.» risponde, ed entrambe scoppiamo a ridere. Qualunque sia il mio umore, Rosa riesce a farmi ridere di tutto. Ha questo umorismo nero, a volte perfino crudele, che è proprio ciò di cui ho bisogno in questo momento, e dopo pochi minuti mi sono già dimenticata di Jennifer.

Chiacchieriamo ancora un po', poi mi dice che suo zio la sta chiamando; perciò, la lascio andare e torno al piano di sotto dove, con mia grande gioia, non c'è traccia di Jennifer.

«Se n'è andata?» chiedo a Iris.

«Credo di sì, non la sento più parlare di sé stessa.» risponde con un sorrisetto malizioso.

Le faccio l'occhiolino; pare che Iris sia della mia stessa opinione riguardo a Mrs Radley.

«Mamma, hai trovato lo spago e le graffette? Ci *seeeervono*!» domanda Sam impaziente.

«Oh, mi dispiace, ragazzi. Prima si è presentata qui Mrs Radley, poi ha telefonato Rosa e... adesso mi metto a cercarli.»

Controllo subito nei cassetti della cucina. So che ne abbiamo in abbondanza, ma non ricordo dove li ho messi. Così raggiungo il salotto, controllo i cassetti della stanza e poi corro al piano di sopra nell'ufficio di Tom, che non è affatto un ufficio, ma più un ripostiglio. È il luogo in cui tiene il suo computer portatile e una montagna di documenti e moduli finanziari. Di rado vengo qui: è il suo covo e io ho ricevuto l'ordine tassativo di non riordinarlo, Tom dice che non riesce a trovare più niente dopo che io ho messo le mani nelle sue cose.

Mi sorprende che riesca a trovare qualcosa quando io *non* ho riordinato, ma non è un mio problema. *Se vuole una scrivania disordinata, l'avrà*, penso mentre guardo le pile di scartoffie e libri che prendono polvere sulla sua scrivania d'epoca. Tom adora la sua scrivania: costa una fortuna, ma lui dice che aumenterà di valore e un giorno potrà rivenderla e farci un sacco di soldi, proprio come la casa. Spero abbia ragione.

Lancio un'occhiata alla finestra; lo studio è accanto alla stanza di Sam e, anche se la finestra è piccola, qui siamo in alto e c'è una fantastica vista sulla piscina. Un rettangolo perfetto di un incredibile colore blu, i parasole rosa e i lettini neri si stagliano contro l'acqua turchese, in attesa di essere usati. Credo che attenderanno per sempre; non abbiamo alcuna intenzione di tornare laggiù a breve. Almeno, grazie all'olio di gomito di Tom, le piastrelle ora sono immacolate e prive di scritte crudeli.

Poi, con mia sorpresa, lo vedo. È laggiù, vicino alla sua adorata piscina, un drink in mano, come Kubla Khan che scruta Xanadu. Immagino sia ancora innamorato della sua piscina e, al contrario di me, non ha problemi a ritornare sulla scena del crimine, per così dire. È bello guardare da lontano qualcuno che conosci intimamente: la familiarità viene cancellata ed è come vederlo di nuovo per la prima volta.

Mio marito è bellissimo, la maglietta di lino blu gli sta d'incanto e si abbina perfettamente alla sua abbronzatura estiva. Devo tornare ad amarlo come lo amavo prima che accadesse questo orribile guaio. Devo smettere di pensare a quello ha detto Chloe e fidarmi di quello che *so*. Tom ha i suoi difetti: spende troppo, a volte perde le staffe e può essere più materialista di me, vuole il meglio di tutto. Ma in fin dei conti è un buon marito e un bravo padre, insieme siamo quasi sempre felici, e mi ama.

Guardandolo ora alla luce del tramonto, ringrazio la mia buona stella per aver trovato quest'uomo piuttosto avanti nel corso della mia vita. Lui mi ha risollevata dal baratro in cui ero caduta e mi ha guarita dopo un lungo periodo in cui ero a pezzi, poi abbiamo avuto Sam e io mi sono sentita di nuovo intera. Sento il mio bambino ridere e mi ricordo del compito che mi è stato assegnato, trovare le graffette e lo spago, così mi volto di nuovo verso la scrivania, apro il primo cassetto e subito trovo una manciata di graffette. Contenta, le appoggio su uno scaffale prima di mettermi alla ricerca dello spago, e mentre lo faccio, sollevo lo sguardo per un'ultima occhiata a Tom vicino alla sua piscina.

Ma con mia sorpresa vedo che non è più da solo laggiù; sembra stia parlando con qualcuno. Ride e tutto il suo corpo sembra animato, come se stesse raccontando una storia divertente, e poi vedo Jennifer. Anche lei ride, e gli tocca un braccio. Quindi non se n'è andata a casa, alla fine.

44

Sono sconvolta per la disinvoltura con cui Tom e Jennifer stanno chiacchierando. In cucina le ha a malapena rivolto la parola. Il loro linguaggio del corpo è totalmente diverso dal modo in cui interagivano, o non interagivano, in cucina poco fa. Da quando sono così a loro agio in compagnia l'uno dell'altra? Mi dico che non è nulla di cui preoccuparsi e che non succederà nulla di brutto.

Li osservo per un po' e loro continuano a parlare. Anche lei ha un drink in mano, e vedo che Tom ha aperto il carrello portavivande della piscina. Devo andare lì, far sentire la mia presenza; sono davvero nervosa ora e so che in parte è perché mi sto ancora riprendendo da quello che è successo con Chloe, eppure tutto questo mi turba. Non mi piace che lei gli stia così vicino. È fin troppo a suo agio e io devo interrompere la cosa. Decido di trovare lo spago per poi scendere al piano di sotto e, per quanto sia difficile avvicinarmi alla piscina, devo unirmi a loro.

Ritorno alla scrivania e apro il secondo cassetto nella remota possibilità di trovarci dello spago. Mentre rovisto all'interno, tra le cianfrusaglie vedo un oggetto luccicante che attira la mia attenzione. Lo raccolgo per esaminarlo meglio: è un portachiavi a forma di stella con delle chiavi attaccate, e quando lo osservo più da vicino, noto una scritta sulla grande stella argentata che fa accelerare il battito del mio cuore. C'è scritto *Chloe*.

Avverto una fitta allo stomaco mentre mi rigiro le chiavi in mano: è la copia delle chiavi di casa nostra. Le chiavi che Chloe *sosteneva* di aver restituito a Tom, mentre lui sosteneva il contrario. Ma Chloe non può averle restituite, perché ne avrebbe avuto bisogno la sera dell'incendio, visto che l'unico modo per entrare in quella parte del giardino è attraverso la casa. A meno che non abbia scavalcato il muro del vicino? Doveva avere le chiavi per prendere i sandali di plastica blu dalla mia scatola dei ricordi, e anche in seguito per lasciare il telo da spiaggia arancione sul patio. E come ha fatto a entrare in casa, rubare la mia maglietta e poi restituirla? Non avrebbe potuto fare niente di tutto questo senza chiavi.

Ricordo l'ipotesi di Rosa secondo cui Chloe avrebbe potuto fare una copia delle chiavi, ma se così fosse, perché il suo porta-chiavi è appeso a *questo* mazzo?

Estraggo completamente il cassetto e trovo un vecchio cellulare, diverse penne, una spillatrice e una pila di documenti gialli che sono stati spinti in fondo al cassetto. Sembrano quelli che Chloe aveva portato a casa nostra la prima sera, il motivo per cui era passata. Tom li aveva presi, dicendo che si trattava di fatture dell'impresa edile.

Al tempo mi era sembrato strano che dei documenti di contabilità aziendale fossero su carta gialla. Ma non ho fatto domande e non ho più rivisto quei fogli fino ad ora, e mentre li sfoglio e mi rendo conto che sono tutti vuoti, *so* che qualcosa non va. La carta è spessa, come carta da disegno per bambini. Forse Chloe li teneva nella borsa per Emily? Stava *fingendo* di dover consegnare qualcosa a Tom solo per entrare in casa? E in tal caso, perché Tom le ha retto il gioco e ha detto che questi fogli vuoti erano fatture dell'impresa edile?

Osservo con maggiore attenzione e trovo un piccolo astuccio di plastica che Tom ha spinto in fondo al cassetto. Quando lo apro, vedo degli scontrini, tantissimi scontrini, tutti conservati per poter detrarre le spese dalle tasse. Nulla di strano in questo, ma qualcosa mi spinge a rovesciare il contenuto dell'astuccio sulla scrivania e sfogliare le ricevute. Una di queste mi salta subito all'occhio. Riconosco il logo: è uno scontrino del negozio The Candle Company per delle candele acquistate a Looe solo qualche settimana fa. Quando gli avevo chiesto perché fosse iscritto alla loro mailing list, aveva risposto di aver comprato un regalo per me. Ma io quel regalo non l'ho ancora ricevuto; mi domando per chi l'abbia comprato. Suonano campanelli d'allarme. Sto cercando di ignorarli, e così continuo a ispezionare le ricevute. La maggior parte sono quello che mi aspettavo: pasti che ha consumato quando lavorava lontano da casa e per i quali deve chiedere il rimborso, ma qua e là ne trovo una di qualche ristorante non molto lontano da casa. Si tratta di scontrini di diversi ristoranti a Sidmouth e nel Dorset, alcuni nel North Devon. Li dispongo sulla scrivania nel tentativo di capirci qualcosa. Ero ancora a Manchester in quelle date e, per quanto ne sapevo io, Tom era qui a lavorare alla casa giorno e notte, di rado andava anche solo al pub a bere una birra. Quindi se si è trattato di cene con i clienti, o con i colleghi, perché non me l'ha detto?

Mi sento un po' nauseata. *Che cosa è successo?* Ci sono anche sette scontrini di cene per due, spesso con una bottiglia di champagne e a volte perfino un pernottamento. Tutti nello stesso ristorante di Penzance.

Sento la sua voce, il piagnucolio acuto e ansioso mentre cercava in tutti i modi di convincermi che stesse raccontando la verità. *Eravamo discreti, non uscivamo molto. A volte andavamo a Penzance, in un ristorantino tranquillo, e cenavamo lì.*

Poi trovo altre ricevute: un B&B nel North Devon, e perfino una più recente e più preoccupante, in Cornovaglia, risalente al giorno prima della morte di Chloe.

Cerco disperatamente di trovare una spiegazione plausibile. Ma per quanto mi sforzi, non ci riesco.

Non so cosa pensare; la mia testa è nella confusione più totale. Hotel e ristoranti, con date impossibili da comprendere. È troppo: i fogli gialli, le candele e adesso questi scontrini. Guardo da vicino i fogli sparsi sulla scrivania. Sono stata una stupida? Gli indizi sono sempre stati qui per tutto questo tempo? Chloe e Tom hanno avuto una relazione? Chloe ha sempre detto la verità fin dall'inizio?

45

Una volta scesa al piano di sotto, mi dirigo fuori verso la piscina e, mentre attraverso il giardino, sento il tintinnio della risata di lei e i toni più calmi e profondi della voce di lui. Non sono una persona gelosa, ma questo periodo in Cornovaglia mi ha messa alla prova e mi ha fatto capire che, dopo tutto quello che ho passato, ho trascorso gli ultimi anni a nascondermi. Non potevo sopportare altro dolore nella mia vita, e ora mi chiedo: significa che non ho guardato in faccia la realtà anche quando era proprio davanti a me? I racconti di Chloe erano forse troppo difficili da accettare, era più facile credere che stesse mentendo? Ancora non conosco la risposta a queste domande. Ma d'ora in poi la cercherò, non mi nasconderò più, e quando mi troverò faccia a faccia con la verità, ho intenzione di affrontarla.

Oltrepasso la porta della piscina ed entro con un enorme sorriso raggiante stampato in volto. Tom e Jennifer sono seduti su due lettini avvicinati e, vedendomi, lui si alza subito in piedi, allontanandosi da lei.

«Jennifer! Sei ancora qui?» dico, guardando in modo eloquente il mio orologio.

Come ben sappiamo, a Jennifer Radley risulta difficile

nascondere le proprie emozioni, ed è evidente che sia delusa di vedermi. Si contorce imbarazzata sul lettino, la bocca appena piegata in un accenno di sorriso.

«In realtà, dovrei proprio andare.» dice.

«No, resta per un altro drink; in fin dei conti, è *me* che sei venuta a trovare.» Faccio una pausa spostando lo sguardo da uno all'altra. «Vero?»

«Sì... io...» Non sa cosa rispondere. È evidente che si stava godendo la compagnia di Tom, ma non appena sono arrivata io, l'entusiasmo si è spento.

«È stato molto scortese da parte mia levarmi di torno e lasciarti con Tom. Spero almeno sia stato di compagnia.»

Tom è in piedi dietro al carrello portavivande. «Stavo aspettando che ti unissi a noi. Ne ho tenuto da parte un po' per te.» Solleva lo shaker e, prendendo un bicchiere, mi versa il drink dall'alto.

Io e Jennifer lo guardiamo ipnotizzate mentre adorna il bicchiere con della scorza di limone arricciata e un fiorellino.

«Ho un marito di grande talento.» dico mentre mi porge il bicchiere. Bevo un sorso. «Wow, Tom, è *delizioso*.»

«Gin al limone siciliano. L'ho comprato apposta per te. Sapevo che ti sarebbe piaciuto.» Sorride.

«Non ne prepari uno anche per Jennifer?»

«No, ne ho già preso uno.» dice lei, alzandosi in piedi con fare rigido.

«Ah, capisco, avete iniziato senza di me?»

Tom mi rivolge un'occhiata di leggero rimprovero, ma lo ignoro e mi siedo sul lettino che Jennifer ha appena lasciato libero.

«Bene, allora vi lascio.» dice lei, guardando Tom.

«Ehi, è stato un piacere vederti, Jennifer.» dico con un gesto della mano poco entusiasta.

«Hai una casa stupenda.» dice lei. «Tom ci ha lavorato davvero sodo.»

«Sì, è vero, e noi amiamo stare qui.» Sorrido con dolcezza.

La osservo andarsene, accompagnata da Tom fino alla casa, e mi chiedo – non per la prima volta – se sto diventando insicura, ma lo attribuisco a quella che Rosa chiama la mia paranoia post-Chloe.

Attendo qualche minuto, ma non riesco a stare vicino alla piscina da sola; perciò, rientro in casa per assicurarmi che se ne sia andata.

Tom è in cucina a guardare il cellulare e questo significa che la nostra ospite indesiderata ha alzato i tacchi. Non mi va ancora di parlare con lui. Ho tantissime domande da porgli e devo raccogliere le idee prima di farlo.

Sento Iris e Sam ridere mentre corrono su per le scale. Ho bisogno di un abbraccio da mio figlio, in questo momento, so che mi darà la forza per affrontare qualunque cosa mi aspetti.

«Devo solo fare una telefonata, Sam. Torno tra un attimo per leggerti una favola.» dice Iris.

Così entro in camera sua, dov'è disteso a letto con una pila di libri, in attesa del ritorno di Iris. Sorrido tra me e me: la povera Iris rimarrà bloccata qui per un po'.

«Ho trovato quello che mi hai chiesto.» dico, sfoggiando le graffette mentre attraverso la stanza.

«E lo spago, mamma?»

«Mi dispiace, quello non sono riuscita a trovarlo. Domani vado a comprarlo, così puoi finire le decorazioni.» Mi siedo sul letto. «Stai bene, tesoro?» chiedo. È stato un periodo duro per un bambino così piccolo. Credeva di vedere le persone nella sua stanza o che lo salutavano dalla piscina. Abbiamo cambiato casa, ha iniziato a frequentare l'asilo, ha conosciuto un'amica e perso un'amica, ha conosciuto il concetto di morte, e non solo quella di Chloe. Per diverso tempo ha creduto che il papà di Emily fosse sepolto nel suo giardino, ma in realtà erano solo semi di girasole piantati per commemorarlo. È morto di cancro due anni fa, e nonostante Emily sia troppo piccola per ricordarselo, è affascinata dalla morte e ha influenzato anche Sam. Sento il costante bisogno di controllare che stia bene, di rassicurarlo nel caso in cui la sua immaginazione prenda di nuovo il sopravvento.

«Sono emozionato per la mia festa.»

«Oh, tesoro, ci credo, sarà divertentissima.» La sua gioia supera le mie paure e la mia ansia; Sam mi dà speranza e finché ci sarà lui so che tutto andrà bene. Mi sdraio accanto a lui sul letto, gli do un bacio sulla testa e lo circondo con un braccio.

«Può venire anche Emily alla mia festa?»

«Purtroppo, no, tesoro. Emily vive a Bristol con la sua mamma adesso.»

Tom ed io abbiamo cercato di proteggerlo, ma i bambini all'asilo gli hanno detto che una persona è morta nella nostra piscina, e Sam ha bisogno di essere rassicurato.

«L'amica di papà verrà alla mia festa?»

Mi si spezza il cuore. È troppo piccolo per capire cosa significa la morte, e io devo continuare a spiegargli che Chloe non tornerà. «Intendi la mamma di Emily... voglio dire, la zia? Te l'ho detto, amore, è in paradiso.»

«Non *lei*!» ribatte insofferente di fronte alla mia evidente stupidità.

«Ah, okay. Allora non so a chi ti riferisci, tesoro. Sai come si chiama questa amica?»

«Topolino!» dice, e scoppia a ridere.

«Se fosse una persona *reale*, non si chiamerebbe Topolino, non credi?» dico con un sorriso.

Sam ride.

«Allora, l'amica di papà ha un *vero* nome?» chiedo dolcemente.

«Topolino!» annuisce.

Sam è stanco e si comporta da sciocchino come tutti i maschietti di quattro anni, ma non voglio che pensi di rivedere Chloe, che torni nella sua stanza a dargli il bacio della buonanotte. Perciò insisto e cerco di capire chi è secondo lui questa amica.

«L'amica di papà è anche *mia* amica?» chiedo.

Scuote la testa.

«Quindi è amica solo di *papà*?»

«Sì, sai, la signora che si mette nel tuo letto insieme a *papà*!»

46

Prima che riesca a fare altre domande a Sam, appare Iris, vivace e sorridente come sempre.

«Ehi, tu, forza, iniziamo la nostra maratona di lettura.» dice con affetto.

La ringrazio e, dopo aver dato un ultimo abbraccio e un bacio della buonanotte a Sam, mi dirigo in cucina, dove Tom sta ancora guardando il cellulare.

«Tom, vorrei parlarti.» dico.

Solleva lo sguardo dal telefono, preoccupato in volto. «Va bene, tesoro.»

«Iris è con Sam, quindi possiamo andare a sederci sul patio.» dico. «Non voglio che Iris ci senta... né Sam.»

«Oh... in questo caso, ti va un ultimo drink insieme in piscina? Nessuno ci potrà sentire laggiù.»

«È tardi e fa un po' freddo.» rispondo.

«Lo so, ma sento che l'estate sta finendo, dovremmo sfruttare al massimo questa serata. Sono solo le sei e mezza, la notte è giovane.» dice lui, e con un gesto teatrale posa il suo maglione sulle mie spalle e mi prende per mano. Mentre mi conduce in giardino, avverto un crescente senso di panico. Non voglio andare in piscina. Voglio stare al sicuro vicino alla casa, non laggiù dove è morta una persona. Riesco a vedere solo morte nell'acqua, ma so che se dico qualcosa, Tom penserà che sia di nuovo malata, isterica o irragionevole. Mi dico che è un piccolo sacrificio, e se proprio vuole sedersi vicino alla sua piscina, allora così sia.

«Tom, sento che ci sono ancora alcune cose di tutta la vicenda di Chloe che non capisco.» dico una volta arrivati alla piscina. Ho spostato i lettini più lontano dal bordo mentre lui versava da bere e ora ce ne stiamo seduti insieme in silenzio.

«Va bene, cos'è che non capisci?» Sorride, mi accarezza la mano.

Per prima cosa gli spiego di aver trovato il mazzo di chiavi nel suo cassetto.

«Be', di certo non ce le ho messe io lì. Non me le aveva restituite, te l'ho *detto*!» Si sta sforzando di essere paziente con me, ma percepisco l'irritazione nella sua voce. «Forse le ha messe lei nel mio cassetto quando ha rimesso la tua maglietta nel cesto della biancheria?» suggerisce.

«Sì, avrebbe *potuto*.» concordo, poi proseguo a raccontargli degli scontrini.

«Le mie spese.» dice con un'alzata di spalle.

«Cene per due con tanto di champagne?» domando incredula.

Tom solleva la sua mano dalla mia, niente più dolci carezze, si rende conto di dover fare più di questo per tenermi buona. «Quando un affare è concluso, si ordina sempre dello champagne. Sicuramente lo saprai, no?»

«Davvero? Mi sembra un po' da viziosi.»

«Rachel, cosa stai insinuando esattamente, che vado a cena con un'altra donna?»

«Non lo so, ma quali trattative finanziarie stavi conducendo a Penzance? È un posto bellissimo, ma non è proprio il centro della finanza e del commercio globale, dico bene?»

«Abbiamo clienti in tutto il Paese, lo sai.»

«Ma non me ne hai mai parlato. Quando ero a Manchester, mi hai fatto credere che stessi lavorando solo alla casa.»

«È così, ma ho chiuso anche un paio di trattative. Sai quanto detesti chiedere i soldi a te, come un bambino che riceve la paghetta. Volevo solo un po' di autonomia finanziaria, tutto qui.»

«Mi sembra giusto, reputo solo strano che tu non abbia mai menzionato di aver trascorso sette serate a Penzance.»

«Scusa, non pensavo tenessi il conto!»

«Ho trovato sette scontrini.»

«E va bene, non ti ho detto dove mi trovavo ogni singolo minuto della giornata. Magari vorresti mettermi un localizzatore GPS addosso? Nemmeno io sono sicuro di sapere esattamente in *quale parte* della città di Manchester ti trovavi.»

«Non potevo andare *da nessuna parte*, ero a casa con Sam ogni sera.» Faccio un respiro. Devo dirglielo. «E a proposito di Sam, oggi mi ha raccontato che l'amica di papà dorme nel nostro letto.» dico.

Per un attimo, è come se il mondo si fermasse. Il silenzio è assordante e io mi sento come se entrambi fossimo sospesi in questo momento cruciale.

Mi ascolto mentre chiedo: «È successo qualcosa mentre ero a Londra a fare interviste per quell'articolo?». È stata l'unica volta in cui sono stata fuori casa di notte, e forse ci sto rimuginando su un po' troppo, ma devo affrontare la questione.

Alla fine, Tom sospira e abbassa la testa. «Oh, Rachel.» dice, e io trattengo il fiato, in attesa della confessione che cambierà le nostre vite in una manciata di secondi. «Sam dice un sacco di cose, parla sempre di gente che muore o viene seppellita in giardino. È stata la nipote di Chloe a dare inizio a queste stronzate.» dice, riappoggiando la mano sulla mia.

«Certo, Sam ha una fervida immaginazione e si lascia

trasportare, ma ha già menzionato "l'amica di papà" prima d'ora.»

«Non significa *niente*.»

«Si riferisce a Chloe? Sam vi ha visti insieme?»

Tom adesso mi guarda con orrore. «No. E non riesco a credere che tu me lo stia chiedendo.»

«Scusa, dovevo farlo.»

Sembra rifletterci su. «Lo capisco, non dev'essere stato facile per te avermi lontano mentre Chloe sputava il suo veleno.» Mi circonda con un braccio. «Rachel.» dice dolcemente, tutta l'irritazione per le mie domande ormai sparita. «Questa sera stavo pensando all'ultima volta in cui siamo stati qui insieme.»

«Intendi la sera in cui Chloe...»

«Sì, ma non ricordo *quello*.» Scuote la testa, come se così facendo potesse togliersela dalla mente. «Non permettiamole di sciupare il ricordo di ciò che è accaduto quella sera *prima* che lei si presentasse qui rovinando l'atmosfera.»

Inizia a baciarmi, appoggiando la mano sul mio ginocchio e poi facendola scivolare verso l'alto, sotto il mio vestito.

«Scusa, Tom,» dico, «non posso. Non adesso, non qui.»

«Ho passato tutta la sera a pensare a te distesa qui con addosso quel vestito rosso, al tuo seno...»

Sento lo sciabordio martellante della piscina – *ssssh ciaf, ssssh ciaf* – l'inquietante luce blu proveniente dall'acqua, proprio come quella sera. Ero distesa qui, dove siamo adesso, lo champagne, il mio abito rosso, il modo in cui ci baciavamo: era bello. Ma ora non riesco più a vedere me e Tom, solo Chloe e Tom, in acqua insieme, come prima, ma questa volta è diverso. Ed è allora che ricordo. È tutto così chiaro, così terribile, e io l'ho sempre saputo, ma come per le scappatelle, mi convincevo di sbagliarmi, perché non volevo perderlo.

«La morte di Chloe non è stata un incidente. Tu l'hai uccisa.»

47

«Hai ucciso Chloe perché aveva parlato troppo, e nonostante io fossi convinta che stava mentendo, lei non si arrendeva. Sarebbe tornata a raccontarmi altri dettagli, ad avvisarmi che avevi ancora intenzione di uccidermi.»

«Oh, mio Dio! Questa storia ti ha proprio sconvolta, vero?» dice. «Penso che tu abbia bisogno di aiuto. Non credo che tu sia più in condizione di prenderti cura di Sam. Chiamerò un dottore, Rachel, non stai per niente bene.»

«Chloe mi ha raccontato che dicevi di amarla, che progettavate di stare insieme.» continuo, ignorando le sue minacce. «Ma che per potervi sposare e vivere per sempre felici e contenti in questa casa, io avrei dovuto subire un incidente.» ascolto queste parole uscire dalla mia bocca nell'oscurità blu.

Tom mi guarda attentamente, scuotendo la testa. Sembra scioccato: ma è scioccato dalle mie parole, o per il fatto che Chloe mi ha raccontato ogni cosa?

«Tutto inizia ad avere senso adesso. Hai investito *tutta* la mia eredità in questa casa e non ti sei fermato finché non è rimasto più niente. Io mi sono opposta, ma non abbastanza. Te l'ho lasciato fare perché ti rendeva felice e ti credevo quando dicevi che era un investimento e che ci avresti pensato tu a noi. Invece, per tutto questo tempo, questo posto non è stato altro che un luogo in cui mettere tutti i miei soldi mentre cercavi di capire cosa fare di me. Mio papà aveva ragione a non fidarsi di te.»

«Non sai cosa stai dicendo, amore.» Tom si sforza di sembrare calmo, premuroso, mi parla come se fossi pazza. Ma io lo vedo che è spaventato. «Quando ci siamo conosciuti eri proprio così, parlavi in modo enigmatico, ti immaginavi cose che non erano mai successe. Ero così preoccupato per te, temevo che potessero internarti.»

«Già, ma non sarei mai stata ricoverata in un ospedale psichiatrico. Ero triste e confusa perché ero in *lutto*!»

«E ancora adesso sei triste e confusa, e stai lasciando che Chloe distrugga le nostre vite con le sue bugie.»

«No, Tom, *tu* stai distruggendo il nostro matrimonio con le *tue* bugie, e la più grande di tutte l'hai raccontata la notte in cui Chloe è morta.»

«Sei davvero confusa. Eri qui, hai visto cos'è successo: siamo caduti in acqua, sarebbe potuto capitare a uno qualsiasi di noi due di annegare. È stato un *incidente*.» sibila a denti stretti.

Scuoto la testa; non posso più vivere con questo peso. «Tu l'hai spinta sott'acqua. Poi le hai tenuto la testa sotto con entrambe le mani finché non è morta.»

Per tutto il tempo in cui parlo, Tom farfuglia nel tentativo di dire la sua, ma io gli parlo sopra.

«Poi, dopo esserti assicurato che fosse morta, sei uscito dall'acqua, hai presto la bottiglia di champagne dal secchiello e ti sei colpito alla testa da solo.

«Questo *non* è vero! Tu avevi un attacco di panico, eri fuori di testa, non hai idea di cosa sia successo.»

Scuoto la testa. «Non ho avuto un attacco di panico, ho visto tutto. L'ho seppellito nella mia mente per un po' e ho mentito a me stessa e alla polizia per salvarti, perché non volevo perderti.

Ho perso troppe persone amate e non potevo rivivere tutto un'altra volta. E poi, a dire la verità, ero contenta che fosse morta ed ero grata che tu l'avessi uccisa, perché così avrei riavuto la mia vita e la mia libertà. Non credevo a lei, credevo a te! Ma adesso so che una vita non vale nulla se viene costruita su una bugia, e mi vergogno di me stessa per averti retto il gioco. Tu l'hai *assassinata*, Tom, e io sono una persona orribile tanto quanto te, perché ti ho visto farlo e poi ti ho coperto con una bugia.»

Tom si alza lentamente in piedi e io sento il calore della sua rabbia, della furia che deve aver trattenuto per molto tempo. «Dopo tutto quello che ho fatto per te... Ti ho salvata, eri un disastro. Poi quell'idiota di tuo padre decide che io non valevo abbastanza; mi ha detto che non avrei mai avuto i suoi soldi perché non si fidava di me. Mi ha ferito.» Si china, faccia a faccia con me. «Cazzo, quanto mi ha ferito che un vecchio abbia avuto l'audacia di dirmi che non valevo abbastanza, che avrei bruciato tutta l'eredità e ti avrei rovinata.»

Sono scioccata da queste parole.

«Davvero mio papà ha detto così?»

«Sì.»

Faccio per alzarmi dal lettino, ma prima ancora di riuscirci, Tom mi ha già afferrata per la gola. Colta di sorpresa, non riesco a prendere fiato, non riesco nemmeno a gridare, e adesso mi sta sollevando in aria. Scorgo il suo viso nell'oscurità, illuminato solo dalla piscina. È bagnato di lacrime.

Finalmente prendo fiato. «Ti prego, Tom, NO!»

Emette un sonoro ruggito che sembra riempire il cielo e mi scaraventa in piscina. Quando colpisco l'acqua, lo shock mi paralizza. Tentando di non andare nel panico, muovo le braccia, sbatto le gambe e respiro. Ma *non* riesco a respirare, e ogni volta che cerco di sollevare la testa sopra la superficie dell'acqua, lui è lì. È in piedi sul bordo, si limita a guardarmi. Allungo le braccia verso di lui, le mie mani fendono l'acqua, cercano di afferrarsi a qualcosa, e dentro di me grido. E quando infine affondo in quella tomba di un profondo blu rivestita di piastrelle a mosaico, non vedo altro che Toby, a braccia aperte, che grida «Mamma.»

La mia testa è piena di acqua e ricordi, una vecchia videocamera trasmette una pellicola sgranata su un proiettore nella mia mente.

La mamma si è addormentata, e quando si sveglia non vede più né il papà né il suo bambino in mare. Non può allontanarsi dalle sdraio, dal picnic, dai giochi, perciò si alza in piedi, cercando di individuarli per poter tornare a godersi il suo riposo. La mano fa da scudo agli occhi contro il sole mentre scruta il mare, ma ci sono centinaia di persone sulla spiaggia e nell'acqua; come farà a vederli? Ci sono così tanti spruzzi e grida di gioia oggi, nessuno sentirebbe le grida di terrore se qualcuno stesse affogando.

48

UNA SETTIMANA DOPO

Mi alzo dal letto con cautela. È bello essere finalmente tornata nella mia camera; la stanza d'ospedale era così rumorosa e non garantiva molta privacy. Dopo quello che ho passato ho bisogno di pace e tranquillità, e vagonate di calma.

Guardandomi nello specchio a figura intera, quasi non riesco a credere di essere ancora qui, ancora viva.

Quando Tom mi ha spinta nella parte alta della piscina, ha dato per scontato che sarei entrata nel panico, sarei finita sott'acqua e annegata. Perfino senza Chloe, stava portando avanti il suo piano di uccidermi, farlo sembrare un incidente e poi recitare la parte del vedovo in lutto. Poco tempo dopo avrebbe venduto la casa e se ne sarebbe andato via da uomo libero con oltre un milione di sterline, tutta la mia eredità.

Guardo il mio corpo debole e martoriato e i segni delle sue mani intorno al mio collo, e anche se piangere mi fa male alla gola, la sento stringersi mentre le lacrime affiorano.

Lo ricordo che mi osservava dall'alto mentre l'acqua mi avvolgeva, mi spingeva sotto, nel buio, nel silenzio. Pensavo che sarei morta, credevo che sarebbe stata la mia fine. Ma vedere Toby mi ha ricordato di Sam, e ho capito cosa dovevo fare. Così ho dato voce al mio istinto e ho chiamato a raccolta tutte le mie forze per spingermi fino in superficie, lanciando il mio corpo attraverso l'acqua blu profonda e scura, riemergendo per riprendere fiato. Mentre nuotavo con forza e decisione attraverso l'acqua, ho visto Tom in lontananza che scavalcava il muro del giardino, credendomi ormai morta.

Era il mio più grande desiderio andare avanti, superare la mia paura e abbracciare questa nuova vita in Cornovaglia. Desideravo unirmi a Tom e Sam in piscina, trascorrere le giornate sulla spiaggia, sguazzare nel mare, ma più di tutto volevo che fossero fieri di me, e volevo che mio figlio imparasse che nulla è impossibile.

Ricordo quel primo giorno, quando ho solo camminato intorno alla piscina e mi sono seduta lì, poi sono entrata, piano piano, cauta, finché l'acqua non ha raggiunto le ginocchia. Avevo il cuore in gola, l'acqua era pesante intorno a me, come un grosso macigno che mi trascinava verso il basso, e all'improvviso mi sono resa conto di essere completamente da sola, non c'era nessuno lì pronto a salvarmi. Ci è voluto ogni singolo grammo di coraggio che avevo, ma ogni mattina, quando Tom era via e Sam era all'asilo, facevo un passo in più, immersa nell'acqua fino alle spalle, ricordando quello che l'istruttore di nuoto Chris diceva a Sam sulla respirazione e sul movimento di gambe e braccia. Anch'io volevo muovere gambe e braccia, ma all'inizio il terrore allo stato puro me lo impediva. Ero pietrificata, gemevo «Non posso, non posso.»

Ma l'ho fatto e, nonostante la mia paura fosse intensa e tremassi e le lacrime mi rigassero le guance, ho imparato a nuotare da sola. Assistendo alle lezioni di Sam e ascoltando gli incoraggiamenti di Chris, e solo guardando il mio bambino sguazzare e nuotare e ridere, ho superato la mia più grande paura.

Ed eccomi qui adesso. Sto migliorando, ma il danno ai polmoni potrebbe condizionarmi per tutta la vita. Sono rimasta sott'acqua per quattro minuti: un minuto in più e la storia sarebbe stata completamente diversa, perché dopo cinque minuti il cervello inizia a morire, portando al coma o alla morte. Per il momento soffro di una lieve perdita di memoria e la mia coordinazione motoria è scarsa, solo il tempo dirà se mi riprenderò mai completamente. Ma sono viva, e Sam ha ancora una mamma, e questo è un bene considerato che suo papà è in carcere in attesa del processo per il tentato omicidio della sua mamma.

Un vicino di casa che non avevo mai incontrato mi ha salvata. Ha sentito il grido di Tom mentre mi gettava in piscina e ha chiamato la polizia.

Ho sentito un sacco di storie su Tom da quando è successo tutto; come si può vivere con una persona e non conoscerla affatto, non è incredibile? Da allora Rosa accompagna Sam all'asilo e dice che girano voci su Tom e Jennifer, su come flirtassero nell'area giochi quando lui lo accompagnava o lo andava a riprendere. E in più di un'occasione sono andati via insieme, con Sam e il figlio di Jennifer, alla spiaggia. Forse è lì che Sam ha imparato a nuotare? *L'amica di papà.*

Evidentemente faceva anche dei "pigiama party" con Tom nel nostro letto quando io non c'ero, ed è stata lei a denunciarmi ai servizi sociali per problemi con l'alcol. Tom deve averle dato una copia delle chiavi: a quanto pare faceva parte della sua strategia per le relazioni extra-coniugali, proprio come aveva fatto con Chloe, che era ancora alla sua mercè quando io sono arrivata qui. Avrebbe fatto qualsiasi cosa per lui e perfino dopo che eravamo diventate amiche, in quelle prime settimane, obbediva ancora ai suoi ordini, ma poi ha cominciato ad apprezzare la nostra amicizia più delle briciole che riceveva da Tom. Alla fine, Chloe voleva solo qualcuno che la rispettasse, che le mostrasse un po' d'affetto. Era veramente mia amica e voleva salvarmi; se solo le avessi creduto.

Sto ancora cercando di rimettere insieme i pezzi. So che il

movente di Tom era il denaro, ma non avevo idea che lo desiderasse *così* tanto da essere pronto a uccidermi. Come ho detto a Rosa, aveva comunque accesso ai soldi mentre era sposato con me, ma era superficiale e con ogni probabilità voleva una moglie nuova di zecca più adatta alla nuova vita. È evidente che si fosse innamorato di Jennifer prima ancora che entrasse in scena Chloe, ma per poter stare insieme a lei e tenersi i miei soldi, doveva liberarsi di me.

Quel giorno, quando li ho sorpresi insieme a bordo piscina a bere un drink, Jennifer sembrava perfettamente a suo agio, certamente aveva frequentato assiduamente casa mia già da prima che io mi trasferissi qui. Delusa dal proprio matrimonio, Jennifer Radley si è senza dubbio immaginata di vivere in questa casa, organizzare feste in piscina e forse anche di diventare Mrs Frazer un giorno. Tom è stato arrestato a casa di Jennifer; aveva scavalcato il muro ed era arrivato di corsa fino a lì. Ha dichiarato di essere rimasto con lei tutta la sera: sarebbe stato il suo alibi nel caso in cui fossero stati sollevati dubbi sul mio "incidente". Ma a quel punto io ero seduta a bordo piscina, avvolta da calde coperte, a raccontare alla polizia di come mio marito avesse appena tentato di uccidermi.

L'idea che l'uomo che amavo, il padre di mio figlio, mi voleva morta, è quasi fin troppo dolorosa da concepire. Spesso mi sono chiesta perché mio padre fosse così irremovibile sul non permettere a Tom di avere alcun controllo sull'eredità. La cosa faceva arrabbiare Tom e sconcertava me, ma ora lo so: mio padre aveva intuito che Tom era capace di qualunque cosa; invece, io non me n'ero mai resa conto. Le restrizioni nel testamento di mio papà erano il suo modo di proteggermi, come aveva sempre fatto, e ora so che lo farà sempre. È insieme a Toby adesso, ma camminano accanto a me, e la notte in cui Tom ha tentato di uccidermi, mio papà mi ha raccolta e mi ha portata in salvo, come sempre ha fatto e sempre farà. Non supererò mai il dolore, e avrò difficoltà a fidarmi di nuovo, ma mio padre è la prova che là fuori esistono uomini buoni e gentili, che si tengono strette le persone amate e le proteggono con fervore, per sempre.

Non ero sicura di voler tornare in questa casa: troppi brutti ricordi e, come si è poi dimostrato, non era la casa felice che un tempo mi ero immaginata. Ma Sam è qui con Rosa e loro mi fanno sentire a casa. Non appena è venuta a sapere dell'accaduto, Rosa ha lasciato il suo appartamento a Manchester e si è trasferita qui per prendersi cura di Sam, mentre io ero convalescente in ospedale. Purtroppo, suo zio è morto e sua zia è stata affidata a una struttura per anziani, ma questo le ha permesso di badare a Sam a tempo pieno, insieme a un piccolo aiuto da parte di Iris. Grazie a loro, Sam è l'unica cosa di cui non mi sono dovuta preoccupare mentre ero in ospedale; oggi sono a casa e so che potrò contare sul supporto di entrambe.

«Ho avuto tanta paura di perderti. Ti voglio tantissimo bene.» mi ha detto Rosa ieri sera mentre mi riportava a casa dall'ospedale. Iris era rimasta fino a tardi per badare a Sam, mentre Rosa affrontava il viaggio di ottanta chilometri per venire a prendermi in ospedale. Ho sempre dato grande valore alle mie amicizie, ma Rosa e adesso Iris si sono rivelate essere due vere amiche, presenti nel momento del bisogno.

Rosa adora la controversa piscina e ci nuota dentro insieme a Sam ogni giorno, indipendentemente dal meteo. «Forse dovremmo cambiare le iniziali sulle piastrelle.» ha detto l'altro giorno.

Mi ero dimenticata che il mosaico raffigurava una T, una S e una R, le iniziali della nostra famigliola. Ancora una volta sono rimasta scioccata nel pensare che Tom era disposto a perdere tutto questo solo per soldi. Non l'ho mai davvero conosciuto.

Il mio obiettivo adesso è unirmi a Sam e Rosa in piscina, e anche se questo significa nuotare per tutto l'anno, anche con la neve a terra, lo farò.

Come ho dimostrato a me stessa la notte in cui Tom ha tentato di uccidermi, sono una brava nuotatrice adesso. So nuotare *molto* bene, ma voglio fare loro una sorpresa, in senso positivo, anche se nessuno è più sorpreso di me per questa mia abilità. Quella notte, quando sono andata a fondo nella piscina, devo aver avuto un'allucinazione e ho visto Toby con le braccia aperte. Mi stava chiamando e io desideravo tanto seguirlo, arrendermi all'acqua e stare con il mio primogenito, ma mentre lo stringevo, mi sembrava di stringere Sam. Allora ho capito che non era il mio momento, e Toby mi stava dicendo di tornare indietro e rimanere con suo fratello, perché Sam aveva bisogno di me. È stato questo a darmi l'energia e il coraggio di raccogliere ogni singolo residuo di forza che mi era rimasta e riemergere vincendo il peso dell'acqua. E mentre prendevo quella boccata d'aria, i miei primi pensieri sono stati per Toby e Sam. Sono sopravvissuta per pochissimi secondi, questa è la prova che non esiste nulla di più potente dell'amore di una madre, perfino quando il suo bambino non c'è più, l'amore rimane.

49

La polizia è venuta ad aggiornarmi sulle indagini. Mi hanno assicurato che Tom non uscirà a piede libero dal tribunale quando verrà processato nei prossimi mesi, perché si è scoperto che aveva davvero intenzione di uccidermi. Hanno una confessione, e due poliziotte mi rivelano con delicatezza che mio marito aveva pianificato il mio decesso poco dopo la morte di mio padre, quando sono stata dichiarata unica beneficiaria del suo testamento.

Non posso evitarlo, scoppio a piangere. Non avevo idea che non mi amasse più da così tanto tempo.

«È uno psicopatico.» dico.

«Probabile.» risponde l'agente. «Non si può mai sapere, è un uomo attraente con una bella parlantina. Sono in mezzo a noi.» aggiunge, porgendomi un fazzoletto.

«È proprio un brutto tipo.» commenta la sua collega, prima di confermare la versione di Chloe, secondo cui Tom aveva cercato di convincerla a spingermi in piscina.

«Dopo l'arresto, durante la perquisizione della casa, abbiamo trovato un vecchio telefono cellulare nel cassetto della sua scrivania.» dice. «Siamo qui perché l'unità informatica è riuscita a recuperare alcuni messaggi, e ci domandavamo se Lei potesse fare luce sulla persona con cui si scriveva. Chiunque fosse, non riusciamo a trovarla, ma pare che avesse un complice che lo aiutava a manipolarla.»

«Sì, credevo fosse Chloe.»

Le due donne si scambiano un'occhiata, poi una dice «Mmm, in un primo momento poteva essere lei. È evidente che lui l'avesse coinvolta all'inizio del suo piano, ma alcuni di questi messaggi inviati di recente si riferiscono a Chloe in terza persona e, secondo le marche temporali, lo scambio di messaggi è continuato anche dopo la sua morte.»

Mi si rivolta lo stomaco. «Quindi è stato qualcun altro, e *non* Chloe?»

«Sembrerebbe di sì; anzi, non crediamo che Chloe sia mai davvero stata tra i colpevoli. Suo marito stava con lei solo per poterla usare come capro espiatorio.»

«Sì, voleva che fosse lei a uccidermi così le sue mani sarebbero rimaste pulite, mentre lei si sarebbe presa tutta la colpa. Mi ha sempre esortata a chiamare la polizia e raccontare di lei. Sapeva che quando Chloe mi avesse finalmente uccisa, le mie telefonate avrebbero costituito la scia di prove che conduceva direttamente a lei.»

Ogni cosa inizia ad avere senso adesso, e io so esattamente chi è la vera complice. Tom non ha mai amato Chloe, aveva bisogno di una persona più forte, più raffinata, più adatta alla sua nuova vita, ma per raggiungere questo scopo, aveva bisogno che fosse qualcuno come Chloe a fare il lavoro sporco. Sapeva fin da quando avevano lavorato insieme nella stessa banca che non era credibile, ma era sacrificabile. Chloe era inaffidabile e vulnerabile e lo amava così tanto che avrebbe fatto qualsiasi cosa per lui, almeno all'inizio. E se a un certo punto avesse cambiato idea e lo avesse denunciato, nessuno le avrebbe creduto, e lui avrebbe semplicemente detto che era pazza. Ma Chloe *non* era pazza. Ha compiuto delle scelte sbagliate ed era perfino pronta a uccidere per l'uomo che amava. Ma *non* era pazza, né cattiva, era solo ingenua e alla disperata ricerca di amore e amicizia, dell'approvazione di un'altra persona nella sua vita solitaria. Ma quando finalmente si è svegliata e si è rifiutata di eseguire i suoi ordini, lui ha dovuto liberarsene.

«Chloe diceva sempre che gli uomini si inventavano che alcune donne sono pazze. Tom l'ha fatto con lei e ha continuato a prendersene gioco fino alla sua morte. Mi aveva anche messa in guardia: diceva che era pericolosa, e forse lo era davvero, ma stava manipolando lei *e* me.»

«Abbiamo stampato alcuni dei messaggi che suo marito ha inviato all'altra persona dal suo vecchio cellulare.» dice l'agente, strappandomi ai miei pensieri mentre cerco di elaborare l'accaduto. Estrae una cartellina, la apre e mi porge tre grandi fogli di carta. «L'aveva salvata come "Lei" nella rubrica del telefono.»

Prendo i fogli e inizio a leggere i messaggi.

«Alcuni sono botta e risposta immediati, altri sono stati scambiati a distanza di giorni.» spiega. «Crediamo che i messaggi si fermassero quando erano insieme.»

Annuisco, incapace di parlare, e continuo a leggere.

Tom: Ti amo. Non vedo l'ora di stare per sempre con te.

Lei: Anch'io. Mi sento in colpa, ma è troppo stressata e ansiosa. Non ha mai superato quello che è successo a suo figlio e adesso non riesce a prendersi cura di questo. Lo distruggerà.

Tom: Lo so, mi si spezza il cuore a vedere mio figlio così debole per colpa sua. Non lo lascia nemmeno entrare in piscina.

Lei: Possiamo insegnargli noi a nuotare. Sam lo adorerà.

Tom: Ti amo. Baci.

Lei: Ho lasciato l'asciugamano sul patio.

Tom: Bene! Hai fatto in modo che creda che sia stata Chloe a farsi una nuotata di mezzanotte?

Lei: Ovvio!

Lei: Ho preso i sandali. Ci sono tantissime cose in quella scatola. Mi ha fatto provare pena per lei. Non credo di poterlo fare.

Tom: Ma certo che puoi. È infelice, non l'ha mai superata. Faremo il gesto più compassionevole a darle finalmente un po' di pace.

Lei: Non lo so. Non ne ha già passate abbastanza? Perché non scappiamo via insieme e basta?

Lei: Ho scritto "Affoga, puttana" sulle piastrelle con della vernice rossa.

Tom: Merda. Perché l'hai fatto? Si rovineranno le piastrelle.

Lei: È solo di questo che ti importa? Credevo avessimo deciso di far sembrare tutto reale.

Lei: Ho chiamato i servizi sociali, stanno investigando.

Tom: Ottimo, se riusciamo a screditarla all'asilo, con la polizia e con i servizi sociali, quando avrà l'incidente sembrerà ancora più pazza di quello che è.

Lei: *Non credo di riuscire ad andare avanti con il piano.*

Tom: *Perché dici così? È ansiosa, maniaca del controllo, mi sta rovinando la vita e rovinerà anche quella di mio figlio.*

Lei: *Ma, Tom, noi non siamo assassini.*

Tom: *Niente nomi.*

Lei: *Fanculo niente nomi. Non è una cattiva persona, non sono nemmeno sicura che sia una cattiva madre come dici tu. Non permette a Sam di nuotare perché ha già perso un figlio per annegamento. Questo non la rende una cattiva madre.*

Tom: *Non puoi tirarti indietro adesso. Che ne è dei nostri progetti di vendere tutto e noleggiare uno yacht per fare il giro del Mediterraneo? Solo tu, io e Sam. Non mi spezzare il cuore. Domani vengo da te. Possiamo restare a letto per giorni e ti convincerò. È la cosa GIUSTA da fare.*

Lei: *Ho spedito la maglietta a C oggi, con un bigliettino da parte di tua moglie in cui le chiede scusa e dice che vorrebbe tanto vedergliela indosso. C sarà COSÌ emozionata. Ha una vera e propria cotta per tua moglie.*

Tom: *Sì, e mia moglie sarà COSÌ incazzata di vederla con indosso quella maglietta.*

Lei: *La sta facendo impazzire.*

*Tom: Era convinta che fosse stata C a prenderla e ha
fatto una scenata all'asilo.*

*Lei: Lo so! Non riesco a credere che abbia funzionato così
bene. Comunque, poi mi sono rintrufolata in casa mentre
dormiva e tu stavi giocando a calcio con Sam. La
maglietta è in lavatrice adesso.*

*Tom: Ben fatto! Mi chiedevo infatti perché stesse dando
di matto. Era bianca come un lenzuolo.*

Alla fine, poso i fogli. Non riesco a leggere ogni singolo messaggio; quelli in cui si dichiarano amore eterno e si dicono cosa vorrebbero farsi a vicenda sono davvero troppo da sopportare.

«Mi dispiace farle passare tutto questo.» dice l'agente.

«Non fa niente, se posso aiutarvi a mettere anche lei dietro le sbarre, lo farò.»

«Dunque, chi crede che possa essere questa "Lei", qualche idea?»

«Jennifer Radley, una mamma dell'asilo. Sembravano molto intimi. Suppongo che sia stata lei a rimpiazzare Chloe, potrebbe perfino aver fatto parte della vita di Tom *prima* di Chloe. Potrebbero essersi conosciuti mentre era qui in Cornovaglia da solo a lavorare alla casa.»

«Ha qualche... prova che i due avessero una relazione?»

«Il giorno in cui Tom mi ha aggredita, sembravano molto intimi mentre erano insieme nella zona della piscina.» Incespico un po' nel pronunciare questa frase, è ancora tutto così fresco. Capisco dai loro volti che non si tratta di una prova sufficiente per farle anche solo qualche domanda. Poi mi ricordo di una cosa che ha detto Iris. «Una delle maestre dell'asilo ha detto di aver visto Tom e Jennifer andarsene via insieme un pomeriggio.»

«Oh, ottimo, e come si chiama questa maestra d'asilo?»

«Iris Johnson. È una brava ragazza, sulla trentina. Le credo, non è una che racconta storie.»

«Okay, be', dovremo indagare più a fondo, ma ha senso pensare che frequentasse una donna del posto: abbiamo scoperto che quando le faceva credere di essere via per lavoro su al nord, in realtà si trovava presso un indirizzo non lontano da qui.»

Questo è un altro pugno allo stomaco per me: quindi raccontava bugie anche sul suo lavoro. Non c'è da stupirsi che non venisse mai pagato, il lavoro di consulenza non era mai esistito, e anzi con ogni probabilità tutto quel tempo se ne stava rintanato in un qualche nido d'amore con Jennifer. Mi viene di nuovo voglia di piangere, ma non lo farò. Devo essere forte; devo assicurarmi che ottenga la pena più lunga possibile. Per quanto ne so, Jennifer Radley è l'unica persona che sa tutto, e scommetto che lo darebbe in pasto ai lupi pur di salvarsi. Nonostante sembri che Tom la voglia proteggere non facendo mai il suo nome, dubito fortemente che Jennifer gli restituirà il favore.

50

Sono passati diversi giorni da quando le due poliziotte mi hanno fatto visita. Ho chiamato per capire cosa stesse succedendo, ma senza una confessione da parte di Jennifer, dicono di non avere prove per accusarla. Purtroppo, non sono riuscita a parlare con le due agenti donne che sono venute a casa mia, all'altro capo c'era un uomo irascibile che probabilmente si ricordava delle mie telefonate contro Chloe, e quando gli ho detto di essere sorpresa che non avessero fatto progressi con l'indagine, mi ha risposto «Mrs Frazer, il punto è che non credo che si possa punire qualcuno per aver avuto una relazione con suo marito.»

E così, stufa della loro carente attività investigativa, ho deciso di portare avanti io stessa le indagini e trovare le prove che è stata Jennifer Radley ad appiccare l'incendio nel mio giardino.

Rosa dice che sono come Miss Marple, che è uno spreco di tempo e che devo andare avanti con la mia vita, ma io non riesco a dormire; sono le otto di sera e io mi sento abbastanza in forma da uscire a fare una passeggiata. Dico a Rosa che faccio solo il giro dell'isolato, così non mi assillerà con una predica sul rischio di procurarmi un'infiammazione delle articolazioni o qualunque sia il termine medico corretto. È sdraiata sul letto a leggere, annuisce e sorride. «Posso venire con te, se ti va. Iris è qui.»

«Ho voglia di stare un po' da sola, di camminare e pensare, capisci?»

Annuisce e, mandandomi un bacio con la mano, torna al suo romanzo. Tecnicamente non le sto mentendo, perché passeggio davvero intorno all'isolato, fino alla casa del mio vicino, il cui giardino dà sul mio. Non lo conosco, ma è stato lui a chiamare la polizia nel sentire Tom quella notte; perciò, in pratica mi ha salvato la vita.

Gli faccio visita, in sostanza, per ringraziarlo. È un gentile signore anziano e, tra una tazza di tè, due chiacchiere e un piatto di biscottini alla crema, inizio a fargli domande.

«La sera prima che Chloe Mason morisse e prima che mio marito venisse arrestato, c'è stato un incendio nel mio giardino. Mio figlio credeva di aver visto qualcuno là fuori, e mi chiedevo se la polizia avesse già chiesto a *lei* se ha visto qualcuno.» Sono determinata a trovare la prova e cancellare quel sorrisetto dal volto di Jennifer. Se riesco a incolparla di incendio doloso, avrò vinto.

«No, non ho più avuto notizie dalla polizia. Pensavo che si sarebbero fatti vivi dopo quello che è successo.» dice.

Tutto torna. Sapevo che quell'agente non mi stava prendendo sul serio. Ma poi Tom mi aveva esortata a raccontare *tutto* alla polizia, per quanto irrilevante. E io l'avevo fatto. E proprio come Tom sperava, ho segnalato dettagli stupidi che sapevo essere importanti, ma che per la polizia erano le parole deliranti di una pazza. Un asciugamano arancione abbandonato, vi dice niente?

«Quindi ha visto o sentito qualcuno quella notte?» proseguo con le mie domande.

«Solo le grida, era terribile, ecco perché ho chiamato la polizia.»

Mi sforzo di non sentirmi troppo delusa.

«Grazie infinite, Mr Wilson.» dico mentre esco da casa sua, «Mi faccia sapere se le viene in mente altro, o se qualcuno che conosce ha visto qualcuno aggirarsi intorno a casa mia.»

«Certamente. Mi dispiace di non poter essere d'aiuto, cara, ma ti prego, chiamami Lawrence.»

Mi saluta con la mano e, proprio quando raggiungo il cancello, lo sento chiamarmi. «Rachel, mi sono appena reso conto che c'è qualcosa che potrebbe essere utile.»

Mi invita a rientrare.

«L'anno scorso sono entrati i ladri in casa nostra e mio figlio ha fatto installare una telecamera a circuito chiuso. È un dispositivo all'avanguardia e l'ha fatta installare in cima a un palo. Ha anche il sensore di movimento, credo. Mio figlio sostiene che si riescono a vedere le volpi nel giardino dei vicini. Io non so come si usa, ma accomodati pure se vuoi dare un'occhiata.» Ridacchia. «Mi piacerebbe catturare la volpe che stai cercando.»

«Anche a me, Lawrence!» dico, rientrando in casa sua.

Dopo quarantacinque frustranti minuti di schermata bianca, chiama suo figlio David per avere assistenza tecnica e ben presto ci ritroviamo a guardare i filmati del suo giardino e in parte anche del mio.

Scorriamo la registrazione per un'eternità, beviamo dieci tazze di caffè e siamo al secondo pacco di biscottini alla crema, quando finalmente vediamo qualcosa.

Le riprese della telecamera a circuito chiuso di David sono una forza. Coprono tutto il periodo in cui Tom si era appena trasferito qui, quei mesi in cui io ero ancora a Manchester e lui era solo. Lo vedo insieme a Chloe, nudi, che nuotano e si baciano, e il mio cuore si spezza ancora una volta.

«Possiamo mandare avanti veloce fino alla sera dell'incendio?» chiedo, e alla fine arriviamo al giorno e all'ora giusta, ed eccolo qui. Il filmato nitido di una persona che corre nel mio giardino e appicca il fuoco. Per quanto sia soddisfatta di avere tutto registrato, è difficile per me da guardare, è come vedere una delle notti peggiori della tua vita su pellicola. Ma come sottolinea Lawrence, per quanto le immagini siano nitide, la persona è vestita di nero e indossa il cappuccio; perciò, non si riesce davvero a vedere il volto.

Siamo entrambi seduti vicinissimi allo schermo, i nostri occhi strizzati nel tentativo di cogliere qualsiasi minuscolo dettaglio del filmato. Poi, inaspettatamente, il piromane si volta e, con ogni probabilità senza rendersene conto, guarda dritto nell'obiettivo della telecamera. Il viso è riconoscibile perfino nella penombra del crepuscolo! Spiego tutto a Lawrence, che annota tutti i nomi e gli orari sulla cassetta e chiama la polizia.

In pochissimi secondi, lo saluto e mi metto a correre verso casa. I miei polmoni sono così deboli che sono senza fiato, la gamba mi procura un dolore straziante, il cuore martella nel petto, ma io continuo a correre.

51

Arrivata a casa ora, salgo le scale, attraverso il pianerottolo, ansimando e sopportando il dolore al petto. Devo vedere Sam. Ho *bisogno* di parlare con lui.

Spalanco la porta e semplicemente vederlo sdraiato lì tranquillo, mentre stringe il suo dinosauro preferito, mi fa venire le lacrime agli occhi. È stato esposto a così tanti eventi nella sua breve vita. Non sa nulla di suo padre; gli ho raccontato che papà è via per lavoro e per ora lo ha accettato. Dovrò dirgli la verità un giorno, ma un passo alla volta. Iris cerca di proteggerlo all'asilo, e per il momento è riuscita a evitare che trapeli qualsiasi informazione, ma un giorno dovrò dirglielo, prima che lo scopra da solo.

«Tesoro.» sussurro mentre entro nella stanza in penombra.

Apre gli occhi all'istante. «Mamma?» mormora.

«Voglio solo chiederti una cosa, amore.» dico.

Pian piano si mette seduto sul letto, sorridente.

«Tesoro, ricordi di avermi detto che l'amica di papà si chiamava Topolino?»

Annuisce e si lascia scappare un risolino.

Agita il suo dinosauro in aria con fare aggressivo, sembra

inquieto. Prima che riesca a chiedere altro, Rosa passa davanti alla porta aperta della stanza, forse per andare in bagno.

Si ferma sulla soglia, sorridendo a me e inviando baci a Sam, che ridacchia mentre li prende al volo. Noto che sulla maglietta del suo pigiama c'è il disegno di Topolino, e il mio cuore sembra fermarsi.

«Sam, è Rosa l'amica di papà?» sussurro quando se n'è andata. «Era lei nel letto di papà?»

«Sì, mamma.» Annuisce con vigore, agitando il dinosauro in aria.

UNA LETTERA DA SUE

Grazie infinite per aver scelto di leggere *Tu, io, lei*. Se vi è piaciuto e volete essere sempre aggiornati sulle mie ultime pubblicazioni, vi basterà iscrivervi al seguente link. Il vostro indirizzo mail non verrà mai condiviso e potrete annullare l'iscrizione in qualsiasi momento.

italia.bookouture.com/subscribe/

Come la maggior parte delle persone, non ho una piscina nel mio giardino, ma un giorno mi sono ritrovata seduta lì in una calda giornata estiva, a immaginare quanto sarebbe meraviglioso averne una. Ho pensato a quella bellissima casa sul mare con una piscina sul retro, parenti e amici erano lì intorno per nuotare e tuffarsi, e poi si presentavano per bere un drink mentre il sole tramontava su quel perfetto rettangolo turchese. Ma essendo una scrittrice di thriller, mi sono chiesta quale potesse essere il lato negativo di avere una splendida casa con piscina. E se ti venisse dato tutto questo, ma non fosse ciò che il tuo cuore davvero desidera? E se le persone intorno a te fossero più imperfette di quanto ti fossi mai reso conto?

Per me, questo libro parla di realizzare i propri sogni e poi pagarne il prezzo. Perché tutto ha un prezzo, giusto?

Spero che vi sia piaciuto leggere *Tu, io, lei* tanto quanto a me è piaciuto scriverlo e, se così è stato, vi sarei immensamente grata se lasciaste una recensione. È sufficiente anche meno di una frase: ogni parola conta ed è molto apprezzata. Adoro sapere cosa pensate e le vostre opinioni fanno davvero la differenza nell'aiutare i nuovi lettori a scoprire uno dei miei libri per la prima volta.

Amo avere notizie dei miei lettori, quindi, per favore, fatevi sentire. Mi trovate sui social.

Grazie mille per aver letto il mio libro.

Sue

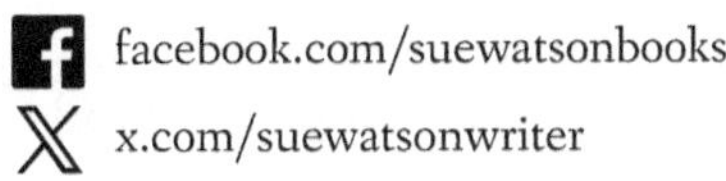
facebook.com/suewatsonbooks
x.com/suewatsonwriter

RINGRAZIAMENTI

Come sempre, il mio immenso ringraziamento al meraviglioso team di Bookouture, che è fantastico, mi incoraggia e trasforma sapientemente le mie idee in libri.

Grazie alla mia splendida editor e amica Helen Jenner, che trasforma sempre i miei flussi di coscienza in qualcosa di leggibile e, spero, godibile. Grazie anche a DeAndra Lupu, la mia copy-editor, che ha dato un'ultima rifinitura e ha trovato una conclusione per tutte le questioni rimaste in sospeso. Grazie anche alle correttrici di bozze Jennifer Davies e Anna Wallace per l'ultimissima e scrupolosa lettura.

Tanto amore e riconoscenza alla mia amica e beta reader Harolyn Grant, che scova sempre tutto nei miei scritti, dalla cronologia degli eventi ai dialoghi ai buchi nella trama. Questa volta ha trascinato perfino suo fratello nella lettura, un grande grazie anche a lui! Un ringraziamento speciale a Su Biela, una fantastica beta reader che trova sempre i pezzi fondamentali che a me sfuggono e mi salva dalle rovinose cadute nei buchi narrativi. Un enorme grazie come sempre a Sarah Hardy per essere una bravissima addetta stampa e per aver svolto una delle sue eccellenti e sagaci prime letture.

Una delle gioie di essere un'autrice è incontrare e poter conoscere lettori e recensori, tutte persone incredibilmente gentili e solidali. Perciò, a tutti voi che leggete, recensite e parlate dei miei libri: un immenso grazie!